Verena Preuß

MITTERNACHTSWÄCHTER

ins kalte Wasser

– TEIL EINS –

Bibliografische Information der Deutschen Nationalbibliothek:
Die Deutsche Nationalbibliothek verzeichnet diese Publikation
in der Deutschen Nationalbibliografie; detaillierte bibliografische Daten sind im Internet über http://dnb.dnb.de abrufbar.

Korrektorat: Marita Pfaff
Coverdesign: vivid creation, Britta Bic

Herstellung und Verlag: BoD – Books on Demand, Nor-
derstedt

ISBN: 978-3-75-190795-8

Für alle, die gegen Bösewichte kämpfen,
die das Magische in der Welt sehen
und, die der Realität entfliehen wollen!
Das ist für euch!

Prolog

„Ich hasse Gewitter! Bist du sicher, dass nichts passieren kann?"

„Es kann nichts passieren! Beruhige dich!"

Beruhigen? Genau das konnte sich Miranda nicht. Sie saß neben ihrem Mann in seinem Privatjet, der Cessna Citation Mustang, in der fünf Leute bequem Platz fanden, und hielt sich krampfhaft am glänzend weichen Ledersitz fest, bis ihre Fingerknöchel weiß hervortraten.

„Was ist denn, wenn ein Blitz hier einschlägt?"

Genervt atmete John aus und schaute zu seiner Frau. Es lag nicht nur an dem Gewitter, das wusste er. Es war die Box. Das kleine hölzerne Kästchen, das in einem Geheimversteck in einer alten Kommode lag, die hinter ihr im Flugzeug stand.

„Es wird kein Blitz einschlagen! Und selbst wenn, dann stürzen wir nicht gleich ab! Es sind nur noch zehn Minuten bis zum Flughafen."

Miranda schwieg und schaute aus dem Fenster. Die dunklen graublauen Wolken ballten sich bedrohlich zusammen und schienen das Flugzeug förmlich zu umzingeln. Sie konnte sich immer auf ihre Intuition verlassen und das schlechte Gefühl ließ sie nicht los, schon seit sie ins Flugzeug gestiegen waren. Sie hätten diese Box früher wegbringen müssen.

Das hatte sie ihm bereits knapp fünf Stunden vorhergesagt, als sie zu Hause im Wohnzimmer saßen und John, mit dem Handy in der Hand, zu ihr kam. Er schaute sie alarmiert an und Miranda wusste sofort, was los war. Sie hatten sie gefunden. Die Wächter hatten sie gefunden.

John hatte sich neben sie auf die bequeme Couch mit dem Zebramuster gesetzt, die er nur ihr zuliebe gekauft hatte, weil Miranda einen etwas ungewöhnlichen Geschmack besaß.

„Es gab einen Zwischenfall in Tehal. Daniel hat es gerade bestätigt. Sie wissen, wo wir sind. Wir müssen die Box an einen sicheren Ort bringen."

Johns Blick sagte alles, was er nicht aussprechen wollte. Er hatte ein schlechtes Gewissen, weil er Miranda wieder alleine lassen musste, aber es ging nicht anders. Seine Frau nahm seine Hand und schaute in seine grünen Augen, die sie so an ihm liebte. Sie wusste, dass sie die Box wegschaffen mussten.

„Wohin willst du sie bringen?"

John zögerte mit der Antwort. Nicht, weil er seiner Frau nicht traute, sondern da er wusste, wie sie reagieren würde.

„Nach Bajo Rianja."

Mirandas Augen wurden groß.

„Bevor du jetzt irgendetwas sagst", kam John ihr zuvor und stand auf, „ich weiß, dass es gefährlich ist, das Kästchen zu ihr zu bringen, aber es ist unsere einzige Chance! Und nein, du kannst nicht mitkommen!"

Aufgebracht stand Miranda auf und lief wild gestikulierend im Wohnzimmer auf und ab.

„Gefährlich? Meinst du nicht, mich hier alleine zu lassen, ist nicht gefährlich?"

Sie ging auf ihren Mann zu und sah die Angst in seinen Augen. Sie verstand ihn, aber wenn sie sich etwas in den Kopf gesetzt hatte, bekam sie es meistens.

Deshalb saß sie jetzt hier im Flieger und sie wünschte, sie hätte nicht gewusst, wo es hinging, denn mit jeder Minute, die sie sich dem Flughafen näherten, wurde sie nervöser. Das Gewitter wurde immer bedrohlicher und die Blitze schienen deutlich näher am Flugzeug zu sein als vor fünf Minuten. Und sie waren zu perfekt, zu gleichmäßig – jeder Winkel, jeder Knick. Solche Blitze kannte sie nur von …

„John, sieh doch!"

Sie zeigte mit ihrem Zeigefinger auf eine dunkle Wolkenformation direkt vor ihnen. Zwischen all den Blau- und Grautönen war noch etwas anderes, etwas Schwarzes, Nebliges, und das war definitiv keine Wolke.

„Verdammt!" John nahm das Steuer fester in die Hand und zog den kleinen Privatjet sofort im steilen Sinkflug nach unten.

„Halt dich fest!", rief er seiner Frau zu.

„Wie konnten sie so schnell wissen, wo wir sind?"

„Ich weiß es nicht, aber gerade haben wir andere Sorgen! Der Flughafen ist noch zu weit weg, ich weiß nicht, wie wir es bis dahin schaffen sollen!"

Mit zusammengekniffenen Augen versuchte John, das kleine Flugzeug durch die Wolkenwand zu manövrieren. Der Sinkflug dauerte ewig. So eine dichte Wolkendecke konnte nicht natürlich sein, und das war sie auch nicht. Miranda verkrampfte ihre Finger weiter im Ledersitz und versuchte die Panik zu unterdrücken, die bedrohlich in ihr hochstieg. Als die Maschine endlich die Wolken durchbrach, brachte John den Flieger in eine waagerechte Position und flog im Tiefflug über das Meer.

Doch, was sie dann erwartete, hätte keiner von beiden für möglich gehalten. Vor ihnen, in einigen Metern Entfernung, erhob sich eine Wand aus Gestalten in langen schwarzen Umhängen, die Gesichter von Kapuzen verdeckt Sie schienen geradewegs in der Luft zu schweben.

„Miranda? Du weißt, was zu tun ist!"

John schaute seine Frau an und nickte ihr kurz zu. Ohne zu zögern, schnallte sich seine Frau ab und verschwand im hinteren Teil des Flugzeugs. Neben den zwei Reihen von pompösen Ledersesseln hatten Miranda und John ihre kleinen, in Eile gepackten Reisetaschen abgestellt. Schlingernd wich sie den Sesseln und Taschen aus und krallte sich bei jeder Turbulenz an den oberen Ablagen fest, um nicht durch das Flugzeug geschleudert zu werden. Sie steuerte direkt auf die kompakte Holzkommode zu, die mit drei langen Schubladen und zwei kleinen Fächern Mitten im Flieger stand. Sie blieb davor stehen und hob ihre Hände, als wollte sie ihre Handflächen auf die Kommode ablegen. Stattdessen hielt sie sie ein paar Zentimeter darüber in der Luft und schloss ihre Augen. Schnell spürte sie, wie ihre Hände wärmer wurden und das Kribbeln in ihren Fingerspitzen einsetzte. Weißes, strahlendes Licht schlängelte sich aus ihren Fingern und umhüllte das Sideboard. Mit geschlossenen Augen murmelte Miranda den Zauberspruch, den sie erst einmal in ihrem Leben gesprochen hatte, aber nie mehr vergessen würde. Beim Gedanken daran kullerte eine einzelne Träne aus ihren großen violetten Augen.

Das Licht verblasste langsam und ließ den Schrank so aussehen wie zuvor. Miranda atmete tief aus und ging schnell zurück ins Cockpit.

John schaute zu seiner Frau, als sie sich wieder neben ihn setzte. Er nahm ihre Hand behutsam in seine und beugte sich zu ihr hinüber für einen letzten Kuss. Dann steuerten sie zusammen auf die schwarzen Gestalten zu, die wie in einer Choreographie die Hände hoben und auf das Flugzeug richteten. Das Letzte, was Miranda und John sahen, waren rote Blitze, die direkt auf sie zu schossen!

Eins

Es war warm. Zu warm. Und hell! Warum musste die Sonne so früh aufgehen, fragte sich Emma, als sie mit verschlafenen Augen nach ihrem Wecker auf dem Nachttisch tastete, der natürlich prompt herunterfiel. Knurrend rollte sie sich auf die Seite und schaute auf den Wecker am Boden – halb sieben. Viel zu früh! Jetzt gab es zwei Möglichkeiten, entweder sich unter so vielen Decken und Kissen zu verstecken und versuchen weiterzuschlafen, wofür es definitiv jetzt schon zu warm war, oder eben aufstehen. Fluchend schlug Emma die Decke zurück und stand grummelnd auf.

Eigentlich sollte ihr heute nichts den Tag vermiesen können, aber dieser verrückte Albtraum, den sie schon seit Wochen hatte, spukte immer noch in ihrem Kopf herum.

In ihrem Traum stand sie am Strand und schaute auf die unendlichen Weiten des Meeres, als sich plötzlich vor ihr eine Welle aufbaute, die bis zu fünf Meter hoch zu sein schien. Sie rollte mit tosendem Lärm auf den Strand zu. So sehr Emma es auch versuchte, sie konnte nicht weglaufen und musste stattdessen zusehen, wie die Bedrohung immer näher kam. Kurz bevor die Wassermassen sie erreichten, hob Emma schützend ihre Arme vor ihr Gesicht, woraufhin die Welle einfach stehen blieb, als würde sie einfrieren. Und genau das war der Moment, in dem Emma keuchend aufwachte.

Emma schüttelte den Kopf – ein und derselbe Traum seit fast vier Wochen. Alle Internet- und Traumdeutungsrecherchen hatten sie nur noch mehr verwirrt. Von einer emotionalen Erschütterung bis zu einer Warnung vor Gefahr und Unglück oder einer tiefsitzenden Depression gab es im Internet alle möglichen Interpretationen. Deswegen akzeptierte Emma eben die wenigen Stunden Schlaf, die sie nachts bekam.

Immer noch halb verschlafen, schlurfte sie die Treppe nach unten in die Küche. Gott sei Dank hatte Nat Kaffee gekocht, bevor sie zur Arbeit gefahren war.

Natalie, von allen nur Nat genannt, war Emmas beste Freundin, seit sie denken konnte. Irgendwie war es zwischen ihnen beiden Freundschaft auf den ersten Blick gewesen. In der Grundschule war Emma eher zurückhaltend und ruhig – um genau zu sein, war sie das heute noch – und saß die meiste Zeit alleine. Aber eines Tages setzte sich die kleine, quirlige Nat ganz selbstverständlich neben sie.

„Hi, ich bin Natalie, aber du kannst Nat sagen. Du siehst aus, als könntest du eine Freundin gebrauchen!"

Diese entwaffnende Freundlichkeit hatte Nat bis heute nicht verloren und Emma bewunderte sie jedes Mal dafür. Während Emma als Antwort damals nur ein „Okay!" murmeln konnte, war das Thema mit der Freundschaft für Nat längst beschlossene Sache. Kein Wunder, dass beide nicht nur in der Schule, beim Sport und später in der Uni unzertrennlich waren, jetzt wohnten sie auch noch zusammen. Natalie war ein halbes Jahr älter als Emma und wurde genau vor zwei Monaten fünfundzwanzig Jahre alt.

Nat war schon immer das komplette Gegenteil von Emma. Sie war lustig, temperamentvoll und lebhaft. Dazu kam, dass sie mit ihrem blonden Lockenkopf, der femininen Figur und ihrem leicht gebräunten Teint jeden Mann um den Finger wickeln konnte – und das tat sie auch. Ein fester Freund kam für Nat nicht infrage.

„Emma, du kannst dich nicht nur auf einen Mann fixieren!" Nat teilte ihre Weisheiten nur zu gern mit ihrer Freundin.

„Woher willst du denn wissen, dass er der Richtige ist? Und es gibt so viele süße Typen da draußen, da fällt es schwer, sich nur für einen zu entscheiden". Das offenbarte Nat ihr eines Abends, als sie draußen auf der Veranda saßen.

„Wenn man verliebt ist, ist das anders", konterte Emma und dachte an Tom. „Wenn du weißt, dass er der Richtige ist, dann interessierst du dich gar nicht mehr für andere Männer!"

Nat funkelte Emma an. „Du musst es ja wissen!"

Sie hob die Arme über den Kopf, formte ein großes Herz und imitierte Emmas verliebten Blick. Na ja, zumindest behauptete Nat, dass Emma Tom so anschauen würde, was sie selbstverständlich gar nicht tat. Sie nahm ein Kissen von der Bank und warf es ihrer Freundin ins Gesicht.

„So seh ich überhaupt nicht aus!", empörte sich Emma und Nat fing an zu lachen.

Bei dem Gedanken an Tom musste Emma allerdings unwillkürlich grinsen. Mit ihrem Kaffee in der Hand setzte sie sich an die freistehende Theke in der Küche, von der aus man einen fantastischen Blick auf den Strand und das Meer hatte. Bajo Rianja war zwar nur eine kleine Halbinsel in der Nähe von San Diego und es gab hier mehr Strand als Häuser, aber genau deshalb liebte Emma es hier! Das kleine zweistöckige Haus, in dem sie mit Nat wohnte, stand nur zweihundert Meter vom Wasser entfernt auf einer Anhöhe und wurde von Dünen mit wildem Strandhafer und Dünengras eingerahmt. Emma liebte das Haus. Sie hatten eine relativ große Küche, in der alles Wichtige seinen Platz fand, und ein geräumiges Wohnzimmer mit riesiger Couch, auf der Nat und sie schon den einen oder anderen Serien-Marathon gestartet hatten. Eine schmale Treppe führte in den ersten Stock, in dem es von einem kleinen Flur aus links in Natalies Zimmer ging, geradeaus ins Badezimmer und rechts in Emmas Zimmer. Klein, aber fein, war wohl der beste Ausdruck, um das Haus zu beschreiben. Und den beiden reichte es vollkommen aus.

Bereits nach dem zweiten Schluck Kaffee merkte Emma, wie das Getränk ihre Lebensgeister weckte. Und sofort kam das aufgeregte Kribbeln zurück, das sie schon seit Wochen kannte. Heute war es soweit. Heute würde sie endlich ihre Ausbildung zum Tauchlehrer abschließen. Darauf hatte sie über ein halbes Jahr lang hingefiebert. Das Tauchen lag ihr im Blut und das Wasser war ihr Element. Das merkte sie jedes Mal, wenn sie nur in dessen Nähe kam. Wieder fiel Emma ihr Traum ein. Schnell trank sie den Rest ihres Kaffees aus und verscheuchte die negativen Gedanken. Sie würde sich diesen Tag nicht von einem dummen Albtraum ruinieren lassen!

Nachdem Emma geduscht und sich angezogen hatte, machte sie es sich auf der kleinen Veranda gemütlich, die das ganze Haus umschloss und mit den alten und teilweise kaputten Holzmöbeln und den vielen bunten Kissen einen ganz besonderen Charme hatte. Ihre dicke Arbeitsmappe lag auf ihren Oberschenkeln, während sie noch einmal die wichtigsten Regeln im Umgang mit Tauchschülern durchging.

Als Emma das nächste Mal auf die Uhr schaute, war es bereits halb neun. So langsam musste sie sich fertigmachen. Sie klappte den Ordner zu, ging nach oben und war nach fünfzehn Minuten fertig angezogen. Sie wollte gerade die letzten Sachen in ihre Tasche packen, als ihr Handy klingelte.

Eine Nachricht von Nat.

„Viel Erfolg, meine Süße! Du schaffst das! Ich drück dir die Daumen! Und heute Abend wird erstmal ordentlich gefeiert!"

Emma rollte mit den Augen. Nat dachte immer nur an Partys. Dass sie zwischen ihren Schichten als Krankenschwester im hiesigen Krankenhaus überhaupt Zeit dafür hatte, war Emma ein Rätsel. Aber ihrer Freundin schien es nichts auszumachen, sie sah jeden Tag wie frisch aus dem Ei gepellt aus, während Emma, wenn sie mal zwei Tage durchgefeiert hatte, aussah wie ein Zombie. Auch, als sie jetzt in den Spiegel sah, der über der kleinen Frisierkommode hing, dachte sie genau das. Ihre schulterlangen braunen Haare hatte sie zu einem Pferdeschwanz gebunden, aus dem sich aber wie immer einzelne Strähnen lösten und ihr Gesicht umspielten. Sie versuchte ihre Augenringe mit etwas Concealer abzudecken, was mehr schlecht als recht funktionierte. Wenn sie ins Wasser ging, war Make-up eh sinnlos. Ihre Augenfarbe mochte Emma an sich am meisten. Sie war dunkelblau, fast wie das Meer – so durchdringend und beinahe schon unnatürlich, fand sie, zumal die Farbe einen Stich ins Violette ging. Schon häufiger musste sich Emma anhören, dass das doch nicht ihre natürliche Augenfarbe sei und sie Kontaktlinsen tragen würde. Aber diese Kommentare ignorierte sie meistens. Sie mochte die Farbe, denn sie erinnerte sie an ihre Mum. Ihr Onkel hatte ihr erzählt, dass sie genau dieselbe Augenfarbe gehabt hatte, sogar noch violetter. Automatisch griff Emma nach der Kette, die am Spiegel hing. Sie war das Einzige, was ihr von ihren Eltern geblieben war. Es handelte sich um ein silbernes Medaillon, in dessen Mitte sich zwei kleine Glasscheiben befanden, zwischen denen drei Löwenzahnfrüchte steckten. Das waren diese kleinen, haarigen Schirmchen einer Pusteblume, die Emma als Kind immer weggepustet hatte und dann zusah, wie der Wind sie forttrug. Emma legte die Kette um und versteckte sie unter ihrem T-Shirt. Dann nahm sie ihre Tasche vom Bett und machte sich auf den Weg zum Tauchclub.

Der Club lag nur circa zehn Gehminuten vom Haus entfernt, sodass Emma zu Fuß am Strand entlanglaufen konnte. Sie liebte den Strand und das Meer. Irgendetwas zog sie magisch an. Es war wie eine unsichtbare Kraft, die das Meer auf sie ausübte. Deswegen hatte sie auch bereits mit acht Jahren angefangen zu tauchen. Erst einmal nur in einem Pool von zwei Metern Tiefe. Aber als sie älter wurde, musste sie einfach ins Meer. Angst vor der Tiefe, der Dunkelheit oder den Meeresbewohnern hatte sie nie. Im Gegenteil. Erst im Wasser fühlte sich Emma so richtig lebendig.

Während sie durch den weichen, fast weißen Sand schlenderte und die wenigen Menschen beobachtete, die um diese Zeit am Strand waren – meist Jogger oder Spaziergänger mit ihren Hunden und natürlich die ersten Sonnenanbeter –, wurde sie immer nervöser. Alle Theorieprüfungen hatte sie bereits absolviert und mit Bravour bestanden. Welcher Druck herrscht in dreißig Meter Tiefe? Und was hat bei einem Dekompressionsunfall oberste Priorität? Alles Fragen, die Emma ohne Probleme beantwortet hatte. Und auch die ersten praktischen Prüfungen, die sich mit Sicherheit und Unfallmanagement beschäftigten sowie der Organisation und Durchführung einer kompletten Lehrprobe im Freiwasser, hatte sie schon hinter sich gebracht. Heute musste sie zeigen, dass sie ihr Wissen bei einer Gruppe von Tauchanfängern anwenden konnte. Ihre Schüchternheit, die sie oft gegenüber Menschen hatte, die sie nicht kannte, half ihr dabei nicht wirklich weiter.

Nein, bestärkte sich Emma. Sie hatte mit Nat im Pool ihres Nachbarn alle möglichen Lehrsituationen trainiert und ihre Freundin hatte sich wirklich dämlich angestellt, als wüsste sie nicht mal, was ein Schnorchel ist. Wenn Emma damit zurechtgekommen war, würde sie auch das hier schaffen!

Als sie den Tauchclub erreichte, stand ihr Ausbildungsleiter Tom schon am Steg, der ins Meer führte. Sobald er Emma sah, kam er auf sie zu gelaufen. In Emmas Bauch fingen sofort die Schmetterlinge an zu flattern, als sie ihn sah. Mit seiner sonnengebräunten Haut, dem fast kahlrasierten Kopf, auf dem nur noch vier Millimeter kurze, braune Haare standen und seinem muskulösen Körper, der in der schwarzen Badehose so richtig zur Geltung kam, vergaß Emma für einen kurzen Moment total ihre Prüfung. Tom gehörte die Tauchschule seit zwei Jahren. Da hatte er sie von dem damaligen Besitzer übernommen und Emma angeboten, dort ihre Ausbildung zu machen. Er war nur drei Jahre älter als sie, also praktisch der perfekte Freund, vor allem, wenn es nach Nat ging. Wären da nicht die vielen Frauen, die Tom umgaben, sobald er auch nur einen Fuß unter Menschen setzte. Und außerdem hatte er bisher keine Andeutungen gemacht, dass er an Emma interessiert wäre. Ganz zu ihrem Bedauern.

„Hey, Emma! Bereit für heute?"

Tom strahlte sie an und sein Lächeln ließ Emmas Knie weich werden.

„Ja …, ich hoffe", erwiderte Emma unsicher, woraufhin er sie skeptisch ansah.

„Na, ein bisschen mehr Zuversicht, wenn ich bitten darf. Du hast alle Theorieprüfungen und Lehrproben bisher ohne Probleme bestanden, da wirst du dich doch jetzt nicht unterkriegen lassen! Du kannst das, Emma!"

Er legte eine Hand auf ihre Schulter und Emmas Haut brannte unter seiner Berührung.

Sie nickte und Tom zwinkerte ihr zu.

„Also, wir starten in dreißig Minuten", sagte er und zog seine Hand zurück. „Es kommen fünf Leute, die deine Gruppe sein werden. Alles ebenfalls Auszubildende, wie du. Alle weiteren Infos gibt es gleich. Zieh dich um und bereite dich vor. Ich warte am Anfängerbecken auf dich."

Emma konnte wieder nur nicken. Wie immer, wenn sie nervös wurde, verschlug es ihr die Sprache. Verdammt, warum ausgerechnet immer vor Tom? Sie merkte, wie ihr die Röte ins Gesicht stieg, daher drehte sie sich schnell um und verschwand in Richtung der Umkleideräume. Während sie sich in ihren engen Neoprenanzug zwängte, ging sie im Kopf noch einmal die wichtigsten Punkte durch. Aus Gewohnheit streifte sie ihr Medaillon ab und wollte es in ihren Spint hängen, als sie innehielt. Sie legte immer ihren ganzen Schmuck ab, wenn sie ins Wasser ging, aber das Medaillon war Emmas Glücksbringer. So wäre ihre Mutter bei ihr, dachte sie sich und legte sich kurzentschlossen die Kette wieder um. Sie versteckte sie unter ihrem Anzug und zog den Reißverschluss bis zum Hals zu. Sicher ist sicher. Nicht, dass sie die Kette noch verlor.

Als sie zum Anfängerbecken lief, bei dem es sich um einen kleinen, ungefähr zehn mal zehn Meter großen Pool handelte, der an der tiefsten Stelle nur knapp drei Meter Wasserhöhe maß, sah sie, dass Tom sich mit einem Mann unterhielt, der ohne Zweifel ihr Prüfer sein musste. Niemand, den sie kannte, trug bei dreißig Grad im Schatten freiwillig eine lange Hose und ein Hemd. Trotzdem sah er nett aus, fand Emma. Er war schätzungsweise Ende dreißig und die Lachfalten um seine Augen machten ihn auf Anhieb sympathisch.

Als Emma sich näherte, drehten sich beide zu ihr um.

„Emma, das ist Mister Avez, er ist dein Prüfer für heute!"

Emma schüttelte dem Fremden die Hand.

„Emma Jones, freut mich, Sie kennenzulernen."

„Freut mich auch, Miss Jones. Tom spricht in den höchsten Tönen von Ihnen."

Emma stieg die Röte ins Gesicht.

„Ich hoffe, ich kann diesen Erwartungen gerecht werden", sagte sie schüchtern.

„Daran habe ich keine Zweifel", versicherte ihr Mister Avez und lächelte sie freundlich an.

Während Emma die Ausrüstung kontrollierte, fanden sich nach und nach ihre Schüler für heute ein.

„So, ich glaube, wir können starten", sagte ihr Prüfer ein paar Minuten später. „Miss Jones?"

Emma holte tief Luft und schaute sich ihre Gruppe an. Besser hätte sie es eigentlich nicht treffen können. Es waren drei Männer und zwei Frauen, alle ungefähr Mitte zwanzig und alle schauten sie freundlich abwartend an. Emma wusste, dass die Fünf auch gerade ihre Ausbildung zum Tauchlehrer machten. Deswegen war es jetzt an der Zeit alles abzurufen, was sie gelernt hatte.

Zuerst gab Emma ihrer Gruppe eine Einweisung über die Ausrüstung. Sie erklärte, wie die Kommunikation unter Wasser funktionierte, demonstrierte die Erste-Hilfe-Leistungen und was im Falle eines Notfalls beachtet werden musste. Dann half sie jedem Einzelnen mit der Ausrüstung, bevor es ins Wasser ging. Alles in allem lief die Prüfung richtig gut, fand Emma. Sie sah Tom am Beckenrand immer mal wieder nicken und auch Mister Avez machte einen zufriedenen Eindruck. Natürlich versuchten ihre Schüler sie mit Fragen und falscher Ausführung aus der Reserve zu locken, aber auch das meisterte sie ohne Probleme. Die zwei Stunden vergingen wie im Flug. Nachdem Emma ihrer Gruppe gezeigt hatte, wie die Ausrüstung richtig gereinigt und verwahrt wird, bedankte und verabschiedete sie sich, worauf Tom die Gruppe nach draußen begleitete.

Nervös wartete Emma am Beckenrand und beobachtete Mister Avez, der abseits stand und etwas auf das Papier auf seinem Klemmbrett schrieb. Als Tom zurückkam, zog er Emma in eine stürmische Umarmung.

„Du warst genial! Als hättest du nie etwas anderes gemacht!"

Er sagte es voller Stolz und auch Emma begann zu strahlen, als die ganze Anspannung endlich von ihr abfiel. Jetzt musste sie nur noch bestanden haben, dachte sie, als Mister Avez auf die beiden zukam. Sein Gesicht ließ sich nicht deuten.

„Miss Jones, das war sehr beeindruckend. Sie haben den Ablauf einer Einführungsstunde gut erfasst, die Grundlagen richtig und ausführlich erklärt. Wenn es ins Wasser geht, sollten sie versuchen, dass niemand sofort stürmisch startet, bevor sie nicht allen die korrekte Einweisung gegeben haben. Aber alles in allem, kann ich nur sagen: Glückwünsch! Sie haben bestanden!"

Emma konnte es nicht glauben, sie hatte es geschafft!

„Oh mein Gott, danke!"

Am liebsten hätte sie Mister Avez umarmt, aber der hätte ihr wahrscheinlich direkt wieder ihren Schein abgenommen. Daher schüttelte sie ihm nur die Hand und als dieser sich auf den Weg nach draußen machte, war es Tom, der Emma erneut umarmte.

„Ich habe es doch gewusst!", jubelte er und hob Emma ein paar Zentimeter vom Boden ab, sodass sie überrascht aufschrie.

„Ich bin so glücklich, ich weiß gar nicht, was ich sagen soll!"

„Das muss gefeiert werden", schlug Tom vor.

„Hör bloß auf, das wird Nat heute Abend schon übernehmen. Sie will mich in irgendeinen neuen Laden schleifen. Du kommst doch auch, oder?"

„Na klar, sie hat mir schon vor Wochen gesagt, dass ich mir den Tag freihalten soll."

Emma lachte. „Aber ihr wusstet doch noch gar nicht, ob ich überhaupt bestehe!"

„Das war uns von vornherein klar!"

Emma lächelte Tom an, während sich beide tief in die Augen schauten. Vielleicht ist da ja doch mehr, hoffte sie, als Tom sie aus ihren Gedanken riss.

„Aber ich meinte, wir sollten jetzt schon feiern. Was hältst du davon, wenn wir eine Runde tauchen gehen? Meine nächste Gruppe kommt erst in zwei Stunden."

Emma war immer noch völlig durch den Wind, aber Toms Euphorie steckte sie an. Sie nickte und beide machten sich daran, ihre Ausrüstung zu checken und auf das kleine Boot zu verladen, das am Steg lag. Schon als Tom den Motor startete, konnte Emma ihre Freude gar nicht mehr bremsen. So war es immer, wenn sie wusste, dass sie gleich in die Schwerelosigkeit des Wassers gleiten und damit in eine völlig andere und friedliche Welt eintauchen würde.

Tom fuhr etwas weiter raus als sonst. Wahrscheinlich wollte er Emma ein neues Fleckchen zeigen, das er auf einem seiner Ausflüge entdeckt hatte. Das machte er ständig. Wenn er ein neues Riff oder bisher unbekannte Fische entdeckte, erzählte er Emma in aller Ausführlichkeit davon und musste sie natürlich hinterher dorthin mitnehmen.

„Wohin fahren wir?", schrie Emma gegen den Fahrtwind an.

„Ich glaube, ich habe letztens ein Flugzeugwrack im Wasser entdeckt. Allerdings hatte ich kaum noch Sauerstoff und musste die Tour abbrechen. Ich hoffe, wir finden es wieder. Es sah atemberaubend aus, auch von der Ferne schon!" Tom schien völlig begeistert.

Ein Wrack? Die Armen, die damit mal abgestürzt waren, dachte Emma traurig. Ob sie das wirklich sehen wollte? Was, wenn sich dort noch Skelette befanden? Emma schauderte. Erst einmal müsste Tom ja die Stelle wiederfinden.

Nach nur ein paar Minuten wurde Tom langsamer und stoppte das Boot.

„Ich glaube, hier bin ich das letzte Mal abgestiegen. Ich denke, wir schauen einfach mal nach."

„Na dann los", sagte Emma und schnappte sich ihre Ausrüstung. Beide prüften noch einmal die Druckanzeige, den Sitz ihrer Flaschen und die Gewichte, die, im Falle eines Notfalles, zum Schnellabwurf benutzt wurden. Dann setzten sie sich auf den Rand des Bootes und ließen sich rückwärts ins Wasser fallen.

Angenehme Kälte umfing Emma und entlockte ihr ein Lächeln. Genau hier war sie richtig, dachte sie, als sie Tom in die Tiefen des Meeres folgte. Vor Bajo Rianja gab es unzählige Korallenriffe, die alle ungefähr in einer Tiefe von dreißig bis vierzig Metern lagen. Was auch ganz gut so war, denn tiefer als vierzig Meter war Emma noch nie getaucht. Das war jedenfalls die maximale Tiefe, die für Sporttaucher erlaubt war. Auch jetzt tauchten sie auf einer Höhe von gut zweiunddreißig Metern, zwischen bunten Fischen, leuchtenden Korallen und Algen. Tom schwamm voraus, immer weiter. Emma genoss die Ruhe und die bunte Farbenwelt in vollen Zügen, als etwas Seltsames mit ihr geschah. Unter ihrem Anzug wurde es ungewöhnlich warm. Und warum war es hier plötzlich so hell? Tom bekam nicht mit, dass Emma ihm nicht mehr folgte, ebenso merkte er nichts von dem warmen Licht, das durch ihren Neoprenanzug drang. War das ihr Medaillon? Erschrocken wich sie zurück und schaute an sich herunter. Jetzt erkannte sie es ganz deutlich, ihr Medaillon leuchtete. Emma machte die Augen zu und schüttelte den Kopf. Verlor sie jetzt komplett den Verstand? Aber auch, als sie die Augen wieder öffnete, war da immer noch das helle Licht, das aus ihrem Anzug strahlte. Das Medaillon vibrierte leicht und Emma hatte das Gefühl, als würde es ihr irgendetwas zeigen wollen. Oh mein Gott, hatte sie das gerade wirklich gedacht? Ihr Medaillon wollte ihr etwas zeigen? Wie verrückt war die Vorstellung denn bitte? Emma wollte zu Tom aufschließen. Sie wurde schneller und je weiter sie schwamm, umso stärker vibrierte das Medaillon.

Und dann sah sie es. Das Wrack, von dem Tom gesprochen hatte. Es lag vor ihr auf dem Grund. Es sah unbeschädigt aus, als wäre es einfach ins Meer geflogen und dort gelandet. Emma schwamm immer schneller, angetrieben vom stetigen Pulsieren ihres Anhängers und ihrer Neugierde herauszufinden, was dort im Wrack auf sie wartete.

Abrupt wurde sie aus ihrer Trance gerissen, als etwas Schwarzes mit hohem Tempo an ihr vorbeischoss und sie nur um Zentimeter verfehlte. Emma zuckte zurück und sah diesem Ding hinterher, das aber schon aus ihrem Blickfeld verschwunden war. Was war das gewesen?

Erst jetzt bemerkte sie, dass ihre Kette nicht mehr leuchtete und sie viel näher an das Flugzeug herangeschwommen war, als sie vorhatte. Der Drang zum Flugzeug zu schwimmen, war wie verflogen. Sobald Tom sich zu ihr umdrehte, signalisierte sie ihm, dass sie wieder an die Oberfläche schwimmen würde. Er gab sein Okay und Emma versuchte so schnell wie möglich wieder ans Tageslicht zu gelangen.

Was war gerade passiert? Wieso leuchtete ihre Kette? Vielleicht hatte die Taschenlampe etwas reflektiert oder das Material reagierte nicht gut auf das Wasser? Bisher hatte sie die Kette noch nie beim Tauchen getragen. Es musste eine logische Erklärung dafür geben. Aber was war das für ein schwarzes Etwas gewesen? Es sah fast aus wie schwarzer Rauch, der sich wie ein Aal bewegte.

Na super, jetzt sah sie auch noch unheimliche Unterwasserbewohner. Emma musste dringend an die Luft. Vielleicht war der Sauerstoff ihrer Flasche nicht in Ordnung? Sie schaute auf die Anzeige. Ausreichend Sauerstoff war jedenfalls noch vorhanden und auch der Druck sah gut aus. Seltsam.

Es wurde um Emma langsam heller und endlich durchbrach sie die Wasseroberfläche und hielt Ausschau nach dem Boot. Als sie es erreichte und über die kleine Seitentreppe an Bord gelangte, war sie so erleichtert wie noch nie. Das Meer war immer wie ihr zweites Zuhause gewesen, aber heute hatte sie sich komischerweise dort überhaupt nicht sicher gefühlt.

Zwei

Als das Boot am Steg andockte, hatte sich Emma wieder etwas beruhigt. Vielleicht hatte sie sich das alles auch nur eingebildet, schließlich war es ein anstrengender Tag gewesen und eine noch stressigere Woche davor. Der Druck war ihr vielleicht einfach zu Kopf gestiegen. So etwas kommt doch vor, oder?

Sie hatte Tom jedenfalls nichts von ihrem Medaillon oder dem schwarzen Ding erzählt. Trotzdem musterte er sie argwöhnisch. Auf dem gesamten Rückweg hatte sie sich wenig bis gar nicht an einer Unterhaltung beteiligt, bis er es irgendwann aufgegeben hatte. Er war immer noch ganz begeistert davon, dass er das Wrack wiedergefunden hatte.

Beim Umziehen im Tauchclub schaute sich Emma das Medaillon genauer an. Aber sie konnte nichts entdecken, es sah aus wie immer. Es war wahrscheinlich wirklich nur Einbildung gewesen.

Nachdem sie ihre Ausrüstung verstaut und sich von Tom verabschiedet hatte, schlenderte sie gedankenverloren zurück nach Hause.

Es war kurz nach drei. Bestimmt war Nat von ihrer Frühschicht schon zurück, Emma brauchte dringend Ablenkung. Das kleine hellgelbe Haus mit den blauen Fensterläden, an denen die Farbe bereits abblätterte, sah Emma schon von weitem. Sie erinnerte sich noch genau, wie Nat ihr vor zwei Jahren erzählt hatte, dass sie dort einziehen würden. Da Natalies Vater als Chefarzt in der einzigen Klinik im Umkreis von hundert Kilometern arbeitete, war es für ihn selbstverständlich gewesen, seiner Tochter zur bestandenen Ausbildung ein kleines Haus zu kaufen. Gut, viel kann es nicht gekostet haben. Die Veranda war teilweise morsch, die Dielen knarrten und das Dach hatte auch schon bessere Tage erlebt. Aber für die beiden reichte es und es war schön, sein eigenes kleines Reich zu haben und dann noch mit so einem Ausblick.

Nat saß auf der Terrasse, als Emma die Stufen vom Strand hinaufstieg.

„Und? Und? Und?" Ihre Freundin sprang von der Hängematte auf und wartete gespannt auf eine Antwort. Emma schmunzelte nur.

„Jetzt mach es doch nicht so spannend. Ich warte schon seit fast drei Stunden auf eine Nachricht von dir, aber du hast es ja nicht für nötig gehalten, deiner besten Freundin Bescheid zu geben. Oder war die Prüfung doch erst später? Gestern hast du gesagt sie fängt um zehn an und dauert höchstens zwei Stunden. Du hättest es mir doch gesagt, wenn die sich verschoben hätte? Oder bist du durchgefallen? Nein, oder?"

Emma unterbrach Nat, bevor sie sich noch weiter in ihren Monolog verstricken konnte.

„Nat, vergiss nicht zu atmen!", sagte Emma und grinste verschmitzt. „Ja, die Prüfung war um zehn, aber ich bin danach noch mit Tom draußen gewesen, er wollte feiern …".

„Du hast bestanden?", schrie Nat und zog Emma sogleich in ihre Arme. „Ich wusste es doch! Glückwunsch, Süße!"

„Danke!" Emma strahlte vor Freude und erwiderte die Umarmung.

„Das heißt also erst recht heute Abend Party! Hast du Tom gefragt? Kommt er auch?" Nat war total aufgeregt.

„Klar, du hast ihm ja gar keine andere Wahl gelassen." Emma lachte.

„Er hätte Nein sagen können, aber ich glaube, gegen meinen Charme kommt er nicht an", sagte Nat und warf theatralisch ihre Haare nach hinten. „Außerdem freut er sich bestimmt auch, mal mehr Zeit mit dir zu verbringen", sagte sie mit einem Augenzwinkern. Emma rollte genervt mit den Augen.

„Jetzt hör schon auf, so ist es nicht zwischen uns. Er ist mehr wie ein großer Bruder."

„Ein verdammt gut aussehender großer Bruder", sagte Nat mit verschwörerischer Miene. Emma erwiderte darauf nichts, sie wollte sich nicht schon wieder auf eine Diskussion mit ihrer Freundin einlassen. Egal, was Tom sagte oder tat, Nat sah in allem einen Beweis dafür, dass er an Emma interessiert war.

So wie vor einem Monat als Nat es wieder irgendwie geschafft hatte, Emma zu überreden, in der kleinen Bar, die nur circa fünf Gehminuten von ihrem Haus entfernt lag, etwas trinken zu gehen. Durch Zufall hatten sie Tom dort getroffen und den Abend mit Darts und zu viel Bier ausklingen lassen. Als Emma nach Hause wollte und Nat noch keine Lust hatte zu gehen – was an dem Volleyball-Männerteam gelegen haben könnte, das in der Bar seinen Sieg feierte –, erklärte sich Tom bereit, Emma nach Hause zu bringen. Den gesamten Weg hatten die beiden unentwegt über das Tauchen gesprochen und wo sie am liebsten mal tauchen gehen würden. Bis Emma, die von dem ganzen Bier schon etwas verschwommen sah, beinahe gestolpert wäre und Tom sie heldenhaft aufgefangen hatte. Ihre Hand, die sich nach dem Rettungsmanöver in seiner Hand befunden hatte, blieb den gesamten Heimweg dort und Emma hätte schwören können, dass Tom sie auch nicht mehr losgelassen hätte, selbst wenn sie es versucht hätte. Als sie zu Hause ankamen, hatte Tom sie zum Abschied lange umarmt – länger als eine freundschaftliche Umarmung dauern sollte – und ihr einen Gutenachtkuss auf die Wange gegeben. Aber das war es auch gewesen. Am nächsten Tag im Tauchclub hatte er den Abschied nicht wieder erwähnt und auch sonst keine Andeutungen gemacht, dass da mehr zwischen ihnen sein könnte. Emma bereute auch nicht, Tom darauf nicht angesprochen zu haben. Was sie jedoch bereute, war, Nat davon erzählt zu haben, denn es schien ein gefundenes Fressen für ihre Freundin zu sein, immer mehr in die Beziehung der beiden hineinzuinterpretieren.

Emma seufzte und berichtete Nat lieber, wie ihre Prüfung gelaufen war.

„Das ist so genial, ich bin mächtig stolz auf dich!", jubelte Nat. „Und wann bekommst du deine erste Gruppe? Tom stellt dich doch ein, oder?"

„Darüber haben wir noch gar nicht gesprochen", überlegte Emma. Tom hatte ihr versichert, dass immer noch ein Tauchlehrer fehlte. Darauf musste sie ihn unbedingt nachher ansprechen, denn ihr Aushilfsjob im Tauchclub war zwar gut, aber eben nur ein Aushilfsjob.

„Ich werde Tom nachher mal fragen."

„Mach das", sagte Nat, „aber jetzt mach ich uns erstmal was zu trinken. Worauf hast du Lust? Long Island? Caipi?"

„Caipi klingt gut", antwortete Emma und machte es sich auf der Hängematte bequem, während Nat in die Küche verschwand.

Emmas Blick schweifte auf das Meer hinaus und sie dachte an vorhin. Nachdenklich fasste sie an ihr Medaillon, das noch um ihren Hals hing, und betrachtete das zerbrechliche Glas mit den feinen Blüten. Hatte sie sich das Vibrieren und Leuchten wirklich nur eingebildet? Und falls nicht, was sollte das bedeuten? Sie fand keine Erklärung für das, was sie gesehen und gefühlt hatte. Dieser Drang, immer weiter zum Flugzeugwrack am Meeresgrund zu schwimmen, war ihr noch zu gut im Gedächtnis. Es war nicht nur so, dass das Medaillon ihr den Weg zeigen wollte, mehr noch hatte Emma gespürt, dass sie selbst dorthin wollte, wie ein unterdrückter Wunsch. Aber was war an einem Flugzeugwrack, das irgendwann abgestürzt war, so besonders? Sie wusste ja nicht mal, wie lange es dort unten schon lag. Vielleicht sollte sie im Internet recherchieren, wann eine Maschine über der Insel verschwunden war. So würde sie eventuell auch herausfinden können, wer an Bord gewesen war. Ob sie direkt nachschauen sollte? Andererseits müsste sie erst noch einmal zum Wrack tauchen. Sie hatte ja gar keine Ahnung, um was für eine Maschine es sich handelte. Vielleicht fragte sie Tom, ob er noch einmal mit ihr zum Wrack fuhr? Oder sollte sie sich lieber alleine auf den Weg machen? Was, wenn ihr Anhänger wieder verrücktspielte und zu leuchten begann, während Tom dabei war. Sie könnte sich morgen, wenn er einen Kurs hatte, für zwei Stunden davonstehlen. Genau, das würde sie machen!

Nat unterbrach ihre Gedanken, als sie mit zwei vollen Gläsern Caipirinha auf die Terrasse kam.

„Auf dich! Auf die beste Tauchlehrerin, die Bajo Rianja je gesehen hat!" Nat streckte Emma ihr Getränk entgegen.

„Jetzt übertreib nicht!", lachte Emma und stieß mit ihrer Freundin an. Die Gedanken an morgen schob sie erst einmal beiseite.

„Ich hab nichts zum Anziehen!", meckerte Emma zwei Stunden später, während sie auf den vor ihrem Kleiderschrank ausgebreiteten Haufen Sachen blickte. Nat saß schon in ihrem Party-Outfit auf Emmas Bett und schaute sich die miserable Kleiderauswahl genauer an. In ihrer knappen Hotpants, dem glitzernden Top und den neun Zentimeter hohen High Heels, in denen Emma sich nur die Füße gebrochen hätte, sah sie einfach umwerfend aus. Einen Teil ihrer Haare hatte sie hochgesteckt, sodass der Rest locker über die Schultern fiel.

„Hm …", Nat zog die Stirn kraus und prüfte ein Shirt nach dem anderen. „Also, wir sollten echt mal wieder shoppen gehen.

Wann hast du dir das letzte Mal neue Klamotten gekauft? Und ich meine nicht, einen neuen Taucheranzug!"

Da musste Emma wirklich überlegen. Ihr neuer Neoprenanzug war erst zwei Wochen alt, das wusste sie, aber Bekleidung, das musste letztes Jahr um Weihnachten rum gewesen sein. Also definitiv zu lange her.

„Was weiß denn ich? Ich bleib hier, ist doch doof!" Emma meckerte vor sich hin und schaufelte ihren Klamottenberg wieder in den Wandschrank.

„Nichts da! Komm mit!" Nat packte sie am Arm und zerrte sie durch den kleinen Flur im Obergeschoss in ihr Zimmer. Nats Zimmer war ein Paradies für alle, die Mode liebten. Überall standen Kleiderstangen herum. Von Röcken bis Tops, zu Jumpsuits und Kleidern fand man hier alles, was das Fashion-Herz begehrte. Dass ihr großes Bett überhaupt noch ins Zimmer passte, war ein Wunder. Emma erinnerte sich noch, wie sie und ihre Freundin versucht hatten, noch zwei weitere Kleiderständer in das Zimmer zu quetschen, aber kläglich gescheitert waren.

Nat marschierte geradewegs auf eine Kleiderstange zu und zog eine enge schwarze Lederhose heraus, die sie Emma in die Arme warf.

„Die passt perfekt zu dir! Und obenrum … hm …" Nat suchte weiter. „Ja genau, das Shirt. Anziehen, los!"

Bevor Emma widersprechen konnte, drückte ihr Nat das Shirt in die Hand und schob sie Richtung Badezimmer. Die Hose passte wie angegossen, das musste Emma gestehen und auch das One-Shoulder-Shirt, welches obenrum mit einem Rundausschnitt recht eng saß und nach unten weiter wurde, sah zu der engen Lederhose perfekt aus. Emma betrachtete sich im Spiegel und musste gestehen, dass Nat es echt drauf hatte.

„Perfekt!", sagte ihre Freundin triumphierend, als Emma aus dem Bad kam. „Und dazu noch die Pumps."

Emma betrachtete die roten Heels in Nats Hand skeptisch.

„Ich glaube, ich bleibe doch lieber bei flachen Schuhen!"

„Ach, Emma, du musst dich auch mal was trauen!"

„Ja, aber nicht heute!", lachte Emma. Sie zog lieber ihre schwarzen Vans an – die passten auch gut, fand sie.

Nachdem Nat noch dafür gesorgt hat, dass Emma auch auf dem Kopf anständig aussah – sie hatte ihr den oberen Teil der Haare aufwändig geflochten, während die restlichen Haare glatt nach unten fielen –, gingen die zwei fertig gestylt nach unten, als es an der Tür klopfte. Nat öffnete und Tom trat ins Wohnzimmer. In einer dunklen Jeans und einem weißen Hemd, bei dem er oben zwei Knöpfe offengelassen hatte, sodass ein Teil seiner gebräunten Brust zum Vorschein kam, sah er absolut sexy aus. Emma hielt auf dem letzten Treppensatz inne und konnte nicht anders, als ihn anstarren. Aber auch Tom schaute sie mit einem Blick an, als würde er sie heute zum ersten Mal sehen. Nat räusperte sich geräuschvoll.

„Ähm, ja. Hi Tom! Du kommst gerade richtig. Ich wollte uns gerade noch einen Drink machen, bevor wir losgehen. Im Club ist vor dreiundzwanzig Uhr eh noch nichts los."

Nat ging an Tom vorbei und warf Emma einen vielsagenden Blick zu.

„Hey!", sagte Tom und räusperte sich. „Du siehst echt toll aus."

War er etwa verlegen? Emma hatte Tom noch nie verlegen gesehen. Wie auch, wenn immer mindestens zwei gutaussehende Frauen neben ihm standen und wild mit ihm flirteten.

„Danke!", sagte Emma. „Du hast dich aber auch chic gemacht."

„Ja, ich dachte mir, zu so einem Anlass kann ich mal ein Hemd rausholen!", erwiderte er. Beide lachten verlegen und folgten Nat in die Küche.

So gut wie ihre Freundin Leute einkleiden konnte, so gut konnte sie auch Cocktails mixen. Emma hatte gar keine Ahnung, was alles in ihrem Glas drin war, aber es schmeckte köstlich – nach Maracuja und Mango und ganz klar Tequila. Mit jedem Schluck merkte Emma, wie der Alkohol langsam in ihrem Kopf ankam. Sie musste aufpassen, sonst würde sie es gar nicht mehr bis zum Club schaffen.

Kurz vor elf machten sich die drei dann auf den Weg. Der neue Club „El Plaza" lag mitten im kleinen Stadtkern von Bajo Rianja, was bedeutete, dass drum herum nur ein paar Bekleidungsläden, ein Bäcker, ein Fischhändler, eine Bar, ein Mini-Supermarkt und zwei Imbisse waren. Es gab einen Chinesen und ein indisches Restaurant, in dem Will, ein alter Uni-Freund von Emma und Nat, arbeitete. Beide Imbisse kannten die zwei, da sie des Öfteren dort bestellten. Kochen war nicht so Emmas Ding und Nat hatte dafür leider gar kein Talent.

Alles in allem war Bajo Rianja eben nicht besonders groß. Mit nur knapp tausenddreihundert Einwohnern musste man, um etwas Neues zu erleben, eigentlich in die nächste Stadt, Marakima, fahren. Mit dem Auto waren es rund fünfzehn Minuten. Daher war es fast eine Sensation, als die Freundinnen erfahren hatten, dass ein neuer Club in ihrem Ort eröffnen würde.

Die drei sahen die große Neonschrift „El Plaza" schon von weitem. Gelb leuchtend prangte sie über der großen Eingangstür, die fast an ein Schlosstor erinnerte, mit geschwungenen Ornamenten und alten Türgriffen. Als Emma hindurch ging, empfingen sie sofort der dumpfe Bass der Musik und eine angenehme Kühle. Eindeutig legte der Betreiber hier Wert auf eine Klimaanlage. Eine gute Investition, wenn man bedachte, dass die Temperatur auch nachts meist nicht unter zwanzig Grad fiel. Nach der Eingangstür folgten die Freunde einem kleinen dunklen Gang, der nur spärlich mit Neonlichtern beleuchtet wurde. Rechts kamen sie an einer Garderobe vorbei. Verschwendete Mühe, dachte Emma. Wer würde bei dem Wetter schon eine Jacke tragen? Auf der linken Seite sah sie drei Türen, jeweils eine Toilette für Männer und Frauen und daneben eine Tür mit der Aufschrift „Private", wahrscheinlich das Büro oder ein Raum für die Mitarbeiter. Dann ging es durch einen großen Torbogen, vor dem ein leuchtend blauer Samtvorhang hing. Aber was Emma danach empfing, hatte sie nicht erwartet. Der Club war riesig. Sie sah eine große Tanzfläche, die sich, drei Stufen nach unten, direkt vor ihr ausbreitete. Ein paar Leute tanzten schon zu rhythmischen Techno-Klängen. Rechts und links gab es jeweils eine Bar mit Regalen bis unter die Decke, in denen Gläser und Schnapsflaschen ihren Platz fanden. Geradeaus hinter der Tanzfläche auf einer kleinen Bühne entdeckte sie den DJ, der mit einer Hand am Kopfhörer und der anderen am Mischpult für die ohrenbetäubende Musik sorgte. Neben der Bühne gab es noch eine Wendeltreppe, die sich nach oben schraubte zu einer Art Balkon. Emma entdeckte dort blaue Sofas und Sessel, die um runde Tische arrangiert waren und tatsächlich auch ein, zwei Polestangen. Zum Glück turnten da aber keine halbnackten Frauen oder Männer dran herum. Auch Nat und Tom schauten sich mit offenen Mündern den Club an. Was der Besitzer aus dem alten Theater gemacht hatte, war wirklich genial. Während Nat und Emma sich sofort auf die Tanzfläche begaben – gerade lief ihr Lieblingslied „Mister Vane" in einer sehr interessanten Techno-Version –, steuerte Tom die Bar an und bestellte drei Cuba Libre. Mit den Gläsern balancierend stellte er sich an einen Stehtisch in der Nähe der Tanzfläche und beobachtete das bunte Treiben. Nach und nach wurde der Club immer voller und auch auf der Tanzfläche wurde es enger. Emma hatte sogar Tom ein paar Mal zum Tanzen überreden können, auch wenn das nicht sein Ding war, wie er es nannte. Die Zeit verging wie im Flug und Emma bemerkte gar nicht, dass sie schon etwas zu viel getrunken hatte. Sie verlor Nat aus den Augen, die mit irgendeinem Typen ziemlich eng tanzte – kein Blatt Papier hätte dazwischen gepasst –, und auch Tom befand sich in bester Gesellschaft mit zwei blonden Flittchen, wie Emma sie in ihren Gedanken bezeichnete. Wie konnte man sich nur so auffällig an einen Kerl ranschmeißen? Emma würde das nie machen, aber warum eigentlich nicht? Gerade jetzt sollte sie sich doch genug Mut angetrunken haben, um eng mit ihm zu tanzen.

Bevor Emma wusste, was ihre Beine taten, marschierte sie auch schon geradewegs auf Tom zu, allerdings kam sie nicht weit. Mit einem Mal wurde ihr so schwindelig, dass sie lieber links abbog und sich auf die nächstbeste Couch fallen ließ. Tief ein- und ausatmen, ermahnte sie sich. Mit geschlossenen Augen lehnte sie sich auf dem Sofa zurück und wartete, dass der Schwindel nachließ. Erst langsam beruhigte sich ihr Herzschlag und sie traute sich, ihre Augen wieder zu öffnen. Und da sah sie ihn. Er stand oben auf dem Balkon, mit den Ellenbogen auf dem Geländer abgestützt und schaute sie direkt an. Emma konnte nicht anders, als zurück zu starren. Er hatte ein markantes Gesicht, das am Kinn etwas spitz zulief, sodass seine Wangenknochen deutlich zum Vorschein kamen. Seine dunkelblonden Haare waren an den Seiten kürzer als auf dem Kopf, weswegen er sie wie eine kleine Tolle nach oben gestylt hatte. Seine vollen Lippen wurden von einem Dreitagebart umrahmt. Aber was Emma am meisten in seinen Bann zog, waren seine Augen. Sie hätte schwören können, dass sie förmlich strahlten, in einem sehr hellen Blau oder war es doch mehr Türkis? Alles an ihm zog Emma an. Wer war der Typ? Sie hatte ihn in der Stadt noch nie gesehen, aber das musste nichts bedeuten. Dass ein neuer Club aufmachte, hatte Nat ebenfalls im Krankenhaus in Marakima aufgeschnappt, also waren bestimmt ein paar Leute aus den umliegenden Städten heute hier aufgetaucht.

Emma konnte ihren Blick nicht von ihm lösen, als sich ihr plötzlich eine andere Person in den Weg stellte. Nat. Mit … ja, wer war der Typ?

„Emma, geht's dir gut? Du siehst ein bisschen blass aus. Willst du ein Wasser?"

Emma lehnte sich zur Seite und schaute an Nat vorbei, aber der Typ war weg. So ein Mist!

„Hallo? Erde an Emma?" Ihre Freundin wedelte mit der Hand vor ihrem Gesicht herum.

„Ja, ähm, Wasser wäre nicht verkehrt."

Nat flüsterte dem Kerl, den sie angeschleppt hatte, etwas zu und dieser verschwand.

„Das ist Theo", sagte Nat, als sie sich neben Emma auf die Couch fallen ließ. „Sieht ganz süß aus, oder was meinst du?"

Emma schaute immer noch auf den Balkon, aber von dem Mann war nichts mehr zu sehen.

„Ja, sieht echt nett aus", antwortete sie dann gedankenverloren.

„Was gibt's denn da oben zu sehen?"

Nat verrenkte ihren Hals, um Emmas Blick zu folgen.

„Ach, nichts", wiegelte Emma ab.

In dem Moment kam dieser Theo mit ihren Getränken zurück. Während er für Emma Wasser mitgebracht hatte, trank Nat einen weiteren Cocktail. Wie konnte sie nur so viel vertragen? Emma nahm einen großen Schluck von ihrem Wasser und spürte wie sich ihr Kreislauf beruhigte. Wo war eigentlich Tom? Emma schaute sich um, konnte ihn aber nirgends entdecken.

„Weißt du, wo Tom ist?", fragte sie Nat.

„Nein, keine Ahnung. Vorhin habe ich ihn noch am Tisch stehen sehen."

„Ich geh mal schauen, wo er sich rumtreibt."

Emma erhob sich und schlenderte Richtung Ausgang. Auch hier konnte sie ihn nicht entdecken, aber wo sie schon mal da war, würde sie auch schnell auf die Toilette gehen. Sie schaute auf ihr Handy. Tom hatte ihr geschrieben, dass er an der Garderobe auf sie wartete. Emma wusch sich die Hände und verließ die Toilette genau in dem Moment, als jemand vor der Tür vorbeilief, denn Emma spürte nur einen Widerstand, als sie die Tür aufschlug.

„Aua, verdammt!"

Emma ließ die Tür zufallen und schaute sich an, wen sie damit gerade getroffen hatte. Türkisblaue Augen funkelten sie böse an. Emma war wie versteinert.

„Sag mal, kannst du nicht aufpassen?", schrie er Emma an und rieb sich wütend seine Schulter. Hatte er sie noch alle, hier so herumzubrüllen?

„Du musst ja auch nicht so nah vor der Tür entlanglaufen, oder?" War sie verrückt geworden? Warum meckerte sie diesen gutaussehenden Kerl so an? Und woher nahm sie plötzlich den Mut dazu?

Seine Augen musterten Emma und blieben an ihrem Ausschnitt hängen, genau dort, wo der Anhänger verschwand und nur die Kette noch sichtbar war. Sein Blick veränderte sich. Gerade schien er noch wütend zu sein, im nächsten Moment blickte er Emma verwundert an.

„Wer bist du?" fragte er. Aber bevor Emma ihm sagen konnte, dass ihn das gar nichts anginge, stand Tom an ihrer Seite und legte beschützend einen Arm um sie.

„Ist alles okay?"

Der Typ beäugte Tom und zog eine Augenbraue in die Höhe, als Emma zum Glück ihre Stimme wiederfand.

„Ja, alles gut. Lass uns Nat finden und dann nach Hause gehen."

„Geht klar." Tom führte Emma zurück in den Tanzbereich. Sie konnte nicht anders, als sich noch einmal nach dem mysteriösen Fremden umzudrehen. Der wiederum schaute ihnen verwirrt hinterher, setzte aber, als er sah, dass Emma ihn anschaute, sein wütendes Gesicht wieder auf, machte auf dem Absatz kehrt und verschwand in Richtung Ausgang. Komisch, dachte Emma, was hatte der denn für ein Problem?

Sie fand ihre Freundin auf der Tanzfläche wieder, wo sie sich im Rhythmus eines Liedes bewegte.

„Hey, Nat, wir wollen gehen. Kommst du mit?" Emma brüllte gegen die laute Musik an. Nat nickte, gab dem Jungen, der sie immer noch von hinten umschlungen antanzte, einen Kuss und folgte Emma und Tom nach draußen.

„Was war das für ein Typ?", frage Tom, als sie durch die dunklen, kleinen Gassen gingen, die nur von spärlichen Laternen beleuchtet wurden.

„Typ? Was für ein Typ? Hast du jemanden kennengelernt?" Nat konnte ihre Begeisterung kaum verbergen.

„Ich habe niemanden kennengelernt", entgegnete Emma genervt. „Da war so ein komischer Kerl, der mir im Weg stand, als ich die Klotür geöffnet habe."

Allein der Gedanke an sein seltsames Verhalten machte Emma wütend.

„Sah er wenigstens gut aus?"

„Was hat das damit zu tun? Er hat sich unmöglich benommen, da ist es doch egal, wie er aussah."

Emma hatte keine Lust, über diesen Idioten zu reden, sie stapfte davon und ließ Tom und Nat hinter sich.

„Ich entnehme deiner Reaktion, dass er sehr wohl gut aussah!", rief Nat ihr hinterher. Emma reagierte gar nicht darauf. Es war ihr egal, wie kindisch sie sich verhielt, sie wollte ins Bett und zwar pronto.

Der Weg nach Hause war nicht weit. Zum Glück ließ ihre Freundin das Thema ruhen, aber Emma wusste, dass sie ihr morgen Rede und Antwort stehen musste. Als die drei an die Kreuzung kamen, die links Richtung Strand und damit zu ihrem Haus und rechts zu der Straße führte, in der Toms kleines Apartment stand, machte dieser keine Anstalten nach Hause zu gehen. Emma blickte ihn verwirrt an.

„Du glaubst doch nicht, dass ich euch zwei Mädels einfach alleine nach Hause gehen lasse", sagte Tom. „Wer weiß, ob der Typ aus dem Club nicht nochmal auftaucht!"

Er zwinkerte Emma zu, legte einen Arm um sie und zog sie Richtung Strand. Dass Nat mit einem breiten Grinsen auf dem Gesicht hinter den beiden herlief, bekam sie gar nicht mehr mit. Sie war viel zu überrumpelt von der plötzlichen Nähe zu Tom. Sie spürte seinen starken Arm um ihre Taille, seinen Atem auf ihrem Haar und lehnte automatisch ihren Kopf an seiner Schulter an. Am liebsten wäre Emma noch einmal den Weg zurückgelaufen, einfach, um die Zeit in Toms Arm noch weiter zu verlängern. Umso enttäuschter war sie, als ihr Haus in Sicht kam.

Sollte sie fragen, ob er noch mit reinkommen wollte? Oder ihn einfach verabschieden? Aber wie? Umarmen? Hand schütteln? Mist! Emma war bisher noch nie in so einer Situation gewesen. Ihre Erfahrungen in Bezug auf Männer beschränkten sich auf eine kurze Beziehung im Studium und ein Techtelmechtel mit Steven, einem anderen Auszubildenden aus dem Tauchclub, der aber nach einer verpatzten Prüfung schnell das Handtuch geworfen hatte und aus Bajo Rianja verschwand.

Jedenfalls hatte sich Emma nie zu den beiden so hingezogen gefühlt wie zu Tom. Besonders jetzt, da er ihr so nah war, dass ihr Kopf wie leergefegt schien. Nat hätte bestimmt gewusst, was sie jetzt tun sollte, aber die ging noch gut zehn Meter hinter den beiden, mit dem Handy in der Hand und schrieb mit Sicherheit diesem Theo. Super Hilfe!

Vor der Tür löste sich Tom von Emma, behielt aber ihre Hände in seinen und sah sie mit einem durchdringenden Blick an. Verdammt, sollte sie was sagen? Emma verlor sich in seinen grünen Augen und war zu keiner Reaktion fähig. Bestimmt fragte er sich, was mit ihr los war, dass sie ihn so dämlich anstarrte. Aber auch Tom sagte nichts. Er schaute sie ebenfalls an und für einen kurzen Moment hatte Emma das Gefühl, dass er mit seinem Gesicht immer näher kam. Wollte er sie küssen? Ganz sanft legte Tom ihr eine Hand auf die Wange und fuhr behutsam mit seinen Fingern über ihre Haut. Unter seiner Berührung hatte Emma das Gefühl, als würde ihre Wange in Flammen stehen. Röte schoss ihr ins Gesicht, aber sie war unfähig, sich auch nur einen Millimeter zu bewegen. Emmas Blick glitt zu Toms Lippen, die mittlerweile nur noch wenige Zentimeter von ihren entfernt waren. Sie wollte gerade die Augen schließen, als er sich plötzlich wieder zurückzog. Ein letztes Mal streichelten seine Finger ihre Wange, bevor er sie wegnahm und sich einen kleinen Schritt von ihr entfernte.

„Ich sollte jetzt wohl besser gehen." Er hauchte Emma einen Kuss auf die Wange, wo vorher seine Finger gewesen waren. „Sehen wir uns morgen in der Schule?"

Emma räusperte sich. „Klar."

Sie zwang sich zu einem Lächeln, obwohl ihr die Enttäuschung buchstäblich ins Gesicht geschrieben stand. „Komm gut heim."

Tom sah sie noch ein letztes Mal an, dann drehte er sich um und verabschiedete sich im Gehen von Nat, die immer noch mit ihrem Handy in der Hand und einem breiten Grinsen auf den Lippen vor der Veranda stand.

Kaum war er hinter einer Abbiegung verschwunden, löste sich Nat aus ihrer Starre und kam auf Emma zu gerannt. Sie stand immer noch total perplex vor der Tür.

„Oh mein Gott, oh mein Gott, oh mein Gott!", kreischte Nat hysterisch. „Was war das denn? Das Knistern zwischen euch haben alle im Umkreis von dreißig Kilometern mitbekommen!"

Ja, es hatte geknistert und wie! Aber warum hatte er es sich doch anders überlegt? Konnte es sein, weil Nat in der Nähe gewesen war? Oder hatte er doch mehr getrunken und Angst, etwas zu tun, was er später bereuen würde?

„Emma! Tom hätte dich gerade fast geküsst!"

Nat sah sie erwartungsvoll an.

„Ja, du sagst es. Fast! Aber er hat es nicht getan, also lass uns keine große Sache daraus machen!"

Emma stapfte an ihr vorbei und schloss die Tür auf.

„Keine große Sache? Spinnst du?" Empört kam Natalie ihr hinterher. „Tom steht auf dich, das müsstest doch mittlerweile selbst du erkennen!"

Emma ging mit großen Schritten durchs Wohnzimmer in Richtung Treppe. Sie hatte keine Lust, jetzt mit Nat zu diskutieren. „Können wir da morgen drüber reden, ich muss jetzt ins Bett." Ohne eine Antwort abzuwarten, stieg sie die Treppe nach oben und ging auf direktem Weg in ihr Zimmer. Natalies Antwort hörte sie nicht mehr, aber sie wusste, dass heute einiges passiert war, über das ihre Freundin morgen sprechen wollen würde.

Emma zog ihre Sachen aus und warf alles gleich in die Wäsche. Dann ging sie ins Bad, putzte sich die Zähne und fiel schließlich todmüde ins Bett. Aber an Schlaf war nicht zu denken. Ihre Gedanken kreisten um Tom. Sie wurde aus ihm einfach nicht schlau. In der Tauchschule verhielt er sich immer wie ihr bester Freund, keine Annäherungen oder Andeutungen und heute Abend kam er ihr so nah wie noch nie. Emma dachte an seinen intensiven Blick, mit dem er sie angeschaut hatte. Wusste er, dass sie sich mehr erhoffte? Dass sie ihn küssen wollte? Aber warum hatte er sie, verdammt nochmal, dann nicht geküsst? Und was war das für ein Typ im Club? Seine Augen gingen Emma nicht mehr aus dem Kopf und auch sein plötzlicher Stimmungsumschwung verwirrte sie immer noch! Emma drehte sich unruhig auf die andere Seite. Zu viele Gedanken schwirrten ihr im Kopf herum, vor allem, wie sie sich verhalten sollte, wenn sie Tom im Tauchclub sah.

Mist, Tauchen, Medaillon, Wrack. Emmas Blick glitt zur Kommode, wo am Spiegel die Kette ihrer Mutter hing. Sollte sie morgen noch einmal zum Wrack tauchen? Einfach, um sicherzugehen, dass sie sich das Leuchten nicht nur eingebildet hatte? Es war doch nur ein harmloser Anhänger. Seit Jahren trug ihn Emma um den Hals, seitdem ihr Onkel sie, als sie gerade einmal zwei Jahre alt gewesen war, nach Bajo Rianja geholt hatte. Ihre Eltern waren bei einem Brand in ihrem Apartment in Los Angeles ums Leben gekommen. Emma war damals genau in dieser Zeit bei ihrem Onkel, sonst wäre es ihr vermutlich genauso ergangen wie ihren Eltern. Die Feuerwehr hatte außer ein paar alten Fotos nichts aus den Trümmern bergen können. Möbel, Kleidung, Erinnerungsstücke - alles war den Flammen zum Opfer gefallen.

Emma nahm den Blick von der Kette und wischte eine einzelne Träne weg, die aus ihrem Auge kullerte. Nein, sie musste Gewissheit haben. Sie würde morgen direkt zur Tauchschule fahren, Tom wie immer gegenübertreten – es sei denn, er machte irgendwelche Andeutungen –, und dann würde sie erneut zum Wrack tauchen. Mit diesem Entschluss im Hinterkopf kam Emma endlich zur Ruhe und fiel in einen tiefen Schlaf.

Drei

Als Emma am nächsten Morgen aufwachte, war es bereits halb elf. So lange und tief hatte sie schon ewig nicht mehr geschlafen. Und vor allem hatte sie keinen Albtraum gehabt, zumindest konnte sie sich nicht daran erinnern. Gut gelaunt und voller Tatendrang lief sie nach unten in die Küche. Nat saß schon an der Theke, schlürfte ihren Kaffee und las in der Zeitung.

„Einen wunderschönen guten Morgen, meine Liebe!", sagte Emma, als sie sich schwungvoll eine Tasse aus dem Schrank schnappte, sich ebenfalls Kaffee einschenkte und ein noch warmes Croissant aus dem Brotkorb nahm, der auf der Theke stand.

„Morgen?" Nat blickte sie skeptisch an. „Na, wir haben heute aber gute Laune!"

„Oh ja, so gut habe ich seit langem nicht mehr geschlafen!"

Emma setzte sich zu Nat an die Theke und klaute ihr einen Teil der Zeitung.

„Und deine gute Laune hat nicht zufällig mit gestern Abend zu tun?"

„Was meinst du?" Emma setzte ihre Unschuldsmiene auf.

„Ach komm schon, erst der mysteriöse Typ im Club und dann Tom auf dem Weg nach Hause! Er mag dich, das hat man doch gestern eindeutig gesehen!"

„Nur, weil er uns nach Hause gebracht hat?"

„Nein!" Nat verdrehte die Augen. „Weil ihr den gesamten Weg Arm in Arm gelaufen seid, ihr mich, nebenbei erwähnt, total ignoriert habt, was echt nicht nett war." Sie zog einen Schmollmund. „Und, was am wichtigsten ist, dass er dich am liebsten zum Abschied geküsst hätte!"

„So ein Blödsinn!" Emma vergrub ihr Gesicht hinter ihrer Zeitung, dachte aber gleichzeitig an gestern Abend. Dieser Blick, den Tom ihr zugeworfen hatte, seine Hand auf ihrer Wange, sie spürte immer noch seine Wärme. Aber er hatte sie nun mal nicht geküsst!

„Musst du heute zur Arbeit?", nuschelte Emma hinter ihrer Zeitung.

„Jap, Spätschicht. Falls du also jemanden einladen willst, das Haus gehört dir!" Nat sah Emma verschwörerisch an.

„Und was ist mit dir?", versuchte Emma abzulenken. „Wirst du diesen Theo wiedersehen?"

„Wen? Ach so, Theo." Nat tat so als würde sie nachdenken. „Nee, ich denke eher nicht. Und versuch nicht abzulenken!"

Emma seufzte. „Ich werde niemanden einladen!"

„Was hast du dann den ganzen Tag vor?"

„Da Tom mir heute freigegeben hat, werde ich erstmal eine Runde tauchen gehen, danach schnell was einkaufen und dann den Abend gemütlich auf der Couch bei Chips und einer Runde Gilmore Girls ausklingen lassen."

Ein super Plan für einen Samstag, fand Emma.

Und falls sie sich das Leuchten ihres Medaillons wirklich nur eingebildet hatte, würde es sogar ein richtig entspannter Abend werden. Nat aber schüttelte missbilligend den Kopf.

„Wenn du eh schon im Tauchclub bist, kannst du Tom auch einfach für abends einladen", schlug sie vor. „Aber schau mit ihm bitte keine Gilmore Girls!"

Nat konnte sich ihr Lachen nicht verkneifen und auch Emma prustete los. Tom und eine Mädchenserie, das wär's doch!

Als Emma nur eine Stunde später am Club ankam, war von Tom keine Spur. Sie ging durch den großen Eingangsbogen, mit dem riesigen „Toms Tauchclub"-Schild, wobei beide „Ts" aus zwei Schwimmflossen geformt waren, und schaute zu den Becken, die sich rechts und links vor ihr erstreckten. Beide Übungsbecken waren leer. Emma ging nach rechts in Richtung Steg, an dem zwei kleine Motorboote lagen und sich mit den Wellen im Wasser wiegten. Auch dort war niemand zu sehen, also ging sie zurück, an den Übungsbecken vorbei, in das kleine Häuschen, das als Rezeption diente. Ein wackliger Schreibtisch mit einem PC drauf stand rechts, daneben befand sich ein Regal mit unzähligen Büchern und Ordnern und gegenüber hatte Tom eine kleine Küchenzeile mit Kaffeemaschine, Mini-Kühlschrank und Mikrowelle eingerichtet. Vielleicht gab es heute Mittag keine Kurse, dachte Emma. Da Tom nirgends zu sehen war, beruhigte sich ihr aufgeregt schlagendes Herz langsam wieder. Sie ging durch das Büro und fand sich im winzigen Innenhof wieder, von dem aus die Türen zu den Umkleiden, Duschen und zum Materialraum abgingen. Sie schnappte sich ihren Neoprenanzug und verschwand im Damenumkleideraum. Die Kette mit dem Medaillon ließ sie auch dieses Mal um den Hals. Mit ihren Flossen in der Hand verließ Emma die Umkleide und rannte frontal in Tom. Zum Glück hatte er gute Reflexe und konnte sie gerade noch abfangen, bevor sie sich mit dem Hintern auf die Steine gesetzt hätte.

„Vorsicht, Em, du bringst noch jemanden um!", lachte Tom und sah Emma an, die halb in seinen Armen hing und sich festklammerte, um nicht doch noch hinzufallen. Sein Gesicht war so nah an ihrem, dass sie seinen Duft riechen konnte - eine Mischung aus frischer Luft, salzigem Meer und seinem Shampoo, das nach Zedernholz roch. Emma war total perplex, nicht nur von Toms plötzlichem Auftauchen, sondern auch mal wieder von seiner Nähe, bei der sie schlagartig an letzte Nacht denken musste.

„Tschuldige!", nuschelte sie verlegen und löste sich von Tom. „Ich hab dich nicht gesehen!"

„Das hab ich gemerkt, alles okay?" Tom machte keine Anstalten, Emmas Hände loszulassen und sah sie aufmerksam an.

Nein! Es ist nicht alles okay! Warum bist du gestern einfach abgehauen? Wolltest du mich küssen oder nicht? Und warum lässt du meine Hände nicht los?

„Ja, alles gut", log Emma. Sie war so ein Feigling. „Ich wollte eine Runde rausschwimmen."

„Alleine?"

Emma nickte. Sie wusste, dass es gefährlicher war, alleine tauchen zu gehen, aber sie konnte Tom nicht mitnehmen.

„Ich werde nicht tief gehen, nur ein paar Meter. Versprochen!"

Tom schaute skeptisch, nickte dann aber.

„Aber wirklich, Emma! Übertreib nicht!"

„Jahaaa!" Emma tat so als wäre sie genervt, lächelte ihn dann aber an. „Hast du gleich einen Kurs?"

„Leider ja, kam heute Morgen spontan rein, sonst würde ich dich begleiten. Privatstunde. Bin gespannt, was das für ein Typ ist, angeblich hat er schon Erfahrung, da frage ich mich, warum er einen Kurs besuchen will."

Tom wartete auf eine Reaktion von Emma, die nur an ihre Hände in seinen denken konnte. Oh, Mist, stöhnte sie innerlich, was hatte er gerade gesagt? Sie hatte gar nicht zugehört, sondern sich mehr von seiner Nähe ablenken lassen. Tom folgte Emmas Blick und gab ihre Hände frei. Sie versuchte, sich ihre Enttäuschung nicht anmerken zu lassen, und strich sich ihre Haare hinters Ohr.

„Ähm, ich werde dann mal", sagte Emma. „Kann ich das Boot nehmen?"

„Willst du weit raus?"

„Nein!" Emma wich Tom aus und versuchte nicht rot zu werden. „Nur ein paar Meter bis zu den größeren Riffen."

„Okay. Falls du warten willst, kann ich später mit dir zusammen rausfahren."

„Nein, ist schon gut, ich muss später noch etwas erledigen." Oh Gott, hoffentlich kam er nicht mit, sie musste alleine zu dem Wrack.

„Wie du meinst." Er musterte sie besorgt.

Tom half Emma ihre Ausrüstung auf das Boot zu schaffen, das am Steg lag. Emma wollte gerade einen Fuß auf das Boot setzen, als Tom ihren Arm packte und sie zurückhielt.

„Pass bitte auf dich auf! Kein Risiko, verstanden?" Emma wusste, dass Solotauchen nicht ungefährlich war, aber sie kannte sich aus und sie kannte auch das Risiko. Sie musste einfach zu dem Wrack! Und das ging nun mal nur alleine.

„Versprochen", antwortete sie schuldbewusst und schaute über Toms Schulter hinweg zurück zur Tauchschule. Das war doch, nein, oder doch? Tom folgte Emmas Blick.

„Oh, das wird wohl meine Privatstunde sein." Emma konnte den Blick nicht abwenden und starrte den Mann mit den dunkelblonden Haaren wie gebannt an.

„Kennst du den Kerl?", fragte Tom neugierig.

„Nein, also, ja. Nicht so richtig." Das war er wirklich, der Typ von letzter Nacht aus dem Club, mit den türkisblauen Augen, die sie auch jetzt wieder aufmerksam beobachteten. Tom entging der Blick nicht. Er schaute von Emma zu dem Mann und zurück.

„Okay …", sagte er skeptisch.

„Ich bin dann mal weg!" Emma drehte sich um, stieg auf das Boot und startete den Motor. Sie fuhr los, ohne sich noch einmal umzudrehen, spürte aber nicht nur Toms misstrauischen Blick in ihrem Nacken, sondern auch die stechenden Augen von Toms Kunden. Warum war er hier? Konnte das ein Zufall sein?

Oh man, jetzt litt sie auch schon unter Verfolgungswahn, dachte Emma, als sie auf das Meer hinaus fuhr. Je weiter sie sich vom Strand und damit von dem Typen entfernte, desto gelassener wurde sie. Hier draußen auf dem Meer war alles ruhiger, langsamer und friedlicher. Sie schaute auf die Karte auf dem Monitor und steuerte das Boot zu der Stelle, an der sie und Tom das letzte Mal abgetaucht waren. Zum Glück hatte sie beim letzten Mal auf die Karte geschaut, sodass sie die Stelle auf Anhieb wiederfand. Sie stellte den Motor aus, schnappte sich ihre Weste und die Sauerstoffflasche, nahm die Taucherbrille, zog die Schwimmflossen an und setzte sich auf den Rand. Plötzlich kam ihr die Idee, alleine zum Wrack zu tauchen, doch nicht mehr so klug vor. Aber sie musste herausfinden, ob sie sich das Leuchten des Medaillons eingebildet hatte oder nicht. Und da gab es nun mal nur den einen Weg. Bevor Emma es sich anders überlegen konnte, steckte sie sich ihren Atemregler in den Mund und ließ sich rückwärts ins Wasser fallen.

Seit fünf Minuten schwamm Emma jetzt schon in die Richtung, die ihr der Kompass an ihrem Handgelenk zeigte. Waren sie das letzte Mal auch so lange geschwommen, bis sie das Wrack erreicht hatten? Sie konnte sich nicht mehr genau daran erinnern. Sie schaute auf die Luftdruckanzeige. Noch hatte sie genug Atemluft für den Rückweg. Noch fünf Minuten, wenn sie das Wrack dann nicht fand, würde sie es an einem anderen Tag noch einmal probieren.

Kaum hatte Emma diesen Gedanken gefasst, spürte sie, wie das Medaillon unter ihrem Neoprenanzug warm wurde und genau wie beim letzten Mal zu leuchten begann. Es war nur ein kleines Flackern, aber es wurde heller, je weiter sie schwamm. Emma wurde nervös. Tief in ihrem Innern hatte sie sich gewünscht, es sich nur eingebildet zu haben. Doch jetzt, da das

Medaillon unter ihrem Anzug sie und ihre Umgebung erneut in warmes Licht tauchte, breitete sich eine seltsame Ruhe in ihr aus. Als wäre es völlig normal, dass sie sich von einem Anhänger leiten ließ. Was natürlich total verrückt war. Emma hoffte inständig, dass sie nicht den Verstand verlor.

Sie schwamm schneller, geleitet von dem Medaillon, das in einem gleichmäßigen Rhythmus an ihrer Brust vibrierte. Es führte sie direkt zum Wrack, das spürte sie. Und da entdeckte sie es auch schon. Das Flugzeug lag, genau wie beim letzten Mal, auf dem Meeresgrund, als wäre es dort einfach gelandet. Algen und Korallen hatten sich ausgebreitet und das Wrack für sich beansprucht. Dennoch erkannte man deutlich die kleine Maschine, die irgendwann mal hier abgestürzt war. Emmas Herz zog sich bei dem Gedanken an die Menschen, die hiermit verunglückt waren, schmerzvoll zusammen. Sie war gut dreißig Meter unter dem Meeresspiegel, sodass noch etwas Licht von der Oberfläche seinen Weg nach unten fand. Trotzdem hatte sie ihre kleine Taucherlampe angeschaltet, mit der sie jetzt nach rechts und links leuchtete. Außer ein paar Fischen und den bunten Korallen konnte sie nichts entdecken, kein unheimliches schwarzes Etwas und auch keine anderen Taucher. Sie war allein. Emma nahm all ihren Mut zusammen und steuerte den Mittelteil des Flugzeuges an. Oberhalb der Tragfläche war ein Loch in der Außenwand, welches einen Blick in das Innere erlaubte. Immer wieder sah sie sich um, während ihr Herzschlag im Rhythmus des Medaillons schlug. Sie erreichte das Loch schneller, als sie gedacht hatte. Es war fast so groß wie sie selbst. Die Außenwand stülpte sich im Zickzack-Muster nach innen, was den Anschein machte, als hätte etwas das Flugzeug an genau dieser Stelle getroffen. Ob es deswegen abgestürzt war? Emma leuchtete mit der Lampe ins Innere. Sie erkannte zwei Reihen von luxuriösen Ledersesseln, einen auf jeder Fensterseite, die einmal weiß oder beige gewesen sein mussten, jetzt aber eher einen grünen Farbton hatten. Algen und Ablagerungen hatten es sich auf den Sesseln bequem gemacht. Weiter rechts versperrte ihr eine schräg stehende Holzkommode den Blick auf den hinteren Teil des Flugzeuges. Komisch, dachte Emma, dieser Schrank wirkte völlig deplatziert, als würde er gar nicht richtig zur Einrichtung gehören. Was machte so etwas in einem derart luxuriösen Flugzeug? Und vor allem, warum war er noch so gut erhalten? Das Holz war nicht beschädigt oder löste sich auf. Er sah völlig unbeschädigt aus. Wie war das möglich?

Erst jetzt bemerkte Emma, dass sie sich unwillkürlich schon mit ihrem gesamten Oberkörper im Flugzeug befand. Dieser Jet musste einmal sehr pompös ausgestattet gewesen sein. Sie erkannte kleine Tische zwischen den Sesseln. Ein ehemals heller Teppichboden bedeckte den gesamten Innenraum und auf dem Boden lagen sogar noch Vasen, in denen bestimmt mal frische Blumen gesteckt hatten, und Champagner-Gläser, die aus einem Schrank im vorderen Teil des Fliegers gefallen waren. Da sah Emma auch die Tür zum Cockpit. Ob dort noch menschliche Überreste lagen? Emma schauderte. Das wollte sie lieber nicht wissen. Stattdessen richtete sie ihre Aufmerksamkeit wieder auf die Kommode, die wahrscheinlich durch den Aufprall nicht mehr an der Wand, sondern quer im Flieger stand. Emma streckte ihre Hand zu einer der drei Schubladen aus, als sie plötzlich zurückzuckte und ihr Medaillon ergriff. Der Anhänger vibrierte nicht mehr nur, er hüpfte förmlich auf und ab, soweit es eben ging, denn er lag eng unter ihrem Neoprenanzug. Bevor Emma wusste, wie ihr geschah, wurde sie rücklings aus dem Flugzeugrumpf geschleudert. Sie drehte sich um ihre eigene Achse und schlug einen Purzelbaum nach dem anderen. Luftblasen sprudelten um sie herum. Ihre Lampe glitt ihr aus der

Hand und sie hatte alle Mühe ihr Mundstück für den Sauerstoff im Mund zu behalten.

Was zur Hölle war hier los? Sie versuchte mit Händen und Füßen, ihr Gleichgewicht wiederzufinden, während sie immer weiter durch das Wasser taumelte. Nach einer gefühlten Ewigkeit hatte sie ihren Körper endlich wieder unter Kontrolle und sah, dass sie sich einige Meter vom Flugzeug entfernt hatte. Ihre Lampe lag noch auf der Tragfläche des Flugzeuges, weswegen Emma versuchte sich unter den kargen Lichtverhältnissen zu orientieren. Was hatte sie weggeschleudert? Sie sah sich um, konnte aber nichts Ungewöhnliches entdecken. Sie blickte hinab zum Medaillon, es leuchtete nicht mehr und auch das Hüpfen hatte aufgehört.

Emma bekam es mit der Angst zu tun. Hier unten war irgendetwas, genau wie beim letzten Mal.

Okay, genug Risiko für heute, dachte sie sich. Noch schnell die Lampe holen und dann ab zum Boot. Sie schwamm wieder Richtung Flugzeugwrack, kam allerdings nicht so weit, dass sie ihre Taucherlampe erreichen konnte. Ein schwarzer Schatten sauste in einer ungeheuren Geschwindigkeit an ihr vorbei und verfehlte sie nur um Haaresbreite. Emma stoppte abrupt. Sie schaute diesem Ding hinterher, aber es verschwand nicht. Es drehte nur ein paar Meter neben ihr um und kam erneut auf sie zu geschwommen. Was zum Teufel war das? Emma vergaß ihre Lampe, sie musste hier weg! Sie drehte sich um und schwamm, so schnell sie konnte, vom Wrack weg. Ihr Herzschlag beschleunigte sich und auch die beruhigende Kraft des Medaillons schien nachzulassen, denn Panik breitete sich in ihrer Brust aus.

Nach ein paar Minuten wurden ihre Arme und Beine schwer, aber sie wagte nicht langsamer zu werden oder sich umzudrehen. Sie biss die Zähne zusammen, ignorierte den Schmerz in ihrem Körper und schaute immer wieder auf ihren Kompass, der ihr den Weg zeigte. Während Emma unaufhaltsam Richtung Boot schwamm, änderte sich plötzlich etwas. Sie merkte es an den Fischen, die ihr entgegenkamen, sie schwammen weg, als wären sie aufgescheucht worden. Die Strömung nahm zu und Emma brauchte all ihre Kraft, um nicht abzutreiben. Es fühlte sich an, als würde sie auf der Stelle schwimmen, als käme sie gegen das Wasser nicht mehr an. Und dann sah sie das schwarze Etwas, das auf sie zuschoss und ihr direkt entgegen schwamm. Sie wurde an der rechten Seite getroffen und stöhnte auf. Es fühlte sich an, als wäre eine Rippe gebrochen. Das schwarze Ungetüm machte wieder kehrt und beobachtete Emma in einem Abstand von nur wenigen Metern. Jetzt erkannte sie auch, dass es kein Aal war. Es sah aus wie eine Kapuzengestalt, fast genauso groß wie Emma und ohne Arme und Beine, als wäre es nur ein leerer schwarzer Umhang, der sich nach unten hin auflöste. Emma hielt sich ihre schmerzende Seite und blickte diesem Ding angsterfüllt entgegen. Erlaubt sich hier jemand einen Spaß oder was war hier los? Was wollte dieses Ding von ihr? Was sollte sie jetzt machen? Emmas Gedanken wurden von einem warnenden Piepton unterbrochen. Sie schaute auf ihre Sauerstoffanzeige. Verdammt, sie war unterhalb von fünfzig Bar im roten Bereich. Sie musste sofort zurück zum Boot. Sie machte eine Bewegung nach rechts und der Schmerz in der Seite trieb ihr Tränen in die Augen. Als hätte das schwarze Ungeheuer nur darauf gewartet, dass Emma sich in Bewegung setzte, flog es wieder förmlich auf sie zu. Sie machte sich auf einen neuen Schlag gefasst, aber das Ding verfehlte sie. Es schwamm mit hoher Geschwindigkeit um sie herum. Luftblasen sprudelten umher und vernebelten ihre Sicht. Jetzt merkte sie auch, was es vorhatte. Sie spürte den Wirbel, noch bevor sie ihn sah, ein Strudel, der sie unwillkürlich mitriss. Sie taumelte, drehte sich unkontrolliert und wurde langsam aber sicher Richtung Meeresgrund gezogen. Panik stieg in ihr auf. Verzweifelt versuchte sie, gegen den Strudel anzukämpfen und nach oben zu schwimmen, aber es war aussichtslos. Das Wasser wirbelte einfach zu schnell und entriss ihr auf einmal das Mundstück. Hilflos versuchte Emma, den Atemregler wieder in die Finger zu bekommen. Aber die Tatsache, dass sie wie eine Marionette im Wasser herumtrudelte, machte es unmöglich. Nein, nein, nein, schrie es in Emma! Sie wollte nicht sterben! Vor allem nicht so. Warum hatte sie nicht auf Tom gewartet? Würde er sie suchen kommen? Würden sie ihre Leiche überhaupt finden? Verdammt! Und das alles nur wegen dieses blöden Medaillons! Lange würde sie ihre Luft nicht mehr anhalten können. Tränen traten ihr in die Augen. Sie dachte an Nat und Tom. Was würden sie machen, wenn sie nicht wiederkam?

Emma merkte, wie sie immer mehr in die Bewusstlosigkeit abdriftete, als der Strudel unvermittelt aufhörte. Doch sie hatte keine Kraft mehr, sich an die Oberfläche zu retten. Selbst ihre gebrochene Rippe merkte sie kaum noch. Eine innere Ruhe breitete sich in ihr aus, als das Wasser ihren fast bewusstlosen Körper nach unten zog. Aus dem Augenwinkel sah Emma verschwommen, wie etwas auf sie zukam. War das Ungeheuer zurück? Wollte es zu Ende bringen, was es angefangen hatte? Erschrocken schnappte sie nach Luft und bereute es sogleich. Sie war darauf vorbereitet gewesen, dass das salzige Nass in ihre Lungen strömte, aber es floss kein Wasser in ihren Mund. Ihr Mund war völlig trocken, stattdessen hatte sie geatmet. Moment mal, geatmet? Wie? Was zum … Diesen Gedanken konnte Emma nicht zu Ende denken. Sie triftete unaufhörlich in die Bewusstlosigkeit. Von den starken Armen, die nach ihr griffen und sie an die Wasseroberfläche zogen, bekam sie nichts mehr mit.

Vier

Emma schaute aufs Meer hinaus. Sie saß auf dem Steg vor dem Tauchclub und ließ ihre Füße locker im kühlen Nass baumeln. Die Sonne ging gerade unter und tauchte die Umgebung in warmes, rot-gelbes Licht, das sich auf der Wasseroberfläche spiegelte und sie blinzeln ließ. Sie atmete tief ein und genoss den frischen Duft des Meeres, lehnte sich zurück und schloss die Augen. Wie friedlich es doch hier war. Emma hatte keine Ahnung wie sie hierhergekommen war. War sie nicht gerade noch tauchen gewesen? So sehr sie auch versuchte, sich zu erinnern, es gelang ihr nicht. Ihr Kopf war wie leergefegt. Sie wusste nur, dass sie hier sicher war.

„Komm schon, Em, wach auf!" Emma öffnete irritiert die Augen. Woher kam die Stimme? Sie blickte nach rechts und links, konnte aber niemanden entdecken, außer den Strand und das Meer, die sich bis zum Horizont zu ihren Seiten erstreckten. Keine Menschenseele war hier.

„Emma! Wach auf!" Emma schüttelte den Kopf und schloss wieder die Augen.

Die Sonne verschwand langsam hinter dem Horizont und nahm die Wärme mit sich. Emma begann zu frösteln, als die Dunkelheit die Kälte des Meeres zu ihr brachte. Sie zog ihre Beine aus dem Wasser und stand langsam auf, als ihr ein stechender Schmerz durch die Körpermitte schoss. Sie krümmte sich zusammen und schlang beide Arme um ihren Bauch. Woher kam dieser Schmerz? Verwirrt blickte sie an sich herunter und sah, wie ihre Sachen immer nasser wurden. Wie kann das sein? Sie war doch gar nicht im Wasser? Im nächsten Moment war das Wasser verschwunden und auch der Steg, auf dem sie eben noch gesessen hatte. Er löste sich einfach in Luft auf. Sie plumpste auf trockenen, kalten Sand und hielt sich immer noch ihre schmerzende Seite. Das friedliche Gefühl von gerade war verschwunden, stattdessen machte sich Angst in ihrer Brust breit. Die Dunkelheit kroch mit unheilvollen Schatten heran und verschlang den Strand. Immer weiter schlichen die Schatten auf Emma zu, hilfesuchend blickte sie um sich, sah aber nur tiefste Finsternis. Was ist hier nur los? Emma rappelte sich mühsam auf und lief weg von der Dunkelheit. Nach ein paar Metern brach sie kraftlos zusammen. Hier gab es kein Entkommen. Rings um sie herum war alles schwarz, der Strand wurde davon verschlungen und bald würde es auch Emma erreichen.

„Emma, hörst du mich?" Da war wieder diese Stimme. Emma blickte sich um. Die Schatten kreisten sie ein. Sie warf einen Blick nach hinten, wo vor ein paar Minuten noch das Meer und der Steg waren und sah ein kleines helles Licht, das sich seinen Weg durch die Dunkelheit bahnte.

„Em, mach die Augen auf!" Emma konzentrierte sich nur auf die Stimme und das immer größer werdende Licht, das auf sie zukam. Sie streckte ihre Hand danach aus, als würde sie versuchen, die Lichtquelle dahinter zu greifen, als das Licht sie völlig umhüllte und mit sich zog.

„Was sollen wir nur machen? Sie wacht einfach nicht auf!" Emma lag auf etwas, oder besser gesagt auf jemandem. Sie spürte harte Knie unter ihrem Kopf und ihr ganzer Körper lag in einem unnatürlichen Winkel, sodass sie bestimmt morgen Kreuzschmerzen haben würde. Sie fühlte sich wie benebelt. Nicht nur ihr Kopf, auch ihre Gelenke waren wie aus Gummi.

„Sie atmet, das ist das Wichtigste. Sie ist bestimmt nur bewusstlos. Lass ihr Zeit!"

„Wir sollten sie ins Krankenhaus fahren."

Emma erkannte Toms Stimme sofort, aber mit wem redete er da? Und wo zum Teufel war sie? Sie war tauchen gewesen. Alleine. Warum war sie alleine tauchen gewesen? Da fiel es ihr wieder ein - das Medaillon, das Wrack, das unbekannte Wesen, das sie angegriffen hatte. Und da bemerkte sie auch wieder ihre pochende Rippe, die immer noch höllisch wehtat.

Tom strich Emma sanft über ihre Wange. Sie genoss diese Nähe zu ihm. Es fühlte sich so gut an, dass sie die Augen gar nicht öffnen wollte. Nicht nur, weil sich ihre Augenlieder wie Blei anfühlten, sondern auch, weil sie wollte, dass Tom weitermachte. Aber ihre Neugier, was passiert war und wer sich noch bei ihm befand, war stärker. Langsam öffnete sie ihre Augen und blickte Tom direkt ins Gesicht. Sorgenfalten standen auf seiner Stirn und sein Gesicht war ihrem so nah, dass Emma seine kurzen Bartstoppeln hätte zählen können. Als er merkte, dass sie wach war, veränderte sich sein Gesichtsausdruck in pure Erleichterung. Er umfasste Emmas Gesicht mit beiden Händen und legte seine Stirn an ihre.

„Emma, Gott sei Dank!"

Emma wusste gar nicht, was sie sagen oder machen sollte. So einen Gefühlsausbruch hatte sie noch nie bei Tom gesehen.

„Hey", krächzte sie nur. Ihr Hals war ganz kratzig und ihre Stimmbänder klangen irgendwie morsch. Sie räusperte sich und versuchte, sich aufzusetzen, ohne dass ihre Rippe noch mehr schmerzte. Tom stützte sie.

„Em, du hast mir so eine Angst eingejagt! Wie geht's dir? Ist alles okay?"

Kaum, dass Emma sich mit dem Oberkörper aufgerichtet hatte, sah sie auch, wo sie war. Sie befanden sich am Steg. Sie trug immer noch ihren Taucheranzug, allerdings hatte wohl jemand den Reißverschluss ein Stück geöffnet, denn sie sah, dass die Kette immer noch um ihren Hals hing. Ihre Ausrüstung lag neben Tom und zu ihren Füßen saß er, der Typ von gestern aus dem Club, der vorhin noch eine Tauchstunde bei Tom hatte. Warum war er hier? Er schaute Emma mit einer Mischung aus Erleichterung und Zorn an – war er eigentlich immer wütend? Sie wendete ihren Blick von ihm ab und sah Tom an.

„Was ist passiert?"

„Das könnte ich dich fragen", schnaufte Tom. „Das einzige, was ich weiß, ist, dass ich im Club war, gerade die Abrechnungen machte, aus dem Fenster schaute und dieser Typ dich halbtot aus dem Wasser trug."

Beide schauten zu dem mysteriösen Mann hinüber. Erst jetzt fiel Emma auf, dass er selbst einen Taucheranzug trug und noch vereinzelt Wassertropfen in seinem dunkelblonden Haar glitzerten.

„Das ist Jo, Emma."

„Ja, wir hatten gestern schon das Vergnügen." Sie betonte „Vergnügen" absichtlich sarkastisch. Tom schien irritiert. „Als wir gehen wollten, der Typ, der vorm Klo stand", erklärte Emma.

Jetzt ging Tom ein Licht auf. „Ach ja, stimmt."

„Und sagst du mir jetzt, was passiert ist?", krächzte Emma noch immer.

„Dein Druckmesser hat gesponnen, du hattest weniger Sauerstoff in deiner Flasche, als angezeigt wurde und musst dadurch wohl ohnmächtig geworden sein." Tom schaute Emma sorgenvoll an. „Jo hatte die Stunde früher beendet und war mit dem anderen Boot draußen. Als er gesehen hat, wo du abgestiegen bist, ist er dir nachgetaucht." Er schaute zu dem Typen hinüber. „Wer weiß, was sonst passiert wäre."

Emma blinzelte verständnislos von Tom zu dem Mann – Jo hieß er also. Das passte irgendwie zu ihm, fand Emma. Aber diese Geschichte war doch kompletter Schwachsinn. Ihre Luftdruckanzeige sollte falsch gewesen sein? Sie hatte ihre Ausrüstung vorher korrekt geprüft, da gab es keinen Fehler. Sie machte bei so was keine Fehler. Oder hatte sie sich das alles nur eingebildet – das schwarze Ungetüm, das sie angegriffen hatte? Nein! Das war real gewesen. Wie zur Bestätigung fasste sich Emma an ihre schmerzende Rippe. Sie sah diesen Jo an. Er hatte bisher noch kein Wort gesagt, sondern sie nur mit gerunzelter Stirn angeschaut. Aber Emma sah in seinen Augen, dass er wusste, sie würde diese Geschichte nicht glauben.

„Du solltest aus dem nassen Anzug raus", holte Tom sie aus ihren Gedanken. Emma riss ihren Blick von Jo los und stand wackelig auf.

„Gute Idee." Emma wollte nach ihrer Ausrüstung greifen, als Jo sie leicht am Arm zurückhielt.

„Ich nehme das schon." Bei dem Klang seiner Stimme und der plötzlichen Berührung zuckte Emma zusammen. Jo bemerkte es und nahm sofort seine Hand von ihrem Arm. Seine Stimme passte zu ihm. Sie war dunkel, leicht rau und entsprach seiner harten Ausstrahlung, aber sie hatte auch etwas Sanftes.

Tom bedachte Emma mit einem merkwürdigen Blick. Hatte er mitbekommen, wie sie auf Jos Berührung reagiert hatte? Falls ja, ließ er sich nichts anmerken. Er nahm Emma in den Arm, stützte sie und sie gingen in Richtung Tauchclub, während Jo mit der Ausrüstung voranlief.

„Du hast ihm dein Boot gegeben?", flüsterte Emma Tom zu, sodass Jo es nicht hören konnte. Tom zuckte mit den Schultern.

„Er hat gut dafür bezahlt und hatte bereits einen Tauchschein. Keine Ahnung, warum er überhaupt eine Stunde wollte."

Emmas Blick glitt nach vorne zu Jo. Irgendetwas stimmte hier absolut nicht.

Sie ging sofort durch in die Umkleidekabine und riss sich den Neoprenanzug vom Leib. Mittlerweile war ihr richtig kalt, obwohl es draußen mal wieder ein heißer Sommertag war. Ihre Kette nahm sie ab und legte sie vorsichtig auf ihre Sachen. Was ist nur dein Geheimnis, dachte Emma, als sie das Medaillon noch ein paar Sekunden länger anschaute. Wie es so dalag, sah es aus wie ein einfaches Schmuckstück, aber das war es nicht.

Emma stellte sich unter die heiße Dusche und genoss, wie das Wasser sie langsam erwärmte. Obwohl das Wasser die Kälte vertrieb, konnte es nicht die Gedanken fortspülen, die Emma durch den Kopf wirbelten. Warum hatte sich Jo diese Geschichte ausgedacht? Und wie konnte Tom das einfach so glauben? Emma wusste, dass diese Story nicht der Wahrheit entsprach. Sie hatte noch nie einen Fehler bei der Überprüfung ihrer Ausrüstung gemacht, dafür war sie viel zu perfektionistisch veranlagt. Sie kontrollierte sogar ihre Anzeigen immer zweimal, bevor sie ins Wasser stieg. Das wusste auch Tom. Hoffentlich hielt er sie jetzt nicht für unfähig, sodass man sie nicht auf Tauchschüler loslassen konnte. Und der beste Beweis, dass sie am Wrack gewesen war, waren doch ihre Schmerzen in der Seite. Emma erinnerte sich genau, wie weh es getan hatte, als das Wesen sie angegriffen hatte. Und was war mit dem Medaillon? Es hatte genau wie beim letzten Mal geleuchtet, ja, sogar vibriert, als sie sich dem Inneren des Flugzeugs näherte. Dort war etwas und Emma spürte, dass das Medaillon sie darauf aufmerksam machen wollte. Aber wie sollte das möglich sein? War ihr Anhänger etwa verhext? Ihr Kopf schwirrte. Eigentlich gab es für Jos Geschichte nur eine Erklärung. Was Emma passiert war, war definitiv real gewesen und Jo wusste es. Er wusste vielleicht sogar, was sie im Wasser gejagt hatte. Und er wollte nicht, dass jemand anderes davon erfuhr. Für Emma war die Sache klar. Sie musste mit Jo reden und erfahren, was hier tatsächlich vor sich ging.

Nachdem Emma sich angezogen hatte, verstaute sie ihre Sachen im Spint. Ihre Kette legte sie sich wieder um den Hals und machte sich mit ihrem Rucksack in der Hand auf den Weg nach draußen. Lange suchen musste sie nicht, denn Jo saß auf der alten Holzbank, die in dem kleinen Hof stand und starrte gedankenverloren auf den Boden. Als er Emma bemerkte, stand er langsam auf und schob seine Hände in die Hosentaschen. Er hatte sich bereits umgezogen und trug jetzt eine knielange beige Hose und ein weißes Leinenhemd, bei dem er die Ärmel hochgekrempelt und zwei Köpfe am Kragen aufgelassen hatte. Emma konnte ihren Blick nicht von ihm nehmen. Er sah verdammt gut aus, wie er dort so stand. Sie fragte sich, wie ein Mann nur so umwerfend aussehen konnte. Selbst seine Haare waren wieder perfekt nach oben zu der kleinen Tolle gestylt. Er zog Emma magisch an, besonders seine türkisblauen Augen, die sie diesmal ausnahmsweise nicht wütend anfunkelten. Stattdessen sah er eher unbeholfen aus, als wüsste er nicht recht, was er sagen sollte. Emma riss sich von seinem Anblick los und schulterte ihren Rucksack, wobei sie zusammenzuckte, als sie ihre rechte Seite streckte.

„Gut, dass du noch da bist. Ich wollte mich bei dir bedanken. Anscheinend hast du mir ja wohl das Leben gerettet." Sie ging ein paar Schritte in Richtung Ausgang und wartete auf eine Antwort oder eine Geste, die ihr verraten würde, ob Jo die Wahrheit sagte. Aber statt einer Antwort nickte Jo nur kurz und schlenderte neben Emma nach vorne zu den Übungsbecken.

„Ich begleite dich nach Hause", sagte er plötzlich.

Und obwohl er es nett formulierte, wusste Emma, dass Widerrede zwecklos war. Aber sie hatte auch nicht vorgehabt, zu widersprechen. Sie wollte schließlich wissen, warum Jo gelogen hatte und ganz tief in ihr drin, musste sie sich eingestehen, dass sie auch mehr Zeit mit ihm verbringen wollte, obwohl sie ihn überhaupt nicht kannte. Aber beim Klang seiner Stimme kribbelte es merklich in ihrem Bauch. Also nickte sie nur.

Als die beiden am Übungsbecken vorbeigingen, zeigte Tom gerade einer Gruppe den richtigen Umgang mit den Flossen und gab den Teilnehmern eine schnelle Anweisung, bevor er auf Emma zugelaufen kam.

„Geht's dir wieder besser?", fragte er sie und ignorierte Jo völlig.

„Ja, danke, bisschen verwirrt noch, aber sonst geht's mir gut." Emma schenkte Tom ein Lächeln und sah Jo an.

„Jo hat angeboten mich nach Hause zu bringen."

Eigentlich wollte sie Tom erzählen, dass die Story von Jo nicht stimmte, aber sie musste erst einmal herausfinden, warum Jo gelogen hatte. Eins nach dem anderen, sagte sie sich.

„Ich kann dich doch auch nach Hause bringen", warf Tom schnell ein. „Ich habe nur noch diesen Kurs, du könntest solange warten."

Emma bemerkte, dass Tom nicht wollte, dass sie mit ihrem vermeintlichen Retter nach Hause ging. Gestern noch hätte sie auch fünf Stunden auf Tom gewartet, damit er sie nach Hause brachte, aber jetzt wollte sie nur noch mit Jo alleine sein.

„Ist schon okay. Ich melde mich später bei dir!"

Bevor Tom etwas erwidern konnte, legte Emma einen Arm um ihn und drückte ihm einen Kuss auf die Wange. Dann drehte sie sich um und verschwand durch das Tor, während Jo ihr folgte.

Gemeinsam liefen sie am Strand entlang. Jo hielt einen deutlichen Abstand zu Emma und schaute, mit seinen Händen in den Taschen, stur geradeaus. Der Strand war wie immer ziemlich voll. Besonders hier am Tauchclub reihten sich die Strandbuden und Stände aneinander, in denen es kleine Bars und Restaurants gab, die nicht nur die Touristen, sondern auch die Einheimischen regelmäßig anzogen. Obwohl während der Ferienzeit immer viele Menschen unterwegs waren, mochte Emma es hier. Sie sah eine kleine Gruppe Teenager, die mit ihren Luftmatratzen ins Meer liefen. Ein paar Meter weiter saß eine Mutter mit ihrer kleinen Tochter im Sand und half ihr beim Sandburgbauen. Ob ihre Mum das früher auch mit ihr gemacht hatte? Emma vertrieb den Gedanken und dachte lieber daran, warum sie sich von einem völlig fremden Mann nach Hause bringen ließ. Sie liefen die ganze Zeit schon schweigend nebeneinander her und sie ertappte sich alle paar Sekunden dabei, wie sie zu ihm hinüber schielte. Sollte sie ihn direkt fragen, warum er gelogen hatte, oder es eher diplomatisch angehen? Ach Unsinn, Zeit für Nettigkeiten zu verschwenden.

„Warum hast du gelogen?", fiel Emma mit der Tür ins Haus. Jo wirkte perplex und hob überrascht die Augenbrauen. Ob diese Reaktion von ihrer plötzlichen Frage kam oder ob er wirklich nicht wusste, was sie meinte, konnte Emma nicht erkennen.

„Was meinst du mit gelogen?" Jo setzte eine Unschuldsmiene auf und sah Emma fragend an.

„Diese Geschichte, dass die Anzeige meiner Sauerstoffflasche gesponnen hätte."

Emma schaute Jo direkt an und versuchte in seinem Gesicht zu lesen.

„Das war nicht gelogen", verteidigte er sich.

„Und warum habe ich komplett andere Erinnerungen daran, was passiert ist?" Emma blieb stehen und sah ihn fragend an.

Jo seufzte, blieb aber ebenfalls stehen.

„Du warst ohnmächtig. Deine Erinnerungen spielen dir einen Streich."

„Wenn ich ohnmächtig gewesen wäre, hätte ich ertrinken müssen, oder nicht?"

„Dein Mundstück fiel dir aus dem Mund, ja, aber zum Glück hatte ich ja auch eine Sauerstoffflasche dabei, nicht wahr?" Seine Stimme triefte vor Sarkasmus.

„So ein Schwachsinn! Du hast Tom angelogen!"

„Warum sollte ich diesen Tom anlügen?"

„Ja, das frage ich mich auch!" Langsam wurde Emma sauer.

„Wie konntest du denn sehen, dass ich ohnmächtig geworden bin?"

„Als ich bei deinem Boot angekommen und ins Wasser bin, habe ich dich von weitem gesehen, wie du leblos durch das Wasser getrieben bist. Keine Ahnung wie lange du ohnmächtig warst, aber glaub mir, deine Erinnerungen sind falsch", entgegnete Jo genervt.

Jetzt war auch Jo sauer und lief einfach weiter, während Emma diese Info erst einmal verdauen musste. Sie war ohnmächtig geworden, das stimmte, weil dieses Etwas sie angegriffen hatte. Sie hatte ihr Mundstück verloren, auch das stimmte. Aber sie hatte vor lauter Panik Wasser geschluckt, beziehungsweise versucht, zu atmen. Nein, Moment, sie hatte geatmet, ja, unter Wasser, und zwar Luft! Kein Wasser war in ihre Lunge geströmt, sondern Luft. Okay, jetzt verlor sie total den Verstand. Kein Mensch konnte unter Wasser atmen. Sagte Jo vielleicht doch die Wahrheit? Emma schwirrte der Kopf. Was war wahr, was war Einbildung? Sie verlor den Überblick und irgendwie auch das Vertrauen in ihre Erinnerungen.

„Hey, was ist? Kommst du?" Jo war immer noch wütend, das sah Emma an seinem verkniffenen Gesichtsausdruck. Eigentlich nichts Neues, diesen Ausdruck hatte er dauernd aufgelegt.

Emma holte tief Luft und folgte ihm. Sie traute sich nicht, das Thema noch einmal anzusprechen. Entweder war Jo ein begnadeter Schauspieler oder er sagte tatsächlich die Wahrheit. So oder so, Emma wollte nach Hause.

Als das kleine Haus hinter den Dünen in Sicht kam, beschleunigte Emma ihre Schritte. Irgendwie wollte sie plötzlich lieber alleine sein. Sie sprintete fast die Stufen vom Strand zu dem kleinen Steg oberhalb der Dünen hoch und ignorierte das Stechen in ihrer Rippe.

„Du solltest es langsam angehen lassen, bevor du noch zusammenbrichst", warnte Jo, als er hinter Emma die Treppen hinaufstieg.

Dummer Besserwisser, dachte Emma. Obwohl sein Aussehen sie total anzog, sein Charakter hatte dringenden Überarbeitungsbedarf.

Als sie oben ankam, war sie merklich außer Puste, obwohl es nur ein paar Stufen waren. Anscheinend war sie wohl doch nicht so fit, wie sie dachte, wollte sich aber vor Jo nichts anmerken lassen. Der lief teilnahmslos hinter ihr her, bis Emma die kleine Treppe zur Veranda erreichte, einen Fuß auf die erste Stufe setzte und ihre Beine einfach unter ihr nachgaben. Wie ein nasser Sack fiel sie auf die Treppe und hielt sich noch halb am Geländer fest, als zwei muskulöse Arme sie von hinten unter den Achseln griffen und hochzogen. Auf wackeligen Beinen und total außer Atem stand Emma vor Jo, der sie immer noch mit einer Hand um ihre Taille stützte. Sie spürte seine Berührung auf ihrer Haut, wo ihr Top einige Zentimeter nach oben gerutscht war. Ihr Magen fuhr Achterbahn, als sie sich endlich traute, in sein Gesicht zu schauen, das nur wenige Zentimeter von ihrem entfernt war. Zu ihrer Überraschung blickte Jo sie nicht wütend oder genervt an, sondern eher sorgenvoll. Dieser Ausdruck verschwand aber genauso schnell, wie er gekommen war.

„Ich hab doch gesagt, du sollst es langsam angehen lassen“, sagte Jo selbstgefällig.

Und zack war der Moment vorbei, dachte Emma. Sie entwand sich aus seiner Umarmung und lief über die Veranda zum Haus. Bevor sie wütend die Haustür hinter sich zuknallen konnte, versperrte Jo die Tür mit seinem Fuß und schaute sie an.

„Willst du mich nicht hineinbitten?“

Emma drehte sich um und verschränkte ihre Arme vor der Brust. „Nein!“ Ihr war es egal, wenn er sie für zickig hielt. Sie kannte ihn nicht, also warum sollte sie ihn in ihr Haus einladen?

„Das ist aber nicht sehr höflich“, entgegnete Jo selbstsicher, trat ein und schloss die Tür hinter sich.

„Einfach in ein Haus zu gehen, in das man nicht eingeladen wurde, ist auch nicht besonders höflich!“

„Jemand muss doch auf dich aufpassen.“

„Ich kann sehr gut auf mich alleine aufpassen – vielen Dank!“, antwortete Emma sarkastisch.

„Ja, das habe ich gesehen!“, schnaufte Jo und sah sich erst einmal in dem geräumigen Wohnzimmer um, das praktisch Wohnraum und Flur in einem war. Die weißen Tapeten im Eingangsbereich waren an jeder freien Stelle mit Fotos verziert – Nat und Emma in der Schule, in der Uni, beim Abschlussball, Nat mit ihrem Papa, beide in Arbeitskitteln in der Klinik, Emma mit Taucheranzug und Ausrüstung im Wasser, als sie ihren ersten kleinen „Schatz“ gefunden hatte. Eigentlich war es nur eine Münze gewesen, die nichts wert war, aber sie war golden, also war sie für Emma wie ein Schatz gewesen. Fast konnte man an den Wänden die kompletten Lebensgeschichten von Emma und Nat ablesen.

Das Wohnzimmer grenzte nahtlos an den Eingangsbereich an. Nat und Emma hatten ein halbes Jahr auf die hellgraue XXL-Couch gespart, die jetzt prominent in der Mitte des Raumes stand. Sie war so groß, dass vier Leute ohne Probleme darauf schlafen konnten. Gegenüber der Couch standen der Fernseher und eine kleine Kommode, in der die DVDs mit ihren Lieblingsserien Platz gefunden hatten. Nat war seriensüchtig, genau wie Emma. Deswegen gab es fast jede Woche einen Abend, den die zwei nur auf der Couch verbrachten und eine Folge nach der anderen schauten.

Emma gefiel nicht, dass Jo hier im Haus herumschnüffelte und so einen Einblick in ihr Leben bekam.

„Wer ist das?", fragte er, als er sich die Fotos an den Wänden genauer anschaute und riss Emma damit aus ihren Gedanken. Sie trat zu ihm und sah sich das Foto von Nat beim Judo an. Ihre Freundin war nur ein halbes Jahr dort gewesen, aber wie sie sich verteidigen konnte, hatte sie nicht verlernt und sogar einiges auch Emma beigebracht.

„Natalie, meine beste Freundin und Mitbewohnerin", antwortete Emma widerwillig. Jo sah sich das Bild genauer an. Er dachte bestimmt gerade, dass er lieber Nat aus dem Wasser gezogen hätte als sie, vermutete Emma bitter.

Ohne einen Kommentar trat Jo von den Bildern zurück und verschwand durch die Schwingtür in die Küche. Emma sah ihm perplex hinterher. Was glaubte dieser Idiot eigentlich, wer er war? Wütend lief sie ihm hinterher.

„Sag mal, was fällt dir …" Emma stoppte mitten im Satz, als sie in die Küche kam und sah, dass Jo sich gerade an ihrem Wasserkocher zu schaffen machte.

„Was wird das, wenn es fertig ist?", wollte sie wissen.

„Ich mache dir einen Tee."

Ohne sich umzudrehen, stellte Jo den Wasserkocher an und machte sich in den Hängeschränken auf die Suche – wahrscheinlich nach Tassen oder Tee.

„Ich …", setzte Emma an, als Jo sich umdrehte und sie unterbrach.

„Emma, keine Widerworte. Tee ist immer gut, glaub mir!" Damit drehte er sich wieder um und fand im unteren Schrank endlich die Tassen. Emma …, wie er ihren Namen ausgesprochen hatte, lockte die vielen Schmetterlinge in ihrem Bauch wieder an die Oberfläche. Sofort vergaß sie ihre Wut auf ihn und sein Verhalten.

„Aber ich möchte keinen Tee und wenn, kann ich mir den auch alleine machen."

Seufzend drehte sich Jo wieder zu ihr um und verschränkte die Arme vor der Brust.

„Du musst einfach Widerworte geben, oder?"

„Ähm, entschuldige mal, aber wenn ein fremder Mann einfach so in mein Haus spaziert und meint, sich um mich kümmern zu müssen, obwohl er mich nicht kennt, habe ich wohl das Recht, Widerworte zu geben!"

Jos Lippen verzogen sich zu einem kleinen Lächeln, aber es war so schnell wieder verschwunden, dass Emma glaubte, sich auch das nur eingebildet zu haben.

„Okay, du hast recht", sagte er langsam zu ihrem Erstaunen, „erzähl mir etwas über dich!"

„Nichts da", Emma schüttelte den Kopf, „du weißt schon deutlich mehr über mich, als ich über dich. Ich bin mit fragen dran!"

„Na gut." Jo wartete bis das Wasser heiß war, goss es in zwei Tassen, stellte beide auf die Theke und bedeutete ihr, sich neben ihn zu setzen. Emma zögerte, wollte sich aber die Chance nicht entgehen lassen, mehr über ihn zu erfahren. Also setzte sie sich neben ihn auf den hohen Hocker und schlang ihre Finger um die heiße Tasse. Jo sah sie erwartungsvoll an. Was sollte sie ihn zuerst fragen? Es gab so viel. Woher er kam? Was machte er hier? Warum war er in der Tauchschule? Was für einen Job hatte er?

Unter seinem durchdringenden Blick bemerkte Emma, wie ihr warm wurde, also entschied sie sich für die einfachste Frage: „Lebst du hier oder woher kommst du?"

„Nein, ich wohne hier nicht. Ich bin sozusagen nur im Urlaub." Jo antwortete ohne zu zögern.

„Und woher kommst du?"

„Aus der Nähe."

„Geht's auch genauer?"

„Nope, jetzt bin ich dran." Jo nippte an seinem Tee. „Lebst du schon immer hier?"

Emma gefiel dieses Frage-Antwort-Spiel nur bedingt. Also beschloss sie, ihre Antworten auch auf das Mindeste zu reduzieren. „Ja, seit ich vier Jahre alt bin."

Jo wollte zur nächsten Frage ansetzen, als Emma ihn unterbrach.

„Nein, ich bin wieder dran! Was machst du sonst? Als was arbeitest du?"

Diesmal antwortete er nicht sofort, sondern schien zu überlegen, was er sagen sollte. „Sagen wir, ich bin ein Beschützer."

„Ein Beschützer?" Emma zog eine Augenbraue skeptisch in die Höhe. „Eine Art Bodyguard, oder was?"

„So etwas in der Art." Seine blauen Augen musterten Emma. „Aber …"

„Ich bin dran", unterbrach er Emma. „Warum bist du Tauchlehrerin geworden?"

„Woher weißt du, dass ich Lehrerin bin?", fragte Emma überrascht.

„Tom hat es mir gesagt."

Natürlich hatte Tom das erzählt. Wahrscheinlich als sie bewusstlos war. Und er fragte sich bestimmt, wie sie diesen Schein bekommen hatte, wenn sie nicht einmal ihre Ausrüstung richtig kontrollieren konnte. Emma ließ sich mit ihrer Antwort Zeit, schaute aus dem Fenster und nippte am warmen Tee. Er schmeckte nach Vanille und Zimt, irgendwie weihnachtlich und noch nach etwas anderem, sie konnte aber nicht genau definieren, was es sein könnte. Aber er war köstlich und Jo hatte recht, der Tee tat wirklich gut. Sie entspannte sich und auch das Pochen in ihrer Seite schien nachzulassen.

„Seit ich klein bin, wollte ich immer ins Wasser. Viele Menschen fürchten sich vor der Weite, Tiefe und Dunkelheit des Meeres, aber ich fand es immer faszinierend. Also nahm ich Tauchstunden, machte meine Tauchscheine und wollte dann meine Leidenschaft zum Beruf machen." Emma zuckte mit den Schultern und sah Jo an. Als er nichts erwiderte, fragte sie weiter.

„Du hattest heute auch eine Tauchstunde bei Tom. Warum hast du die genommen? Du kannst doch tauchen, oder?

„Schon, aber eigentlich mag ich das Meer nicht besonders." Die Art, wie er es sagte, ließ Emma schmunzeln. Es klang, als würde er sich vor dem Meer fürchten und Emma konnte sich nicht vorstellen, dass jemand wie Jo vor irgendetwas Angst hatte.

„Aber wenn du das Meer nicht magst, warum gehst du dann hinein?"

Statt einer Antwort blickte Jo sie nur an und sie konnte nicht anders, als diesen Blick zu erwidern. Eine gefühlte Ewigkeit sagte niemand etwas, bis Jo gerade ansetzte, um etwas zu sagen.

„Emma? Bist du da?" Natalies Stimme hallte durch das Haus. Jo löste den Blickkontakt und auch Emma schaute zur Küchentür.

„Küche", rief sie und sah, als sie sich umdrehte, dass Jo bereits aufgestanden war und seine Tasse in die Spüle stellte. Nat kam wie ein Wirbelwind in die Küche gerast und stoppte sofort, als sie sah, dass Emma nicht alleine war.

„Oh, … ich …, ähm, … hi!"

Emma konnte sich ihr Grinsen nicht verkneifen.

„Nat, das ist Jo", sagte sie immer noch schmunzelnd, „er hat mich nach Hause gebracht."

Ihre Freundin erlangte ihre Fassung ziemlich schnell wieder.

„Natalie", stellte sie sich vor, „freut mich, dich kennenzulernen!" Sie grinste, schaute von Jo zu Emma hinüber und zurück.

„Freut mich auch", sagte Jo deutlich freundlicher als sonst und löste sich von der Theke. „Ich werde dann mal gehen, trink den Tee aus", sagte er nachdrücklich an Emma gewandt. Bevor diese antworten konnte, war er schon an Nat vorbei und durch die Tür verschwunden.

Komischer Abgang, dachte Emma, konnte aber keinen weiteren Gedanken daran verschwenden, weil ihre Freundin auf sie zugestürmt kam.

„Oh mein Gott, was war das denn bitte für ein heißer Typ?" Nat konnte ihren Enthusiasmus kaum zügeln. Emma hingegen rollte nur genervt mit den Augen, trank ihren Tee aus und ging zur Spüle.

„Emma, mach das nicht mit mir! Du weißt, wie ich es hasse, wenn ich nicht über alles Bescheid weiß! Wer ist er? Was macht er hier? Läuft da was zwischen euch? Wie geht's dir überhaupt? Tom hat mich angerufen und mir erzählt, was passiert ist. Ich hab sofort meine Schicht getauscht, um nach dir zu sehen. Was war da los? Er meinte, dass deine Ausrüstung defekt war. Wie konnte so etwas passieren?" Emma kannte diese Monologe von Nat genau und musste immer wieder darüber lächeln, wie sich ihre beste Freundin darin verstricken konnte, ohne auch nur einmal Luft zu holen.

„Also?", fragte Nat ungeduldig und schaute ihre Freundin erwartungsvoll an.

„Welche von den dreißigtausend Fragen soll ich denn zuerst beantworten?", neckte Emma sie.

„Solange du alle beantwortest, ist mir das egal", sagte Nat gelassen, warf ihre Tasche in die Ecke und setzte sich an die Theke. Emmas sarkastischen Kommentar ignorierte sie gekonnt.

„Ich habe keine Ahnung, was heute passiert ist", gab Emma zu. „Alles, was ich weiß, ist, dass ich tauchen gegangen bin und …" Emma hielt inne. Sollte sie Nat vom Wrack berichten, von ihrem Anhänger, dem schwarzen Etwas und Jos Geschichte? Sie konnte ihrer Freundin alles erzählen, das wusste Emma und das hatte sie bisher auch immer getan, aber diese Story war einfach zu absurd. Ob Nat sich über sie lustig machen würde? Andererseits hatte Nat viel für übernatürliche Dinge übrig. Sie war schon öfter beim Wahrsager gewesen und im Fernsehen sah sie gerne diese Sendungen mit Geistern, aber das war noch mal eine andere Geschichte.

„Und was?" riss Natalie Emma aus ihren Gedanken.

Emma nahm ihren Mut zusammen, wenn ihr jemand glauben würde, dann doch ihre beste Freundin, oder?

„Also, pass auf, ich muss dir da was erzählen."

Und dann begann Emma Nat die ganze Geschichte anzuvertrauen, angefangen beim Tauchgang mit Tom, ihrem leuchtenden Medaillon, dem Wrack, dem schwarzen Ding, ihrem zweiten Tauchversuch, sogar von ihrer Unterwasser-Lufthol-Aktion berichtete Emma und natürlich auch von der Geschichte, die Jo Tom aufgetischt hatte. Als Emma fertig war, saß Nat mit dem Kopf auf den Händen gestützt da und sah sie mit offenem Mund an. Emma hatte sich zu ihr gesetzt und wartete auf eine Reaktion.

„Und? Sag schon was! Es ist echt gruselig, wenn du nichts sagst!" Emma bekam wirklich Angst, denn normalerweise hatte Nat immer einen Kommentar auf den Lippen.

„Ich kann nicht glauben, dass du mir davon nicht schon längst erzählt hast!", sagte Nat endlich. „Es hätte doch sonst was passieren können! Ganz alleine tauchen zu gehen, nachdem dich dieses Ding schon in Begleitung von Tom angegriffen hatte!"

Ihre Freundin war wirklich sauer und Emma bekam sofort ein schlechtes Gewissen.

„Ich wollte doch nur sichergehen, dass es nicht doch nur meine blühende Fantasie war, bevor ich irgendjemandem davon erzähle!"

„Irgendjemanden? Ich bin deine beste Freundin und nicht irgendjemand! Ich muss sowas wissen!"

Nat stand auf und ging zu dem kleinen Schrank, in dem sie alle Utensilien für ihre Cocktails untergebracht hatte und begann Limetten zu schneiden. Typisch für sie. Egal welches Problem bestand, ein gut gemixter Caipi würde alles wieder geraderücken – so Natalies Theorie.

„Okay, jetzt weißt du es ja", murmelte Emma. „Also, was meinst du dazu?"

„Die ganze Geschichte ist schon schräg, das muss ich gestehen. Und du bist dir sicher, dass du dir nichts davon nur eingebildet hast?" Nat nahm den braunen Rohrzucker und verteilte die gleiche Menge in zwei hohen Gläsern. Emma schüttelte den Kopf.

„Ich weiß, dass es total absurd klingt."

„Ja, das tut es. Aber nehmen wir mal an, das ist alles so passiert. Die Hauptfrage ist doch, warum sollte dieser Jo lügen? Was hätte er davon? Und die andere wichtige Frage ist: Warum zur Hölle leuchtet dein Medaillon unter Wasser, beziehungsweise nur, wenn du in der Nähe dieses Wracks bist? Und was ist das für ein Ding, das dich angegriffen hat?"

Mit grüblerischer Miene füllte Nat die Gläser mit crushed Eis und schüttete jeweils fünf Zentiliter Cachaça hinein, bevor sie sich mit beiden Gläsern wieder zu Emma an die Theke setzte.

„Ja, gut, dass man diese Fragen ohne Probleme beantworten kann", antwortete Emma sarkastisch und schlürfte etwas von dem Caipi ab. Der Alkohol fuhr ihr sofort in die Beine und ein warmes Gefühl breitete sich in ihrem Magen aus. Caipi auf Tee, warum nicht, dachte Emma.

„Den Anhänger hast du von deiner Mum, richtig?", fragte Nat.

„Ja, Onkel Luis hat ihn mir gegeben. Er gehörte meiner Mum und sie wollte, dass ich ihn bekomme. "

Emma erinnerte sich noch genau, wie Luis eines Abends zu ihr kam und ihr die Kette um den Hals legte. Damals war sie acht Jahre alt. Ihr Patenonkel hatte das Schmuckstück seit dem Tod ihrer Eltern aufbewahrt und ihr gegeben, als er fand, dass sie alt genug dafür sei.

„Emchen, diese Kette hat deiner Mum gehört. Sie wollte, dass du sie irgendwann bekommst. Passe immer gut auf sie auf. Sie wird dich beschützen und dir Glück bringen." Emma hörte die Worte ihres Onkels, als wäre es erst gestern gewesen. Unbewusst nahm sie das Medaillon in die Hand. Sie hatte sie seit diesem Tag nie mehr aus den Augen gelassen.

„Vielleicht sollten wir deinen Onkel fragen, ob deine Mum auch mal etwas Merkwürdiges bemerkt hat, als sie die Kette trug", unterbrach Nat ihre Gedanken.

„Hm, vielleicht. Aber ich glaube kaum, dass er darüber was weiß. Also, ich bezweifle, dass meine Mum ihm einfach mal erzählt hat: Ach übrigens, sehr merkwürdig, meine Kette hat gestern geleuchtet." Emma schüttelte den Kopf.

Onkel Luis war nie ein großer Familienmensch gewesen. Er ist ein paar Monate bevor Emmas Eltern umgekommen sind, nach Bajo Rianja gezogen, hatte nie geheiratet und war vor zwei Jahren, wegen seines Jobs nach Mexiko gezogen. Auch wenn Luis nie ein Familienmensch war, hatte Emma eine tolle Kindheit bei ihm gehabt. Er und Nanny Carrie, die auf Emma aufgepasst hatte, wenn Luis arbeiten war, hatten ihr alles ermöglicht, was sie wollte und den Verlust ihrer Eltern so gut es eben ging aufgefangen. Trotzdem schmerzte es Emma, dass sie sich nicht mehr richtig an ihre Mum und ihren Dad erinnern konnte. Sie hatte von Luis Fotos bekommen und er erzählte ihr die Geschichten dahinter, aber wirklich eigene Erinnerungen hatte sie nicht.

„Vielleicht solltest du ihn trotzdem mal anrufen." Nat trank einen Schluck von ihrem Caipi. „Und nehmen wir mal an, er weiß nichts, und du hast dir das alles nicht eingebildet, dann haben wir eigentlich nur einen, der wissen könnte, was da unten vor sich ging."

Nat sah Emma mit einem Augenzwinkern an.

Emma stieß die Luft aus.

„Ja, nur, dass besagter Herr so tut, als hätte ich mir das alles nur eingebildet."

„Vielleicht braucht er die richtige Motivation, um mit der Wahrheit herauszurücken", schlug Nat vor.

„Und was soll das sein?", fragte Emma und bereute die Frage sofort, als sie ihre Freundin grinsen sah.

„Ach, komm schon, Nat, das mache ich nicht!"

„Wieso denn nicht? Du lädst ihn ein, ihr trinkt ein bisschen was, du flirtest und er wird dir aus der Hand fressen."

„Das ist bei dir vielleicht so, aber nicht bei mir. Und das würde auch nicht funktionieren. Er ist doch gar nicht an mir interessiert, hast du ihn dir mal angesehen? So einer kann jede haben!"

Laut ausgesprochen traf die Erkenntnis Emma ziemlich hart. Denn es war tatsächlich so, er konnte wirklich jede Frau haben, warum sollte er sich für Emma interessieren? Gut, sie sah nicht schlecht aus, sehr natürlich und recht zierlich, aber die Männer liefen ihr definitiv nicht hinterher und in Sachen Flirten war sie lange nicht so erfahren wie Nat und viel zu schüchtern.

„Du bist so was von bescheuert", holte Nat sie aus ihren Gedanken. „Warum sollte er dich denn nach Hause bringen, dir sogar noch Tee machen und hier mit dir sitzen und sich unterhalten, wenn er dich nicht interessant finden würde? Dann hätte er dich in der Tauchschule stehengelassen und wäre zu sich nach Hause gegangen."

Da war was Wahres dran, überlegte Emma. Er hatte sogar darauf bestanden, sie nach Hause zu bringen, vielleicht hatte er sich wirklich Sorgen gemacht. Oder er hatte einfach nur Schiss, dass sie doch noch kollabierte und wollte keine Gewissensbisse haben, wenn er am nächsten Morgen in der Zeitung las, dass eine Taucherin an den Folgen eines verunglückten Tauchganges gestorben war.

„Wer war er denn eigentlich? Kommt er hier aus der Nähe?" Nat fielen ihre Fragen von vorhin wieder ein.

„Nein, er macht hier wohl nur Urlaub", sagte Emma. „Aber schon komisch, dass wir uns schon zwei Mal getroffen haben. Ich meine, Bajo Rianja ist nicht groß, aber trotzdem sind die Chancen eher gering."

„Was meinst du mit zwei Mal getroffen?", wurde Nat hellhörig.

„Ach so, er war der doofe Typ von gestern aus dem Club", erwähnte Emma gelangweilt. Ihre Freundin hingegen starrte sie mit großen Augen an.

„Wie, und das erwähnst du so beiläufig?", schrie Natalie fast, sodass Emma von ihrem Stuhl hochfuhr. „Was ist denn gestern im Club passiert?"

Emma seufzte. „Gar nichts. Zuerst habe ich ihn gesehen, wie er oben auf dem Balkon stand. Wir haben uns nur angeguckt. Dann war ich auf der Suche nach Tom, bin eben auf der Toilette gewesen und als ich wieder rauskam, habe ich ihm die Klotür an den Kopf geknallt."

Emma zuckte mit den Schultern, während Nat sich ein Lachen nicht verkneifen konnte.

„Du hast was?" Ihre Freundin brach in schallendes Gelächter aus. „Du hast wirklich deine ganz eigene Art, Männer kennenzulernen!"

„Es war ja keine Absicht", verteidigte sich Emma. „Er musste ja nicht vor der Klotür rumlungern."

„Und was ist dann passiert, hat er was gesagt?", fragte Nat, als sie sich wieder beruhigt hatte.

„Nee, er guckte nur ziemlich wütend und dann ist Tom aufgetaucht und wir haben dich gesucht."

Nats Caipi war fast leer und sie versuchte geräuschvoll, die letzten Reste mit dem Strohhalm aufzusaugen. Emma starrte auf ihr noch halbvolles Glas. Plötzlich wurde sie richtig müde. War der Caipi heute so stark? Die Müdigkeit kam von jetzt auf gleich. Emma versuchte, sie zu verscheuchen und sich auf Nat zu konzentrieren.

„Aber, Em, mal ganz ehrlich, wie wahrscheinlich ist es denn, dass ein Fremder hier auftaucht, genau an dem Tag, an dem dein Medaillon das erste Mal geleuchtet hat und dich am nächsten Tag zufällig …", sie malte bei dem Wort Gänsefüßchen in die Luft, „… vor diesem Ding unter Wasser rettet?"

Nat sah zu Emma, die immer mehr Mühe hatte, ihre Augen offenzuhalten. Woher kam diese Müdigkeit auf einmal? Sie richtete sich langsam auf und rutschte fast vom Stuhl herunter.

„Nat, sei mir nicht böse, aber ich bin hundemüde. Wir reden morgen, okay?"

„Ist alles in Ordnung? Soll ich dir lieber was anderes zu trinken machen? Oder was zu essen?"

„Nein, danke, alles gut, ich muss mich nur hinlegen", nuschelte Emma, als sie aus der Küche torkelte.

„Sicher, dass alles okay ist?" hörte sie Nat ihr nachrufen. Aber Emma konnte nicht antworten, sie hatte alle Mühe ein Bein vor das andere zu setzen. Tee und Alkohol war anscheinend doch keine so gute Kombination, dachte sie, als sie die Treppe auf allen Vieren nach oben krabbelte. Oben angekommen warf sie sich, so wie sie war, mit ihren Sachen auf ihr Bett und kuschelte sich in die Kissen. Moment mal, der Tee, dachte Emma. Hatte Jo da womöglich etwas hineingetan? Sie konnte sich nicht daran erinnern, dass er Teebeutel in die Tassen getan hatte. Vor allem, weil die Teebeutel nicht im Schrank, sondern auf dem Kühlschrank standen, in der kleinen Box extra für Tee. Was hatte er ihr gegeben? Emma hätte liebend gern weiter überlegt, wo Jo den Tee hergehabt hatte, aber die Müdigkeit setzte sich vollends durch und schickte sie in einen ruhigen und albtraumfreien Schlaf.

Fünf

Als Emma am nächsten Morgen die Augen aufschlug, wusste sie nicht so recht, wie sie eigentlich ins Bett gekommen war, besonders da sie noch komplett angezogen war. Ihre flachen Leinenschuhe hatte sie wohl mitten in der Nacht von sich geworfen, denn einer lag neben ihr auf dem Kopfkissen. Mit halb geschlossenen Augen robbte Emma, auf dem Bauch liegend, näher zum Nachttisch, bis sie mit ihrem ausgestreckten Arm ihr Handy erreichen konnte. Halb zehn, hatte sie wirklich über zwölf Stunden geschlafen? Was war nur in diesem Tee gewesen? Sie rollte sich auf den Rücken und sah sich die Nachrichten auf ihrem Handy an. Drei waren von Tom.

17:30 Uhr
„Hey, Em, bist du gut zu Hause angekommen?"

18:05 Uhr
„Alles okay? Ist der Typ noch bei dir?"

18:42 Uhr
„So langsam mache ich mir Sorgen, Em! Ist alles in Ordnung mit dir?"

Danach kam nichts mehr. Wahrscheinlich wird er Natalie angerufen haben, dachte sich Emma. Hoffentlich hatte sie ihm nicht erzählt, dass Jo sie nicht nur nach Hause gebracht hat, sondern auch noch geblieben war. Irgendwie wollte Emma nicht, dass Tom davon erfuhr. Sollte sie ihm antworten? Nein, sie würde ihn später anrufen, beziehungsweise hatte sie heute Schicht in der Tauchschule und würde ihn sowieso sehen.

Emma schaute sich die andere Nachricht an.

07:30 Uhr „Hey Sweetie, ich hoffe, du hast gut geschlafen. Du musst um zwölf arbeiten! Wehe du verschläfst! Tom hat gestern noch angerufen. Melde dich bei ihm! Wir sprechen uns heute Abend. Bin gegen sieben zu Hause. xoxo, Nat"

Emma warf ihr Handy aufs Bett und starrte an die Decke. Warum war sie nur gestern plötzlich so müde geworden? Ob Jo ihr wirklich etwas in den Tee getan hatte? Bei dem Gedanken an den vorangegangenen Tag flogen sofort die Schmetterlinge wieder in ihrem Bauch herum, wie sie zusammengesessen und sich unterhalten hatten. Er war gar nicht mehr so abweisend und grummelig gewesen, dafür aber deutlich zu bestimmend und auch nicht besonders redefreudig. Er wollte mehr von Emma erfahren, als er bereit war, über sich selbst preiszugeben. Um genau zu sein, wusste Emma immer noch nicht, wer er wirklich war. Irgendwie musste sie sich eingestehen, dass sie nicht nur wissen wollte, was Jo in Bezug auf ihr Medaillon wusste, sondern dass sie auch mehr über ihn erfahren wollte. Er hatte etwas an sich, was sie auf der einen Seite faszinierte und auf der anderen tierisch aufregte. Vor allem seine Stimmungsschwankungen waren nervig. Aber wie er sie gestern angeschaut hatte … Sie hätte sich in seinen türkisblauen Augen einfach nur verlieren können. Zu blöd, dass Nat nach Hause gekommen war. Sie hätte zu gern gewusst, was Jo ihr noch sagen wollte. Am liebsten hätte sie ihn sofort angerufen oder wäre zu ihm gegangen, aber Emma hatte weder seine Nummer noch seine Adresse. Vielleicht war es auch besser so, dachte sie, obwohl sie so viele Fragen hatte. Aber sie wusste zumindest einen, den sie fragen konnte.

Mit schnellen Griffen wählte sie Luis´ Nummer. Nach nur dreimal klingeln hob er ab.

„Emchen! Ja, wie komme ich denn zu dieser Ehre? Brauchst du Geld?"

Seine warme Baritonstimme klang belustigt, denn zu ihrer Schande musste Emma gestehen, dass sie ihn wirklich meistens anrief, wenn sie etwas brauchte.

„Hallo Onkelchen, nein, ich brauche kein Geld, aber wenn du was übrig hast, nehme ich das gerne", gab Emma mit einem Lachen zurück, in das auch Luis einfiel.

„Ja, das könnte dir so passen! Wie geht's denn meinem Lieblingspatenkind?"

„Luis, ich bin dein einziges Patenkind!"

„Na, hast du ein Glück", sagte er immer noch lachend und Emma schüttelte grinsend den Kopf. Ihr Onkel war schon immer ein Scherzkeks gewesen, auch wenn er nicht jedes Mal lustig war, was er natürlich ganz anders sah. Emma erinnerte er immer an einen Bären. Er war klein, schob einen runden Bauch vor sich her und war gefühlt überall behaart, nur nicht auf dem Kopf. Dort hatte er eine Glatze, die im Sommer immer ganz rote wurde.

„Okay, genug der Scherze! Was gibt's Neues?"

„Ich wollte mich einfach mal melden und fragen, wie es dir so geht?"

Emma dachte sich, dass es einfacher wäre, erst einmal Smalltalk zu führen, bevor sie ihm komische Fragen stellte.

„Ach, soweit gut! Habe demnächst ein paar Tage frei und plane eine kleine Motorrad-Tour mit Michael und Andy!"

Emma kannte die zwei besten Freunde von Luis gut. Sie alle waren ledig und hatten anstatt einer Frau ihre Motorräder, die sie über alles liebten.

„Das klingt super! Wohin soll's gehen?"

„Wissen wir noch nicht genau. Wahrscheinlich die Küste rauf. Wir sind da eher spontan."

„Kommst du uns besuchen?", fragte Emma und hoffte, dass sie ihren Onkel mal wiedersehen würde.

„Vielleicht, wir haben wirklich noch nichts Genaues geplant. Hast du Sehnsucht?"

„Nach dir immer", scherzte Emma und Luis verschluckte sich an seinem Lachanfall.

„So, und jetzt erzähl mir, was bei dir los ist", verlangte ihr Onkel. „Ich kenne dich, du rufst nicht einfach so an!"

Luis kannte sie wirklich zu gut.

„Luis, das Medaillon, das Mum gehört hat, von wem hat sie es mal bekommen? Oder hat sie es gekauft? Wie lange hatte sie es?" Emma klang ungeduldig.

„Hm, ich weiß nicht. Seit ich die beiden kennengelert habe, trug deine Mum es fast jeden Tag."

„Hat sie mal etwas darüber erzählt?"

„An dem Tag, an dem du geboren wurdest, hat sie mir die Kette gegeben und gesagt, dass ich sie gut aufbewahren soll. Dass du sie bekommen sollst, wenn du alt genug bist. Ich habe es ehrlich gesagt, nie hinterfragt, dachte an eine Art Familienerbstück." Luis schien zu überlegen. „Aber wie kommst du darauf?"

„Ich habe in den letzten Tagen viel an die beiden gedacht … mehr nicht."

„Ich weiß, Emchen, es ist unfair, dass du keine Erinnerungen mehr an sie hast", gab Luis traurig zu und auch Emma schnürte es die Kehle zu.

„Sicher, dass sonst alles in Ordnung ist?"

„Ja", sagte Emma und zog geräuschvoll ihre Nase hoch. „Alles gut, wirklich."

„Okay, Emchen! Ich schaue, dass ich euch demnächst mal wieder besuche, oder du kommst vorbei", schlug ihr Onkel vor, aber Emma wusste, dass es leere Versprechungen waren. Sie nahm es ihm nicht übel. Er liebte sein Single-Leben, ohne Vorschriften, Verpflichtungen oder Termine. Er lebte einfach in den Tag hinein und vergaß gerne mal seine Versprechungen.

„Klingt gut", sagte sie deswegen nur.

Sie tauschten noch ein paar Worte und als Emma auflegte, fühlte sie sich genauso schlau wie vorher. Luis wusste nichts. Wie auch? Er hatte ihre Eltern nur ein paar Monate vor ihrer Geburt kennengelernt. Damals waren sie gerade nach Los Angeles gezogen. In dem geräumigen Apartment mit Meerblick gab es einen Nachbarn, der direkt am ersten Abend mit einer Flasche Wein und miesen Witzen vorbeikam. Und das war Luis gewesen!

„Ich war ja schon immer Junggeselle und wenn neue Nachbarn einzogen, gehörte es sich, sie zu begrüßen!", hatte Luis ihr erzählt, als sie acht Jahre alt war. „Und deine Eltern waren liebenswerte Menschen, die man einfach mögen musste. Es war sozusagen Freundschaft auf den ersten Blick!"

So hatte ihr Patenonkel Emma die Geschichte erzählt. Kein Wunder, dass er die Vormundschaft für sie nach dem Tod ihrer Eltern bekam. Andere Verwandte hatte sie nicht und so wollten es ihre Eltern. Emmas Gedanken schweiften zu Luis, ihren Eltern und schließlich zu Jo. Was hatte er ihr gestern nur gegeben?

Schwungvoll stand sie auf und fasste sich dabei automatisch an ihre Rippe, was allerdings total unnötig war, denn sie hatte überhaupt keine Schmerzen mehr. Oh nein, war auch das nur eine Einbildung gewesen? Voller Tatendrang lief sie nach unten in die Küche. Sie schaute zum Kühlschrank. Jap, da stand die Teebox. Da war Jo auf keinen Fall dran gewesen. Kurzentschlossen riss Emma die Schubladen und Schränke auf, in denen Jo gestern gekramt hatte, zumindest soweit sie sich erinnern konnte. Tassen, Besteck, Teller, Töpfe und Konserven … kein Tee. Sie nahm sogar den Deckel vom Mülleimer ab, aber auch dort konnte sie keine gebrauchten Teebeutel entdecken. Was hatte sie dann bitte gestern getrunken? Hatte er etwa ganz zufällig zwei Teebeutel in seiner Hosentasche dabei? Emma vergrub ihr Gesicht in ihren Händen. So langsam zweifelte sie wirklich an ihrem Verstand. Was war nur im Moment los? Seit sie mit Tom das erste Mal zum Wrack getaucht war, machte einfach alles keinen Sinn mehr. Am liebsten hätte sie sich in eine dunkle Ecke gesetzt und geweint, oder sich mit einem Eis auf der Couch zusammengerollt. Aber nein, sie würde jetzt nicht in Selbstmitleid versinken. Es gab für alles eine logische Erklärung. Es musste einfach eine geben. Sie hatte sich das doch nicht eingebildet! Oh man, sie musste sich dringend ablenken. Ein Blick auf die Uhr verriet Emma, dass sie noch fast zwei Stunden Zeit hatte, bis sie in die Tauchschule musste.

Also ging Emma wieder nach oben, stöpselte ihren iPod an die Anlage und machte erst mal laut Musik. Ihr Lieblingssong von Beyoncé dröhnte durch das Haus und ließ sie sofort auf andere Gedanken kommen. Halb tanzend zog sie ihre Sachen aus, die sie noch von gestern anhatte, hängte ihre Kette an ihren üblichen Platz am Schminkspiegel und stieg unter die Dusche. Nachdem sie fast eine Viertelstunde unter dem heißen Wasserstrahl gestanden hatte, während sie das Duschgel immer mal wieder als Mikrofon missbrauchte, wurde es Zeit, Ordnung in ihr Zimmer zu bringen. In Windeseile zog sie Jeans und Top an, band sich ihre Haare zu einem einfachen Dutt und wirbelte durch ihr Zimmer. Rund um ihr großes Bett tummelten sich Bekleidung, Bücher, Ordner und jede Menge Papiere. Die letzten Tage vor der Prüfung hatte sie alle möglichen Unterlagen einfach im Raum verteilt.

„Da steckt ein System dahinter", behauptete sie immer wieder gegenüber Nat, auch wenn die ihr nicht geglaubt hatte. Und wenn Emma sich das Chaos jetzt so anschaute, glaubte sie es auch nicht mehr. Sie sortierte die losen Blätter in die Ordner, verstaute alles in dem kleinen Regal unterhalb der Fensterbank zum Sitzen und warf alle Sachen in den Wäschekorb, bis dieser überquoll. Perfekt, dachte Emma. Dann war also gleich eine Wäsche dran. Mit dem Wäschekorb in der Hand ging sie in Nats Zimmer, aber deren Wäschekorb war fast leer. Da hätte eh nicht mehr viel reingepasst, dachte Emma, als sie ihre Kleidung in die Maschine in der Küche stopfte. Als sie gerade den Startknopf drückte, klingelte ihr Handy auf der Theke. Sie nahm es in die Hand, es war Tom.

Vor zwei Tagen hätte Emma Luftsprünge gemacht, wenn Tom sie einfach so angerufen hätte. Jetzt hatte dieser Anruf irgendwie einen faden Beigeschmack. Er machte sich bestimmt nur Sorgen, wollte über gestern reden und fragen, wie es ihr ging. Aber Emma hatte keine Lust darüber zu sprechen. Sie wusste, dass Jo die Geschichte erfunden hatte und sie würde vor Tom wie eine Idiotin dastehen, weil sie nicht mal ihre Ausrüstung richtig kontrollieren konnte. Emma legte das immer noch klingelnde Handy wieder auf die Theke und ging nach oben. Mit ihren Lieblingsliedern in Dauerschleife putzte sie das Bad, die Küche und sortierte die DVD-Sammlung im Wohnzimmer neu. Sie hatte sich gerade in der Mitte des Wohnzimmers hingestellt und überlegt, die Couch umzustellen, als ihr Blick zur großen Wanduhr im Flur wanderte, Viertel vor zwölf. Mist, sie musste sich auf den Weg in den Tauchclub machen. Allerdings war das auch besser, dachte Emma amüsiert, sonst würde sie wahrscheinlich noch das ganze Haus umräumen, um sich abzulenken.

Auf dem Weg zum Tauchclub kreisten immer noch unzählige Gedanken durch Emmas Kopf. Tom würde bestimmt sauer sein, weil sie sich nicht mehr gemeldet hatte.

In der Tauchschule angekommen, sah sie Benji am Anfängerbecken stehen. Er war ebenfalls Tauchlehrer und arbeitete jetzt seit gut einem Jahr bei Tom.

„Hey Benji", begrüßte Emma ihn freundlich und blickte sich um, „ist Tom nicht da?"

„Hey Emma! Nein, der hat einen Termin in der Stadt. Ich übernehme heute seine Kurse."

Eine Mischung aus Enttäuschung und Erleichterung machte sich in Emma breit. Irgendwie hatte sie gehofft, ihn zu sehen, aber so musste sie mit ihm wenigstens nicht über die gestrigen Ereignisse sprechen.

„Okay, ich bin dann im Büro", sagte sie und verschwand in das kleine Häuschen. Da Emma im Moment nur als Aushilfe bei Tom arbeitete, war sie gefühlt das Mädchen für alles geworden – Ausrüstung kontrollieren, reparieren und reinigen, den Schülern, die kamen, die passenden Anzüge rauszusuchen und, – was sie wirklich hasste, – Bürokram! Aber genau der wartete jetzt auf dem Schreibtisch auf sie – Rechnungen, Bestellungen, Anträge.

Emma seufzte. Zumindest würde sie das ablenken und fing an, die Zettel zu sortieren, einzuheften, Rechnungen zu schreiben, Geld zu überweisen und den Terminkalender auf Vordermann zu bringen.

Nachdem sie damit fertig war, sortierte sie die gereinigten Anzüge, Flossen und Mundstücke wieder ein, schrubbte den Innenhof und half Benji nach dem letzten Kurs mit der Reinigung der Becken.

Die Zeit verging wie im Flug und Emma dachte nicht einmal an gestern. Stattdessen hörte sie Benji zu, der ihr erzählte, wie er seine neue Freundin kennengelernt hatte und dass er überlegte eine Umschulung zum Feuerwehrmann zu machen, wovon Emma ihm sofort abriet, da er sich schon beinahe in die Hose gemacht hatte, als vor einigen Monaten Toms alter PC einen Kabelbrand hatte.

Es war bereits kurz vor fünf. Emma und Benji verstauten gerade die neu eingetroffenen Rettungswesten, als Tom die Tauchschule betrat.

Er trug eine lange schicke Leinenhose und ein Polo-Shirt, bei dem er natürlich die obersten Knöpfe offen ließ, damit seine weiblichen Bewunderer einen perfekten Blick auf seine muskulöse Brust erhaschen konnten. Und auch Emma erwischte sich dabei, wie sie dorthin starrte.

„Hey!", sagte er und nahm seine Sonnenbrille ab.

„Hi, du hast dich aber in Schale geworfen!"

„Ja, ich hasse diese Termine bei der Bank", antwortete Tom und blickte an sich herunter. „Wird Zeit, dass ich wieder in meine Badeshorts komme!" Er grinste Emma an und sie lächelte zurück.

„Alles klar, Boss, ich bin dann mal weg", sagte Benji und schulterte seinen Rucksack.

„Mach's gut, Benji, bis morgen!"

Als Benji durch das Tor verschwunden war, schaute Tom Emma besorgt an.

„Wie geht's dir, Em. Du hast nicht auf meine Nachrichten reagiert. Ich habe mir Sorgen gemacht."

Emma schämte sich. Was für ein Holzkopf sie doch war. Er machte sich Sorgen und sie hatte ihn ignoriert, weil sie mit ihren eigenen Problemen zu beschäftigt gewesen war.

„Mir geht's ganz gut soweit", log Emma. Körperlich war zwar alles in Ordnung, aber in ihrem Kopf herrschte immer noch ein heilloses Durcheinander.

„Warum hast du nicht auf meine Nachrichten geantwortet?"

Emma blickte Tom entschuldigend an. „Tut mir leid, ich war gestern so früh im Bett, dass ich sie erst heute Morgen gelesen habe."

Tom nickte verständnisvoll und schaute zum Steg, in Richtung Meer. Sie bemerkte, dass er etwas sagen wollte, aber nicht wusste, wie er es anstellen sollte.

„Entschuldige, dass du dir Sorgen gemacht hast, aber mir geht es wirklich gut", versuchte sie es noch einmal.

Wieder nickte er nur. Mein Gott, kann er nicht endlich mit der Sprache herausrücken, dachte Emma und folgte Toms Blick. Irgendwo da draußen lag immer noch das Wrack. Und immer, wenn sie in seine Nähe kam, begann das Medaillon zu leuchten. Ob sie sich trauen würde, noch mal zu dem Flugzeug zu tauchen? Oder würde sie Jo dazu überreden können, ihr die Wahrheit zu sagen? Sie fasste sich an ihren Hals, merkte aber, dass sie ihre Kette gar nicht umgelegt hatte und sie wahrscheinlich noch zu Hause an ihrem Spiegel hing. Da riss Tom sie aus ihren Gedanken.

„Wie konnte dir das nur passieren?", fragte er scharf. Emma blickte ihn erschrocken an, überrascht von seiner abrupten Stimmungsschwankung.

„Was meinst du?", fragte Emma irritiert.

„Du kannst doch nicht tauchen gehen und das auch noch alleine, wenn du deine Ausrüstung nicht richtig kontrolliert hast! Wie oft haben wir zusammengesessen und darüber gesprochen, wie schnell ein Fehler lebensbedrohlich werden kann? Du warst alleine da draußen, Emma! Es hätte sonst was passieren können!"

Tom war wirklich sauer. Emma wollte etwas erwidern, aber sie hatte keine Chance, er redete einfach weiter.

„Wir können froh sein, dass dieser komische Typ da war. Stell dir mal vor, das hätten mehr Leute mitbekommen. Wie sieht denn das aus, wenn meine Tauchlehrerin fast draufgeht?"

Er drehte sich von Emma weg und lief wütend auf und ab. Emma konnte nicht anders, als ihn mit offenem Mund anzustarren. Hatte er das gerade wirklich gesagt? Ihm ging es um seinen Ruf und nicht um ihr Leben?

„Sag mal, geht's noch?"

Jetzt wurde auch Emma lauter und stellte sich mit verschränkten Armen vor ihn, sodass Tom sie anschauen musste.

„Du hast Schiss um den Ruf deiner Tauchschule? Dass ich hätte sterben können, ist Nebensache, oder was?"

„Natürlich nicht! Aber es war deine eigene Schuld! Du hast deine Ausrüstung nicht richtig kontrolliert und dich damit in Gefahr begeben!"

„Ich habe meine Ausrüstung kontrolliert! Zwei Mal! So wie immer!"

„Und wie erklärst du dir dann, dass deine Anzeige nicht stimmte?"

„Ich …" Emma brach ab. Ja, was sollte sie ihm sagen? Dass die Anzeige fehlerfrei funktionierte, dass sie ein schwarzes Ungetüm angegriffen und Jo ihn angelogen hatte. Super Idee. Sie starrte Tom an, weil sie ihm nichts davon sagen konnte. Für ihn musste es so aussehen, als wäre ihr ein Fehler unterlaufen.

„Em", sagte Tom versöhnlich und nahm ihre Hände in seine, „es tut mir leid. Ich … ich hatte nur solche Angst um dich. Dir ist so etwas noch nie passiert und ich war nicht da, um dir zu helfen."

Emma sah in seinen Augen, dass er es bereute, sie so angeschrien zu haben, und auch seine Sorge und seine Schuldgefühle waren ihm eindeutig anzusehen.

„Mir tut es leid. Ich … ich weiß einfach … ich weiß einfach nicht was los war", gab Emma niedergeschlagen zu und schaute auf ihre Füße, um Tom nicht mehr ansehen zu müssen, weil sich ihre Augen mit Tränen füllten. Tom legte Emma zärtlich eine Hand an die Wange und zwang sie ihn anzusehen. In seinem Gesicht spiegelten sich die verschiedensten Emotionen – Sorge, Wut, Verzweiflung, Verlangen. Er kam näher und beugte sich langsam zu ihr herunter. Emmas Blick wanderte von seinen Augen zu seinem Mund, der nur noch Zentimeter von ihrem entfernt war. Sie wollte ihn küssen, seit sie ihn vor fünf Jahren kennengelernt hatte. Ihre Gefühle spielten verrückt und sie war zu keiner Regung mehr fähig.

„Störe ich?", hörte Emma unvermittelt eine Stimme hinter sich. Sie löste sich erschrocken von Tom und ging automatisch einen Schritt zurück, als hätte sie gerade etwas Verbotenes getan und wäre dabei erwischt worden. Sie drehte sich um und sah Jo, der sich lässig an die Wand am Eingang lehnte und die beiden amüsiert angrinste. Emma hatte ihn bisher nicht lachen sehen, aber das war wohl die Schadenfreude darüber, dass er gerade Emmas Chance auf einen Kuss von Tom ruiniert hatte. Wie dieser Typ ihr auf die Nerven ging. Aber andererseits, wie er so dastand, in seiner kurzen Jeans, mit hellblauem Shirt, bekam Emma sofort wieder weiche Knie. Wie machte er das nur? Sobald er in ihrer Nähe war, setzte ihr Verstand aus und ihr Körper übernahm die Kontrolle.

„Was machst du hier?", fragte Emma unfreundlicher, als sie wollte.

„Nachsehen, wie es dir geht", antwortete Jo wie selbstverständlich, stieß sich von der Wand ab und ging auf sie zu. Erst jetzt dachte Emma an Tom und drehte sich zu ihm um. Der bedachte Jo mit einem finsteren Blick. Freunde würden die beiden sicher nicht werden.

„Ich kümmere mich schon um Emma", sagte Tom deutlich zu bestimmend und machte ebenfalls einen Schritt auf Jo zu.

Oh oh, dachte Emma, jetzt nur keinen Hahnenkampf, bitte. Was sollte sie machen? Sollte sie Jo wegschicken, damit sie mit Tom da weitermachen konnte, wo sie stehengeblieben waren? Allerdings konnte sie jetzt, da Jo schon mal da war, wieder mehr über ihn herausfinden.

„Tom, ich, ähm, muss nach Hause. Nat wartet. Wir sehen uns ja morgen, oder?"

Tom schien verwirrt über die Frage.

„Und er soll dich wieder nach Hause bringen, oder was?" fragte er aufgebracht. Na toll, wie sollte sie jetzt reagieren?

„Ich hatte ihn gebeten zu kommen, er … ich wollte Jo noch etwas geben, was er gestern vergessen hat, danach wird er auch wieder abhauen", log Emma. „Nicht wahr, Jo?"

Sie sah Jo nachdrücklich an.

„Jap, genau das war der Plan", antwortete Jo immer noch grinsend.

Tom schien zwar nicht überzeugt, sah dann aber auf seine Uhr und seufzte. „Na gut, aber du meldest dich, wenn du zu Hause bist, okay?" Er blickte Emma eindringlich an und schloss sie in seine Arme.

„Ist gut", nuschelte sie an seiner Brust. Die Umarmung dauerte deutlich länger als sonst. Wem wollte er hier etwas beweisen? Nach einer gefühlten Ewigkeit ließ er sie los, drückte ihr noch einen Kuss auf die Wange und lief an Jo vorbei ins Büro, nicht ohne ihm noch einen finsteren Blick zuzuwerfen. Emma sah ihm hinterher und merkte, wie ihre Wangen rot wurden. Es war süß, wie Tom sie beschützen wollte, und sie genoss seine Aufmerksamkeit.

„Dein Freund ist aber kein besonders freundlicher Zeitgenosse", gab Jo zu bedenken.

„Er ist nicht mein Freund", entgegnete Emma, als sie an ihm vorbei durch das Tor ging.

„Dann habe ich wohl gerade in einem ungünstigen Moment gestört." Jo folgte Emma nach draußen und klang dabei keineswegs, als würde es ihm leidtun. Emma rollte mit den Augen und ignorierte seinen Kommentar.

Sie liefen nebeneinander am Strand entlang nach Hause und Emma konnte nicht anders als ihn verstohlen von der Seite zu beobachten.

„Warum bist du hier?"

„Habe ich doch schon gesagt, ich wollte sehen, ob bei dir alles in Ordnung ist." Seine Augen funkelten sie an und die Schmetterlinge in ihrem Bauch flogen wild durcheinander.

„Wie du siehst, geht es mir gut", antwortete sie schnell, bevor ihr Kopf wieder abschalten würde.

Jo nickte kaum merklich. „Wo ist deine Kette?", fragte er beiläufig und bei Emma schrillten sofort die Alarmglocken.

„Wieso fragst du?" Emma wurde misstrauisch. Wieso fragte er nach der Kette?

„Nur so. Gestern hast du sie noch umgehabt und sie sah wertvoll aus." Er zuckte mit den Schultern und sah auf das Meer hinaus.

„Sie liegt in meinem Zimmer", sagte Emma nach einer längeren Pause und beobachte Jo skeptisch. Das war keineswegs einfach nur eine Frage. Er tat zwar so, als wäre es ihm gleichgültig, aber er wusste ganz genau, was hier abging. Da war sich Emma sicher.

„Warum lügst du eigentlich so viel, Jo?", fragte sie provokant.

„Du unterstellst mir ganz schön oft, dass ich lüge", antwortete Jo gelassen. „Ist dir das mal aufgefallen?",

„Erst die Geschichte, dass meine Ausrüstung defekt wäre, dann gibst du mir irgendeinen kuriosen Tee, den du aus deiner Hosentasche zauberst und jetzt die Frage nach der Kette."

„Kurioser Tee aus meiner Hosentasche?" Jo zog eine Augenbraue hoch.

„Der Tee, den du mir gestern gemacht hast. Du hast keinen Teebeutel benutzt. Also, was war das?"

„Vielleicht sollten wir mit dir doch ins Krankenhaus fahren und schauen, ob du nicht deinen Kopf irgendwo gestoßen hast." Jo blieb ernst, zu ernst für Emmas Geschmack. Warum war der Penner nur so gut im Lügen?

„Gut, es reicht!" Emma blieb stehen und verschränkte die Arme vor der Brust. „Wer bist du, woher kommst du und was weißt du über mein Medaillon?" Emma hatte die Spielchen satt. Sie wollte Antworten!

Jo blieb ebenfalls stehen, schien aber von ihrem ernsten Ton überhaupt nicht eingeschüchtert zu sein.

„Willst du das Frage-Antwort-Spiel von gestern weiterführen?", fragte er herausfordernd und schaute Emma erwartungsvoll an. „Ich beantworte eine Frage und dann musst du mir eine Frage beantworten."

Er wusste genau, dass Emma dazu nicht nein sagen würde. Sie wollte endlich Antworten bekommen.

„Schön, aber ich fang an", bestimmte Emma und ging weiter. „Was weißt du über meine Kette?"

Jo blickte sie gelangweilt an. „Was soll ich schon darüber wissen, außer, dass sie dir gehört?"

Emma schnaubte und riss ihre Arme in die Luft. „Und schon wieder lügst du." Sie wusste, dass er ihr nicht die Wahrheit sagte.

„Hast du meine Kette schon mal gesehen?"

„Na, das war schon die zweite Frage", tadelte er sie. Sie blies geräuschvoll die Luft aus. Dieser Typ raubte ihr den letzten Nerv.

Jo machte gelassen weiter mit seiner Frage.

„Was ist deiner Meinung nach gestern unter Wasser passiert?"

Shit, dachte Emma. Warum stellte er gerade so eine Frage? Sie konnte ihm doch nicht vom leuchtenden Medaillon und dem Wrack und dem schwarzen Ding erzählen. Er würde sie für total bekloppt halten. Andererseits, wenn sie ihm ihre Erinnerungen an das Geschehen sagen würde, und das wahr wäre, würde er ihr das vielleicht bestätigen. Möglicherweise war das seine Art, zuerst herauszufinden, was Emma wusste. Sie sah ihn an. Er wartete geduldig, ließ sie aber nicht aus den Augen, als könnte er mehr aus ihrem Gesicht lesen, als ihr lieb war. Nein, er war zu gerissen. Er würde ihr bestimmt nicht sagen, dass das alles so stimmte. Das hätte er schon lange tun können.

„Du hast doch gesagt, meine Erinnerungen wären falsch. Warum interessierst du dich dann jetzt dafür?"

„Ich würde einfach gerne wissen, was deiner Meinung nach passiert ist."

„Ich erinnere mich nicht mehr genau", versuchte Emma, sich herauszureden.

„Sieh an, wer lügt jetzt?", zog Jo sie auf.

Na schön, kapitulierte Emma innerlich, sie musste ihm ja nicht die komplette Story erzählen.

„Ich bin mit dem Boot rausgefahren, zu einem Wrack, das Tom vor ein paar Tagen entdeckt hatte. Als ich dort war, fühlte sich wohl irgendein Tier von mir bedroht, ich hab mich erschrocken und mein Mundstück verloren."

Emma ratterte die Fakten einfach so runter, als würde ihr der Gedanke an die Erlebnisse nichts ausmachen und sah Jo mit festem Blick an. Er durfte nicht merken, dass sie log.

„Okay", sagte er nach einer gefühlten Ewigkeit endlich und blickte wieder nach vorn. Okay, mehr nicht? Was sollte das jetzt heißen? Hatte er gemerkt, dass das nicht die Wahrheit war? Emma wurde aus ihm einfach nicht schlau.

„Du bist dran", erinnerte Jo sie.

Emma musste nicht lang überlegen. „Woher hattest du den Tee von gestern und was war da drin?"

„Das sind zwei Fragen", bemerkte er und schaute sie nicht mal an.

Emma rollte mit den Augen. Klugscheißer!

„Was war in dem Tee von gestern?", versuchte Emma es erneut.

„Verschiedene Kräuter."

Emma wartete auf mehr, aber Jo schwieg.

„Wie? Kräuter? Was für Kräuter? Was bewirken die und woher hattest du sie?" Emma wurde lauter. Warum konnte er nicht einfach die Fragen befriedigend beantworten?

„Du verstehst die Spielregeln nicht, oder?" Endlich sah er Emma an und blickte ihr fest in die Augen. Ihr platzte der Kragen. „Ich verstehe die Spielregeln, du hältst dich nicht daran!", schrie sie fast.

„Wieso das? Ich beantworte doch deine Fragen."

„Ja, ausweichend und mit zwei Wörtern. Du gibst keine Erklärung dazu."

„Vielleicht solltest du deine Fragen anders formulieren", schlug Jo überheblich vor. Emma hatte es jetzt satt.

„Weißt du was, ich hab keine Lust mehr auf deine Spielchen!"

Sie stapfte wütend an Jo vorbei in Richtung ihres Hauses, ohne auf ihn zu warten oder sich nach ihm umzudrehen. Wenn er Spaß daran hatte, bitte, aber für sie war das kein Spiel! Wie konnte jemand so gut aussehen und gleichzeitig so überheblich und nervig sein? Sie wollte doch nur Antworten und der Einzige, der ihr die geben konnte, war ein blöder, arroganter Idiot!

Emma hörte, wie Jo zu ihr aufschloss.

„Willst du einen neuen Weltrekord im Sprint aufstellen?", fragte Jo neben ihr. Emma ignorierte ihn.

„Möchtest du noch eine Frage stellen?", versuchte er es erneut.

Nein, dachte Emma, du beantwortest sie ja eh nicht richtig.

„Kann ich eine Frage stellen?"

Nein, Emma würde ihn weiter ignorieren.

„Emma!", sagte Jo sanft und hielt sie am Arm zurück.

Die Art, wie er ihren Namen aussprach und seine Berührung auf ihrer Haut, ließ ihre Knie weich werden. Sie blieb stehen. Auf einmal konnte sie seinen maskulinen Duft riechen, der sie völlig um den Verstand brachte. Langsam drehte sich Emma um und ignorierte wie ihr Herz gegen die Brust schlug. Jo stand unmittelbar vor ihr und schaute sie mit einem Blick an, den Emma nicht deuten konnte. Warum war er plötzlich so? Erst war er unfreundlich, dann arrogant, jetzt auf einmal nett. Emma wusste nicht, was sie sagen sollte und auch Jo schien, als würde er überlegen, wie er die Stille unterbrechen könnte.

Er holte tief Luft. „Es waren Baldrian und Melisse mit Zimt, Vanille und Anis. Das ist ein Tee, der beruhigt und von dem man gut schlafen kann. Ich dachte, das könntest du nach dem Tag gebrauchen."

Emma blinzelte. Hatte er ihr gerade wirklich gesagt, was in dem Tee war? Die Wahrheit? Man Emma, nun sag schon etwas. Krampfhaft suchte sie nach einer passenden Antwort, weil ihr mal wieder die Sprache fehlte. Jo räusperte sich.

„Ähm, ja. Ich glaube, wir sollten weitergehen." Er wandt sich zum Gehen, als Emma endlich ihre Sprache wiederfand.

„Warte!" Jo hielt inne. Emma ging auf ihn zu, blieb vor ihm stehen und blickte zu Boden.

„Was ist hier los, Jo?", fragte sie dann und traute sich, ihm in die Augen zu schauen. „Du weißt, was hier vor sich geht."

Jo schien zu überlegen, was er sagen sollte, entschied sich wohl aber dagegen, denn sein überheblicher Ausdruck schlich sich wieder auf sein Gesicht und weg war der nette Mann, der noch vor einer Minute vor ihr gestanden hatte.

„Bist du sicher, dass du dir nicht doch den Kopf gestoßen hast?" Herablassend schaute er auf Emma. „Lass das mal untersuchen!"

Und mit diesen Worten drehte er sich um und ging an Emma vorbei weiter den Strand entlang.

„Es ist ja nicht mehr weit zu dir. Den Rest schaffst du alleine oder?", rief er Emma zu, ohne sich noch einmal umzuschauen.

Emma starrte ihm hinterher. Was zum Teufel lief nur falsch bei ihm? Emma spürte, wie die Wut auf Jo sich in ihrem Bauch staute. Am liebsten hätte sie laut geschrien. Sie ballte die Hände zu Fäusten, schloss ihre Augen und atmete tief ein und aus, um sich zu beruhigen. Es war zum Haare raufen. Erst war er ein Arsch, dann war er nett. Und als sie versuchte, ruhig und freundlich nachzufragen, was zum Henker hier abging, hatte er nichts Besseres zu tun, als ihr zu raten, einen Arzt aufzusuchen? Emma öffnete die Augen gerade noch rechtzeitig, um zu sehen, wie Jo mit energischen Schritten die Stufen am Strand zu den Dünen hochging und den kleinen Holzsteg benutzte, der parallel daran entlang führte. Wohin ging er bloß? Das kleine Zentrum von Bajo Rianja lag in der anderen Richtung. Er sagte doch, er machte hier Urlaub. Kamen dort hinten noch Hotels? Nein, da war nichts mehr, außer Strand und noch mehr Strand. Sollte sie ihm folgen? Sie könnte herausfinden, wo er wohnte und was er ihr verschwieg. Sie sah auf die Uhr. Kurz vor sechs. Sie hatte noch Zeit, bis Nat nach Hause kam. Ach, was soll's. Kurz entschlossen lief sie querfeldein durch die Dünen nach oben zu dem Holzsteg, zog sich blitzschnell ihre Schuhe an und folgte Jo, dessen Gestalt am Horizont immer kleiner wurde.

Sechs

Zehn Minuten lief Emma nun schon hinter Jo her. Er war stur geradeaus gegangen, hatte die Menschen nicht beachtet, die ihm entgegen kamen oder auch nur einmal nach links oder rechts geschaut. Selbst als ihm ein Frisbee fast an die Stirn geknallt wäre, lief er einfach weiter. Mit einem sicheren Abstand folgte Emma ihm und hielt sich dicht an den Dünen, deren Gras hoch genug war, sodass sie sich mit einem schnellen Hechtsprung darin verstecken konnte. Hauptsache er drehte sich nicht um, hoffte sie. Wohin wollte er nur? Emma war nervös und ihre Hände wurden ganz schwitzig. Wie weit sollte sie ihm noch folgen? Was, wenn er sie bemerkt hatte und sie extra so weit weg führte? Sie hatten den bevölkerten Strandabschnitt schon lange hinter sich gelassen. Hier war das Meer recht tief und auch der Strand war steiniger, weswegen sich an dieser Stelle auch selten Badegäste aufhielten. Es wurde immer einsamer. Die letzte Strandbude konnte Emma gerade noch sehen, wenn sie sich umdrehte. Auch die Wohn- und Ferienhäuser, die sich neben Emmas und Nats Haus aneinanderreihten, waren in weiter Ferne. Na gut, sie würde ihm noch zwei Minuten folgen, dann war Schluss. Sie fröstelte, obwohl es warm war und fühlte das Adrenalin, das durch ihren Körper schoss. Sie hatte noch nie jemanden verfolgt. Es war aufregend und angsteinflößend zugleich. Je weiter sie ging, desto weniger war sie von ihrem Plan überzeugt. Was hatte sie sich nur dabei gedacht, Jo zu folgen? Sie war nicht mutig, deswegen schaute sie auch keine Horrorfilme, die Nat so liebte. Ok, es reichte, Zeit umzudrehen. Doch bevor Emma ihre Verfolgung abbrechen konnte, änderte Jo vor ihr die Richtung und lief links durch die Dünen hin zum Meer. Und was wurde das jetzt bitte, fragte sich Emma, als sie ihm perplex hinterher schaute. Ihr

Rückzugsplan war vergessen. Sie lief weiter, jetzt aber deutlich gebückter und immer im Schutz des Dünengrases. So war sie zwar nicht so schnell, aber sie hatte Jo im Blick und konnte sicher sein, dass er sie nicht sah. Das hoffte sie zumindest.

Jo ging unbeirrt weiter und stapfte über die kleinen und großen Steine im Sand, direkt auf ein altes, verlassenes Rettungsschwimmerhäuschen zu. Emma kannte das Häuschen. Nat und sie hatten dort als Kinder immer gespielt. Damals war der Strand noch nicht so steinig gewesen, weswegen Luis kein Problem damit hatte, dass die beiden dort spielten. Emma hätte nicht gedacht, dass die Hütte immer noch stand. Sie war bestimmt schon zehn Jahre nicht mehr hier gewesen, aber das Haus sah noch genauso aus wie damals, nur eben etwas ramponierter. Die kleine Rampe, die zu der Hütte hochführte, war noch intakt. Auch die Fenster waren alle heil, lediglich bei einem bemerkte Emma, dass dort Holzplatten vorgenagelt waren. Einzelne Holzlatten der Aussichtsplattform, auf der das Haus stand, fehlten und auch das Holz der Hütte, das früher mal hellblau angestrichen war, war jetzt ausgeblichen und die Farbe splitterte ab.

Jo ging wie selbstverständlich darauf zu. Emma hockte sich ins Gras und sah zu, wie er den Steg zum Haus hochging und eintrat. Was machte er hier? Hatte er sich in der Hütte einquartiert? Und was sollte Emma jetzt tun? Sie griff in ihre Hosentasche und holte ihr Handy heraus. Verdammter Mist! Ihr Akku war leer! Sie hatte vergessen, das Telefon im Tauchclub anzuschließen. Das war ja wirklich wie in einem schlechten Horrorfilm, dachte Emma entmutigt und steckte ihr Handy wieder ein. Also gut, zwei Möglichkeiten hatte sie: Entweder umdrehen und nach Hause gehen oder näher ran und schauen, was er da drin trieb. Die Vernunft in ihr schrie ganz laut „umdrehen", aber ihre

Neugierde war einfach zu groß. Sie wollte, nein, sie musste wissen, ob Jo wirklich in der Hütte wohnte. Das wäre dann schon mal der erste Beweis für seine Lügen.

Langsam schlich sie durch das hohe Gras, das blöderweise nur den kleinen Hügel zum Strand runter wucherte, danach wäre sie komplett sichtbar. Zum Glück lag das zugenagelte Fenster auf der ihr zugewandten Seite. Also rannte sie, als sie am Strandabschnitt angekommen war, gebückt den kurzen Weg bis zur Hütte und duckte sich unter die Plattform. Ihr Herz klopfte wie wild und das Blut rauschte in ihren Ohren. Sie hockte sich kurz hin und lauschte auf Geräusche, aber sie hörte nichts – keine Schritte, kein Lärm, gar nichts. Das war merkwürdig. Als wäre keiner da. Sie wartete noch einige Minuten und schlich dann in der Hocke nach vorne zum Steg. Die Hütte war hoch, vielleicht knapp über zwei Meter. Sie schaute nach oben zur Tür. Die war geschlossen und auch durch das große Fenster daneben, durch das die Rettungsschwimmer früher alles am Strand überblicken konnten, sah Emma nichts. Wenn sie jetzt versuchen würde, über die Rampe zur Tür zu gelangen, könnte man sie durch das Fenster sofort sehen. Auf die Plattform klettern konnte sie vermutlich auch vergessen. Sie war nie sehr gut im Sport gewesen. Emma wartete und lauschte weiter. Wenn sie keine Geräusche aus der Hütte hörte, hatte sich Jo eventuell hingelegt. Dann würde er sie vielleicht nicht sehen, wenn sie bis zur Hälfte der Rampe ging, und geduckt nach oben robbte. Sollte sie es wagen? Je länger sie überlegte, desto nervöser und unsicherer wurde sie. Ihre Hände waren schweißnass und sie rieb sie sich an ihrer Jeans ab. Wenn es doch nur schon dunkler wäre. Aber die Sonne schien immer noch hoch am Himmel, lediglich ein paar Wolken hatten sich gebildet. Na gut, jetzt oder nie. Emma lauschte ein letztes Mal, ob sich in der Hütte etwas regte. Nichts. Geduckt lief sie ein paar Meter die Rampe hoch. Alle zwei Sekunden ging ihr Blick nach oben zum Fenster, aber es war nichts zu sehen. Als sie auf der Hälfte angekommen war, robbte sie die wenigen Meter zur Tür fast auf dem Bauch liegend weiter. Dort angekommen, lehnte sie sich mit dem Rücken gegen das Holz und holte erst einmal tief Luft. Immer noch konnte sie im Inneren kein Geräusch vernehmen. Sie sah sich um. Einfach reingehen kam nicht infrage, also blickte sie um die Ecke. Dort war das zugenagelte Fenster. Vielleicht war da ein Spalt, durch den sie ins Innere sehen könnte. Auf allen Vieren kroch sie zum Fenster. Da war kein Spalt, aber es gab tatsächlich ein kleines Loch in den Platten. Emma drückte ihr Gesicht nah an das Holz und versuchte etwas zu erkennen. Sie sah nicht viel, nur ein paar alte Möbel, komplett verstaubt und total kaputt. Ein Schreibtisch war in zwei Hälften zerbrochen und lehnte an der Wand, daneben ragten mehrere alte Angeln in die Höhe. Papiere lagen überall herum und rechts meinte Emma die Ecke eines Regals ausmachen zu können. Aber was viel wichtiger war, kein Jo war zu sehen. Wo war er? Emma konnte durch das Loch nicht alles überblicken, aber viel Platz war in dem Haus nicht. Er musste doch da drin sein. Allerdings sah die Hütte auch nicht so aus, als würde dort jemand wohnen. Also, was machte er dann hier? Bevor Emma es sich anders überlegen konnte, ging sie schnurstracks wieder um das Haus herum, auf die Vorderseite. Sie blickte durch das große Fenster. Nichts. Im Haus war niemand. Emma schüttelte verständnislos den Kopf. Sie ließ ihren Blick über den Strand schweifen, er war menschenleer. Jo konnte sich doch nicht einfach in Luft aufgelöst haben. Emma ging zur Tür zurück. Wenn die jetzt verschlossen war, würde sie sich morgen wirklich ins Krankenhaus begeben oder Nat bitten, dass sie sie mal auf ernste Gehirnschäden untersuchte. Sie nahm den Türknauf in die Hand, riss die marode Holztür auf und trat ein. Viel mehr, als sie durch das kleine Loch gesehen hatte, war auch nicht in der Hütte. Eine alte, vergilbte Matratze lag links neben ihr, daneben lehnte der zerbrochene Schreibtisch und gegenüber von der Tür stand ein Metallschrank, dessen Türen offenstanden und aus dem noch mehr Blätter quollen, die sich über den Boden verteilten. Emma verstand die Welt nicht mehr. Sie hatte doch ganz deutlich gesehen, wie Jo hier hinein gegangen war. Er konnte nicht einfach verschwinden, das widersprach jedem logischen Gesetz. Gab es hier eine geheime Falltür, oder was?

Emma schaute sich hilflos um, aber so einfach würde sie nicht aufgeben. Sie wollte nicht wieder nach Hause gehen und sich die ganze Zeit fragen, was hier los war. Noch mehr Fragezeichen konnte sie in ihrem Kopf wirklich nicht gebrauchen. Also untersuchte sie die Hütte Zentimeter für Zentimeter. Sie tastete sich an der maroden Tapete entlang, klopfte an die Wand, ob es irgendwo hohle Stellen gab. Sie drehte sogar die vergilbte Matratze um und ein Schauer lief ihr über den Rücken, als darunter Zigarettenkippen, dreckige Tücher und sogar Spritzen zum Vorschein kamen. Anscheinend bot diese Bude sonst den Junkies Zuflucht. Emma löste sich von dem Anblick und ging zur gegenüberliegenden Seite. Auch dort tastete sie die Wände ab, schob Blätter weg und musste vom ganzen Staub, den sie aufwirbelte, husten. Aber nichts. Dieser Raum besaß keine versteckte Tür oder ähnliches, durch die Jo hätte verschwinden können. Emma schmiss die verstaubten Papiere, die sie in den Händen hielt, auf den Boden und starrte fassungslos ins Leere. Schon wieder eine Sache, die einfach keinen Sinn ergab. Was war nur los mit ihr? Verlor sie jetzt doch den Verstand? Alles um sie herum schien falsch und verdreht. Was war Wahrheit, was war Einbildung? Sie wusste nicht mehr, was sie denken oder glauben sollte. Die Ereignisse der letzten Tage waren zu viel für sie. Kraftlos brach sie zusammen und kauerte sich in die hinterste

Ecke, direkt neben den kaputten Schreibtisch. In Embryohaltung legte sie den Kopf auf ihre Arme und hielt ihre Tränen nicht mehr zurück. Sie tropften auf den verstaubten Boden und hinterließen Abdrücke auf den Papieren. Sie wollte einfach nur noch wissen, was hier los war. Was passierte nur mit ihr? Erschöpft und niedergeschlagen schloss Emma die Augen und merkte nur noch wie die letzte Träne sich aus ihrem Augenwinkel löste.

Emma hatte keine Ahnung, wie lange sie in der dreckigen Hütte gelegen und sich die Augen aus dem Kopf geweint hatte. Sie sollte endlich aufstehen und nach Hause gehen, aber ihr Kopf fühlte sich an, als hätte er in einem Schraubstock gesteckt. Langsam richtete sie sich auf und blinzelte. Sie erkannte den kaputten Schreibtisch und die eklige Matratze wieder. Aber hier stimmte etwas nicht, woher kam das Licht? Goldenes, warmes Licht erleuchtete die kleine Hütte. Emma setzte sich vollends auf und konnte nicht glauben, was sie sah. Wie in einem schlechten Film rieb sie sich die Augen. Aber es half nichts, sie sah es immer noch. Ein menschengroßer Kreis befand sich in der Mitte der Hütte, er schien in der Luft zu schweben. Außen war er golden und waberte wellenförmig, als wäre hier irgendwo ein Luftzug, der ihn bewegen würde. Im Inneren war er fast weiß, leicht silbrig, wie ein Spiegel mit wellenartiger Oberfläche. Es erinnerte Emma ein bisschen an das Sternentor aus Stargate, nur nicht so eisern, sondern irgendwie flüssig und leicht kitschig. Emma musste träumen, das konnte nicht real sein, was sie hier sah. Langsam stand sie auf. Im Stehen wirkte dieser Kreis sogar noch imposanter und größer. Mit vorsichtigen Schritten ging sie auf ihn zu. Emmas Knie waren weich wie Butter und ihre Hände zitterten, als sie kurz davor stehen blieb. Ganz klar, sie träumte. Sie kicherte leise vor sich hin. Sie hatte keine Ahnung warum, eigentlich war hier nichts zum Lachen, aber sie konnte nicht anders. Was für ein genialer Traum, fand Emma, als sie sich umdrehte und aus dem Fenster blickte. Es sah wirklich so aus wie zu Hause. Sie kniff sich kräftig in den rechten Unterarm. Autsch, verdammt, das war vielleicht etwas zu fest. Sie konnte fast zusehen, wie ihre Haut an der Stelle anschwoll und rot wurde. Na super, das gab einen blauen Fleck. Aber, Moment mal, dachte Emma, wenn es weh tat, hieß es doch, dass sie nicht träumte, oder? Ihr Herzschlag beschleunigte sich. Angespannt drehte sie sich wieder um und sah sich den goldenen Spiegel genauer an. Nein, der konnte nicht real sein. Vorsichtig streckte sie eine Hand aus. Sie war nur noch ein paar Zentimeter von der glänzenden Flüssigkeit entfernt, als sich die Wellen plötzlich schneller bewegten. Sie wirbelten geradezu umher und ehe sich Emma versah, prallte jemand mit voller Wucht gegen sie und sie stürzten gemeinsam zu Boden.

„Verdammte …", weiter kam derjenige nicht, der neben ihr auf dem Boden kauerte. Emma lag wieder in der Ecke, in der sie gerade noch gelegen hatte und rieb sich ihre Stirn, mit der sie genau an die Kante des alten Schreibtisches gestoßen war. Shit, tat das weh. Sie fasste sich an den Kopf und sah, dass etwas Blut an ihren Fingern klebte. Klasse, nun gab es auch noch eine Beule.

Erst jetzt bemerkte Emma die fluchende Person, die sich hinter ihr vom Boden aufrappelte. Sie drehte sich um und sah gerade noch, wie der goldene Kreis sich zusammenzuziehen schien und dann einfach verschwand. Auf einmal war es dunkel in der Hütte, denn die Sonne war bereits untergegangen. Emma konnte nur die Umrisse eines Mannes sehen, der direkt vor ihr stand. Panik kroch ihren Körper hinauf. Sie wusste nicht, wohin sie ausweichen konnte, die einzige Fluchtmöglichkeit war die Tür, und dafür musste sie erst einmal an dem Mann vorbei. Verdammt, verdammt, verdammt! Ängstlich blickte sich Emma nach einer Waffe um, die sie gegen den Typen verwenden konnte. Ein Stück Holz, wohl ein abgerissenes Stuhlbein, lag neben ihr. Sie nahm es in die Hand, als sie eine vertraute und besonders wütende Stimme vernahm.

„Was zum Teufel hast du bitte hier verloren?"

Jos Worte durchbrachen die Dunkelheit. Er machte einen Schritt auf Emma zu.

„Bleib, wo du bist", rief sie panisch und riss das Holzstück wie eine Waffe nach oben. Umständlich rappelte sie sich auf, während Jo beschwichtigend die Hände hob.

„Wie … was … was war das?", stotterte Emma, während ihre Hand mit dem Stuhlbein beträchtlich zitterte.

„Das ist schwer zu erklären", gab Jo geknickt zu.

„Versuch es", verlangte sie und machte unsicher ein paar Schritte nach rechts, um näher an die Tür zu gelangen.

„Nicht hier, nicht zwischen Tür und Angel", er sah sich um, „im wahrsten Sinne des Wortes."

Scherze? Er machte jetzt Scherze? Emma stand kurz vor einem Herzinfarkt und er hatte nichts Besseres zu tun, als Witze zu reißen?

„Was bist du?", versuchte Emma es erneut und schrie fast dabei.

„Ähm, ein Mensch, genau wie du, nur mit speziellen Fähigkeiten." Seine Stimme klang genauso arrogant und aufmüpfig wie immer.

„Und was war das für ein Ding, durch das du gerade gefallen bist?" Emma machte noch einen Schritt nach rechts und stand nun am großen Fenster. Mit zwei Schritten hätte sie die Tür erreicht. Ja, aber dann wohin? Draußen wurde es bereits dunkel und weit und breit gab es kein Haus.

Jo seufzte. „Das war ein Portal."

Er ließ Emma keine Minute aus den Augen.

„Können wir das bitte woanders besprechen?", fragte er, ihm war sichtlich unwohl.

„Klar, lass uns zu mir gehen und wir trinken noch einen von deinen Beruhigungstees und du erzählst mir alles von deinem Portal, durch das du reisen kannst", entgegnete Emma sarkastisch und mit zittriger Stimme. „Klasse Idee!"

„Jetzt lass den Blödsinn, nimm den Möchtegern-Pflock runter und komm zur Vernunft!"

„Du kannst mich mal!", schimpfte Emma und schmiss Jo das Holzstück entgegen. Ohne zu sehen, ob sie ihn auch getroffen hatte, legte sie die wenigen Meter bis zur Tür zurück, riss sie auf und rannte in die Dunkelheit.

Es war deutlich kühler geworden und Emma fröstelte in ihrem knappen Top, während ihr Kopf sich anfühlte, als hätte ihr jemand mit einem Hammer gegen die Stirn geschlagen. Aber sie ignorierte den Schmerz und lief wie von der Tarantel gestochen die Rampe nach unten, nahm eine scharfe Linkskurve, wobei ihr das Geländer zu Hilfe kam und spurtete durch den Sand in Richtung Dünen.

„Emma!" Sie hörte Jos wütende Stimme hinter sich, traute sich aber nicht, sich umzudrehen. Von wegen Portal, der hatte sie doch nicht mehr alle! Emma wollte gar nicht hören, was er ihr zu erzählen hatte, sie wollte nichts davon wissen, sie wollte einfach wieder ihr normales Leben zurück!

Sie rannte die Dünen hoch, allerdings war es nicht so einfach, die Steigung im Sand zu bewältigen. Ihre Lunge brannte, ihr Kopf pochte und ihre Beine wurden immer schwerer. Sie hörte Jo hinter sich laufen. Wie weit war er wohl noch weg? Zehn Meter? Oder weniger? Völlig außer Puste erreichte Emma den oberen Pfad und fiel fast auf die Holzbalken, die den Weg nach

Hause markierten. Jetzt nur nicht anhalten, dachte sie, aber es ging nicht. Kaum, dass sie einen Fuß auf den Pfad gesetzt hatte, wurde ihr schwarz vor Augen. Sie sackte zusammen und fiel vornüber auf die mit Sand bedeckten Holzplatten. Sie konnte sich gerade noch mit ihren Händen abstützen, um nicht mit dem Gesicht im Sand zu landen. Ihre Stirn pochte, ihr war schwindelig und so sehr sie es auch versuchte, sie konnte einfach nicht aufstehen.

„Meine Güte, Emma!" Jo erreichte den Pfad und war nicht halb so außer Atem wie sie. Er kniete sich neben sie und nahm ihr Gesicht in seine Hände. Ihre Haut brannte unter seiner Berührung.

„Lass mich!", motzte Emma und wollte ihr Gesicht wegdrehen, aber Jo hielt sie so fest, dass sie keine Chance hatte.

„Jetzt hör auf mit dem Quatsch, du blutest."

Emma gab sich geschlagen. Ihr ganzer Körper tat weh und sie hatte einfach keine Kraft mehr.

„Komm schon, ich bring dich nach Hause."

Nach Hause, das klang gut, fand Emma. Aber sie wollte nicht mit diesem komischen Typ aus einer anderen Galaxie, oder woher auch immer, nach Hause gehen. Jo hob Emma hoch, sodass sie ihre Arme um seinen Hals schlingen musste. Als würde sie nichts wiegen, ging er los und folgte dem Pfad zurück, den sie vorhin noch langgeschlichen war. Emma wollte es nicht genießen, aber wie er sie in seinen Armen hielt, fest und beschützend, ließ ihren Bauch kribbeln. Ihr Kopf ruhte auf seiner Schulter und sie konnte seinen herben, holzigen Duft wahrnehmen. Außerdem war seine Berührung, trotz allem was sie gerade gesehen hat, irgendwie beruhigend.

Jo sagte den ganzen Weg über kein Wort, aber das war Emma nur recht. Sie hatte genug mit sich selbst zu kämpfen, dass sie nicht einschlief oder das Bewusstsein verlor. Ihr Kopf brummte, aber zumindest blutete die Wunde nicht mehr.

Der Weg kam ihr unendlich lang vor. War sie heute Nachmittag auch so lange gelaufen? Nach einer halben Ewigkeit bog Jo endlich vom Pfad ab und lief die letzten Schritte zum Haus hoch. Bevor sie den Schlüssel aus ihrer Tasche kramen konnte, riss Natalie schon die Tür von innen auf.

„Emma! Meine Güte! Was ist passiert?"

Ihre Stimme zitterte genau wie Emmas vorhin. Sie musste sich Sorgen gemacht haben. Wie spät war es eigentlich mittlerweile? Emma schielte auf die Uhr im Flur und erschrak. Es war bereits halb zehn.

„Es ist alles gut!", versuchte sie die Situation gegenüber ihrer Freundin herunterzuspielen, während Jo sie ins Wohnzimmer trug.

„Klar, bis auf eine Platzwunde und möglicherweise einer Gehirnerschütterung ist alles gut", sagte er spitz.

„Gehirnerschütterung?", rief Nat panisch. „Wo warst du denn nur? Was ist passiert?"

Jo legte Emma behutsam auf der großen Couch ab und stopfte ihr ein paar Kissen unter den Kopf. Sie wusste nicht, ob er sich Sorgen machte oder einfach nur mal wieder wütend war. Sein verkniffener Gesichtsausdruck konnte alles Mögliche bedeuten. Sie wollte ihn so viel fragen, aber ein kleiner Teil von ihr, sträubte sich auch dagegen das alles zu hören. Jo beugte sich tiefer zu Emma hinunter und schaute sich ihre Wunde am Kopf genauer an. Sein Gesicht war so nah, dass Emma seine strahlenden Augen sehen konnte, die definitiv türkis waren.

„Kann mich jetzt mal bitte jemand aufklären!", verlangte Nat, die sich neben Emma auf die Couch gehockt hatte. Zu Emmas Bedauern entfernte sich Jo wieder von ihr und setzte sich auf die

Ecke. Ihre Freundin blickte auffordernd von ihr zu Jo und wieder zurück.

„Ich bin Jo zum alten Rettungsschwimmerhäuschen gefolgt, er ist durch ein komisches Portal verschwunden und plötzlich wieder aufgetaucht, gegen mich geknallt und dann hab ich mir den Kopf gestoßen." Emma ratterte die Ereignisse emotionslos herunter. Während Jo sie anschaute, als hätte sie den Verstand verloren, weil sie Nat davon erzählte, sah ihre Freundin sie nur verblüfft an.

„Ich glaub, ich brauche einen Drink." Nat schien total perplex.

„Gute Idee", sagte Emma und versuchte sich aufzusetzen. Sie hatte die Aufmerksamkeit satt, aber Jo hielt sie zurück.

„Was hast du vor?"

„Ich will duschen gehen. Ich bin genauso dreckig, wie die Hütte!"

Emma versuchte noch einmal, aufzustehen. Diesmal ließ Jo es zu, sodass sie sich umständlich hinsetzen konnte. Ihr Kopf dröhnte immer noch, aber sie tat so, als wäre alles in Ordnung mit ihr.

„Bist du sicher, dass es dir gut geht?", fragte Nat vorsichtig.

„Klaro." Emma stand auf und wankte leicht, sodass Jo automatisch einen Arm nach ihr ausstreckte. Sie ignorierte ihn und lief an ihm vorbei.

„Wir sollten deine Wunde versorgen", rief er ihr hinterher.

„Das können wir auch nach dem Duschen machen", schlug Emma vor und lief unbeirrt die Treppe nach oben. Sie brauchte jetzt erst einmal ein paar Minuten für sich. Im Bad zog sie die dreckigen Sachen aus und warf alles in den Wäschekorb. Ihr Spiegelbild sah grauenvoll aus. Die Wunde über dem rechten Auge war zwar nicht groß, hatte aber heftiger geblutet als gedacht, sodass ihre Stirn und die Schläfe ganz rot waren. Sie war blass, obwohl sie eigentlich immer eine Grundbräune hatte und ihre Haare waren zu einem wirren Nest verknotet. Emma seufzte und stieg unter die Dusche. Sie schäumte sich zwei Mal ein, nur um sicherzugehen, dass auch die letzten Staubreste verschwunden waren. Nachdem sie das Gefühl hatte, endlich wieder sauber zu sein, zog sie ihr Schlafshirt und die passende Shorts an, kämmte ihre nassen Haare notdürftig durch und ging in ihr Zimmer. Zu ihrer Überraschung saß Jo auf ihrer Fensterbank. Er schaute nach draußen, drehte sich aber um, als er Emma hörte. Sein Blick schweifte über ihre nackten Beine und wanderte über ihren Körper bis zu ihrem Gesicht. Emma merkte, wie sie rot wurde. Irgendwie fühlte sie sich unwohl, nicht nur wegen seines Blickes, sondern auch wegen seiner Anwesenheit in ihrem Zimmer. Er machte sie nervös.

„Natalie hat dir ein Glas Wasser und eine Kopfschmerztablette auf den Nachttisch gestellt", unterbrach er die Stille und deutete auf den kleinen Schrank neben dem Bett. „Sie wollte ins Bett gehen, sie meinte du schuldest ihr morgen verdammt viele Erklärungen."

Dankbar für die Ablenkung, schloss Emma die Tür, setzte sich auf ihr Bett und schluckte die Tablette. Hoffentlich würde sie schnell wirken.

„Sie hat mir auch etwas für deine Wunde gegeben", sagte Jo unsicher und schaute auf den kleinen Verbandskasten in seinen Händen. Emma sah ihn an. Sollte sie ihre Stirn selber versorgen oder es ihn machen lassen? Jo nahm ihr die Entscheidung ab. Er stand auf und setzte sich zu Emma auf ihr Bett. Mit gekonnten Griffen befeuchtete er ein Tuch mit Desinfektionsspray, dann sah er Emma an.

„Das könnte jetzt etwas brennen", sagte er. Sie nickte nur. Seine Nähe brachte sie durcheinander, besonders nach dem, was sie heute gesehen hatte. Jo legte eine Hand an ihr Kinn. Sie zuckte leicht zusammen und ein harter Ausdruck schlich sich auf sein Gesicht, aber er fuhr unbeirrt fort. Sanft tupfte er die Wunde ab. Es brannte etwas, tat aber nicht so weh, wie erwartet. Emma ließ Jo nicht aus den Augen und verfolgte jede seiner Bewegungen. Warum war er nur voller Geheimnisse? Warum konnte er kein normaler, netter Kerl sein, den sie kennengelernt hatte?

„So, fertig", sagte er. Sie hatte gar nicht mitbekommen, wie er die Wunde gesäubert und etwas Salbe darauf gestrichen hatte. Er packte die Sachen zusammen, legte sie auf ihren Schminktisch und starrte die Kette mit dem Medaillon an, die noch an ihrem Spiegel hing. Emma schaute Jo aufmerksam an. Was er wohl gerade dachte? Als hätte er ihre Gedanken gehört, drehte er sich zu ihr um, lehnte sich an den Tisch und verschränkte die Arme vor der Brust. Was sollte sie ihn fragen? Wo sollte sie anfangen? Emma hatte Angst vor den Antworten, die sie bekommen würde.

„Also …", sagte sie, um Jo zum Sprechen zu bewegen, „erzählst du mir jetzt, was hier los ist?"

Emma konnte sehen, wie es ihm widerstrebte, ihr zu antworten. Warum eigentlich? Sie hatte sowieso schon zu viel gesehen, als dass er jetzt noch Ausreden dafür finden könnte.

„Okay …", versuchte Emma es erneut, „fangen wir von vorn an. Was mir vorgestern unter Wasser passiert ist, war real. Die Geschichte, die du Tom erzählt hast, stimmte nicht, oder?"

Sie wartete. Jo sah sie an und nickte nur. Emma atmete tief ein. Es war tatsächlich so gewesen, alles. Gott sei Dank, sie verlor nicht den Verstand.

„War es Zufall, dass du genau in diese Tauchschule gekommen bist?"

Diesmal schüttelte er nur den Kopf. Also hatte er sie praktisch verfolgt, nachdem sie sich im Club über den Weg gelaufen waren. Aber wieso?

„Warum warst du dann da?"

Jo antwortete nicht sofort. Emma konnte sehen, wie er mit sich rang, schließlich seufzte er.

„Als ich dich in dem Club gefunden hatte, musste ich mehr über dich herausfinden, wissen, wo du wohnst und wo du deine Freizeit verbringst."

Emma zog misstrauisch eine Augenbraue nach oben.

„Warum musstest du wissen, was ich mache? Und was meinst du mit: Als du mich gefunden hast? Warum hast du mich gesucht?"

Jo begann unruhig durch ihr Zimmer zu laufen.

„Es ist nicht meine Aufgabe, dir diese Fragen zu beantworten. Ich sollte dich lediglich beschützen. Deswegen bin ich dir hinter, als ich gesehen habe, dass du alleine mit dem Boot rausgefahren bist. Als ich an der Stelle ankam, an der dein Boot lag, bin ich dir hinter geschwommen. Du warst nicht mehr weit weg, als dich der Gungo angegriffen hat. Sobald er mich sah, ist er abgehauen, und ich hab dich auf's Boot gebracht."

Er sah Emma an, die ihn mit offenem Mund anstarrte.

„Gungo?", fand sie endlich ihre Stimme wieder.

Jo fuhr sich angespannt mit der Hand durchs Haar.

„Das war das schwarze Ding, das dich angegriffen hat", versuchte er ihr zu erklären, aber sie sah ihn immer noch verständnislos an.

„Ach, was soll's, du hast eh schon zu viel gesehen", sagte Jo schnell und setzte sich wieder auf die Fensterbank. „Dein Medaillon ist magisch. Es versprüht Magie und lockt damit auch die kleinsten mystischen Wesen an, die noch hier leben." Er hielt inne und wartete wohl auf eine Reaktion von Emma, die ihn aber nur weiter fassungslos anstarrte.

„Als du das erste Mal mit dem Medaillon getaucht bist, muss es irgendwie „wach" geworden sein."

Er malte mit den Fingern Anführungszeichen in die Luft.

„Die Magie war so stark, dass unsere Heiler es bis nach Tehal gespürt haben", erklärte Jo schnell, weil Emmas Gesicht vermutlich immer noch voller Fragezeichen war. „Das ist die Stadt, wo ich herkomme. Du erreichst sie nur durch ein Portal, das, was du vorhin gesehen hast. Auf jeden Fall wurde ich geschickt, um zu untersuchen, woher diese Magie kam und habe dich gefunden. Im Club hast du das Medaillon getragen, genauso wie beim Tauchen. Ich spüre seine Magie. Selbst jetzt, wo es nur am Spiegel hängt." Jo sah zu ihrer Kette. Auch Emma ließ ihren Blick zum Spiegel wandern. Ihr Medaillon war magisch? Was bedeutete das? Sie hatte nie wirklich an Magie geglaubt. Diese ganzen Zauberer, die sie von Festen oder aus dem Fernseher kannte, waren doch alles nur Schwindler. Wie sollte sie Jo das alles glauben? So viele Fragen schwirrten durch ihren Kopf.

„Was heißt, mein Medaillon ist magisch? Hat es magische Fähigkeiten, oder was?"

Allein diese Frage zu stellen, kam Emma schon seltsam vor.

„Dein Medaillon strahlt nur magische Energie ab, die Fähigkeiten besitzt du", antwortete Jo ruhig.

Emma blickte ihn zweifelnd an. Sie? Magische Fähigkeiten? Zaubern, oder was? Emma konnte nicht mehr ernst bleiben, sie brach in schallendes Gelächter aus. Sie war doch keine Magierin! So etwas gab es nicht. Jo blickte sie verständnislos und auch ein wenig enttäuscht an. Wahrscheinlich setzten ihr die Ereignisse der vergangenen Tage deutlich mehr zu, da sie sich einfach nicht mehr einkriegen konnte, oder es waren die Schmerztabletten. Jo ließ sie ihren Lachanfall ausleben, stand auf und ging aus dem Zimmer.

„Hey", schrie Emma ihm immer noch lachend hinterher, „was machst du?"

Er drehte sich nicht um. Sollte sie ihm folgen? Ach, verdammt! Sie schwang ihre Beine aus dem Bett und ging die Treppe hinunter. In der Küche hörte sie Geräusche, also trat sie ein und sah, wie Jo sich am Wasserkocher zu schaffen machte.

„Was machst du?"

„Ich mache dir einen Tee, damit du dich wieder einkriegst."

„Ah, die ominösen Kräuter … Sind die auch magisch?", witzelte Emma, aber Jo fand das gar nicht zum Lachen. Er ignorierte sie und bereitete weiter ihren Tee zu. Unschlüssig stand Emma im Raum. Sollte sie sich hinsetzen? Noch etwas fragen? Ihr Lachanfall hatte sich jedenfalls gelegt.

„Entschuldige", sagte sie schließlich, „aber du musst zugeben, dass es ziemlich absurd klingt. Ich habe keine magischen Fähigkeiten!" Emma setzte sich an die Theke. „Sicher hast du dich geirrt."

Jo goss das heiße Wasser in die Tasse und stellte sie vor Emma hin, bevor er neben ihr Platz nahm. Der weihnachtliche Duft von Zimt strömte in ihre Nase und sie entspannte sich augenblicklich.

„Ich habe mich nicht geirrt. Ich sehe deine Augenfarbe und ich spüre deine Magie, auch wenn sie unterdrückt ist, als wäre sie hinter einem Schleier verborgen."

„Was willst du damit sagen?"

„Dass ich mich nicht irre!", stellte Jo fest und stand auf. „Ich muss zurück nach Tehal. Das ist nicht so gelaufen wie geplant."

Plötzlich hatte Emma Angst, alleine zu sein.

„Du kannst doch jetzt nicht weggehen", sagte sie flehender als beabsichtigt. Sie wollte nicht, dass er ging. Sie hatte noch so viele Fragen und nur er konnte ihr die Antworten geben. Jo sah sie an. Er wirkte irgendwie genervt, obwohl er vorhin noch so geduldig und einfühlsam war. Jetzt war er wieder kurz angebunden. Diese Stimmungsschwankungen waren wirklich nicht normal.

„Ich bin morgen wieder da, trink den Tee aus und leg dich hin", bestimmte er.

Emma hatte keine Gelegenheit, etwas zu erwidern, und sah Jo hinterher, als er durch die Verandatür in der Dunkelheit verschwand.

Weg war er und Emma saß alleine in der Küche, trank ihren magischen Tee und wünschte sich, sie wäre Jo nie gefolgt. Er hatte sich geirrt, er musste sich geirrt haben! Sie hatte keine magischen Fähigkeiten. Das Medaillon war vielleicht verhext, aber es hatte nichts mit ihr zu tun. Aber warum hatte ihre Mutter es dann gehabt? Hatten ihre Eltern auch magische Fähigkeiten? Und selbst wenn, sie würde es wohl nie erfahren, dachte Emma traurig.

Sie trank den letzten Schluck ihres Tees und spürte sofort wie sie schläfriger wurde. Alle Achtung, dieser Tee war perfekt für Leute mit Schlafstörungen. Sie stellte die Tasse in die Spüle und ging nach oben. Selbst zum Zähneputzen war sie bereits zu müde. Sie schleppte sich die letzten Meter ins Bett, machte das Licht aus und hoffte, dass sie am Morgen aufwachen und feststellen würde, dass alles nur ein schlechter Traum gewesen war.

Sieben

Es war kein Traum. Natürlich war es kein Traum gewesen. Emma drehte sich um und zog die Bettdecke über den Kopf. Einfach weiterschlafen. Umdrehen und einfach weiterschlafen, dachte sie sich. Aber es half nichts. Die Ereignisse des gestrigen Tages prasselten auf sie ein. Sie hatte keine Lust aufzustehen. Dann müsste sie sich mit Jos Geständnis beschäftigen. Ob er heute wie versprochen zu ihr kommen würde? Emma schlug die Decke zurück. Verkriechen würde auch nichts bringen.

Als sie die Treppe nach unten ging, hörte sie Geräusche aus der Küche und fand Nat, die gerade Müsli in eine Schüssel gab und mit den Hüften zu einem Song von Taylor Swift wippte, der im Radio lief. Als sie Emma hörte, ließ sie alles stehen und liegen, kam auf sie zu gerannt und zog sie erst einmal in eine feste Umarmung.

„Em, ich hab mir solche Sorgen um dich gemacht!", sagte ihre Freundin und ließ Emma nicht los. „Mach so was nie wieder, bitte!"

„Nat, du zerquetschst mich", nuschelte Emma und versuchte Luft zu bekommen.

„Das ist mir egal", sagte ihre Freundin, lockerte aber ihre Umarmung und starrte Emma an.

„Was ist?", fragte Emma, als sie Nats ungläubigen Gesichtsausdruck sah.

„Deine Wunde", fing diese an und legte einen Finger auf Emmas Stirn. Emma zuckte erschrocken zurück. Eigentlich hatte sie damit gerechnet, dass es wehtun würde, aber das tat es nicht.

„Da ist nichts mehr." Nat blickte immer noch verdutzt auf Emmas Stirn.

116

Emma griff ebenfalls an ihren Kopf und fühlte nichts – keine Kruste, gar nichts. Sie rannte in den Flur und schaute sich im Spiegel an. Keine Wunde, keine Narbe. Ihre Stirn sah aus wie immer. Wie konnte das sein? Hatte Jo etwa auch eine Super-Heilsalbe in seiner Hosentasche dabei, die Wunden innerhalb einer Nacht heilte? Na toll, noch eine Frage, die Emma auf ihren Zettel schreiben sollte. Die Liste mit Fragen wurde immer länger. So langsam gingen ihr diese Ungereimtheiten richtig auf den Zeiger. Mit hängenden Schultern schlurfte sie zurück in die Küche.

„Was hat er denn bitte auf die Wunde gemacht, dass die so schnell verheilt ist?", fing Nat sofort an, als Emma die Küche betrat. Emma zuckte nur mit den Schultern, schüttete sich einen Kaffee ein und setzte sich zu ihrer Freundin an die Theke.

„Nein, mal ernsthaft, so was könnten wir super im Krankenhaus gebrauchen", sagte Nat und schaute Emma nachdenklich an.

„Wirklich? Im Krankenhaus? Du denkst jetzt an deine Arbeit?" Emma war sauer.

Natalie sah sie reumütig an.

„Sorry", nuschelte Emma, „ich bin nicht gut drauf."

„Das wird dich aber nicht davor retten, mir alles zu erzählen, was gestern passiert ist!" Damit hatte Emma auch nicht gerechnet. Und so erzählte sie ihrer besten Freundin alles, angefangen bei Toms Beinahe-Kuss, Jos Störung, ihrer Verfolgung, dem unheimlichen Portal und Jos Offenbarung, dass sie magische Fähigkeiten habe. Nat saß die ganze Zeit mit offenem Mund da, ohne Emma zu unterbrechen.

„Oh … mein … Gott!", sagte Nat schließlich, als Emma fertig war. „Ich weiß gar nicht, wo ich anfangen soll! Okay, Moment, der Reihe nach." Natalie zügelte sich selbst, während Emma einfach nur dasaß und ihren Kaffee schlürfte.

„Tom ist sauer, dass du alleine tauchen warst, schnauzt dich an und will dich dann küssen?" Ihre Stimme erhob sich gefühlt um eine Oktave, wie immer, wenn sie aufgeregt war. „Und dann kommt Jo und stört euch? Ich kann es nicht fassen! Jetzt hast du gleich zwei Typen an der Angel."

„Wieso zwei?", fragte Emma, wusste aber sofort, worauf ihre Freundin hinauswollte. „Nein, überhaupt nicht, Jo ist null an mir interessiert und selbst wenn, er ist ein arroganter, unfreundlicher Idiot, der angeblich aus einer magischen Welt kommt. Auf so was kann ich echt verzichten."

„Natürlich …" Natalie zog das Wort extra lang. „Aber er ist ein verdammt gutaussehender, arroganter Idiot."

Emma schwieg. Klar sah er gut aus, aber das machte seinen miesen Charakter nicht wett.

„Na gut, anderes Thema. Er hat dir also gesagt, dein Medaillon sei magisch und du hättest ebenfalls magische Fähigkeiten? Was denn für welche? Kannst du Dinge herzaubern oder verschwinden lassen?"

Emma seufzte. „Ich habe keine Ahnung. Darüber haben wir nicht mehr gesprochen. Aber es spielt auch keine Rolle, er muss sich geirrt haben. Ich meine, das ist doch totaler Blödsinn. Wenn ich dieses komische Ding unter Wasser nicht selbst gesehen hätte oder wie das Medaillon leuchtete, würde ich ihm nicht mal das glauben."

Nat nickte gedankenverloren.

„Ja, die Geschichte ist wirklich unglaublich. Aber was, wenn es wirklich stimmt, Emma? Ich meine, es widerspricht so ziemlich jeglicher Logik, ich weiß, aber hast du nicht auch mal daran geglaubt, dass es mehr gibt als diese Welt?"

Emma war immer die realistischere von ihnen beiden gewesen. Während Nat an viele übernatürliche Dinge glaubte, brauchte Emma meistens Beweise und logische Erklärungen. Aber diesmal gab es die nicht.

„Ach, keine Ahnung, gestern wollte ich noch unbedingt Antworten haben und jetzt, wo ich sie habe, will ich sie gar nicht mehr wissen", gab Emma zu und vergrub ihr Gesicht in den Händen.

„Ich weiß, Süße", sagte Nat ruhig. „Aber Jo ist der Einzige, der wirklich weiß, was los ist, und der dir helfen kann. Vielleicht solltet ihr zwei nicht so viel rumturteln und lieber über die wichtigen Dinge reden."

„Wir turteln nicht!", empörte sich Emma und warf ihrer Freundin einen bösen Blick zu. „Er nervt mich und ich nerve ihn, das war's auch schon!"

„Ja …, genau, da war gestern so viel sexuelle Spannung zwischen euch, dass ich gar nicht wusste, wohin mit mir!"

„So ein Blödsinn!" Jetzt war es Emma, die eine Oktave höher sprach. Ihre Wangen wurden rot, was für Natalie nur eine Bestätigung ihrer Beobachtung war.

„Hör mal, Em. Ich weiß es ist schwer, ihm zu glauben, mir fällt das auch nicht leicht, aber ich glaube dir, dass das, was du im Meer erlebt hast, wirklich passiert ist. Jetzt ist es an dir, Jo zu vertrauen. Ich meine, es passt doch alles zusammen. Er taucht hier genau dann auf, als dein Medaillon das erste Mal geleuchtet hat. Du siehst ihn im Club und dann plötzlich am nächsten Tag in der Tauchschule und er ist auch noch derjenige, der dich vor diesem Gringo, Grunga, was auch immer, gerettet hat." Nat sah Emma ernst an. „Ich glaube zwar an Zufälle, aber das waren keine."

Sie schob sich einen Löffel Müsli in den Mund und wartete auf Emmas Reaktion. Irgendwie hatte sie ja recht, dachte Emma. Es passte wirklich alles zusammen, aber es war einfach so schwer nachzuvollziehen.

„Ich glaube, ich geh erstmal duschen", sagte Emma und trank den letzten Schluck ihres Kaffees aus. „Ich muss um zwölf in der Tauchschule sein."

„Mach das! Hast du vor mit Tom zu reden?"

Mist! Tom! Emma wollte sich doch bei ihm melden.

„Verdammt!", sagte sie panisch und rannte nach oben in ihr Zimmer. Ihr Handy war aus! Na klar, ihr Akku war doch leer gewesen. Schnell kramte sie das Ladekabel aus ihrer Schublade und lief wieder nach unten in die Küche.

„Vergessen, ihn anzurufen, hm?", fragte Nat und beobachtete Emma, wie sie ihr Handy mit dem Ladekabel verband und es anschaltete. Eine leise Melodie ertönte, als das Gerät hochfuhr, gefolgt von gefühlten hundert „Pings". Emma sah geknickt zu Nat.

„Lass mich raten, das sind alles Nachrichten von Tom?"

Emma nickte und blickte schuldbewusst wieder auf ihr Handy. Zwei SMS und ein Anruf waren von Nat. Alle anderen von Tom. Emma überflog die Nachrichten. Er hatte nur immer wieder geschrieben, was los wäre und dass sie sich melden sollte. Emma stöhnte. Sie hatte keine Lust, sich jetzt mit Tom auseinanderzusetzen.

„Ruf ihn an", schlug Nat vor, „sonst kommt er noch unangekündigt hier vorbei."

Da war was Wahres dran, war sich Emma sicher. Und wenn Jo dann hier sein würde, wäre Stress vorprogrammiert.

„Und was soll ich ihm sagen?"

„Keine Ahnung. Sag ihm, ich hätte dich gestern gezwungen, mit mir in die Stadt zu fahren, weil ich einen Typen wiedersehen wollte." Nat zuckte mit den Schultern.

„Ja, das klingt nach dir", gab Emma zu und ihre Freundin grinste sie an.

Widerwillig wählte sie Toms Nummer. Nach nur zwei Freizeichen hob er ab.

„Em, endlich! Was war gestern los? Ist alles in Ordnung?"

„Hey! Ja, es ist alles gut. Der Akku meines Handys war leer. Nat hat mich in die Stadt entführt, weil sie irgendeinen Typen wiedersehen wollte."

„Ah, okay." Tom schien nicht überzeugt von ihrer Lüge.

„Du kommst aber heute in die Tauchschule, oder?"

„Ja, na klar."

„Gut, dann sehen wir uns später", sagte Tom und legte auf.

Emma schaute betrübt auf ihr Handy. Am liebsten wäre sie einfach zu Hause geblieben. Sie musste jetzt erst einmal ihr Leben wieder in Ordnung bringen, aber es half nichts, sie brauchte das Geld.

„Und, alles geklärt?", fragte Nat neugierig.

„Keine Ahnung. Ich glaube, Tom ist sauer."

„Kann man ihm nicht verübeln, oder?"

„Nein", gab Emma mit hängenden Schultern zu und schlurfte nach oben, um zu duschen.

Als sie eine halbe Stunde später wieder in die Küche kam, saß Nat immer noch an der Theke und spielte mit ihrem Handy.

„Musst du heute gar nicht arbeiten?", fragte Emma verwirrt.

„Nein, ich habe heute frei!" Ein breites Grinsen zeichnete sich auf Nats Gesicht hab. „Und deswegen hole ich dich auch später von der Tauchschule ab und wir gehen noch ein paar Stunden an den Strand!"

Emma rümpfte die Nase. Eigentlich hatte sie nie etwas gegen einen Tag am Strand, aber mit allem, was gerade so passierte, konnte sie sich nicht vorstellen, einfach so abzuschalten.

„Keine Widerrede", sagte Nat, bevor Emma antworten konnte und blickte sie streng an. „Nach allem, was du gestern erlebt hast, ist Abwechslung gerade genau das Richtige für dich!

Bis dieser Jo wiederkommt und dir mit seinen Geschichten die Laune verdirbt, können wir uns ja wohl noch ein bisschen amüsieren."

Nat legte ihr Handy beiseite und warf Emma einen auffordernden Blick zu. Ihre Freundin hatte recht. Wenn Jo wieder auftauchte, müsste er ihr eh alle Fragen beantworten und dann konnte sie sich zur Genüge damit beschäftigen. Warum sollte sie nicht noch etwas Spaß haben?

„Okay, ich muss heute nur bis vier arbeiten. Holst du mich dann ab?", fragte sie deshalb etwas munterer.

„Darauf kannst du Gift nehmen! Und jetzt ab mit dir!"

Das ließ Emma sich nicht zweimal sagen. Sie schnappte sich ihren Rucksack und ging los.

Der Tag war herrlich. Es war wie immer heiß und die Sonne brannte, aber genau deswegen liebte Emma es hier. Es war erst kurz vor zwölf, aber der Strand war jetzt schon gut besucht. Je näher Emma der Tauchschule kam, desto angespannter wurde sie. Sie hatte ein schlechtes Gewissen, weil sie sich gestern nicht mehr bei Tom gemeldet hatte und ihr kam wieder der Moment in Erinnerung, als die beiden sich fast geküsst hätten. Warum musste Tom jetzt seine Gefühle für sie entdecken, wo in ihrem Leben gerade alles drunter und drüber ging?

Sie wollte ihn auf keinen Fall in diese Geschichte mit hineinziehen. Vielleicht wäre es besser, erst einmal auf Abstand zu gehen, fragte sich Emma, als sie durch den großen Torbogen in die Schule ging. Tom kam gerade aus dem Büro. Er trug nur eine Badehose und Emma vergaß sofort ihren Plan, auf Abstand zu gehen!

„Hi Em! Alles ok?"

„Was? Ähm, ja klar. Hi!" Emma räusperte sich und versuchte einen klaren Kopf zu bekommen.

„Heute ist nicht viel los", sagte Tom und schnappte sich ein paar Flossen, die noch am Beckenrand lagen. „Wenn du möchtest, kannst du im Lager etwas Ordnung schaffen und vielleicht noch die neuen Termine in den Computer eintragen."

„In Ordnung", antwortete Emma irritiert und schaute Tom dabei zu, wie er, ohne sie noch eines Blickes zu würdigen, nach hinten in den Innenhof verschwand. Das tat weh, fand Emma. War er dermaßen sauer, dass er sie jetzt so behandelte? Na gut, sie hatte sich nicht bei ihm gemeldet, aber gestern war auch ein bisschen viel los gewesen. Nur, das konnte sie ihm eben nicht sagen. Emma seufzte. Vielleicht war es besser, wenn Tom sauer war. So würde er auf Abstand bleiben und sie könnte erst einmal ihr Chaos wieder unter Kontrolle bringen.

Unmotiviert ging sie ins Büro und fing mit ihrer Arbeit an. Danach verschwand sie für den Rest des Tages im Ausrüstungsraum und versuchte beim Aufräumen mal an nichts zu denken.

Endlich war es kurz vor vier. Emma zog sich in der Umkleide ihren Bikini unter Shorts und T-Shirt, schnappte sich ihren Rucksack und ging nach vorne, wo Tom bereits mit Natalie plauderte.

„Das Lager ist so sauber, dass man vom Boden essen könnte", versuchte Emma es mit einem Witz, als sie bei den beiden ankam.

„Gut zu wissen", gab Tom nur kühl zurück. „Macht euch einen schönen Tag." Und mit diesen Worten verschwand er in seinem Büro und ließ geräuschvoll die Tür hinter sich ins Schloss fallen.

„Brrr …", machte Nat und legte ihre Arme um ihren Oberkörper, als würde sie frieren. „Hier herrscht aber Eiszeit!"

Emma zuckte nur mit den Schultern und folgte ihrer Freundin nach draußen.

Zum Glück war Nat ein Naturtalent, wenn es darum ging, Leute auf andere Gedanken zu bringen. Sie waren ein kleines Stück am Strand entlang gelaufen, bis sie einen perfekten Platz im Sand gefunden hatten. Sie legten ihre Handtücher nieder und kühlten sich erst einmal im Wasser ab. Emma achtete darauf, nicht zu weit ins Meer zu gehen. Sie hatte das Meer immer geliebt, aber jetzt machte es ihr irgendwie Angst. Obwohl sie ihre Kette extra nicht trug – es würde nämlich bestimmt nicht gut aussehen, wenn ihr Anhänger plötzlich leuchte und jeder am Strand es mitkriegen würde –, hatte sie ein mulmiges Gefühl. Die Zeit verflog, ohne dass Emma einen Gedanken an Jo, ihr Medaillon oder ihre angeblichen magischen Fähigkeiten verlor. Natalie hatte zwei Kollegen aus dem Krankenhaus angerufen, die jetzt bei ihnen am Strand waren. Emma kannte sie schon von einigen gemeinsamen Abenden, aber wirkliches Interesse hatte sie nicht, ganz zu Nats Bedauern.

Sie sonnten sich, aßen Burger, tobten im Wasser und unterhielten sich über alles Mögliche. Die Sonne ging schon fast unter, als die Jungs Nat und Emma zu einer Runde Beachvolleyball herausforderten. Da konnten die zwei natürlich nicht Nein zu sagen. Die Jungs waren gut, aber Nat und Emma auch und so stand es eine ganze Zeit lang unentschieden, bis Emma einen Aufschlag vergeigte. Der Ball flog direkt gegen das Netz. Nat drehte sich zu ihr um, weil Emma eigentlich nie einen Aufschlag verpatzte, aber Emma bekam es gar nicht mit. Sie hatte nur Augen für Jo, der in ein paar Metern Entfernung stand, die Hände in den Taschen seiner kurzen Jeans geschoben und sie anschaute. Emma warf Nat den Ball zu.

„Bin sofort wieder da", sagte sie und marschierte durch den Sand auf Jo zu. Als sie bei ihm ankam, sah sie sofort seine verkniffene Miene. Meine Güte, war der schon wieder wütend, oder was? Sie hatten noch nicht mal ein Wort miteinander gewechselt.

„Was machst du hier?", fragte er vorwurfsvoll.

„Wonach sieht das denn für dich aus?" Emma hatte es satt, von ihm angemault zu werden. Sie konnte auch anders. „Ich amüsiere mich. Was dagegen?"

„Nicht im Geringsten, aber wir haben Wichtigeres zu tun. Hol deine Sachen und dann treffen wir uns bei dir", sagte Jo, drehte sich um und ging voraus, ohne auf Emmas Antwort zu warten. Emma ballte die Hände zu Fäusten. Sie müsste sich einen Boxsack kaufen, wenn sie noch weiter mit diesem Kerl auskommen musste. Aber sie wusste, dass sie Jos Aufforderung nachkommen würde, sie brauchte ihn. Also ging sie zurück zu den anderen, um ihnen Bescheid zu geben.

Nachdem sie Nat zehnmal versichert hatte, nichts Unüberlegtes zu tun, schnappte sie sich ihr Handtuch und ging nach Hause. Ihre Freundin wollte noch etwas am Strand bleiben und das war Emma ganz recht. Sie würde erst einmal alleine mit Jo reden. Am Haus angekommen, wartete er bereits vor der Tür. Erst als sie an ihm vorbeiging, um die Tür aufzuschießen, fiel Emma auf, dass sie immer noch ihren Bikini trug und fühlte sich augenblicklich unwohl.

„Geh schon mal in die Küche, ich zieh mich schnell um", sagte sie, als sie schon die Treppe zu ihrem Zimmer hochlief. Nachdem sie sich wie immer eine Jeans und ein Top angezogen hatte, blieb ihr Blick am Spiegel hängen. Kurzerhand nahm sie die Kette, legte sie sich um und ging in die Küche. Jo hatte die Tür geöffnet und saß auf der Veranda, also setzte sich Emma zu ihm. Sie war nervös, nicht nur wegen ihm, sondern auch, weil sie nicht wusste, was er ihr erzählen würde.

„Und?", fragte sie vorsichtig, „alles geklärt?"

Jo sah sie an und sein Blick fiel auf ihren Hals und das Medaillon.

Er nickte. „So halbwegs."

„Und was heißt das?"

„Das heißt, dass viele der Meinung sind, du solltest mich nach Tehal begleiten. Auch wenn ich nicht davon überzeugt bin, dass das was ändert."

„Dich begleiten? Durch so ein Portal? Warum?"

„Vielleicht wird deine Magie wieder freigesetzt, wenn du dich in der magischen Welt befindest."

Emma blickte Jo erstaunt an. Sie sollte durch dieses mysteriöse Portal reisen? Nur über ihre Leiche, wenn es nach ihr ging. Vorher war er ihr noch einige Antworten schuldig.

„Und warum bist du davon nicht überzeugt?", fragte sie und betonte das „du" extra deutlich.

Er schaute geradeaus auf das Meer, wo sich eine große Unwetterwolke zusammenbraute. „Das spielt keine Rolle, ich wurde überstimmt."

„Und wer möchte, dass ich dahin komme?"

„Unsere Königin und ihre Berater."

Emma blinzelte. Eine Königin, so wie Queen Elizabeth oder eher wie im Märchen?

„Ihr habt eine Königin?"

„Ja."

Emma rollte mit den Augen. Wie sie diese kurzen Antworten liebte.

„Okay, aber bevor ich dir durch dieses komische Portal folge, hast du mir noch einiges zu erklären", sagte Emma bestimmt und hoffte, dass er die Unsicherheit in ihrer Stimme nicht wahrnahm.

Jo grinste sie süffisant an. „Also machen wir mit unserem Spiel weiter?"

Emma schüttelte den Kopf. „Oh nein, ein neues Spiel! Ich frage, du antwortest, und zwar richtig, keine halben Antworten und keine Ausflüchte!"

„Und wenn nicht?"

„Dann komme ich auch nicht mit dir mit", antwortete Emma und schaute Jo an.

„Ich könnte dich zwingen", sagte er provokant und Emma sah das Blitzen in seinen Augen. Stark bleiben, beschwor sie sich, obwohl das Kribbeln in ihrem Bauch zunahm.

„Beantworte einfach die Fragen und alles ist gut, das kriegst du schon hin", sagte sie und wunderte sich, dass ihre Stimme so sicher klang.

Jetzt war es Jo, der mit den Augen rollte.

„Na gut, schieß los!"

Endlich hatte sie ihn soweit. Jetzt musste sie nur gut überlegen, wie sie ihre fünftausend Fragen, die ihr im Kopf herumschwirrten, formulieren sollte.

„Warum ist die Wunde auf meiner Stirn über Nacht verschwunden?"

Emma konnte sehen, wie sehr es ihm widerstrebte, ihr zu antworten, deswegen war es kein Wunder, dass er sie nicht mal anschaute.

„Der Tee", sagte Jo endlich, stand auf und stellte sich ans Geländer mit dem Blick auf den Strand. „Dieser Tee wird von unseren Heilern hergestellt, er wirkt nicht nur beruhigend, sondern heilt auch kleinere Wunden, so wie die auf deiner Stirn", er machte eine Pause und drehte sich zu ihr um, „oder Brüche wie deine Rippe."

Emma fiel es wie Schuppen von den Augen. Genau, das Ding hatte ihr unter Wasser die Rippe gebrochen oder sie war zumindest angeknackst gewesen, aber nachdem Jo ihr den Tee das erste Mal gegeben hatte, waren am nächsten Morgen die Schmerzen weg. Davon durfte sie nichts Nat erzählen, sie würde Jo so lange nerven, bis er ihr die Zutaten geben würde.

„Okay, das erklärt einiges", sagte Emma nachdenklich. Jo sah sie aufmerksam an.

„Warum hat dieses schwarze Ding mich überhaupt angegriffen?"

„Gungos sind ein Überbleibsel der magischen Welt. Es sind Wasserwesen, die vor vielen Jahren verbannt wurden und seitdem hier leben. Eigentlich sind sie harmlos, eher so wie Fische, aber wenn man sie reizt… Naja, du weißt ja, was dann passiert. Er muss sich durch deine Magie bedroht gefühlt haben."

Jo zuckte entschuldigend mit den Schultern.

„Kann man es", Emma suchte nach dem richtigen Wort, „… töten?"

„Klar, jedes Lebewesen, ob magisch oder nichtmagisch, kann getötet werden."

Emma hatte etwas anderes erwartet, so wie unverwundbare magische Geschöpfe oder ähnliches. Sie sah Jo an, der sie immer noch musterte, als erwartete er, dass sie jeden Moment wieder die Fassung verlieren und in einen Lachanfall ausbrechen würde oder einfach schreiend wegrannte. Was keine schlechte Idee gewesen wäre, fand Emma, wenn sie jetzt so darüber nachdachte.

„Du meintest, meine Fähigkeiten wären blockiert? Warum? Und was habe ich für Fähigkeiten?"

„Das weiß ich nicht", sagte Jo ruhig, „wir wissen nicht, wer deine Magie blockiert hat und bis sie nicht wieder da ist, können wir dir auch nicht sagen, was deine Gabe ist."

„Was hast du für eine Gabe?", wollte Emma wissen und überlegte, warum sie das nicht schon längst gefragt hatte. Jo verschränkte die Arme vor der Brust und blickte Emma steif an.

„Das geht dich nichts an", sagte er und drehte sich wieder zum Strand.

Emma fühlte sich wie geohrfeigt. Immer, wenn sie dachte, dass sie Jo näher kam, entfernte er sich wieder zwei Schritte von ihr. Was war so schlimm daran, ihr seine Gabe zu nennen? War es etwas Peinliches? Wohl kaum. Er war ein Beschützer, sie konnte sich nicht vorstellen, dass er keine mächtige Kraft besaß. Aber sie traute sich nicht, ihn nochmal darauf anzusprechen.

„Kommen da noch mehr Fragen, oder war das alles?", fragte Jo, als Emma nichts mehr sagte.

„Ich glaube, das war erst mal alles", antwortete Emma geknickt. Warum musste sie sich eigentlich immer mit ihm in den Haaren haben?

„Gut", sagte Jo, „ich hole dich morgen um eins ab. Mach keinen Unsinn bis dahin." Und mit diesen Worten stiefelte er von der Terrasse und verschwand.

Meine Güte, was für ein Abgang, dachte Emma und biss sich auf die Lippe. Würde sie morgen wirklich durch das Portal in eine magische Welt gehen? Das klang total bescheuert. Sie war jetzt schon nervös. Wie es dort wohl war? Hoffentlich waren nicht alle so wie Jo, dann würde sie es da keine zwei Minuten aushalten.

Emma blieb noch ein paar Minuten auf der Veranda sitzen. Als Nat vom Strand kam, erzählte sie ihr alles. Ihre Freundin war von der Idee, durch das Portal zu reisen, total begeistert und wäre am liebsten selbst mitgegangen. Nachdem die zwei gegessen hatten, machten sie es sich auf der Couch bequem und schauten ein paar Folgen ihrer Lieblingsserie. Die Themen Jo und Portal vermieden sie so gut es ging. Morgen würde es ernst genug werden. Sie würde wirklich durch das Portal gehen. Erst gegen halb zwölf wurde Emma langsam müde. Sie weckte Nat, die schon vor zwei Stunden auf der Couch eingeschlafen war und zusammen gingen sie nach oben. Emma rollte sich in ihrem Bett zusammen und dachte an den nächsten Tag. Bevor sie einschlief, schweiften ihre Gedanken zu Jo und seine türkisfarbenen Augen verfolgten sie bis in ihren Traum.

Acht

Emma stand am Strand. Sie starrte hinaus auf das Meer. Sie war allein. Das Wasser lag ruhig vor ihr, nur kleine Wellen spülte es bis an ihre nackten Füße. Es war angenehm warm. Sie atmete tief ein und roch die frische Luft und das Salzige des Meeres. Ein Windhauch ließ ihre Haare durcheinander wehen. Das Meer wurde unruhiger. Größere Wellen bildeten sich und trieben das Wasser zum Strand. Emma sah dem Schauspiel zu. Ein ungutes Gefühl beschlich sie, aber sie konnte sich nicht bewegen. Ihre Füße gehorchten ihr nicht mehr, sie konnte nur auf das aufge-wühlte Meer blicken. Plötzlich zog sich das Wasser zurück. Es bildete eine Wand mitten auf dem Meer, die mit rasender Ge-schwindigkeit und tosendem Lärm auf den Strand und damit auf sie zuschoss. Emma versuchte panisch, ihre Füße zu bewegen, aber sie hatte keine Chance. Es war, als wären ihre Füße im Sand festgeklebt. Die Wassermassen kamen unermüdlich näher, gleich würden sie Emma erreichen und sie verschlingen. Kurz bevor die Wand Emma traf, riss sie schützend die Arme vor ihr Gesicht und bereitete sich auf den Schlag vor, aber er blieb aus. Auch der Lärm war mit einem Mal verklungen. Es war totenstill. Sie öffnete vorsichtig die Augen und nahm ihre Arme herunter. Direkt vor ihr stand die meterhohe Wasserwand. Emma brauchte nur ihre Hand ausstrecken, dann könnte sie das Wasser berühren, das wie eingefroren vor ihr schwebte. Und dann spürte sie plötzlich, dass sie nicht allein war. Sie schaute nach links. Dort stand jemand, ein Mann – gekleidet in einen komplett schwarzen Anzug mit schwarzem Hemd. Emma konnte aus der Entfernung sein Gesicht nicht erkennen, aber sie bemerkte, dass er sie anstarrte. Versteinert blickte sie zurück und sah noch, wie er, wie in Zeitlupe, eine Hand nach ihr ausstreckte.

Keuchend fuhr sie hoch. Ein Traum, es war nur ein Traum! Sie lag in ihrem Bett. Ihr Herz klopfte wie verrückt gegen ihre Brust. Sie setzte sich auf und sah das Mondlicht, das durch das kleine Fenster in ihr Zimmer schien, wodurch der Mann, der an ihrem Bett stand, wie eine schwarze, unheimliche Gestalt wirkte. Seine Hand war ausgestreckt. Emma fuhr erschrocken zusammen und schrie sich die Seele aus dem Leib, solange bis sich die dunkle Gestalt einfach in Luft auflöste. Auf dem Flur hörte sie Schritte, als sie endlich aufhörte zu schreien. Nat kam ins Zimmer gestürmt und machte das Licht an.

„Emma! Was ist los? Was ist passiert?" Ihre Augen waren angstgeweitet. Emma konnte nicht sprechen. Sie schaute immer noch auf die Stelle, wo die Gestalt bis vor ein paar Sekunden noch gestanden hatte. Nat setzte sich vor sie aufs Bett.

„Em, nun sag schon!", drängte Natalie und schüttelte sie leicht an der Schulter. Dadurch schien Emma aus ihrer Schockstarre aufzuwachen. Sie sah ihre Freundin an.

„Da … da war jemand", stotterte sie und zeigte auf die Stelle vor ihrem Bett.

„Wie? Wer war da?"

„Ich weiß es nicht. Ein Mann!" Emma schlang die Arme um ihre Knie und schaute Nat ängstlich an.

„Ein Mann? Bist du sicher?" Auch Natalies Stimme klang ängstlich. Sie stand auf und ging zum Fenster. Es war auf Kipp wie jeden Abend.

„Wie sollte jemand hier reinkommen?", fragte sie Emma und setzte sich wieder zu ihr auf das Bett. Emma schüttelte den Kopf.

„Okay, nacheinander, was hast du gesehen?" Nat blieb ruhig und Emma versuchte, sich an ihren Traum zu erinnern.

„Er war in meinem Traum. Ich hatte denselben Albtraum wie immer." Emma stockte und ihre Freundin nickte verständnisvoll. Sie hatten schon oft über ihren Traum gesprochen und versucht, ihn zu deuten. „Aber diesmal stand da dieser Mann, er war ganz in schwarz gekleidet. Ich konnte sein Gesicht nicht sehen. Er streckte die Hand nach mir aus und dann bin ich aufgewacht und genauso, wie der Mann im Traum gestanden hatte, stand er hier vor meinem Bett." Emma fröstelte. „Als ich angefangen habe, zu schreien, hat er sich in Luft aufgelöst." Sobald sie es aussprach, merkte sie, wie verdreht das klingen musste, aber nachdem, was ihr in den letzten Tagen passiert war, erschien ihr das eigentlich keineswegs mehr ungewöhnlich.

Nat atmete tief aus. „Gut, du bleibst hier. Ich schaue im Haus nach, ob auch alles zu ist, okay?"

Emma schüttelte den Kopf. „Nein, das ist nicht okay. Ich komme mit."

So stark wie ihre Stimme klang, fühlte sie sich allerdings überhaupt nicht. Sie schlüpfte aus ihrem Bett und zusammen suchten sie jedes Zimmer ab, rüttelten an jedem Fenster und an jeder Tür. Bis auf die Fenster, die auf Kipp standen, war alles zu und fest verschlossen. Wie konnte er dann hereingekommen sein? Emma fiel ein, dass sie Jo auch nie nach anderen Fähigkeiten gefragt hatte, nur nach seiner, die er partout nicht preisgeben wollte. Eventuell konnten ja andere sich in Luft auflösen oder sich einfach in ein Haus teleportieren. Oder war er durch ein Portal gekommen? Jo hatte nie erzählt, wie man so ein Portal erschuf. Aber hätte sie nicht von dem Licht wach werden müssen?

In der Küche angekommen, wünschte sich Emma einen von Jos Beruhigungstees. Damit hatte sie zumindest keine Albträume gehabt und geschlafen wie ein Baby. Ein Blick auf die Wanduhr verriet ihr, dass es bereits zehn vor fünf war. Gleich würde die

Sonne langsam aufgehen. Kein Grund also, sich noch mal hinzulegen. Jetzt konnte sie eh nicht mehr schlafen. Während Nat sich an der Kaffeemaschine zu schaffen machte, kramte Emma die Keksdose aus dem Schrank, die aussah wie das Krümelmonster. Zucker war immer gut, fand sie, und knabberte an einem Keks mit weißen Schokostückchen, als sie sich an die Theke setzte. Nat kam zu ihr und zusammen schauten sie auf das Meer, hinter dem der Horizont allmählich rot wurde.

„Ich verstehe einfach nicht, wie hier jemand reingekommen sein soll", sagte Nat nachdenklich.

„Ich glaube, ich muss Jo mal nach allen Fähigkeiten fragen, die es gibt. Vielleicht können sich ja manche von ihnen wirklich in Luft auflösen."

Sie zuckte mit den Schultern und dachte an Jo. Obwohl er sie nur auf die Palme brachte, wünschte sie sich gerade, dass er hier wäre. Nat hatte wohl den gleichen Gedanken.

„Wäre nicht verkehrt, wenn wir wüssten, wie man ihn erreichen kann in seiner magischen Welt", grübelte sie, „ich meine, er hat bestimmt kein Handy oder so."

Emma war mit ihren Gedanken schon weiter.

„Ich frage mich, wer das war und was er wollte."

„Was ich viel interessanter finde, ist, dass er sich in deinen Traum mogeln konnte."

Emma blickte Nat erschrocken an. Daran hatte sie noch gar nicht gedacht. Er war in ihren Traum eingedrungen und hatte ihn verändert. Wer konnte so was denn bitte? Nat stand auf und stellte ihr eine Tasse heißen Kaffees vor die Nase.

„Wann musst du heute arbeiten?", fragte Emma.

„Erst um zwei, zum Glück, so kann ich mich nachher noch mal etwas hinlegen."

Ja, das war eine gute Idee, dachte Emma, aber sie würde sich eher an den Kaffee halten, als noch mal die Augen zu schließen.

Sie saßen noch eine Weile, aßen Kekse und tranken Kaffee, bis die Sonne draußen aufging und Nat sich wieder ins Bett verkrümelte. Emma goss sich noch eine Tasse ein und hing ihren Gedanken nach. Sie fühlte sich irgendwie nackt und entblößt. Jemand war in ihren Traum eingedrungen. Erst einmal konnte sie sich immer noch nicht vorstellen, wie das ging, aber vor allem waren Träume etwas Privates, Intimes. Sie fühlte sich wie ein Einbruchsopfer. Von denen wusste man doch, dass so ein Eingriff in die Privatsphäre psychische Folgen nach sich ziehen konnte. Viele fühlten sich nicht mehr wohl in ihrem Haus, weil jemand Fremdes dort drin gewesen war, oder sie zogen sofort aus. Das konnte Emma gerade gut nachvollziehen.

Seufzend stand sie auf. Die Sonne schien mittlerweile auf die Veranda und in die Küche. Sie ging nach oben, duschte und zog sich eine Shorts und ein T-Shirt an. Es waren jetzt schon dreiundzwanzig Grad. Heute würde es richtig heiß werden. Mit einem komischen Gefühl im Magen, ging sie in ihr Zimmer. Es sah aus wie immer, aber für Emma war es anders. Sie setzte sich an ihren Schminktisch, kämmte sich ihre Haare, wobei sie sie heute mal offen und in leichten Wellen auf die Schultern fallen ließ. Beim Griff nach ihrer Kette hielt sie inne. Sollte sie die Kette umlegen, wenn sie mit Jo nach Tehal ging? Sie war magisch, so viel hatte er ihr verraten, was auch immer das bedeutete. Vielleicht würde die Kette in seiner Welt wieder leuchten und vibrieren. Darauf konnte Emma wirklich verzichten. Unschlüssig schob sie die Kette in ihre Hosentasche. So hatte sie sie wenigstens dabei, aber nicht für alle sichtbar um den Hals hängen.

Emma ging nach unten ins Wohnzimmer, ließ die Jalousien herunter und zappte durch das Fernsehprogramm. So richtig konzentrieren konnte sie sich nicht. Ihre Gedanken schweiften immer wieder ab, nicht nur zu dem Eindringling, sondern auch zu Jo und ihrem heutigen Besuch in der magischen Welt. Wie würde es dort sein? Ob sie ihre Fähigkeiten so wiederbekam? Und ob sie die Königin kennenlernen würde? Emma war nervös. Sie war sich immer noch nicht sicher, ob Jo sich nicht doch geirrt hatte, was ihre Gabe anging.

Gegen zehn Uhr bekam Emma langsam Hunger, also schlurfte sie in die Küche und machte sich ein Sandwich. Appetit hatte sie zwar keinen, aber sie musste schließlich irgendwas essen. Die Zeit wollte einfach nicht vergehen und so nahm sie ihr Handy und ihren Schlüssel, schrieb Nat einen Zettel und ging den Strand entlang zur Tauchschule. Sie hatte keine Ahnung, warum sie diesen Weg einschlug. Emma zog ihre Schuhe aus und ging mit den Füßen durch das kühle Wasser. Wie konnte ihre Welt eigentlich in drei Tagen so durcheinandergeraten? Sie sehnte sich danach, einfach bei Tom zu sein, ihn anzuhimmeln, mit ihm tauchen zu gehen und mit Natalie über die Jungs zu sprechen, die sie kennenlernte. Jetzt drehte sich alles um eine geheimnisvolle magische Welt, von der sie Tom nichts erzählen konnte. Gedankenverloren schlenderte sie weiter und sah bald die Tauchschule und den Steg, der ein paar Meter ins Wasser führte. Das Tor der Tauchschule war noch geschlossen, aber Emma erkannte Tom am Steg, wo er das Tau des Bootes festmachte. War er etwa schon tauchen gewesen? Er trug keinen Anzug, sondern nur eine Badeshorts. Selbst von weitem fand Emma, dass er umwerfend aussah. Vor allem von seiner braungebrannten, muskulösen Brust konnte Emma nicht die Augen nehmen. Sie dachte an vorgestern, an seine Nähe und wie er sie angesehen hatte. Und dann an seine abweisende Stimmung gestern. Ob er sie überhaupt sehen wollte? Vielleicht tat es ihm leid, dass er gestern so distanziert gewesen war und wäre heute wieder der Alte. Emma ging weiter auf ihn zu und ihre Hoffnungen auf eine Fortsetzung der Zweisamkeit zerbrachen in tausend Scherben, denn gerade tauchte ein blonder Schopf aus dem Boot auf.

Tom streckte gentlemanlike seine Hand der Blondine entgegen, um ihr aus dem Boot zu helfen. Sie trug einen knappsitzenden pinkfarbenen Bikini, der so gerade eben das Nötigste verdeckte. Dieser Anblick versetzte Emma einen Stich ins Herz. Sie blieb stehen und schaute zu, wie die Blondine ausstieg, sich auf die Zehenspitzen stellte und Tom einen leidenschaftlichen Kuss gab. So viel dazu! Natürlich würde er nicht auf sie warten, bis sie ihre Probleme geklärt hätte, dafür hatte er zu viele Möglichkeiten. Emma kam sich dumm vor, überhaupt hierhergekommen zu sein. Sie drehte sich schon zum Gehen, als sie seine Stimme hörte.

„Emma!"

Verdammt, jetzt würde sie sich auch gerne in Luft auflösen. Hoffentlich war das ihre Fähigkeit, dachte sie, als sie sich wieder umdrehte und Tom auf sie zugelaufen kam. Die Blondine stand noch auf dem Steg und starrte sie wütend an.

„Was machst du hier?", fragte er verlegen, „du hast doch heute frei?!"

„Ja, ich war früher wach und wollte dich besuchen kommen, aber anscheinend hattest du ja auch ohne mich genug Gesellschaft", sagte Emma und konnte den eifersüchtigen Ton in ihrer Stimme nicht verbergen.

Tom sah geknickt aus. „Hätte ich gewusst, dass du kommst, hätte ..."

„Dann hättest du die Blondine gerade nicht abgeschleckt?", unterbrach sie ihn. „Weißt du was, ist auch egal. Ich muss wieder nach Hause." Emma wollte gehen, als Tom sie am Arm zurückhielt.

„Em, bitte, komm mit rein, ich mach uns einen Kaffee und wir reden", schlug er vor.

Emma schüttelte den Kopf. „Ich glaube, deine Begleitung wartet schon auf dich."

Sie zog ihren Arm weg und lief los. Der Tag wurde immer besser, dachte sie ironisch. Den Weg nach Hause nahm Emma kaum war. Sie hatte nur das Bild von Tom und der Blondine vor Augen. Sie war verletzt und wütend über sich selbst. War sie wirklich davon ausgegangen, dass sie mit Tom einfach so weitermachen könnte? So oft, wie Emma ihn versetzt hatte, war es kein Wunder, dass er sich eine andere schnappte. Aber wenn er wirklich an ihr interessiert wäre, hätte er doch gewartet, oder nicht? Aber wollte sie das überhaupt noch?

Als sie zu Hause ankam, saß Nat auf der Veranda und telefonierte. Sie bedeutete Emma, sich ebenfalls hinzusetzen. Also nahm Emma auf dem Loungesessel Platz und lauschte Natalies Gespräch.

„Ich weiß noch nicht genau. Wieso? Was hast du für eine Idee?" Ihre Freundin hatte ihre honigsüße Stimme aufgelegt, wie immer, wenn sie mit einem Typen flirtete. Emma musste schmunzeln. Wenigstens Nat hatte ein erfülltes Liebesleben.

„Okay, dann sehen wir uns morgen. Ich freu mich auch! Ciao!" Mit geröteten Wangen sah sie Emma an.

„Wer war das?", fragte Emma verschmitzt.

„Das war Cole."

„Moment, der Cole? Aus dem Krankenhaus? Der vor drei Tagen als Patient kam und als Liebhaber ging?"

Nat grinste verlegen. „Möglich ..."

„Oh mein Gott, ich wusste gar nicht, dass ihr noch Kontakt habt." Emma war überrascht. „Hast du ihn nochmal wiedergesehen?"

Wenn überhaupt möglich, wurde Natalie noch röter im Gesicht. „Vielleicht ...", sagte sie nur. Emma konnte es nicht fassen.

„Warum hast du mir das denn nicht erzählt?"

„Ich weiß nicht. Ich glaube, ich wollte es selbst nicht wahrhaben. Aber ich mag ihn, sehr sogar!"

Emma war überglücklich, zu sehen, dass Nat endlich mal einen Mann gefunden hatte, den sie wirklich interessant fand.

Sie strahlte ihre Freundin an und auch Nat konnte nicht anders als grinsen.

„Ich freu mich für dich, wirklich!", sagte Emma und meinte es auch so.

„Danke, aber genug von mir, was war mit Tom?", wollte Nat wissen.

„Ach, frag nicht", grummelte Emma. „Sagen wir mal so, ich war ein Vollidiotin, zu glauben, er könnte mehr für mich übrighaben."

„Wieso? Hat er das gesagt?"

„Nein, aber er hat sehr offensichtlich mit einem blonden Flittchen rumgemacht."

Ihre Freundin sah sie wütend an.

„Er hat was?", fragte sie lauter als gewollt. „Was für ein Arsch!"

„Jap, und als er mich gesehen hat, wollte er sich herausreden." Emma zuckte mit den Schultern. „Na ja", versuchte sie sich abzulenken, „wie spät ist es eigentlich?" Sie hatte keine Lust, weiter über Tom und die Blondine nachzudenken.

Nat sah auf ihr Handy.

„Kurz vor zwölf. Wann wollte Jo hier sein?"

„Um eins", antwortete Emma und merkte, wie sie wieder nervös wurde.

„Ach da fällt mir ein, ich hab noch was für dich", sagte Nat und sprang auf. Emma hörte sie in der Küche kramen und als sie wieder auf die Veranda kam, warf sie ihr eine kleine Sprühdose in den Schoß.

„Was ist das?"

„Pfefferspray", sagte Nat und Emma schaute sie skeptisch an. „Süße, du gehst gleich mit einem mysteriösen Typen, durch ein mysteriöses Portal, in eine noch mysteriösere Stadt. So sehr ich den ganzen Magiekram auch glauben will, Vorsicht ist besser als Nachsicht."

Emma sah sich die kleine Dose in ihrer Hand an und fand es niedlich, dass ihre Freundin an so etwas gedacht hatte. Es stimmte schon, sie vertraute Jo irgendwie blind. Hoffentlich würde sie das nicht auch bereuen wie die Sache mit Tom.

Punkt ein Uhr sah Emma Jo durch die Dünen auf ihr Haus zukommen. Sie und Nat saßen immer noch auf der Veranda und hatten einen Schlachtplan erstellt, falls später irgendetwas anders laufen sollte als geplant. Selbstbewusst wie immer trat er auf die Veranda. Emma musterte ihn von Kopf bis Fuß. Er sah wieder unglaublich gut aus, in seiner kurzen Jeanshose und dem lockeren Hemd, das er an den Armen hochgekrempelt hatte, kam seine muskulöse Statur zum Vorschein und Emma musste sich beherrschen, damit ihr Gehirn nicht wieder abschaltete.

„Guten Tag, Ladies", sagte er galant und hatte für Nat sogar ein Lächeln übrig. Klar, dass Emma keins bekam. Sie rollte mit den Augen. Er hatte nur einen Satz gesagt, aber schon brodelte es wieder in ihr.

„Wollen wir?", fragte er an sie gewandt.

Emma wollte gerade aufstehen, als Nat sie zurückhielt.

„Moment, wolltest du ihm nicht noch etwas erzählen?"

Ach ja, sie hatte Nat versprochen, dass sie Jo von ihrem nächtlichen Besucher erzählen würde. Jo lehnte sich an die Balustrade und schaute Emma gespannt an.

„Heute Nacht hat sich jemand in meinen Traum geschlichen und als ich wach geworden bin, stand er bei mir im Zimmer."

Das war zwar nur die Kurzfassung, aber er musste ja nicht wissen, wie schlimm es für sie tatsächlich gewesen war.

Jo reagierte nicht und starrte Emma nur an. Sein Kiefer mahlte.

„Wie hat er ausgesehen?", fragte er dann.

„Ich weiß es nicht, sein Gesicht konnte ich nicht sehen", gab Emma zu, „er war groß und trug schwarze Sachen."

„Hat er irgendetwas gesagt oder gemacht?"

„Er hat seine Hand nach mir ausgestreckt."

Jos Augen funkelten wütend. War er jetzt auf sie sauer oder darauf, dass ein Mann sie belästigt hatte?

„Wir sollten los, ich muss das berichten", sagte er und wandte sich zum Gehen.

„Moment", wollte Emma ihn aufhalten, „wer war das? Warum war er in meinem Traum?"

Jo blickte sie kalt an. „Ich weiß es nicht. Und jetzt lass uns gehen!"

Keine Widerrede, das hatte Emma verstanden. Wenn er so einen Ton anschlug, war es besser, einfach still zu sein. Emma warf ihrer Freundin noch einen nervösen Blick zu und folgte Jo durch die Dünen zum Pfad, der zum alten Rettungsschwimmerhäuschen führte.

Sie liefen schon mehrere Minuten schweigend nebeneinander her. Emma dachte an Tehal und das Portal. Und irgendwie schweiften ihre Gedanken zu Tom. Sie bekam einfach dieses Bild von ihm und der Blondine nicht mehr aus ihrem Kopf. Wütend ballte sie ihre Hände zu Fäusten.

„Ist alles in Ordnung?", fragte Jo, weil er wohl ihre Anspannung bemerkte.

„Als ob dich das interessieren würde", entgegnete sie scharf.

Jo zuckte mit den Schultern. „Stimmt auch wieder!"

Sie spürte die Wut in ihrem Bauch. Ganz ruhig, nicht aufregen, er ist es nicht wert, beschwichtigte sie sich selbst.

„Erzähl mir von deinem Traum", forderte er sie plötzlich auf. Emma seufzte. Sie hatte keine Lust, mit ihm zu diskutieren, dafür war sie viel zu nervös und aufgeregt. Also gab sie sich geschlagen und schilderte ihm ihren Traum, genau so, wie er immer war, nur mit dem Zusatz, dass dieser Kerl darin auftauchte.

„Und den Traum hattest du schon öfter?", fragte er. „Es war immer der gleiche?"

„Ja, es war immer der gleiche. Ich wache immer an derselben Stelle auf, bis auf heute Nacht."

Jo nickte und verfiel wieder in seine eigenen Überlegungen. Sie wollte wissen, was er dachte, aber bevor Emma nachfragen konnte, sah sie die Hütte und ihr Puls beschleunigte sich. Sie gingen den kurzen Strandabschnitt entlang und traten, wie Jo beim letzten Mal, ohne Probleme in das kleine Rettungshäuschen ein. Es sah noch alles genauso aus wie letzte Nacht. Emma konnte ihre Nervosität nicht mehr verstecken. Sie rieb sich ihre feuchten Hände an ihrer Hose ab und versuchte, ihren Herzschlag zu beruhigen. Nicht, dass sie jetzt noch eine Panikattacke bekam. Das Luftholen fiel ihr immer schwerer. War das nicht ein Zeichen einer nahenden Panikattacke? Jo sah sie an. Ihre Anspannung war ihr wohl ins Gesicht geschrieben, denn er kam auf sie zu, nahm ihre Hände in seine und löste so ihre verkrampfte Haltung. Seine Berührung durchströmte Emma wie ein elektrischer Schlag. Er schaute ihr fest in die Augen und seine Daumen streichelten leicht die Oberseiten ihrer Hände.

„Es ist alles gut, Emma, du brauchst keine Angst haben", sagte er ruhig. Sie atmete tief ein und aus. Seine plötzliche Nähe hatte sie völlig überrumpelt, aber auch von ihrer Angst abgelenkt. Sie spürte nur noch seinen Blick und die Wärme seiner

Hände. Viel zu schnell gab er sie wieder frei und entfernte sich von ihr.

Er stellte sich in die Mitte des Raumes, hob seinen rechten Arm und zeichnete einen Kreis in der Luft. Erst geschah nichts und sie dachte schon, dass Jo doch gelogen hatte. Aber als er weitere Kreise zeichnete und aus seiner Hand Funken stoben, die den unsichtbaren Kreis, den er zeichnete, sichtbar machten, fing Emma an, wirklich an Magie zu glauben. Es wurde hell in der Hütte. Goldene Funken schwebten in der Luft und verbanden sich zu einem Kreis, der wie beim letzten Mal wie flüssiges Gold aussah. Jo stoppte seine Bewegungen und beide sahen zu, wie der Kreis immer größer wurde und sich in seiner Mitte die spiegelartige, silberne Fläche bildete. Emma hatte noch nie etwas Vergleichbares gesehen. Es sah einfach wunderschön aus. Sie starrte mit offenem Mund auf das Portal.

Jo hielt ihr auffordernd seine Hand hin und Emma griff ohne darüber nachzudenken danach. Sie war völlig überfordert.

„Wenn du durch ein Portal gehst, musst du wissen, wo du hin möchtest", erklärte er ihr und sie musste sich zusammenreißen, um sich zu konzentrieren.

„Du musst dir also den genauen Ort vorstellen, sonst kann es sein, dass du irgendwo rauskommst oder im Portal stecken bleibst."

Emma sah ihn schockiert an. „Stecken bleiben?"

„Keine Angst." Er schaute auf ihre Hand in seiner. „Ich weiß, wo es hingeht und du folgst mir nur, aber lass nicht meine Hand los, verstanden?"

Emma nickte und schluckte ihre Angst herunter. Du schaffst das, beschwor sie sich. Sie atmete ein letztes Mal tief ein und ließ sich dann von Jo durch das Portal in eine andere Welt führen.

Neun

Durch das Portal zu gehen, fühlte sich an, wie durch eine Wasserwand zu schreiten, bemerkte Emma, als sie sich auf der anderen Seite wiederfand. Sie war zwar nicht nass, aber das kalte Gefühl, das sie beim Durchschreiten gespürt hatte, klebte noch auf ihrer Haut. Jo stand vor ihr und sie musste sich erst einmal orientieren. Sie befanden sich auf einem kleinen Hügel am Rande eines Waldes. Hinter ihr ragten Bäume in die Höhe und wurden immer dichter, je weiter man in den Wald sah. Ein kleiner Pfad führte hinein, der zu beiden Seiten von Steinen und Moos begrenzt war. So weit nicht ungewöhnlich, fand Emma, eben ein normaler Wald. Oben am Himmel stand die Sonne, aber so warm wie in Bajo Rianja war es zum Glück nicht. Es war eine angenehme Wärme. Aber was ihr wirklich die Sprache verschlug, war der Anblick am Fuß des Hügels. Sie ließ Jos Hand los und ging ein paar Schritte nach vorn. Unten am Hügel lag eine überraschend große und kunterbunte Stadt. Um sie herum verlief eine Mauer wie im Mittelalter und, so wie es aussah, konnte sie nur durch einen großen Steinbogen betreten werden. Emma sah unzählige Häuschen, nur ein oder zwei Etagen hoch, mit spitzen Dächern, die sich innerhalb der Mauern aneinanderreihten und in allen möglichen Farben angestrichen waren. Sie hatte noch nie so viele bunte Häuser auf einmal gesehen. Von grasgrün bis sonnengelb und knalligem Orange war wirklich jede Farbe vertreten. Und zwischen all den farbenfrohen Häusern sah Emma ein Schloss, nein, eher einen Palast. Mindestens sechs Stockwerke hoch überragte er die anderen Häuser und stand mitten im Zentrum. Der Palast war ganz weiß, nur unterbrochen durch die spiegelnden Flächen der Fenster. Er bildete so einen atemberaubenden Kontrast zu den bunten Häusern um ihn herum. Emma konnte gar nicht genug von diesem Anblick bekommen. Hinter ihr räusperte sich Jo und trat neben sie.

„Das ist Tehal", sagte er ein wenig stolz und beobachtete Emma ganz genau.

„Es sieht wunderschön aus", hauchte Emma und merkte selbst, wie kitschig das klang. Aber so war es nun mal.

„Lass uns gehen."

Jo musste Emma leicht am Arm ziehen, damit sie sich in Bewegung setzte. Sie gingen den kleinen Weg, der auch in den Wald führte, in die andere Richtung den Hügel hinab. Je näher sie dem Tor kamen, desto eindrucksvoller erschien es Emma. Das Tor und die umliegende Mauer waren bestimmt fünfzehn Meter hoch. Sie musste ihren Kopf in den Nacken legen, als sie vor dem Eingang stand, um nach oben schauen zu können. Über dem sandfarbenen Steinbogen stand etwas in einer fremden, verschnörkelten Schrift. Emma sah zu Jo, der bisher geduldig gewartet hatte, bis sie mit ihrem Staunen fertig war.

„Was steht dort?", fragte sie ihn neugierig.

„Eine Mauer zu errichten, ein Tor zu sichten, Freundschaft und Feindschaft schließt eine Gemeinschaft", übersetzte Jo, ohne zu überlegen, und starrte ebenfalls nach oben.

Emma sah ihn fragend an.

„Vor über hundert Jahren spaltete ein Krieg die verschiedenen magischen Völker. Jeder wollte die Macht über Tehal besitzen. Erst nach seinem Ende wurden die Mauer und das Tor errichtet. Es ist eine Erinnerung an den Krieg und ein Zeichen für das jetzt friedliche Zusammenleben der Völker." Emma hörte den Stolz und den Respekt in seiner Stimme, mit dem er die Geschichte seines Zuhauses beschrieb. Wenn das in der menschlichen Welt auch funktionieren würde, dachte sie sich und folgte Jo weiter ins Innere der Stadt.

Kleine Gassen mit grobem Kopfsteinpflaster verliefen in die unterschiedlichsten Richtungen. Überall säumten Häuser den Weg. Sie gingen an blauen, gelben und grünen Gebäuden vorbei, mit Blumenkästen vor den Fenstern und Fußmatten vor den Türen. Ein paar Menschen kamen ihnen entgegen, die aussahen, ja, eben wie ganz normale Menschen mit einem etwas komischen Modegeschmack, fand Emma, denn sie kombinierten die unmöglichsten Farben miteinander. Sie hatte nicht viel für Mode übrig, aber wenn sie eins von Nat gelernt hatte, dann, dass man bestimmte Farbtöne nicht gleichzeitig tragen sollte. Die Leute nickten Jo freundlich zu, während sie Emma mit argwöhnischen Blicken bedachten. Einmal kamen sie an einer Gruppe junger Frauen vorbei, die sofort ihre Gespräche beendeten und Jo mit schmachtenden Blicken hinterher sahen, als er an ihnen vorbeiging. Emma merkte, wie Eifersucht in ihr aufkam. Klar, Jo gehörte nicht zu ihr und sie hätte sich denken können, dass er, genau wie Tom, jede Frau haben konnte, aber es bestätigt zu sehen, hatte einen faden Beigeschmack.

Sie gingen immer weiter durch die Straßen und Gassen. Fast könnte man meinen, dass man sich gar nicht in einer magischen Welt befand, überlegte Emma, wenn da nicht die einen oder anderen Kleinigkeiten wären, die anders waren. Es gab Läden mit großen Schaufenstern, die auf ihren Schildern neben Backwaren und anderen Lebensmitteln auch Zaubertränke, magische Kräuter und Pflanzen für den Haushalt anpriesen. Emma schaute fasziniert in die Auslagen. Sie sah Glasflaschen und Phiolen mit blubbernden, dampfenden bunten Flüssigkeiten und fragte sich, wer das wohl freiwillig trinken würde. In einem Laden gab es Puppenhäuser. Zumindest sahen die so aus, allerdings waren die Häuser etwas größer, sie hatten mehrere Stockwerke und sogar Balkone. Auch diese Häuschen waren kunterbunt. Die hatten wohl ein Faible für Farben hier, stellte Emma fest.

Jo ließ ihr keine Zeit, diese ganzen Eindrücke zu verarbeiten. Sie wurde unermüdlich von ihm weitergezogen. Zwischen den ganzen Häusern, Läden und Gassen entdeckte Emma auch immer mal wieder einen Platz, auf dem riesige Bäume mit dicken Stämmen standen, in denen kleine Fenster und Türen eingebaut waren. Wohnten dort wirklich Leute drin?

Als sie um eine Ecke bogen, machte Emma erschrocken einen Sprung zur Seite, weil ihr der Weg von kleinen, haarigen Geschöpfen versperrt wurde, die ein pinkfarbenes Haus mit neuen Blumen schmückten. Emma blinzelte die kleinen Wesen an. Sie waren maximal einen Meter groß, hatten dicke, knollige Nasen, volle Lippen und lange Ohren, die spitz nach oben zuliefen. Jedes von ihnen trug einen extrem ausgefallenen großen Hut, bei denen sie wohl extra Löcher für ihre Ohren eingestanzt hatten.

„Kobolde", flüsterte Jo Emma zu, als die kleinen Wesen außer Hörweite waren. Klar, Kobolde, was auch sonst! Emma erinnerte sich an ein Märchen, das Luis ihr als Kind vorgelesen hatte. Damals hätte sie alles dafür gegeben, einen Kobold zu sehen, und jetzt konnte sie nicht glauben, was sie sah.

Als wäre das noch nicht schräg genug, kam ihr und Jo in der nächsten Straße eine Art Wolke entgegen. Zumindest dachte Emma, dass es nur eine Wolke sei, aber als sie näher heran kamen, erkannte sie, dass es kleine fliegende Gestalten waren, die in einer Gruppe durch die Straße schwebten. Sie waren nur so groß wie Emmas Hand und trugen glitzernde Kleidchen. Ihre Flügel waren fast durchsichtig und ihre Haare zu kunstvollen Frisuren gesteckt. Sie sangen ein Lied, das Emma noch nie gehört hatte. Ihr Gesang war himmlisch und Emma hätte sich am liebsten hingesetzt und ihnen den ganzen Tag lang zugehört. Aber Jo fasste sie erneut am Ellbogen und zog sie weiter, bevor sie diese Idee noch in die Tat umsetzen konnte.

„Sind das Elfen?", wollte Emma wissen und starrte der Gruppe immer noch hinterher. Jo nickte nur und bog vor Emma um die nächste Ecke. Als sie ihm hinterherging, blieb sie wie angewurzelt stehen.

Vor ihr erstreckte sich ein riesengroßer quadratischer Platz, der zu Fuß des gigantischen Palastes lag. Die Sonne wurde von den weißen Steinen, die auf dem gesamten Platz verlegt waren, reflektiert und Emma musste blinzeln, um nicht geblendet zu werden. In der Mitte des Platzes stand ein großer steinerner Pavillon, an dem rote Blumen emporrankten. Dahinter führte eine ebenfalls weiße Steintreppe, die bestimmt zehn Meter breit war, nach oben zum Palast, der aus diesem Blickwinkel noch imposanter wirkte. Emma kam aus dem Staunen nicht mehr heraus und musste sich daran erinnern, wieder den Mund zu schließen. Jo entging ihre Reaktion nicht, aber er ließ ihr trotzdem keine Zeit, das alles in sich aufzunehmen. Er schob sie gnadenlos weiter über den Platz, vorbei an weiteren kleinen Kobolden mit riesigen Hüten auf dem Kopf, die die Blumenbeete auf Vordermann brachten, die den Platz umsäumten.

Oben auf der Treppe angekommen, versperrte ihnen eine große Flügeltür den Weg. An den Seiten standen Wachen, komplett in weiß gekleidet, mit Speeren in der Hand. Sie trugen weiße enge Hosen, klobige Stiefel und eine Art Brustpanzer, auf dem eine weiße Rose über der linken Brust eingestanzt war. Während die Wachen Emma deutlich einschüchterten, schien Jo sie gar nicht wahrzunehmen. Er schritt an ihnen vorbei auf die Tür zu, die sich wie von Zauberhand öffnete und den Weg nach innen freigab. Emma blieb dicht hinter Jo. Sie hatte gehofft, dass sie die Königin kennenlernen würde, aber jetzt, da sie wirklich hier war, kam die Nervosität zurück.

Im Inneren war der Palast genauso weiß und makellos wie von außen. Weißer Marmor bildete den Boden und die Wände, während eine breite Wendeltreppe in die oberen Stockwerke führte. Trotz der sterilen Einrichtung – Sofas, Kissen, Schränke waren natürlich auch komplett weiß – wirkte es nicht kühl, sondern eher edel.

Jo schritt durch den Palast, als hätte er nie etwas anderes gemacht. Schon nach der zweiten Abbiegung wusste Emma nicht mehr, woher sie eigentlich gekommen waren. Sie begegneten kaum jemandem, nur einzelne Wachen wie die vor dem Eingang standen an einigen Türen. Irgendwann blieb Jo vor einer Tür stehen und drehte sich zu Emma um.

„Die Königin will dich kennenlernen", sagte er leise, „beantworte ihre Fragen, sei höflich und tu was sie sagt, verstanden?"

Jos Ansage machte Emma noch nervöser, also nickte sie schnell zur Bestätigung. Er sah ihr ein letztes Mal in die Augen, drehte sich dann um und öffnete die Tür. Emma folgte ihm und fand sich in einem großen Raum mit hohen Decken wieder. Weiße Vorhänge verdeckten die Fenster, die vom Boden bis zur Decke reichten. Die Königin saß in einigen Metern Entfernung auf einem – natürlich – weißen Thron, der aussah, als bestünde er aus Rosenranken, die sich zu einem Sitz verbunden hatten. Neben ihrem Thron standen zwei Wachen, die sie interessiert musterten.

Emma trat näher und achtete genau darauf, was Jo machte. Sie war noch nie einer Königin begegnet und hatte keine Ahnung, wie man sich richtig verhielt. Während er ihr signalisierte, stehenzubleiben, ging er die drei Stufen zum Thron der Königin hoch, kniete vor ihr nieder und sprach so leise, dass Emma es nicht hören konnte. Die Königin sah wunderschön aus. Sie hatte langes rotbraunes Haar, das in weichen Wellen bis zu ihrem Rücken fiel. Sie trug ein weißes Kleid mit Spitzenapplikationen an den Ärmeln und einen langen, wallenden Rock, sodass man ihre Füße nicht sehen konnte. Eine ebenfalls weiße Krone mit sechs farbigen Edelsteinen, die in gleichmäßigen Abständen angebracht waren, zierte ihren Kopf. Sie blickte Emma neugierig an und Emma erschrak, als sie die Augen der Königin sah. Sie waren gelb, richtig gelb wie bei einer Schlange. Emma blickte schnell weg und sah sich im Raum um. Er war riesig und nur spärlich eingerichtet. Außer dem Thron in der Mitte des Raumes sah sie rechts von sich eine Sitzecke mit drei großen Sofas und einem entsprechend großen Tisch in der Mitte. An der Wand gab es einen Kamin, in dem jedoch kein Feuer brannte.

„Nun gut", vernahm Emma eine melodische Stimme und drehte sich wieder zum Thron. Die Königin war aufgestanden und schritt elegant auf sie zu. Jo ging an ihrer Seite.

„Du bist also Emma", bemerkte die Königin und blieb vor ihr stehen. Emma musste sich beherrschen, den Blick nicht abzuwenden. Diese gelben Augen machten sie nervös.

„Ja", krächzte sie und räusperte sich schnell.

Die Königin lächelte.

„Ich bin Rania, die Königin von Tehal. Es freut mich, dich kennenzulernen!"

Emma fehlten die Worte, das war echt zu viel für einen Tag, deswegen nickte sie nur und versuchte, ebenfalls zu lächeln.

„Ich glaube, wir haben einiges zu besprechen", sagte die Königin und deutete auf die Sitzgruppe, „setzen wir uns doch."

Sie ging vor, während Emma und Jo ihr folgten. Selbst ihre Schritte schienen majestätisch und grazil, fand Emma, während sie wie ein Bauerntrampel neben ihr wirkte. Plötzlich blieb die Königin stehen und drehte sich um.

„Du hattest doch noch etwas vor, oder Jonathan?", fragte sie bestimmend.

Jonathan?, dachte Emma und musste grinsen. Jo sah von Rania zu ihr und nickte nur knapp, bevor er durch die Tür verschwand, durch die sie gerade eingetreten waren. Emma wollte nicht, dass er ging. Sie war sich nicht sicher, was sie von der Königin halten sollte. Und was, wenn sie sich falsch benahm? Nicht, dass man sie noch in einen Kerker einsperrte, oder sonst etwas!

Rania bedeutete Emma, sich hinzusetzen, und nahm selbst neben ihr Platz.

„Du brauchst keine Angst vor mir zu haben", sagte sie und sah Emma freundlich an. Emma gestand sich ein, dass sie eigentlich nur vor diesen Augen Angst hatte. Ansonsten war Rania freundlich, nur eben sehr dominant, aber das war wohl normal, so als Königin.

Emma schaute beschämt. „Es ist nur alles sehr viel Neues auf einmal", gestand sie und die Königin nickte verständnisvoll.

„Du hast uns hier ganz schön aus dem Konzept gebracht", gab die Königin zu.

„Inwiefern?"

„Als dein Medaillon das erste Mal seine Magie freigesetzt hat", erklärte die Königin und deutete auf Emmas Hosentasche, wo das Medaillon gegen ihre Haut drückte. Wie konnte sie wissen, dass sie es dabei hatte?

„Ich spüre seine Kraft", erklärte Rania und beantwortete damit Emmas unausgesprochene Frage. „Unsere Heiler waren in heller Aufregung, als sie es gespürt haben. Es kommt nicht oft vor, dass sie eine magische Quelle in der Menschenwelt vernehmen. Von wem hast du das Medaillon bekommen?"

„Es gehörte meiner Mutter", gestand Emma und fragte sich, warum Jo ihr diese Frage eigentlich noch nie gestellt hatte.

„Darf ich fragen, wo sie jetzt ist?"

„Sie und mein Vater sind gestorben, als ich noch klein war."

„Das tut mir leid", sagte Rania und Emma merkte, dass sie es auch so meinte.

„Es ist nicht leicht, seine Eltern zu verlieren und nichts über seine Ursprünge zu wissen. Sagst du mir, wie sie hießen?"

„Lia und Brandon Jones, warum?"

Rania seufzte. „Wir gehen davon aus, dass deine Eltern ebenfalls Magier waren, sonst hättest du keine magischen Fähigkeiten, diese werden nur vererbt. Und mit den Namen hätten wir etwas über dich und deine Herkunft herausbekommen können, aber die sagen mir leider nichts. Ich werde unseren Archivar darüber in Kenntnis setzen, er hat ein phänomenales Gedächtnis. Wenn sich jemand an deine Eltern erinnert, dann er." Sie lächelte Emma aufmunternd zu.

„Darf ich etwas fragen?" Emma war sich nicht sicher, ob sie der Königin auch Fragen stellen durfte.

„Natürlich."

„Warum leuchtet mein Medaillon? Das hat es sechzehn Jahre nicht gemacht."

„Das kann ich dir leider auch nicht beantworten", gab die Königin zu und Emma rutschte geknickt auf ihrem Sitz tiefer. „Da es Magie in sich trägt, hat es wohl jemand mit einem Zauber belegt. Welcher das ist, kann man nicht feststellen. Aber vielleicht wollte es dich darauf hinweisen, dass mehr in dir steckt, dass deine eigene Magie an die Oberfläche will."

Emma überlegte. „Was ist meine Magie? Und was gibt es alles für Fähigkeiten?"

Die Königin lächelte geduldig.

„Es gibt viele verschiedene Formen der Magie. Manche können Dinge bewegen oder zerstören, andere konnen die Gefühle sehen und wieder andere blicken in die Zukunft."

Emma starrte die Königin an. Gefühle sehen? In die Zukunft schauen? Das war ja der Wahnsinn! Emma wollte sofort wissen, welche dieser Gaben sie hatte. Aber das ging ja leider nicht, dachte sie betrübt.

„Wie kann ich meine Fähigkeiten freisetzen?"

„Du wurdest mit einem mächtigen Zauber belegt, der deine Gabe unterdrückt. Nicht viele sind einer solchen Magie fähig. Je älter du wirst, umso mehr verblasst der Zauber. Wir hatten gehofft, dass dein Aufenthalt hier deine Magie freisetzen würde."

„Ich fühle mich nicht anders", gab Emma betroffen zu.

Sie wollte wissen, wer ihre Magie blockiert hatte und vor allem warum. Und sie wollte endlich wissen, welche Fähigkeiten sie hatte! Es war frustrierend, darauf keine Antworten zu bekommen.

Als könnte Rania ihre Gedanken lesen, legte sie ihr behutsam eine Hand auf die Schulter. „Ich weiß, dass es schwierig ist, auf manche Fragen keine Antwort zu bekommen, aber glaub mir, deine Kraft wird stärker werden, du musst nur Geduld haben."

Emma dachte über diese Worte nach. Sie hoffte, dass die Königin recht hatte. Aber konnte es sein, dass ihre Eltern magische Fähigkeiten besessen und dass sie hier gelebt hatten? Sie fand es schwer vorstellbar. Sie hatten ihr Leben lang in Los Angeles gewohnt, ihr Vater war Buchhalter gewesen. Wenn sie ein anderes Leben in einer magischen Welt geführt hatten, hätte doch ihr Onkel etwas davon mitbekommen müssen, oder?

„Jo hat mir erzählt, dass du heute Nacht unerwünschten Besuch hattest?"

Emma dachte an die dunkle Gestalt und ein Schauer lief ihr über den Rücken.

„Ja, ein Mann tauchte erst in meinem Traum auf und stand, als ich wach wurde, an meinem Bett."

Rania nickte.

„Ist das auch eine Fähigkeit? Sich in Träume mogeln zu können?", wollte Emma wissen.

„Nicht direkt", gab Rania zu und überlegte wohl, was sie Emma sagen sollte.

„Du musst wissen, Emma, hier ist es wie in deiner Welt, es gibt Gut und Böse. Es gab mal jemanden, der sich von den Fähigkeiten der dunklen Magie verführen ließ. Es gibt keine Beweise dafür, aber man munkelt, dass er die Fähigkeit besaß, jemanden die schlimmsten Albträume zu schicken."

„Und … und dieser jemand war bei mir?"

Angst kroch Emma in die Glieder.

„Nein, das muss nicht sein. Es gibt viele dunkle Magier, leider. Also, wer letztendlich bei dir war, können wir nicht sagen."

Es war zum verrückt werden. Da war Emma schon mal hier und endlich beantwortete mal jemand ihre Fragen, ohne dass sie darum betteln musste, aber die passenden Antworten hatte die Königin auch nicht für sie.

„Ich werde Jonathan beauftragen, dich weiterhin zu beschützen, besonders nachts, bis ich jemand anderen für deinen Schutz aussenden kann. Mit den dunklen Magiern ist leider nicht zu spaßen." Die Königin sagte es sehr ernst.

Jo sollte weiterhin bei Emma bleiben, sogar nachts?

„Ich glaube nicht, dass das eine gute Idee ist", gab sie zu bedenken, „Jo ist, glaube ich, jetzt schon ziemlich genervt, dass er auf mich aufpassen soll."

Die Königin zog eine Augenbraue in die Höhe.

„Das soll nicht dein Problem sein. Als Wächter ist es seine Pflicht, den Wünschen seiner Königin nachzukommen."

Zack, das hatte gesessen. Emma verstand, wieso sich ihr niemand widersetzte. Sogar sie fühlte sich gerade wie ein Schulkind, das in die Schranken gewiesen worden war, dabei hatte sie gar nichts falsch gemacht.

Wie auf's Stichwort kam Jo wieder in den großen Saal geschlendert. Emma wurde ganz nervös bei dem Gedanken, dass er die ganze Zeit bei ihr sein würde.

Die Königin stand auf und Emma tat es ihr gleich. Sie gingen auf Jo zu, der ausnahmsweise mal glücklich aussah, nicht so verkniffen wie sonst. Was er wohl gerade gemacht hatte?

„Jonathan, ich bitte dich, weiterhin für Emmas Schutz zu sorgen. Solltest du nach Tehal kommen, um mir Bericht zu erstatten, wirst du sie mitbringen, ansonsten bleibst du in der Menschenwelt, bis ich einen anderen Wächter entsenden kann."

Emma sah Jo genau an. Sein Gesichtsausdruck veränderte sich von glücklich zu ungläubig. Sie wartete nur darauf, dass er etwas erwiderte, aber zu ihrer Überraschung nickte er nur ergeben.

„Des Weiteren bitte ich dich, auf dem Weg zum Portal bei Mister Lee Halt zu machen und ihn zu fragen, ob es Möglichkeiten gibt, Emmas Fähigkeiten zu aktivieren." Jo kniff seine Lippen zu einer schmalen Linie zusammen und nickte wieder nur. Das kann ja heiter werden, stöhnte Emma innerlich.

„Emma, ich würde gerne noch etwas mit Jonathan besprechen. Bitte warte doch vor der Tür."

Jetzt war es an ihr, zu nicken. Sie verabschiedete sich höflich von der Königin und ging hinaus. Vor der Tür stellte sie sich ans Fenster und starrte nach unten auf die Häuser und Gassen, in denen buntes Treiben herrschte. Wie verrückt war das denn, dass es tatsächlich so eine Welt gab. Sie hoffte, dieser Mister Lee hatte eine Idee, wie sie ihre Fähigkeit schneller wiedererlangen konnte.

Emma schaute zur geschlossenen Tür. Über was die zwei wohl sprachen? Am liebsten hätte sie gelauscht, aber irgendwie hatte sie das Gefühl, beobachtet zu werden, auch wenn sie niemanden sah.

Emma zog ihr Handy aus der Tasche. Nat hatte darauf bestanden, dass sie es mitnahm und sie zur Not schnell kontaktieren konnte. Obwohl sie nicht wusste, ob ihr Telefon in einer magischen Welt funktionieren würde, hatte sie es eingesteckt. Und zu ihrer Verwunderung hatte sie hier sogar Empfang. Wo war sie eigentlich? Das musste sie Jo gleich erst einmal fragen.

Mittlerweile wartete sie schon zehn Minuten. Was dauerte denn da so lange? Emma wurde ungeduldig. Langsam spazierte sie durch den Flur, spähte in kleine Nischen, sah sich die Gemälde und Statuen an und hatte sich, ohne es zu bemerken, in dem Labyrinth aus weißen Wänden verlaufen. Sie versuchte, sich zu erinnern, welchen Weg sie vorhin genommen hatten. Das Problem war: Hier sah alles gleich aus. Sie bog einmal links und einmal rechts ab und kam in eine Sackgasse. Also drehte sie um und versuchte es an der nächsten Ecke. Irgendwann war Emma so durcheinander, dass sie sich wünschte, sie hätte doch besser gewartet. Es kam ihr so vor, als wäre das Gebäude größer, als es von außen den Anschein hatte. Ob sie die Wachen fragen konnte, wo der Ausgang war? Aber dafür musste sie erst einmal wieder eine Tür finden, die auch bewacht wurde. Emma sah sich um. Warum war denn hier auch einfach niemand? Gab es keine Leute, die für die Königin arbeiteten, oder so?

Sie lief um die nächste Ecke und stieß frontal mit jemandem zusammen.

„Autsch", jammerte die Person und auch Emma konnte einen Aufschrei nicht unterdrücken.

„Tschuldigung", beeilte sich Emma zu sagen und rieb sich die Stirn. Zu ihrer Überraschung strahlte sie eine junge, buntgekleidete Frau freundlich an.

„Kein Problem", sagte sie lachend, „normalerweise trifft man hier auf den Geistergängen nie jemanden!"

Emma musste schmunzeln. Also waren diese leeren Gänge normal.

„Du musst Emma sein", sagte die Frau unvermittelt, „ich bin Mayla!"

„Ähm, hi?", sagte Emma unbeholfen. „Entschuldige, aber woher weißt du, wer ich bin?"

„Wer weiß das nicht? Die ganze Stadt spricht über das Menschenmädchen mit den geheimen Fähigkeiten", offenbarte Mayla und grinste sie verschmitzt an. Emma stöhnte. Die ganze Stadt sprach über sie? Kein Wunder, dass sie so seltsame Blicke geerntet hatte.

„Ganz toll", maulte Emma und schaute sich Mayla genauer an. Sie trug einen langen Wickelrock in Blau- und Grüntönen und ein Top in Orange. Sie hatte eine zierliche Figur und war etwas kleiner als Emma, obwohl sie mit ihren einmeterfünfundsechzig auch nicht als Riese durch die Welt lief. Ihre Haare hatte sie zu einem Zopf geflochten, der locker über ihre linke Schulter fiel. Ihre Augen waren genauso türkisfarben wie die von Jo. Verdammt, Jo, dachte Emma, er würde ausrasten, wenn er sie im ganzen Gebäude suchen musste.

„Sag mal, weißt du, wo der Ausgang ist?"

„Klar", sagte Mayla strahlend, „folge mir unauffällig."

Emma lief hinter ihr durch die endlosen weißen Flure, an unzähligen Türen vorbei. Hier hätte sie nie alleine herausgefunden.

„Keine Sorge, am Anfang kann es ganz verwirrend sein, aber der Palast ist ein super Ort, um verstecken zu spielen", witzelte Mayla.

Emma mochte sie auf Anhieb. Sie war locker und fröhlich und steckte Emma sofort mit ihrer guten Laune an. Endlich sah sie die große Eingangshalle und die Flügeltür, durch die sie hereingekommen war. Sie atmete erleichtert aus. Sie würde hier einfach auf Jo warten.

„So, da wären wir."

„Danke." Emma stellte sich unschlüssig neben die Tür. Jo würde richtig sauer sein, das spürte sie.

„Und was machst du jetzt?", fragte Mayla neugierig.

„Ich warte und hoffe, dass mir nicht der Kopf abgerissen wird!"

Die junge Tehalerin lachte. „Du wartest auf Jo, richtig?"

Emma blinzelte sie an. Woher kannte sie ihn? War sie etwa seine Freundin? Emma spürte schon wieder diese doofe Eifersucht in sich aufflackern. Meine Güte, reiß dich zusammen, beschwor sie sich.

„Ja", antworte Emma langsam, „du kennst ihn?"

„Oh, so ziemlich jeder kennt ihn, er ist einer der höchsten Wächter hier in Tehal", sagte Mayla stolz, „und er ist mein Bruder."

Emma entspannte sich augenblicklich. Ihr Bruder? Das erklärte die gleiche Augenfarbe. Mayla musterte sie interessiert.

„Was ist denn", fragte Emma und dachte schon, dass sie einen Popel im Gesicht hätte oder so.

„Nichts, ich hab nur noch nie jemanden mit deiner Augenfarbe getroffen", sagte Mayla fasziniert.

„Wieso? Hier haben doch alle eine ungewöhnliche Augenfarbe."

Jos Schwester schien irritiert. „Sie haben es dir nicht gesagt, oder?"

„Mir was nicht gesagt?", fragte Emma unsicher.

„Mayla!" Beide erschraken. Als Emma sich umdrehte, sah sie, wie Jo wütend die Treppe herunterkam. Oh oh, sie hoffte, dass seine Schwester mit ihm keinen Ärger bekam, weil sie ihr geholfen hatte. Aber zu ihrer Verblüffung, war Mayla überhaupt nicht von Jos zorniger Stimmung eingeschüchtert.

„Hey, Bruderherz", sagte sie leichthin und strahlte ihn an. Jo kam auf die beiden zugelaufen. Er hatte einen Rucksack auf dem Rücken, wahrscheinlich sein Gepäck für die Tage, die er bei Emma und Nat verbringen würde.

„Was ist eigentlich so schwer daran, einfach mal das zu tun, was man dir sagt?", fragte er Emma aufgebracht.

„Ich wollte warten", versuchte Emma sich zu verteidigen, „aber als ihr nach zehn Minuten immer noch nicht fertig wart, habe ich mich umgesehen und mich schlicht und ergreifend verlaufen."

Emma merkte selbst, wie armselig die Ausrede war. Jo schnaufte.

„Wenn ich dir das nächste Mal sage, warte, dann wartest du, verstanden? Dich kann man ja nicht alleine lassen!"

„Jo, jetzt ist aber gut, ihr ist ja nichts passiert." Mayla versuchte, ihren Bruder zu beruhigen und Emma war ihr dankbar, obwohl es nicht viel brachte.

„Was machst du überhaupt hier?", fragte er seine Schwester immer noch aufbrausend. „Solltest du nicht lernen?"

„Ja, aber ich werde zwischen dem ganzen Lernen ja auch mal eine Pause machen dürfen, oder?"

Emma bewunderte Mayla. Wie machte sie das nur, dass Jo sie nicht auf die Palme brachte. Sie sollte sich mal bei ihr ein paar Tipps abholen.

Jo seufzte tief. „Nimm das nicht auf die leichte Schulter, das ist wichtig, Mayla."

„Ich weiß, aber ich habe alles unter Kontrolle", sagte sie und dann zwinkerte sie ihm zu. „Kümmere du dich lieber um Emma." Beide sahen sich lange an, ohne dass einer blinzelte. Emma verstand die stille Kommunikation nicht, die zwischen den beiden gerade passierte. Gab es so was wie Gedankenlesen unter Geschwistern? Auf jeden Fall setzte Jo wieder seinen finsteren Blick auf und schaute zu Emma.

„Wir sollten gehen, wir müssen noch zu Mister Lee."

„Ich hoffe, wir sehen uns bald wieder. Wenn Jo dich das nächste Mal mitbringt, sollten wir uns treffen und ich zeige dir die coolen Dinge in Tehal." Mayla lächelte, drückte im Vorbeigehen Emmas Hand und verschwand um die nächste Ecke. Emma blickte ihr nach. Warum konnte ihr Bruder nicht so eine Frohnatur sein wie sie?

„Können wir dann?", fragte der gerade wieder genervt.

Emma rollte mit den Augen und lief an Jo vorbei nach draußen.

„Das habe ich gesehen", rief er ihr nach, als er ihr folgte.

„Ja, das hoffe ich", gab Emma zurück und wartete, bis Jo sie einholte, schließlich hatte sie keine Ahnung, wo dieser Mister Lee wohnte.

Schweigend liefen sie durch die bunten Gassen, in denen die Menschen ihrem ganz normalen Tagesgeschäft nachgingen. Emma sah das Schild von Mister Lee schon von weitem. „Mister Lee's Bücher für den speziellen Zauber" stand darauf. Das Haus war einstöckig, dunkelgrün angestrichen und hatte rot leuchtende Fensterläden. In einem großen Schaufenster waren einzelne Bücher ausgestellt, aber Emma hatte keine Zeit, sich die Titel durchzulesen, weil Jo schon durch die Eingangstür verschwunden war. Grummelnd folgte sie ihm. Eine kleine Glocke an der Tür läutete hell, als sie eintrat, und ein alter Mann trat zwischen den deckenhohen Bücherregalen, die den gesamten Raum einnahmen, an den Empfangstresen. Seine grauen Haare hatte er zu einem Pferdeschwanz gebunden, der ihm bis auf den Rücken reichte. Er hatte grasgrüne freundliche Augen. Und wieder eine neue Augenfarbe, stellte Emma fest. Sie musste Jo wirklich mal langsam fragen, was es mit den Farben auf sich hatte.

„Jonathan, welch freudige Überraschung", sagte der Mann, der also Mister Lee war, mit einer erstaunlich klaren und ruhigen Stimme. „Was führt dich zu mir?"

„Wir bräuchten Ihren Rat, Mister Lee", sagte Jo und schaute zu Emma. Mister Lee folgte seinem Blick, wodurch sich Emma automatisch unwohl fühlte. Sie hasste es, im Mittelpunkt zu stehen. Sie stand unschlüssig im Raum, während Mister Lee mit großen Augen auf sie zukam.

„Es freut mich sehr, dich kennenzulernen, Emma", sagte er freundlich und streckte ihr die Hand entgegen. Emma ergriff sie und nuschelte ein „mich auch". Sie wusste nicht, wie sie sich verhalten sollte und suchte Jos Blick, der jedoch gelangweilt an der Theke stand und durch ein Buch blätterte. Danke für die Hilfe, dachte Emma beleidigt.

Mister Lee blickte sie immer noch an.

„Wie kann ich dir helfen, meine Liebe?"

„Ähm, ich … wir … wir wollten fragen, ob es eine Möglichkeit gibt, wie ich meine Fähigkeiten schneller zurückbekomme", sagte Emma unsicher.

„Ah", sagte Mister Lee, schloss die Augen und hielt Emmas Hand immer noch fest in seiner. „Ja, ich fühle deine Blockade. Mal schauen, wie ich dir helfen kann." Und damit drehte er sich um und verschwand zwischen den Bücherregalen. Emma schaute ihm hinterher. Sie erkannte mindestens fünf Regale in dem Raum, aber es sah so aus, als würde es weiter hinten noch Dutzende mehr geben. Jedes Regal war bis oben hin voll mit Büchern, alten Bücher, teilweise so alt, dass die Buchrücken schon ganz ausgefranst und die Blätter vergilbt waren. Leitern an den Regalen dienten wohl dazu, an die Bücher unter der Decke zu gelangen. Es roch genauso wie in einer alten Bibliothek, fand Emma.

Keine zwei Minuten später kam Mister Lee wieder zwischen den Regalen hervor und legte drei Bücher auf den Tresen. Emma stellte sich neben Jo, der Mister Lee abwartend anschaute.

„Das sind zwei Bücher, die sich mit Blockade- und Befreiungssprüchen befassen. Da ich nicht weiß, mit welchem Zauberspruch deine Magie blockiert wurde, ist es schwer, sie einfach wieder herzuzaubern. Daher müssen wir einen anderen Weg wählen." Während Mister Lee das sagte, legte er Emma das dritte Buch vor die Nase. Es war deutlich kleiner, als die beiden anderen und konnte locker als Taschenbuch durchgehen. Darauf stand „Kontrolliere deine Magie – Übungen zur Magiewahrnehmung und Magiekontrolle". Das klang doch ganz vielversprechend, fand Emma.

„Darin gibt es eine Übung, die ich dir empfehlen würde", sagte er und schlug das Buch an der entsprechenden Seite auf. „Es ist eine Art Meditations- und Konzentrationsübung, die aber am Anfang nur mit einem anderen Zauberer funktioniert", erklärte Mister Lee und sah zu Jo. Natürlich, jetzt musste sie auch noch mit Jo daran arbeiten, dachte Emma zerknirscht. Der sah auch wenig begeistert aus. Ob es daran lag, dass er ihr dabei helfen sollte, ihre Magie zurückzubekommen, oder ob ihn einfach die Gesamtsituation nervte, war schwer zu sagen.

Mister Lee klappte das Buch zu. „Ihr könnt es mitnehmen", sagte er zu den beiden, „aber bringt es mir bitte zurück."

„Vielen Dank, Mister Lee", sagte Jo und schnappte sich das Buch.

„Ja, vielen Dank", sagte Emma schnell und schenkte dem Mann ein freundliches Lächeln.

„Ich hoffe, es funktioniert", sagte dieser und lächelte ebenfalls.

Jo und Emma verließen Tehal durch das gleiche große Eingangstor, durch das sie vorhin gekommen waren. Jo hatte kein

Wort gesprochen, seit sie Mister Lee verlassen hatten. Aber Emma hatte so viele Fragen, dass es ihr egal war, wie schlecht er mal wieder drauf war.

„Jo?", fragte sie vorsichtig, während er vor ihr den kleinen Hügel zum Wald hinaufflief.

„Was ist?"

Man, er sollte vielleicht Mister Lee mal nach Anti-Aggressionsübungen fragen.

„Wo sind wir eigentlich? Ich meine, wo auf der Welt liegt Tehal?"

„Es ist eine kleine Insel im Golf von Mexiko."

„Ernsthaft?", fragte Emma überrascht. „Und wieso hat sie noch keiner entdeckt?"

„Es gibt einen Verschleierungszauber, der die Insel vor den Menschen versteckt."

Das war ja genial, fand Emma.

„Warum musst du das Portal hier oben erschaffen?", fragte sie ein bisschen außer Puste, als sie die Kuppe erreicht hatten, an dem sie vorhin angekommen waren. „Wäre es nicht einfacher, direkt aus dem Palast zu reisen?"

„Es ist verboten, in Tehal Portale zu erschaffen", antwortete er knapp und fing bereits an, kleine Kreise in die Luft zu zeichnen.

„Und könntest du nicht einfach von mir zu Hause aus ein Portal erschaffen? Warum mussten wir erst zu der alten Hütte am Strand laufen?"

Jo blickte zu Emma, ohne seine Bewegungen zu unterbrechen.

„Menschen sollten nichts von der magischen Welt wissen, und deine Freundin weiß jetzt schon zu viel", antwortete er grummelig. Nach und nach stoben Funken aus seiner Hand, die sich wie heute Mittag zu einem goldenen Kreis formten.

„Warum ist es verboten in Tehal ein Portal zu erschaffen?",
wollte Emma noch wissen, aber Jo gab ihr keine Antwort. Er
trat einen Schritt zurück und wartete, bis sich der Kreis ausgebreitet hatte und die flüssige Spiegelfläche erschien, dann
streckte er ihr auffordernd seine Hand hin. Am liebsten hätte sie
sie einfach weggeschlagen, aber sie brauchte ihn, alleine konnte
sie nicht durch das Portal gehen. Also ergriff sie widerwillig seine
ausgestreckte Hand, ignorierte das Kribbeln in ihrem Bauch und
trat mit ihm zusammen durch das Portal.

Zehn

Als Emma und Jo endlich die Stufen zur Veranda hochgingen, war es schon fast sieben Uhr. Emma war hundemüde und sie hatte einen Bärenhunger. Sie schlenderte direkt in die Küche und sah, dass Nat Essen beim Chinesen bestellt hatte, wovon noch mehr als die Hälfte auf der Theke stand. Emma las den Zettel, der an einem der Kartons klebte.

„Hey Süße, ich hoffe, alles ist glatt gegangen. Ich bin mit Cole unterwegs, komme aber nicht zu spät wieder, sodass du mir noch alles erzählen kannst.
PS: Ich bin einfach mal davon ausgegangen, dass du noch nichts zu essen hattest!
Bis später.
xoxo Nat"

Emma musste grinsen. Ihre Freundin war einfach die Beste. Sie schaute in die Tüten und entdeckte ihr Lieblingsgericht, Hähnchen süß-sauer. Während Emma sich daran machte, die kleinen Kartons auszupacken und alles auf die Veranda zu bringen, kam Jo zu ihr.

„Hunger?", fragte sie ihn, ohne ihre Arbeit zu unterbrechen.

„Etwas", gab er zu und half ihr. Sie setzten sich nach draußen und aßen schweigend. Emma schlang ihr Hühnchen herunter und musste sich zurückhalten, damit ihr nicht noch schlecht wurde.

Als fast alle Kartons leer waren, waren Jo und Emma so satt, dass sie eher in ihren Sesseln lagen, als dass sie saßen. Emma ließ in Gedanken den Tag Revue passieren. Es war unglaublich, dass es Tehal wirklich gab und vor den Menschen einfach versteckt wurde. Sie hoffte, dass Jo sie noch öfter mit dahin nehmen würde. Vor allem wollte sie Mayla wiedersehen. Sie hatte das Gefühl, dass sie ihr die vielen Fragen, die in ihrem Kopf herumschwirrten, beantworten würde. Was hatte sie vorhin nur damit gemeint, dass man Emma etwas nicht gesagt hatte? Und wer? Zu blöd, dass Jo genau in dem Moment kommen musste. Emma schielte unauffällig nach links und sah, dass er seine Beine auf die Balustrade gelegt hatte und wahrscheinlich seinen eigenen Gedanken nachhing. Emma tat es irgendwie leid, dass die Königin ihm befohlen hatte, als Aufpasser hierzubleiben. Mayla hatte gesagt, dass er einer der höchsten Wächter war. Emma hatte zwar keine Ahnung, was das bedeutete, aber sie konnte sich vorstellen, dass er lieber andere Aufgaben erledigen würde.

„Tut mir leid, dass du als Babysitter hier festsitzt", sagte sie deshalb und sah Jo aufmerksam an.

Er seufzte tief. „Du kannst nichts dafür. Es ist zu gefährlich, dich hier alleine zu lassen."

„Wegen des Mannes aus meinem Traum?"

Jo nickte.

„Die Königin sagte, es war ein dunkler Magier. Wie viele gibt es von denen?"

„Das weiß niemand. Es gibt viele, die den Verlockungen der dunklen Magie nicht widerstehen können."

„Was denn für Verlockungen?"

Jo musterte Emma.

„Andere Fähigkeiten, mächtige Zauber und noch mächtigere Gaben."

„Kann er sich deswegen einfach in Luft auflösen und in Träume eingreifen?"

Jo nickte und Emma schauderte. Sie schlang ihre Arme um ihren Oberkörper. Sie wollte am liebsten gar nicht mehr einschlafen. Ihr Blick fiel auf den Tisch, auf dem neben den leeren Essensbehältern das Buch von Mister Lee lag.

„Was ist das für eine Übung, die ich machen kann?", fragte sie und deutete auf das Buch. Jo folgte ihrem Blick und schlug es an der Stelle auf, die Mister Lee ihnen vorhin gezeigt hatte.

„Eine Meditation", sagte er, als er den Text überflog.

„Und wir müssen sie zusammen durchführen?"

Emmas Bauch kribbelte. Sie wurde jetzt schon ganz nervös, dabei wusste sie noch nicht einmal, wie die Meditation überhaupt funktionierte.

„Ja", sagte Jo schlicht.

Er legte das Buch zur Seite und begann, den Müll in die Küche zu bringen. Sie atmete tief durch. Er würde sich lieber die Zunge abbeißen, als ihre Fragen zu beantworten. Da sie wusste, dass es nichts bringen würde, noch mal nachzufragen, half sie ihm, den restlichen Müll wegzuwerfen und das Besteck in die Spüle zu räumen.

„Wir sollten keine Zeit verlieren und gleich anfangen zu üben", schlug er unvermittelt vor. Je eher sie ihre Fähigkeiten wiederbekam, desto eher konnte er nach Hause, war Emma klar. Kein Wunder, dass er keine Zeit verschwenden wollte.

„In Ordnung", sagte Emma, „was müssen wir machen?"

„Ich würde sagen, wir gehen erst einmal ins Wohnzimmer."

Emma folgte ihm. Im Wohnzimmer sah sich Jo um und rückte den Couchtisch ans Fenster, sodass vor der Couch auf dem weichen Teppich genug Platz war, um sich hinzusetzen. Jo ließ sich nieder und sah Emma auffordernd an. Sie setzte sich ihm im Schneidersitz gegenüber.

„Jeder Magier spürt seine eigene Magie in sich, besonders, wenn er sie nutzt", erklärte Jo ruhig. „Es ist wie eine Quelle. Diese Übung dient dazu, deine eigene Magie zu finden."

Emma hörte ihm aufmerksam zu. Sie hing geradezu an seinen Lippen und war froh, dass sie ihn für Informationen mal nicht ausquetschen musste.

„Da du deine Magie noch nie gespürt hast, weißt du nicht, wonach du suchen musst", erklärte er weiter, „deswegen werde ich dir zeigen, wie sich meine Magie anfühlt." Jo sah Emma fest in die Augen. Hatte er gerade wirklich gesagt, dass er ihr seine Magie zeigen wollte? Emma rutschte unruhig auf dem Boden hin und her. Es kam ihr irgendwie zu persönlich vor. Sie stellte es sich so vor, als würde sie in sein Innerstes blicken.

„Hast du das schon mal gemacht?", wollte sie wissen und Jo hielt ihrem Blick stand.

„Nein", gestand er. „Warum?"

„Das klingt irgendwie sehr … intim", sagte Emma unsicher. „Du willst mir ja noch nicht mal sagen, was deine Magie ist."

„Du wirst auch nicht wissen, was meine Magie ist, du wirst sie nur fühlen, damit du weißt, wonach du in dir selbst suchen musst", sagte Jo bestimmt und streckte ihr beide Hände entgegen. „Also, lass uns anfangen."

Nervös legte Emma ihre Hände in seine und spürte sofort wieder das vertraute Kribbeln in ihrem Bauch, wie immer, sobald sie Jo näher kam. Konzentriere dich, Emma, ermahnte sie sich selbst.

„Jetzt schließe deine Augen", forderte Jo sie auf. Nur widerwillig machte sie ihre Augen zu und spürte ihren rasenden Herzschlag.

„Versuche dich zu entspannen", riet ihr Jo, „atme tief ein und aus."

Ja, wenn er sie mit seiner Nähe nicht so verdammt durcheinanderbringen würde, wäre das auch alles einfacher, fand Emma. Aber sie versuchte, ihren Bauch zu ignorieren und atmete langsam ein und aus, während sich ihr Herzschlag allmählich beruhigte.

„Versuche, an nichts zu denken", gab Jo ihr weiter Anweisungen. „Konzentriere dich nur auf deine Atmung. Und erschreck dich gleich nicht."

Wie? Nicht erschrecken? Wovor? Tat es etwa weh? Jo grummelte leise. Ach, Mist, an nichts denken, genau. Sie versuchte sich wieder zu sammeln.

Sie saßen bestimmt schon zehn Minuten auf dem Boden, als Emma plötzlich ein Zucken in ihren Fingern spürte. Es war wie ein elektrischer Schlag, den sie oft bekam, wenn sie beim Einkaufen den Einkaufswagen anfasste. Sie merkte, wie Jo ihre Hände fester griff. Das Zucken breitete sich aus und zog ihre Arme hinauf, wo es eher in Wärme überging. Es fühlte sich an wie warmes Wasser, das durch ihre Venen floss. Sie keuchte erschrocken auf, als die Wärme ihren Brustkorb erreichte und ihren gesamten Körper auszufüllen schien. Es wurde immer wärmer und wärmer, bis Emma den Eindruck hatte, sie müsste innerlich verbrennen. Trotzdem tat es nicht weh, es fühlte sich mächtig an. Sie spürte Jos Magie in jeder Faser ihres Körpers. Sie spürte, wie stark er war, spürte seine Kraft. Aber er hatte recht, sie wusste nicht, was für eine Magie es war.

Als Emma dachte, sie könnte die Energie nicht mehr lange aushalten, zog sie sich wieder zurück. Die Wärme floss durch ihre Arme in ihre Fingerspitzen und war verschwunden. Auf einmal fühlte sie sich leer. Es war unglaublich gewesen diese Macht in sich zu spüren. Sie öffnete langsam die Augen, ihr Atem ging schnell und sie sah, dass Jo ebenfalls schneller atmete war und sie wild musterte. Sein Blick war so intensiv, dass Emma gerne gewusst hätte, wie es sich für ihn angefühlt hatte, seine Magie jemand anderem zu zeigen.

„Alles okay", fragte er immer noch leicht außer Atem und streichelte sanft mit seinem Daumen über ihren Handrücken.

„Ja", flüsterte Emma und traute sich nicht, ihre Hände wegzuziehen. Sie wollte diese Verbindung, die gerade zwischen ihnen beiden herrschte, nicht lösen. Zu ihrem Bedauern sah Jo das leider nicht so, denn er atmete tief durch, zog seine Hände zurück und stand auf.

„Diese Übung kannst du auch alleine machen", sagte Jo, als Emma ebenfalls aufstand und er den Couchtisch wieder an seine alte Stelle rückte.

„Jetzt weißt du, wie sich die Magie anfühlt. Natürlich nimmt sie jeder anders wahr, aber so hast du einen Anhaltspunkt. Und wir wiederholen die Übung gemeinsam jeden Tag."

Emma nickte und merkte, wie ihr Handy in ihrer Hosentasche vibrierte. Sie zog es hervor und sah, dass Tom sie anrief. Nein, nicht jetzt, dachte sie. Sollte sie rangehen? Ihr fiel die Blondine ein und diese blöde Eifersucht kam wieder hoch. Was sollte sie Tom sagen? Oder was hatte er ihr zu sagen? Vielleicht wollte er sich ja entschuldigen. Emma starrte immer noch auf ihr Handy, als es bereits aufhörte zu klingeln und ein Anruf in Abwesenheit auf dem Display zu sehen war. Emma seufzte und steckte ihr Telefon wieder weg.

„Wer war das?" wollte Jo wissen.

„Niemand", erwiderte Emma und versuchte, schnell das Thema zu wechseln. „Ich hole Bettzeug von oben, dann kannst du es dir auf der Couch bequem machen."

Mit diesen Worten ließ sie Jo im Wohnzimmer stehen und ging nach oben. Als sie wiederkam, hatte er es sich bereits auf der großen Couch gemütlich gemacht. Emma legte ihm Kopfkissen, Bettdecke und Handtücher hin, als ihr Handy erneut vibrierte. Wieder Tom, stöhnte sie innerlich, als sie auf das Display sah. Seufzend nahm sie ab, bevor er es alle fünf Minuten versuchen würde.

„Hi", sagte Emma eisig. „Was gibt's?"

„Hey!" Tom klang unsicher. „Ich wollte nur wissen, wie es dir geht?"

Emma sah zu Jo, der sie interessiert anschaute. Also drehte sie sich um und ging in die Küche, wo sie in Ruhe telefonieren konnte.

„Mir geht's gut", antwortete sie und fragte sich, was Tom wirklich wollte.

„Das ist schön. Was ich dich fragen wollte, hättest du heute Abend Zeit?"

Hatte sein blondes Flittchen etwa keine Zeit?, dachte Emma zickig.

„Ähm, ehrlich gesagt, ist es heute Abend schlecht, Tom."

„Okay …" Sie hörte die Enttäuschung in seiner Stimme. „Und wie sieht es morgen aus?"

„Das weiß ich noch nicht, sorry", versuchte Emma sich herauszureden. „Im Moment ist einfach echt viel los bei mir."

Tom seufzte. „Em, es tut mir leid mit heute, dass du mich und Rachel gesehen hast, sie … Wir hatten mal was miteinander, aber es ist lange her und heute Morgen stand sie einfach so vor der Tauchschule und …"

„Tom, du bist mir keine Erklärung schuldig", unterbrach sie seinen Redefluss, „du kannst tun und lassen, was du willst."

„Ich meine nur, bevor wir letztens gestört wurden", sagte Tom und Emma hörte, wie er tief Luft holte, „das war sehr schön."

Emma musste grinsen. Also tat es ihm nicht leid, dass sie sich fast geküsst hätten, im Gegenteil. Er hatte es auch gewollt. Ihr Bauch schlug Purzelbäume.

„Em?" hörte sie Tom durch den Hörer sagen.

„Ja, entschuldige, ich bin noch da."

„Hast du gehört, was ich gesagt habe?"

„Ja", sagte sie schüchtern. Sie wusste nicht, was sie darauf erwidern sollte.

„Vielleicht schaffe ich es morgen zur Schule zu kommen, wenn du Zeit hast", schlug Emma dann vor.

„Das fände ich schön."

„Also gut, ich schreibe dir morgen."

„Gute Nacht, Em."

„Gute Nacht." Damit legte sie auf und starrte auf ihr Handy. Sie musste sich morgen irgendwie Jo vom Hals halten, dachte sie, als sie sich umdrehte und erschrocken aufschrie. Jo lehnte im Türrahmen und sah sie mit zusammengekniffenen Augenbrauen an.

„Was?", fragte Emma wütend. Musste er sich so anschleichen?

„Wir müssen morgen weiter üben, du kannst deinen Freund sehen, sobald deine Fähigkeiten zurück sind", bestimmte er.

Emma schnaubte.

„Tom ist nicht mein Freund, wie oft noch? Und außerdem werden wir bestimmt nicht den ganzen Tag üben!"

„Jetzt schon", gab Jo zurück und verschwand wieder ins Wohnzimmer.

Emma ballte ihre Hände zu Fäusten und rannte ihm hinterher.

„Sag mal, was ist eigentlich dein Problem?", schrie sie Jo an, als sie ihn eingeholt hatte. „Nur weil du jetzt hier bist, heißt das nicht, dass du mir irgendetwas zu sagen hättest!"

„Doch, genau das heißt es", brüllte Jo zurück und zeigte mit dem Finger auf sie. „Ich bin hier, um aufzupassen, dass dir nichts passiert. Und wenn ich sage, du triffst dich nicht mit diesem Tom, dann ist das so!"

„Du hast sie ja wohl nicht mehr alle! Was glaubst du eigentlich, wer du bist?"

„Ich bin dein Wächter, ob es dir gefällt oder nicht!"

„Nur weil du in Tehal eine große Nummer bist, heißt das nicht, dass du hier irgendetwas zu sagen hättest, besonders nicht mir!"

„Du gehörst genauso zur magischen Welt wie ich, was bedeutet, dass du auf Anweisungen und Absprachen hören musst."

Jo kam mit jedem Wort näher und stand nun bedrohlich vor Emma, sodass sie leicht nach oben schauen musste, um ihm in die Augen zu sehen. Kein Blatt passte mehr zwischen sie. Aber Emma ließ sich nicht von ihm einschüchtern. Das hier war ihr Haus, sie waren nicht in Tehal!

„Bis jetzt habe ich keine Fähigkeiten, also gehöre ich auch noch nicht zur magischen Welt! Noch entscheide ich selbst über mein Leben!"

Jo erwiderte nichts. Keiner sagte ein Wort. Beide starrten sich nur gegenseitig zornig an.

„Du meine Güte!"

Emma und Jo stoben erschrocken auseinander und schauten zu Nat, die in der Eingangstür stand und die beiden mit einem breiten Grinsen anschaute. Wann war sie reingekommen? Emma hatte es gar nicht mitbekommen.

„Also ehrlich, ihr solltet euch endlich küssen und die Sache hinter euch bringen, hier liegt so viel sexuelle Spannung in der Luft, dass ich kaum atmen kann", sagte sie und wedelte wie zur Bestätigung mit einer Hand vor ihrer Nase herum.

Emma konnte mit Nats Humor gerade nicht umgehen. Sie ließ beide ohne ein Wort stehen, ging zurück in die Küche und nach draußen auf die Veranda. Die Sonne stand schon ziemlich tief und ließ die Schatten der letzten Menschen, die sich noch am Strand tummelten, lang werden. Die Luft war angenehm. Emma stützte sich auf das Geländer und atmete tief ein. Jo raubte ihr den letzten Nerv! Was bildete sich der Kerl eigentlich ein? Jetzt würde sie erst recht morgen zur Tauchschule gehen. Dieser Idiot hatte ihr überhaupt nichts zu sagen, vor allem, was sollte ihr denn bei Tom passieren?

Langsam beruhigte sie sich und hörte, wie jemand zu ihr auf die Veranda kam.

„Sorry, Süße", hörte sie Nat sagen, die sich neben sie stellte. „Was war denn da gerade bei euch los?"

Emma zuckte mit den Schultern. „Jo ist ein blöder Idiot, der meint, er könnte mir sagen, was ich zu tun und zu lassen habe. Aber da hat er sich geschnitten!"

„Okay ...", sagte Nat. „Darüber reden wir gleich. Jetzt erzähl mir erst mal wie es heute in Tehal war."

Ach ja, sie hatte ihrer Freundin ja noch gar nichts davon erzählt. Die zwei setzten sich in die große Hängematte, die neben der Sitzgruppe an der Veranda hing und Emma erzählte ihr alles über Tehal, die Königin, Mister Lee und Mayla. Nat war hin und weg von Tehal und gab nur Kommentare wie „oh", „krass" und „abgefahren" ab.

„Und sie hat wirklich gefragt, ob man dir etwas nicht erzählt hat, was deine Augenfarbe betrifft?", fragte Nat ungläubig, als Emma ihr ihre Unterhaltung mit Mayla schilderte.

„Jap, und ich habe keine Ahnung, was sie damit sagen wollte. Ich meine, die haben da doch alle ungewöhnliche Augenfarben. Die Königin hat gelbe Augen! Da bin ich doch noch recht normal. Ich meine, meine Augen sind blau, ja gut, leicht violett, aber trotzdem."

„Merkwürdig", stimmte Nat Emma zu.

„Du solltest Jo fragen, was sie meinte."

„Ja, genau, weil das ja auch immer so gut funktioniert, dass er mir Antworten auf meine Fragen gibt", merkte Emma sarkastisch an und schüttelte den Kopf.

„Hm, und er bleibt jetzt erst mal auf ungewisse Zeit hier?", fragte Nat.

„Ja", bestätigte Emma und sah sie wehleidig an.

„Ich weiß, er raubt dir den letzten Nerv, aber es ist nicht verkehrt, dass er bei dir ist", gab ihre Freundin zu, „vor allem, wenn dich wieder jemand im Traum besucht."

„Ja, ich weiß, aber warum muss er sich immer so aufspielen?"

„Vielleicht ist er eifersüchtig?"

„Worauf?"

Nat rollte mit den Augen.

„Auf Tom natürlich. Warum sollte er dir sonst ein Treffen mit ihm verbieten wollen?"

„Keine Ahnung, aber es interessiert mich auch nicht. Ich treffe mich auf jeden Fall morgen mit Tom!" Emma sagte es lauter als beabsichtigt.

„Okay, okay", gab Nat zurück und hob abwehrend die Hände. „Habt ihr schon so eine Übung gemacht, um deine Kräfte zu reaktivieren?", versuchte sie abzulenken.

Emma dachte an die Meditation mit Jo und die Verbindung, die zwischen den beiden bestanden hatte. Betrübt ließ sie die Schultern hängen. Mal waren sie sich so nah und dann kam wieder irgendetwas dazwischen und sie wollte ihn am liebsten erwürgen.

„Ja, haben wir", antwortete sie und berichtete ihrer Freundin, wie die Meditation funktionierte.

„Und wie hat es sich angefühlt?"

„Mächtig", sagte Emma und rief sich das warme Gefühl von Jos Magie in Erinnerung. „Seine Gabe muss wirklich stark sein."

„Wahnsinn!" Nat schien total fasziniert. „Ich bin echt gespannt, was du für eine Kraft haben wirst!"

„Ich auch", gab Emma zu. Sie saßen noch eine Weile auf der Veranda, redeten über Tehal und spekulierten über die verschiedenen Gaben und welche Emma wohl hatte. Nat gähnte und schaute auf die Uhr.

„Okay, Süße, ich muss jetzt echt ins Bett, habe morgen Frühschicht."

„Natürlich, schlaf gut", sagte Emma, als ihre Freundin aufstand und reingehen wollte.

„Ach, Nat", hielt Emma sie zurück, „wie war es eigentlich mit Cole?"

Nat wurde verlegen. „Richtig schön, wir waren im Floral Park, Cole hat ein fantastisches Picknick mitgebracht, mit Wein und Obst und allem Drum und Dran, und wir haben dort gesessen und geredet und es war einfach toll!"

Nat schwebte förmlich im siebten Himmel, fand Emma und grinste ihre Freundin an.

„Ich merk schon, du bist verliebt!"

„Vielleicht", sagte diese schmunzelnd. „Gute Nacht, Em!"

„Nacht!"

Nat verschwand ins Haus und Emma war sich unschlüssig, was sie jetzt machen sollte. Es war halb elf. Was für ein verrückter Tag, dachte sie. Eigentlich war sie hundemüde, aber irgendwie wollte sie doch nicht ins Bett gehen. Erst einmal müsste sie dann durch das Wohnzimmer und damit an Jo vorbei und außerdem hatte sie irgendwie Angst, wieder zu träumen.

Emma blieb noch ein paar Minuten auf der Veranda, aber es half alles nichts, irgendwann musste sie ins Bett. Also stand sie auf, kontrollierte zwei Mal, ob die Verandatür auch richtig verschlossen war, bevor sie tief durchatmete und ins Wohnzimmer ging. Jo lag bereits auf der Couch, es sah aus, als würde er schlafen. Umso besser, fand sie und schlich sich auf Zehenspitzen nach oben. Sobald sie in ihrem Bett lag, war die Müdigkeit letztendlich stärker, als ihre Angst vor einem Traum, sodass sie schnell einschlief.

Der dunkle Magier tauchte nicht mehr auf, weder in dieser noch in der nächsten oder übernächsten Nacht. Klar hatte Emma ihren üblichen Albtraum gehabt und war jeden Morgen schweißgebadet aufgewacht, aber das war es dann auch. Jo und sie verhielten sich, als wäre nichts passiert. Emma machte ihre Übungen, teilweise alleine, teilweise mit ihm. Ansonsten ging sie ihm, soweit es irgendwie möglich war, aus dem Weg. Er saß viel auf der Veranda und las oder lag am Strand, aber natürlich war er nie weit weg vom Haus. Wenn Emma ihre Schichten im Tauchclub antrat, hielt er sich in einiger Entfernung am Strand auf. Sie hatte ihn dazu überredet, nicht mit in die Schule zu kommen, denn wie hätte sie Tom erklären sollen, dass sie einen Aufpasser hatte? Tom hatte nicht aufgegeben, sich mit Emma zu verabreden. Zwar hatte sie das geplante Treffen erneut absagen müssen, weil Jo darauf bestanden hatte, Mister Lee das Buch wieder zurückzubringen. Und da Emma nicht alleine bleiben durfte, musste sie mit nach Tehal. Sie wusste, dass es nur Schikane war. Ob Mister Lee das Buch einen Tag früher oder später zurückbekam, war egal. Jo wollte sie einfach nicht zu Tom lassen und es war ihr schleierhaft, warum. Trotzdem versuchte Tom immer noch Emma zu einem Date zu überreden und ließ keine Gelegenheit aus, ihr in der Tauchschule näher zu kommen. Emma wusste nicht recht, wie sie damit umgehen sollte. Sie genoss seine Aufmerksamkeit, aber sie wollte Tom nun mal nicht in ihre Welt hineinziehen. Und dann war da auch noch Jo, der ihr den Kopf verdrehte. Diese ganze Situation ging ihr einfach auf die Nerven.

Nat war nur selten abends da, weil sie Frühschicht hatte und ansonsten traf sie sich fast jeden Abend mit Cole. Noch hatte

Emma ihn nicht kennengelernt, aber ihre Freundin hatte ihr versprochen, dass sie ihn bald mal mitbringen würde.

So verliefen die Tage, ohne dass Emma Fortschritte bemerkte, was ihre Magie betraf. Sie wurde immer ungeduldiger und hatte Probleme, sich während der Meditation zu konzentrieren. Und je länger sie brauchte, um ihre Fähigkeiten freizusetzen, desto genervter war Jo, weil die Königin immer noch keinen neuen Wächter geschickt hatte, der ihn ablöste.

Eines Nachmittags saß Emma im Schneidersitz auf dem Boden ihres Zimmers und versuchte verzweifelt, ihren Kopf frei zu bekommen. Jo saß unten im Wohnzimmer und schaute irgendeine Serie, die er bei Netflix entdeckt hatte. Fernsehen gab es zwar in der magischen Welt auch, aber so eine Auswahl an Serien und Filmen war neu für ihn, weswegen er sich von Natalie alles genau hatte zeigen lassen.

Emma verzweifelte. Sie konnte sich einfach nicht konzentrieren. Ständig kreisten ihre Gedanken um Tom, Jo, Tehal, die Königin, ihre Fähigkeit, das Medaillon … Emma öffnete die Augen und blickte zu der Kette, die an ihrem Spiegel hing. Was hatte die Königin noch mal gesagt? Vielleicht wollte das Medaillon sie auf etwas hinweisen? Auf ihre Fähigkeit? Emma dachte nach. Es hatte immer nur geleuchtet, wenn sie im Meer war. Nein, wenn sie am Wrack war. Sie hatte schon vorher das Gefühl gehabt, als wollte das Medaillon sie dorthin führen. Emma erinnerte sich, wie es förmlich auf und ab gehüpft war, als sie sich dieser kleinen Kommode im Inneren des Flugzeuges genähert hatte. Vielleicht war da etwas versteckt, das sie finden sollte? Voller Tatendrang, den sie schon seit Tagen nicht mehr gespürt hatte, stand sie auf und lief nach unten.

Als Jo sie die Treppe herunterpoltern hörte, machte er den Ton des Fernsehers aus. Er schaute Emma erwartungsvoll an.

„Was ist los? Hat es geklappt?"

Emma schüttelte den Kopf und sah, wie die Hoffnung aus seinen Augen wich.

„Nein", sagte Emma euphorisch und ging auf ihn zu, „ich würde gerne noch mal zu dem Wrack tauchen."

Jo hob eine Augenbraue. „Und wieso das?"

„Ich glaube, dass mein Medaillon mich auf irgendetwas hinweisen will, das dort unten ist."

„Blödsinn", schnaubte Jo, machte den Ton wieder an und schaute zum Fernseher.

Emma starrte ihn fassungslos an. Kurzerhand kletterte sie über die Couch und riss ihm die Fernbedienung aus der Hand.

„Ich war noch nicht fertig!", sagte sie aufgebracht und drückte den Aus-Knopf.

„Sag mal …", setzte Jo an, aber sie ließ ihn nicht zu Wort kommen.

„Ich weiß, dass dort unten etwas ist. Du hast ja nicht gesehen, was das Medaillon gemacht hat, als ich mich so einem alten Schrank genähert habe, der noch in dem Wrack war."

„Du wirst auf keinen Fall wieder da tauchen, muss ich dich an das letzte Mal erinnern?", fragte Jo gereizt.

„Nein, das musst du nicht und wenn du mitkommen würdest, könnte mich dieses Ding vielleicht ja gar nicht angreifen."

Jo lachte bitter. „Ich werde auf keinen Fall da runtertauchen, einmal hat gereicht."

„Jo, das ist wichtig. Ich spüre das. Außerdem machen wir seit Tagen nichts, ich muss hier mal raus."

„Du hast eine Aufgabe und die heißt, deine Fähigkeiten zurückholen, mehr nicht! Du wirst dich nicht auf eine Selbstmordmission begeben, nur weil du glaubst, dass da unten irgendetwas ist."

„Aber ich …"

„Nein, Emma, Schluss. Ich werde dich nicht begleiten und du wirst auch nicht alleine runtergehen. Ende der Diskussion."

Er stand auf und lief wütend in die Küche. Emma saß fassungslos auf der Couch und schaute ihm nach. Warum glaubte er ihr denn nicht? Und wieso wollte er nicht mit ihr dort runter tauchen? Jo hatte diesen Gungo das letzte Mal vertrieben, es würde bestimmt auch ein zweites Mal funktionieren. Sie hasste es, dass er so über sie bestimmen konnte. Seit Tagen saß sie in diesem Haus fest und es führte zu nichts. Sie musste hier raus, und das würde sie auch. Egal, was Jo sagte, sie würde zum Wrack tauchen, heute Abend.

Den Rest des Tages ging Emma Jo aus dem Weg. Sie aß sogar alleine zu Abend, während er mit Nat in der Küche saß. Sie hatte überlegt, ihrer Freundin von ihrer Idee zu erzählen, aber entweder würde sie versuchen, es ihr auszureden, oder sie würde es Jo erzählen. Also hatte sie heimlich ihren Rucksack gepackt, Wechselsachen hineingetan und ihre Kette umgehängt. Jetzt musste sie nur noch einen guten Moment abpassen, um sich aus dem Haus schleichen zu können.

Gegen halb zehn hörte Emma, wie Nat in ihr Zimmer ging und Jo zu ihr sagte, dass er schnell duschen gehen würde. Das war der perfekte Zeitpunkt. Emma schnappte sich ihren Rucksack, machte das Licht aus und lief leise nach unten. Im Flur zog sie sich ihre Schuhe an und ging über den spärlich beleuchteten Pfad zum Strand. Im Schutz der herannahenden Dunkelheit rannte sie über den menschenleeren Strand, bis ihre Lunge brannte. Erst, als sie das Haus nicht mehr sah, verlangsamte sie ihre Schritte.

Als Emma das Tor der Tauchschule erreichte, war es bereits dunkel. Natürlich war das Tor verschlossen, aber zum Glück wusste sie, wo Tom den Ersatzschlüssel versteckte. Neben dem

Tor stand eine kleine Delfinstatue, deren Sockel hohl war und darin klebte der Schlüsselbund. Emma atmete erleichtert aus. Gut, dass Tom das Versteck nicht geändert hatte. Das war einfacher als gedacht. Emma schlüpfte in die Damenumkleide, schnappte sich ihren Taucheranzug aus dem Spind und zog ihn an. Sie band sich ihre Haare zu einem Zopf und legte ihre Kette um, sodass das Medaillon über ihrem Taucheranzug lag. Falls es sie wirklich auf irgendetwas hinweisen wollte, würde sie es damit am besten sehen. Außerdem leuchtete es so hell, dass es eine super Taschenlampe abgeben würde, fand Emma. Gegenüber der Damenumkleide lag der Ausrüstungsraum. Sie machte vorsichtshalber lieber kein Licht an und suchte sich stattdessen alles im Schein der Taschenlampe zusammen, die sie im Regal gefunden hatte. Der kleine quadratische Ausrüstungsraum war vollgepackt mit allem, was das Taucherherz höherschlagen ließ. An der gegenüberliegenden Wand hingen Taucheranzüge in den verschiedensten Größen. Die waren zum Ausleihen für Teilnehmer. In der Mitte standen kleine Regale, in denen die Sauerstoffflaschen aufbewahrt wurden und an der rechten Wand verstaute Tom in großen Regalen alles, was man irgendwann mal gebrauchen konnte. Von Masken bis zu Messern, Ohrstöpseln, Uhren und Flossen lag hier wirklich alles rum.

Emma kontrollierte ihre Ausrüstung zwei Mal, besonders ihren Druckmesser. Sie hatte keine Lust auf irgendwelche Überraschungen, wenn sie alleine da unten war. Im Schrank fand sie eine netzartige Tasche mit Karabinerhaken, die sie an ihrer linken Hüfte befestigte und ein Klappmesser, das sie in die kleine Tasche an ihrem Arm gleiten ließ. Sie schaute ein letztes Mal, ob sie alles hatte und ging dann vollgepackt nach draußen. Sie versuchte, möglichst leise und unauffällig zum Steg zu gelangen. Es waren natürlich keine Menschen mehr am Strand, aber abends verirrten sich gerne mal Hundebesitzer hierher, die noch Gassi gehen mussten, oder verliebte Pärchen, die einen romantischen Spaziergang am Strand machten. Aber als sich Emma jetzt umschaute, sah sie niemanden. Erst als sie vorn am Boot angekommen war, atmete sie tief aus und hatte gar nicht gemerkt, dass sie vor lauter Anspannung die Luft angehalten hatte. Sie wuchtete ihre Ausrüstung auf das kleine Motorboot und setzte sich ans Steuer. Kurz hielt sie inne. Wenn sie jetzt den Motor startete, würden es Leute, die am Strand waren, auf jeden Fall hören. Andererseits kam sie sonst nicht weg, Paddel gab es nicht. Emma blickte sich ein letztes Mal um, drehte den Schlüssel, den sie aus dem Büro geholt hatte, und der Motor heulte auf. Sie gab Vollgas. Je schneller sie in der Dunkelheit verschwand, umso besser. Ihr Puls beschleunigte sich mit jedem Meter, den sie sich vom Land entfernte. Bei Dunkelheit tauchen zu gehen, war gefährlich, vor allem alleine, aber sie musste es riskieren, sie musste wissen, was dort unten war.

Emma steuerte das Boot genau zu der Stelle, an der das Wrack lag. Sie drosselte den Motor und starrte auf die Karte, die auf dem kleinen Bildschirm neben dem Steuer angezeigt wurde. Sie war da. Angespannt schaute sie über den Rand in das dunkle Wasser. Sie hatte Angst, aber nicht vor dem Meer, sondern davor, was sie dort erwarten würde. Sie befürchtete, dass da wieder der Gungo auftauchen und sie diesmal wirklich ernsthaft verletzen würde. Aber irgendwie hatte sie auch Angst, davor, was im Wrack auf sie warten würde. Sie wollte schon etwas finden und gleichzeitig auch nicht. Emma schüttelte den Kopf über sich selbst, wie zwiegespalten sie war. Aber was für eine Wahl hatte sie denn? Auf Jo hören und nie erfahren, was sich da unten befand oder es riskieren und vielleicht enttäuscht werden, weil er recht hatte. Sie kramte ihr Handy aus dem Fach unter dem Steuerrad und tippte schnell eine SMS an Natalie ein. Sollte ihr etwas passieren, so wüsste zumindest ihre Freundin, wo sie nach ihr suchen sollten. Emma schickte die Nachricht ab, schulterte ihre Ausrüstung, kontrollierte ein letztes Mal alle Gerätschaften und steckte sich dann die Taucherlampe an. Du schaffst das, sprach sie sich selbst Mut zu und ließ sich rücklings vom Rand ins Wasser plumpsen.

Das Wasser war ungewöhnlich kalt. Emma brauchte etwas, um sich daran zu gewöhnen. Dann schwamm sie zügig nach unten. Der Schein ihrer Lampe erhellte alles um sie herum in einem Umkreis von fast sieben Metern, aber außer ein paar kleineren Fischen und Algen, kam ihr nichts entgegen. Emma merkte, wie sie ruhiger wurde, wie das vertraute Gefühl im Meer zunahm und ihre Angst sich legte. Sie schwamm weiter und genoss die Kälte, das Wasser, das sich gefühlt bis in die Unendlichkeit erstreckte, und die Schwerelosigkeit, die hier unten herrschte. Sie hatte schon fast vergessen, wie es hier draußen war, so lange war sie schon nicht mehr tauchen gewesen. Es fühlte sich an, wie nach Hause kommen.

Emma spürte das Vibrieren ihrer Kette noch bevor das Medaillon anfing, zu strahlen. Diesmal erschrak sie aber nicht, stattdessen war sie glücklich, dass die Kette leuchtete und ihr zeigte, dass sie hier richtig war. Je weiter Emma schwamm, desto heller wurde das Licht vor ihr. Und dann sah Emma das Wrack, wie es dort unten auf dem Meeresboden lag und langsam aber sicher zum Zuhause für die unterschiedlichsten Meeresbewohner wurde. Fast schon euphorisch schwamm Emma immer schneller auf das Flugzeug zu. Die Öffnung, an der sie das letzte Mal ins Innere geblickt hatte, war so groß, dass sie ohne Probleme hindurchpassen würde.

Sie kam an der Tragfläche an und schaute nach links und rechts. Soweit ihre Taucherlampe reichte, war nichts zu sehen, alles, was hinter dem Lichtkegel lag, versank in pechschwarzer Dunkelheit. Emma nahm ihre Lampe in die linke Hand und steckte ihren Kopf durch die Öffnung. Alles sah aus wie beim letzten Mal – die Ledersessel, der einstmals helle Teppich und die Kommode. Emmas Medaillon leuchtete noch immer und vibrierte mittlerweile so stark, dass es aussah, als würden leichte Wellen von ihm ausgehen. Sie schlüpfte durch das Loch ins Innere des Wracks und ihre Kette spielte plötzlich total verrückt. Sie hüpfte so hoch, dass sie Emma vor den Augen tanzte. Die Kette zerrte an ihrem Hals, als hätte sie ein Eigenleben entwickelt und wollte ihr die richtige Richtung zeigen. Emma bemerkte, wohin das Medaillon wollte – nach rechts, zur Kommode. Emma schwamm darauf zu und versuchte den Anhänger mit einer Hand ruhig zu halten, aber das war gar nicht so einfach. Er entwand sich immer wieder ihrer Hand und sie fühlte sich dabei, als wollte sie einen Fisch fangen. Irgendwann gab sie es auf und ließ das Medaillon einfach weiter wild vor ihrem Gesicht herumhüpfen. Sie konzentrierte sich lieber auf die Kommode, die noch genauso unbeschädigt vor ihr stand wie beim letzten Mal.

Es gab drei große Schubladen, die im unteren Teil übereinander lagen und zwei große Fächer darüber, mit Türen davor. Emma öffnete sie, aber beide waren komplett leer, genauso wie die erste Schublade. Nichts drin. Ob hier schon geplündert worden war oder hatte der Schrank nie etwas enthalten? Sie konnte sich nicht vorstellen, dass man diese Kommode, die überhaupt nicht zur restlichen Einrichtung passte, hier reinstellte und sie gar nicht gebrauchte. Sie versuchte, die zweite Schublade zu öffnen, aber ohne Erfolg. Interessant, fand sie und schaute sich die Schublade von außen genauer an, während das Medaillon immer noch aufgeregt vor ihren Augen auf und ab hüpfte. Die Schubladen waren alle aus poliertem Holz und kunstvoll verziert mit Rosenranken und Blättern. Emma stutzte, es gab keinen Griff

oder ein Schloss. Nichts, wo man einen Schlüssel hätte hinein-
stecken können, um sie zu öffnen. Sie nahm beide Enden der
Schublade in die Hand und versuchte, daran zu ziehen, aber es
bewegte sich nichts. Mist! Sie überprüfte die letzte Schublade,
die sich öffnen ließ, aber ebenfalls völlig leer war. Also, der komplette Schrank war leer und ein Fach ließ sich nicht öffnen, weil
es weder einen Schlüssel noch ein Schlüsselloch dafür gab. Emmas Hoffnung, hier unten etwas zu finden, schwand dahin. Wie
sollte sie die Schublade aufbekommen? Sie müsste mit Werkzeug
noch einmal hier runter gehen, aber das würde bedeuten, sie
müsste sich irgendwie noch mal rausschleichen. Und wenn Jo
mitbekam, was sie heute gemacht hatte, würde er ihr wahrscheinlich eine elektronische Fußfessel verpassen. Sie blickte betrübt
auf die Kommode. Es musste hier etwas geben. Allein, dass dieser Schrank noch gut erhalten vor ihr stand und nicht, wie der
Rest der Maschine, langsam von Algen besiedelt oder vom Salzwasser zersetzt wurde, zeigte, dass hier Magie im Spiel war. Auf
einmal zog das Medaillon wieder Emmas ganze Aufmerksamkeit
auf sich. Es hüpfte so penetrant vor ihrem Kopf herum, dass sie,
ohne groß darüber nachzudenken, nach dem Anhänger griff und
ihn mit der flachen Rückseite an die Schublade hielt. Zuerst geschah gar nichts und sie wollte ihn schon wieder loslassen, als
sein Licht plötzlich erlosch. Es sah aus, als würde das Holz das
Licht aufsaugen, denn auf einmal leuchtete die ganze Schublade.
Emma wich erschrocken zurück und schaute zu, wie das Licht
erst hellgelb und dann immer weißer wurde und dann mit einem
Mal wieder weg war. Wie gebannt starrte Emma auf die Schublade, die mit einem leisen Klicken nach vorne aufschwang. Was
war gerade passiert?, fragte sie sich und schwamm wieder näher
an die Kommode heran. Ihr Medaillon lag nun still um ihren
Hals und leuchtete auch nicht mehr, sodass Emma mit der
Lampe ins Innere der Schublade leuchten musste. Bis auf ein

kleines Kästchen, etwas kleiner als ein Schuhkarton, war die Schublade leer. Emma nahm das Kästchen behutsam heraus. Es war ebenfalls aus Holz, mit filigranen Schnitzereien an der Seite. Das war einfach unglaublich, war sich Emma sicher und verstaute den Kasten in der Netztasche, die sie zum Glück mitgenommen hatte.

Sie hatte recht gehabt, das Medaillon wollte ihr etwas zeigen und sie hatte es gefunden. Ein Glücksgefühl fuhr Emma durch den Körper und sie konnte gar nicht abwarten, nachzusehen, was sich in dem Kästchen befand. Sie ließ ein letztes Mal ihren Blick durch das Flugzeug gleiten.

Der, der hier abgestürzt war, hatte etwas mit der magischen Welt zu tun gehabt. Warum sonst sollte dieser Kasten hier unten sein? Ob sie es wagen sollte, einen Blick ins Cockpit zu werfen? Unschlüssig starrte sie die verschlossene Tür an. Gerade, als sie einen Schwimmzug auf die Tür zu machte, sah sie draußen etwas am Fenster vorbeischwimmen. Erschrocken hielt sie inne und wartete. Hatte sie es sich nur eingebildet? Es könnte auch einfach nur ein Fisch gewesen sein. Emma dachte an den Gungo. Sie war bis hierher ohne Probleme gekommen, jetzt lieber nichts riskieren. Sie machte kehrt und schwamm durch das Loch nach draußen. Sie musste vom Wrack weg und bewegte sich so schnell sie konnte, nach oben. Nach wenigen Minuten war sie fast an der Wasseroberfläche und sah bereits die Umrisse des Bootes, das sich im Wasser hin und her wiegte. Puh, da ist es, nur noch ein paar Meter. Emma war erleichtert. Und gerade, als die Angst ihren Körper verließ, sah sie es – das schwarze, nebelartige Ding, besser gesagt, den Gungo aus der anderen Welt. Emma beschleunigte ihre Schwimmzüge, aber sie hatte keine Chance. Das Wesen steuerte direkt auf sie zu. Sie wich aus und drehte sich um ihre Achse, um zu sehen, was er vorhatte. Der Gungo machte nach ein paar Meter kehrt und schwamm wieder direkt auf

Emma zu. Sie rüttelte nervös an der Tasche ihres Anzuges, in der das Messer steckte, konnte sie aber nicht schnell genug öffnen, da war der Angreifer schon wieder bei ihr und schürfte an ihrem Oberarm entlang. Emma zuckte zusammen und vergaß für einen Moment ihre Tasche. Es fühlte sich an, als hätte sie sich an einer Flamme verbrannt. Als sie auf ihren Arm schaute, sah sie, dass ihr Anzug an der Stelle, die der Gungo gestreift hatte, ausgefranst und ihre Haut leicht verbrannt war. Der Schmerz war grauenvoll und das Salzwasser brannte höllisch in der Wunde, aber Emma ignorierte es. Sie würde sich nicht noch einmal von diesem Ding fertigmachen lassen. Erneut griff sie zu der Tasche an ihrem Anzug und schaffte es endlich, ihr Messer hervorzuziehen. Mit ihm im Anschlag wartete sie auf den nächsten Angriff des Wesens, der auch nicht lange auf sich warten ließ. Erneut nahm das Ding Anlauf und schrappte nur haarscharf an Emma vorbei. Sie holte mit dem Messer aus, war aber viel zu langsam, als dass sie den Gungo hätte verletzen können. Emma schwamm hin und her, um dem Angreifer auszuweichen, der immer wieder erneut auf sie zusteuerte. Beim vierten oder fünften Mal schaffte sie es endlich, den nebelartigen Schweif, den das Wesen hinter sich herzog, mit dem Messer zu treffen. Aber das war wohl keine gute Idee gewesen, denn jetzt wurde das Ding anscheinend richtig sauer. Es sauste so schnell auf Emma zu, dass sie kaum Zeit hatte zu reagieren, aber das musste sie auch nicht, denn der Gungo schwamm um sie herum. Luftblasen bildeten sich und Emma ahnte, was er vorhatte. Wie beim letzten Mal wollte er sie mithilfe eines Strudels nach unten ziehen. Aber nicht mit ihr! Sie stach mit dem Messer blind in alle Richtungen. Ein paar Mal fühlte es sich so an, als hätte sie das Ding tatsäch lich getroffen. Und dann wurden die Luftblasen auf einmal weniger und auch der Gungo schien wie vom Erdboden verschluckt. Sie blickte sich um und konnte ihn nirgends entdecken.

Gott sei Dank, dachte sie erleichtert, jetzt aber schleunigst hier weg. Sie wollte gerade den ersten Schwimmzug machen, da packte sie etwas am Fuß. Panisch strampelte sie und fuchtelte wild mit dem Messer umher. War der Gungo etwa zurück? Ohne zu wissen, was sie gepackt hatte, stach sie mit dem Messer um sich, als plötzlich wütend funkelnde türkisfarbene Augen in Emmas Blickfeld auftauchten. Jo packte sie am Arm und nahm ihr das Messer aus der Hand. Er hatte keinen Taucheranzug an wie sie, sondern nur eine kurze Hose und war oberkörperfrei. Emma musste sich zwingen, nicht auf seinen durchtrainierten Körper zu starren. Erst dann fiel ihr auf, dass er keinerlei Taucherausrüstung bei sich hatte. War er denn total bescheuert! Schnell schwammen sie nach oben. Jo war als erster auf dem Boot und half Emma aus dem Wasser.

„Warum hast du keine Ausrüstung?", fragte sie total außer Atem.

„Zauberspruch", knurrte Jo nur. Sein Blick sprach Bände, er war stinksauer. Gekonnt wendete er das Boot und lenkte es zurück zum Steg. Emma wusste nicht, ob sie etwas sagen oder lieber den Mund halten sollte. Ihr Arm tat höllisch weh, aber sie traute sich nicht, Jo davon zu erzählen. Sie setzte sich hin und wartete, bis sie den Steg der Tauchschule erreicht hatten.

Schweigend brachten sie die Ausrüstung zurück in den Materialraum. Emma verschwand kurz in der Umkleide, packte das kleine Kästchen sowie ihren Anhänger in den Rucksack und ging sofort wieder nach draußen, weil sie bezweifelte, dass Jo ihr die Zeit zum Duschen und Umziehen lassen würde. Und so war es auch. Er wartete im kleinen Hof. Er hatte sich bereits trockene Sachen angezogen und ein Portal erschaffen.

„Wir gehen aber nicht nach Tehal, oder?", fragte Emma bestürzt.

Jo schüttelte den Kopf und schaute sie immer noch wütend an.

„Nein, nach Hause."

„Ich dachte, die Menschen dürfen diese Portale nicht sehen?", fragte Emma und bereute es sofort, als sie Jos Blick begegnete.

„Bei Natalie ist es doch eh schon egal, oder?"

Angespannt griff sie nach seiner Hand schritt mit ihm durch das Portal.

Zwölf

Das Portal brachte die beiden in den Flur ihres Hauses. Nat saß auf der Couch und sprang sofort auf Emma zu, als das Portal verschwunden war.

„Emma, sag mal, hast du sie noch alle?" Ihre Freundin war mindestens genauso sauer wie Jo.

„Tut mir leid", murmelte Emma und legte ihren Rucksack ab. Ihr Arm schmerzte furchtbar und ihr war kalt, sie hatte immer noch ihren nassen Neoprenanzug an.

„Tut mir leid? Mehr nicht? Em, es hätte sonst was passieren können." Nat schrie beinahe.

„Woher wusstest ihr eigentlich wo ich war?"

„Du hast mir eine SMS geschrieben! Mein Handy war auf laut gestellt", sagte Nat und blickte Emma immer noch vorwurfsvoll an.

„Was ist mit deinem Arm?", fragte jetzt Jo, der bislang noch kein Wort mit ihr gesprochen hatte.

„Nichts, alles gut." Sie wollte nicht mit ihm reden, sie wollte nicht, dass er sie versorgte, sie konnte sich um sich selbst kümmern.

Auch ihre Freundin hatte die Wunde entdeckt und fasste Emmas Arm, um sie sich genauer anzuschauen.

„Em, das ist eine Verbrennung und keine leichte", sagte sie besorgt, „was ist passiert?"

Emma entzog Nat ihren Arm. „Ich sagte doch, es ist nichts."

Sie packte ihren Rucksack und wollte nach oben, als Nat ihr den Weg versperrte.

„Was?"

Emma war total genervt von den beiden. Ja gut, sie hätte nicht alleine tauchen dürfen, aber es war doch alles gut gegangen, o-der? Warum mussten sich die zwei so aufspielen?

„Warum bist du eigentlich diejenige, die hier rummotzt! Weißt du eigentlich, was wir uns für Sorgen gemacht haben?"

„Ich sagte doch, es tut mir leid! Aber ich musste das tun, und da keiner von euch mich dabei unterstützt hat, musste ich es halt auf eigene Faust machen!"

„Ich unterstütze dich nicht?" Nat schien verletzt. „Seit das hier alles passiert, unterstütze ich dich, wo ich kann. Aber diese Sache war einfach zu gefährlich alleine!"

In Emma brodelte es. Sie war noch nie so wütend auf jemanden gewesen. Es fühlte sich an, als würde Nat ihr in den Rücken fallen. Sie schaute zu Jo, der nur mit verschränkten Armen dastand und schwieg.

„Und du", schrie Emma ihn an, „willst du mir auch noch vorhalten, wie leichtsinnig und dumm das war?"

Jo schien unbeeindruckt von ihrem Wutanfall.

„Du weißt selbst, dass es dumm war, alleine da hinaus zu fahren, das muss ich dir nicht sagen."

„Du kannst mich mal", spie Emma ihm entgegen und wollte an Nat vorbei die Treppe hoch.

„Jetzt hör dir doch mal zu, das bist nicht du", sagte Nat und musterte Emma besorgt, „was ist nur los mit dir?"

Emma schaute ihre Freundin an und merkte selbst, dass etwas nicht stimmte. Sie spürte diese unbändige Wut in sich – auf Nat, auf Jo und auch auf sich selbst, einfach auf alles und jeden.

Jetzt wurde auch Jo hellhörig und trat zu ihr heran.

„Emma, hat dich der Gungo dort verbrannt?", fragte er und sie war überrascht, wie ruhig seine Stimme jetzt war, von Wut keine Spur mehr. Sie schaute ihm in die Augen und nickte nur.

„Verdammt", sagte er und fuhr sich mit der Hand durch seine noch feuchten Haare.

„Wieso, was ist denn?", wollte Nat wissen und war wie Emma alarmiert.

Jo schien zu überlegen.

„Gungos sind dafür bekannt, dass sie ein Gift versprühen, wenn sie sich bedroht fühlen", sagte er und tastete Emmas Arm ab. Sie entzog sich ihm wütend und funkelte ihn böse an. Jo ließ die Arme hängen und blickte sie nachdenklich an.

„Was denn für ein Gift?" Nat war völlig aufgelöst.

„Es vernebelt den Verstand, man ist nur noch wütend", er blickte zu Nat, „man sieht sozusagen rot, bei allem. Früher war das Gift sehr verbreitet, besonders im Krieg, deswegen wurden die Gungos auch aus der magischen Welt verbannt. Es ist teilweise so weit gekommen, dass Leute aus lauter Wut getötet haben und sich anschließend selbst, aufgrund der Schuldgefühle, umbrachten."

Na klasse, dachte Emma und spürte schon wieder Zorn in sich hochsteigen.

„Toll, und was machen wir jetzt?", schrie sie mehr, als dass sie fragte.

Jo und Nat tauschten vielsagende Blicke miteinander aus.

„Wir müssten zu unseren Heilern", sagte Jo nachdenklich, „hier kann ich nichts für dich tun."

„Ja, worauf wartest du noch?", fragte Nat aufgebracht. „Kontaktier deine Heiler und die sollen was vorbeibringen!"

Jo blickte sie skeptisch an.

„So funktioniert das nicht bei uns, wir haben kein Handy, mit dem wir mal eben da anrufen!"

„Wieso das denn nicht?"

„Ich muss Emma mit nach Tehal nehmen, ich kann nicht gehen und sie hier alleine lassen, das wäre zu gefährlich", überlegte er.

„Dann los, öffne dein Portal und ab mit euch!"

Nat war wirklich total durch den Wind. Emma hingegen versuchte, ihre Wut zu kontrollieren, und sah angespannt auf den Boden, wo im Holz ein gelber Fleck zu sehen war. Den hatte Nat damals beim Streichen verursacht, aber er war schon fast verblichen. Das Problem war, allein bei dem Gedanken an Nats Ungeschicklichkeit spürte sie direkt diesen übermäßigen Drang, ihr die Meinung zu sagen. Nein, Emma, beruhige dich, sagte sie zu sich selbst. Es war gar nicht so einfach, die Wut zu unterdrücken. Von dem Gespräch, das Nat und Jo führten, bekam sie nichts mit. Erst als er sie leicht am Arm berührte, zuckte sie erschrocken zusammen und die Wut machte sich wieder in ihrem Körper breit.

„Spinnst du, du kannst mich doch nicht so erschrecken!"

Jo blickte sie geduldig an und schob sie dann an Nat vorbei die Treppe hinauf.

„Hey, was soll das?" Emma protestierte, aber er war einfach stärker.

„Du musst dir etwas Trockenes anziehen, bevor wir nach Tehal gehen."

Zähneknirschend gab Emma nach, ging ins Bad, zog sich den nassen Taucheranzug aus und schlüpfte in frische Sachen. Sie versuchte, ihre Verbrennung nicht zu berühren, kam aber mit dem Handtuch an die Wunde und stöhnte vor Schmerz. Ihre Haare kämmte sie nur kurz durch, ihr war es im Augenblick egal, wie sie aussah.

Jo wartete vor der Badezimmertür und schob sie, als sie fertig umgezogen war, wieder gnadenlos vor sich her. Emma grummelte die ganze Zeit Flüche vor sich hin, versuchte sich aber daran zu erinnern, dass es das Gift war, was sie so sauer machte und nicht Jo. Na ja, zumindest nicht direkt.

Jo zeichnete in Windeseile den goldenen Kreis, während Nat beeindruckt zuschaute.

„Pass gut auf sie auf", sagte sie zu ihm.

Emma biss sich auf die Lippe, um ihren bösartigen Kommentar herunterzuschlucken, während er nickte, nach Emmas Hand griff und sie durch das Portal zerrte.

Sie landeten auf der gleichen Lichtung wie beim letzten Mal. Es war dunkel, kein Wunder, dachte Emma, auch hier musste es mitten in der Nacht sein. Der Mond stand hoch und tauchte die Umgebung in weißes Licht. Tehal lag unter ihnen. Die Straßenlaternen leuchteten und vereinzelt brannte Licht in einigen Fenstern. Emmas Arm tat weh, sie hasste diesen Schmerz und sie hasste es, dass sie jetzt wieder hier war. Dieser ganze magische Kram war doch schuld daran, dass sie kein normales Leben mehr führen konnte. Unbändige Wut stieg in ihr auf. Sie riss sich von Jo los und rannte, so schnell sie konnte, den Hügel hinunter. Diese Stadt würde dafür bezahlen, dass sie Emma ihr Leben weggenommen hatte, grollte sie und ein kleiner Teil in ihr merkte, wie falsch dieser Gedanke war. Aber sie hörte nicht auf ihn. Das Gift des Gungos verschleierte ihren Verstand.

„Emma, bleib stehen!"

Jo rannte hinter ihr her, aber sie blickte sich nicht um. Sie kam als Erste unten am Hügel an und lief weiter den Weg entlang zum steinernen Tor, das in der Dunkelheit noch imposanter aussah. Aber sie erreichte es nicht. Jo hatte sie eingeholt und zerrte sie an ihren Armen, damit sie stehen blieb.

„Verdammt nochmal, lass mich los!", brüllte Emma und wand sich unter seinem festen Griff.

„Hör auf damit, Emma!" Jo hielt ihre Arme fest und drehte sie zu sich herum. Sie strampelte mit ihren Füßen und versuchte, ihre Arme zu befreien, aber sie hatte keine Chance.

„Du blöder Idiot!", schrie Emma ihm entgegen. „Ich hab die Schnauze so voll von dir und deiner beschissenen magischen Welt! Ihr seid schuld! Ihr seid schuld an allem! Ich will mein altes Leben zurück!"

Der Zorn in ihr wurde immer größer und gewann die Oberhand. Emma wollte Jo gerade die nächste Hasstirade entgegenschleudern, als er sie enger an sich heran zog und seinen Mund auf ihren presste. Emma hielt wie versteinert inne. Sie spürte seine weichen Lippen und ein anderes Gefühl als Wut machte sich in ihrem Inneren breit. Ihre verkrampfte Haltung löste sich und auch Jo lockerte seinen Griff. Er legte zärtlich eine Hand um Emmas Gesicht und zog sie mit der anderen noch enger an sich. Der Kuss wurde weicher, intensiver. Emma öffnete ihre Lippen für Jo und er seufzte, als sie sich ihm hingab. Sie wollte mehr, mehr von Jo, mehr von diesem Kuss. Ihre Hände lagen auf seiner Brust und sie spürte seinen schnellen Herzschlag.

Als Jo sich langsam von Emma löste, ging ihr Atem schnell. Sie blickte ihn an und spürte seinen glühenden Blick. War das gerade wirklich passiert?, fragte sich Emma und konnte nicht glauben, dass er sie tatsächlich geküsst hatte. Als wäre in ihm ein Schalter umgelegt worden, spannte er seine Schultern wieder an, fasste sie am Handgelenk und zog sie hinter sich her durch die Gassen von Tehal. Emma war verwirrt. Warum benahm er sich jetzt so? Sie spürte, wie langsam aber sicher die Wut wieder zurückkam. Jo blickte kurz zurück und sah es wohl in ihren Augen, denn er beschleunigte seinen Gang und Emma musste fast hinter ihm herrennen, so schnell lief er voraus. Sie begegneten niemandem bis sie die Stufen zum Palast hochschritten und die Wachen sie aufmerksam musterten. Jo lief unbeirrt weiter und

Emma hatte Probleme, den herannahenden Wutausbruch herunterzuschlucken. Im Palast schlug Jo einen anderen Weg ein als beim letzten Mal und steuerte im unteren Geschoss auf eine Tür zu, die ausnahmsweise offenstand und zu ihrer Überraschung in den Keller führte. Obwohl Keller wohl das falsche Wort war, denn es sah genauso aus, wie auf jeder anderen Etage, alles war hier weiß und sauber. Am Ende der Treppe führten zwei lange Gänge nach rechts und links, unzählige Türen gingen davon ab. Es sah so steril aus wie in einem Krankenhaus, und das war es in gewissem Maße auch, fand Emma, als Jo sie den linken Gang entlangführte. Einige Türen standen auf und dahinter sah Emma buntgeschmückte Zimmer mit Betten, über denen Baldachine gespannt waren, Holzschränken und geblümten Sofas. Das einzige, was an ein Krankenhaus aus ihrer Welt erinnerte, waren die Monitore und Kabel an den Betten. Und weswegen sie sich sicher war, dass sie sich in der magischen Welt befand, waren Kerzen, die durch die Zimmer schwebten, und Gläser auf den Schränken, deren blaue Flüssigkeit dampfte wie im Chemieunterricht. In einem Zimmer sah Emma zwei Männer in langen, weißen Umhängen, die an einem Bett standen. So wie es aussah, lag ein Mann darauf und schlief. Die Männer hatten die Hände über dem Patienten ausgestreckt und nuschelten etwas in einer fremden Sprache, woraufhin hellvioletter Nebel aus ihren Händen strömte und sich über dem Mann auf dem Bett zu einer Wolke formte. Das sind deren Behandlungsmethoden? Emma rollte mit den Augen und schüttelte den Kopf.

Jo zog sie weiter und hielt vor dem letzten Zimmer inne. Er klopfte an die Tür, bevor er mit Emma im Schlepptau eintrat. Das Zimmer war klein und ebenfalls weiß eingerichtet. Ein Schreibtisch stand an einer Seite und dahinter stapelten sich Akten und Bücher in zwei Regalen. Auf der anderen Seite stand eine Liege, aber nicht wie eine Patientenliege beim Arzt, sondern eher wie eine beim Therapeuten, mit mehreren weichen und – was auch sonst – bunten Kissen. Das einzige, was Emma in ihrer Welt nicht beim Arzt finden würde, war das Regal neben der Liege, auf dem unzählige Kräuterbündel lagen. Pflanztöpfe und Fläschchen mit flüssigem oder körnigem Inhalt standen ebenfalls dort. Auf keinem klebte ein Etikett und so konnte Emma nur rätseln, was das alles für Mixturen waren. Auf jeden Fall mussten es hunderte sein. Dann gab es noch Schraubgläser mit ungewöhnlichem Inhalt, von dem Emma annahm, das eine könnte eine Bärenkralle sein. Sie schauderte und wandte den Blick ab.

Der Mann, der hinter dem Schreibtisch saß, trug ebenfalls einen weißen Umhang. Seine Haare waren, passend zur Umgebung, natürlich weiß und auf dem Kopf schon fast ausgefallen, sodass ihm nur ein Haarkranz geblieben war. Emma biss sich auf die Lippe, um jetzt bloß nichts Gemeines zu sagen. Der Druck in ihrer Brust war unerträglich. Dieser Zorn wollte raus und sie hätte dem gern nachgegeben, aber sie zügelte sich.

Eine leicht schräge Brille saß auf seiner Knollennase und er nickte Jo freundlich zu, als die beiden eintraten.

Ohne zu zögern oder nachzufragen, stand er auf, kam auf Emma zu und schaute sich ihren Oberarm an.

„Ah, ein Gungo", sagte der alte Mann, den Emma auf hundertfünfzig Jahre schätzte, aufgrund der Anzahl der Falten in seinem Gesicht.

„So eine Wunde habe ich schon Jahre nicht mehr gesehen." Seine raue Stimme hallte durch den kleinen Raum.

„Sie ist so ruhig", sagte er an Jo gewandt und blickte ihn fragend an.

Der räusperte sich. „Ich musste zu etwas unüblichen Maßnahmen greifen", gestand er.

Emma blickte ihn sprachlos. Das war der Kuss also für ihn gewesen? Eine Maßnahme? Eine Ablenkung, damit sie ihn nicht weiter anschrie? Emma platzte der Kragen. Die Wut, die sie gerade noch versucht hatte, zu unterdrücken, brach aus ihr heraus und sie stürzte sich auf Jo. Damit hatte er nicht gerechnet und beide fielen zu Boden. Natürlich hatte Emma keine Chance gegen ihn. Mit drei gekonnten Griffen drehte er sie auf den Bauch und hielt ihre Arme hinter ihrem Rücken fest.

„Du blöder, arroganter Penner! Geh runter von mir!" Emma bekam kaum noch Luft. Sie fühlte sich, als würde sie innerlich brennen. Aus dem Augenwinkel sah sie, wie der alte Mann zum Schrank mit den Kräutern ging und ein Fläschchen mit einer schwarzen Flüssigkeit herausnahm.

„Wir sollten sie erst einmal beruhigen", sagte er an Jo gewandt, „kannst du sie auf den Rücken drehen? Sie müsste das trinken." Jo lockerte seinen Griff, aber nur so kurz, dass er Emma auf den Rücken drehen konnte. Sein ganzes Gewicht lag auf ihren Beinen, weswegen sie diese nicht gebrauchen konnte. Zusätzlich packte er ihre Handgelenke und legte sie neben ihren Kopf auf den Boden. Ja, das nennt man verloren. Sie konnte sich keinen Zentimeter bewegen und musste stattdessen in sein angestrengtes Gesicht blicken, das wieder nur Zentimeter von ihrem entfernt war. Emma erinnerte sich an den Kuss. Alles nur gespielt, dachte sie bitter und versuchte mit letzter Kraft gegen Jos Griff anzukommen. Sie war stinksauer. Und nach allem, was heute passiert war, meinte dieser Alte jetzt, sie würde einfach irgendein Zeug schlucken, das er aus seinem gruseligen Schrank gezogen hatte. Vergiss es!, grollte sie innerlich. Der Heiler kam näher und beugte sich zu Emma herunter. Sie verschloss ihre Lippen und drehte ihren Kopf blitzschnell hin und her. Der Mann seufzte und schaute zu Jo.

„Gut, dann eben anders."

Ehe es sich Emma versah, war der Heiler verschwunden. Puff, er hatte sich einfach in Luft ausgelöst. Mit vor Schreck geweiteten Augen starrte sie an die Stelle, wo er gerade noch gehockt hatte. Und bevor sie wusste, wie ihr geschah, umfasste jemand ihren Kopf von hinten und drückte ihr das Fläschchen mit der schwarzen Brühe an den Mund. Panisch schluckte sie das Gebräu hinunter. Es schmeckte wie Terpentin, fand Emma und sie musste husten. Sie merkte augenblicklich, was der Heiler mit „beruhigen" meinte. Ihre Augenlieder wurden schwer und ihr ganzer Körper verlor seine Anspannung. Jos Schlaftee ist ja nichts dagegen, dachte sie noch, bevor sie einschlief.

Als Emma wach wurde, lag sie auf einer weichen Liege. Sie öffnete leicht die Augen und sah, dass sie sich noch immer in dem kleinen Zimmer des Heilers befand. Sie schaute auf ihren Arm. Er war ordentlich bandagiert worden. Neben ihr saß Jo auf einem Stuhl. Er hatte seinen Kopf in die Hände gestützt und die Augen geschlossen. Als Emma ihn sah, kam ihr sofort der Kuss in Erinnerung. Emma war noch nie so geküsst worden. Natürlich hatte sie schon oft Männer geküsst, aber dieser Kuss war anders gewesen. Er hatte sie elektrisiert, ihr ganzer Körper war darauf angesprungen und sie spürte immer noch, wie sehr sie sich wünschte, Jo würde es noch einmal wiederholen. Aber das würde nicht passieren. Es war nicht echt gewesen. Er hatte sie nur geküsst, um sie von ihrer Wut abzulenken. Emma räusperte sich und Jo schreckte von seinem Stuhl hoch.

„Wie geht es dir?", fragte er leise.

„Ganz gut, glaube ich", antwortete Emma und tastete vorsichtig nach der Wunde. „Was ist passiert?"

„Norman hat die Wunde gereinigt und bandagiert und dir einen Trank gegeben, der das Gift des Gungos neutralisiert."

200

Emma nickte und sah sich im Raum um. Sie konnte den Heiler nirgendwo entdecken, doch dann erinnerte sie sich daran, dass er sich unsichtbar gemacht hatte. War das auch eine Gabe?

„Emma, wegen vorhin, ich … der Kuss …" Jo stoppte und sah Emma bedrückt an.

„Mach dir keine Gedanken", unterbrach Emma ihn, „ich weiß, warum du es getan hast, es ist alles in Ordnung." Sie stand auf und versuchte, sich nicht anmerken zu lassen, wie sehr Jo sie damit verletzt hatte.

„Ich würde jetzt gerne wieder nach Hause gehen", sagte sie und schaute ihn auffordernd an.

Jo ballte eine Hand zur Faust und ging voraus, während sie ihm folgte. Den Weg aus der Stadt hinaus sprach keiner von beiden ein Wort. Emma hatte sich kurz für ihr Verhalten entschuldigt, aber Jo hatte ihr versichert, dass das nicht nötig sei, es war schließlich das Gift gewesen, das die Kontrolle hatte. Allerdings würden sie morgen über das Tauchen reden, drohte er ihr an.

Zu Hause war Natalie immer noch auf den Beinen. Sie drückte Emma in eine feste Umarmung und ließ sich kurz die wichtigsten Infos erzählen, bevor sie ins Bett ging. Das mit dem Kuss verschwieg Emma geflissentlich. Sie ging ebenfalls nach oben und fand dort ihren Rucksack, der am Bett lehnte. Sie räumte ihn aus, hängte das Medaillon an den Spiegel und setzte sich mit dem kleinen Kasten auf ihr Bett. Erst jetzt im Licht erkannte Emma, dass das kleine Kästchen mehrere Schubladen hatte. Es sah fast aus wie ein Schiebebild, wobei man nur ein freies Feld hatte und die Platten so umher schieben musste, dass daraus ein Bild entstand. Nur dass in diesem Fall die Felder kleine Fächer waren. Und Emma konnte sie nicht nur nach links und rechts bewegen, sondern auch nach hinten. Verwirrt schob sie die Fächer hin und her. War da überhaupt ein Fach beziehungsweise eine Schublade, wo etwas drin sein konnte? Nach fünf Minuten endlosem Verschieben gab Emma auf. Es war viel zu spät, um jetzt noch eine Lösung dafür zu suchen. Stattdessen schaute sie sich das Kästchen von außen genauer an. Filigrane Rosen, Blätter und Ranken waren in das Holz eingearbeitet und mit einem leuchtenden Rot bemalt. Es sah wunderschön aus, fand Emma. Wahnsinn, dass es trotz des Salzwassers noch so gut erhalten war. Aber das hatte wahrscheinlich auch was mit Magie zu tun. Magie ... Emma überlegte kurz und sah zum Spiegel, einen Versuch war es wert. Sie stand auf, nahm das Medaillon und hielt es an die verschiedenen Fächer. Nope, nichts passierte. Hätte ja klappen können, dachte sie enttäuscht. Sie ging zu ihrem Schrank und öffnete eine Kiste, in der sie Schals und Tücher aufbewahrte. Sie legte das Kästchen hinein und schob die Kiste weit nach hinten. Vielleicht war sie ja paranoid, aber es gab bestimmt einen Grund, warum sie den kleinen Kasten gefunden hatte und noch kein anderer aus der magischen Welt. Nachdem sie sich bettfertig gemacht hatte, merkte sie erst, wie müde sie war. Es war bereits zwei Uhr früh. Nach nur zwei Minuten war Emma eingeschlafen und träumte den gleichen Traum wie in jeder Nacht. Sie fühlte ihre Angst, sie sah die meterhohe, tosende Welle auf sich zu rauschen und sie spürte den Blick des schwarzen Mannes, der sie aus einiger Entfernung beobachtete.

Dreizehn

Emma starrte auf die große Welle, die mit rasender Geschwindigkeit auf den Strand und damit auf sie zurollte. Sie konnte den Blick nicht abwenden, aber sie spürte, dass sie jemand beobachtete. Noch bevor die Welle einfror, schreckte Emma aus ihrem Traum hoch. Etwas hatte sie geweckt, genauer gesagt jemand. In ihrem dunklen Zimmer erkannt sie die Umrisse des dunklen Magiers, der am Fuß ihres Bettes stand. Aber er war nicht der einzige, der in ihrem Zimmer war. In der Tür sah Emma Jos Silhouette. Er war wohl gerade erst in ihr Zimmer gekommen und hatte sie dadurch geweckt.

„Jonathan", sagte der dunkle Mann unheilvoll. Emma trieb der Ton seiner Stimme eine Gänsehaut über den Rücken. Jo machte einen Schritt auf ihn zu, aber bevor er richtig reagieren konnte, war der Mann auch schon wieder verschwunden. Er hatte sich erneut einfach aufgelöst. Emma blickte zu Jo. Sie war so dankbar, dass er hier war, trotz allem, was passiert war.

„Alles in Ordnung bei dir?", fragte er und eine Sorgenfalte zeichnete sich auf seiner Stirn ab.

Emma zitterte, nicht nur wegen ihrer Angst vor dem schwarzen Magier, sondern wegen allem, was an diesem Tag passiert war. Sie schaute auf ihren Wecker. Halb fünf. Sie wollte doch nur schlafen, am liebsten schlafen und vergessen. Völlig am Ende ihrer Kräfte brach sie in Tränen aus und versteckte ihr Gesicht in den Händen.

„Mir ist das einfach alles zu viel", schluchzte sie, während Jo näher kam und sie in den Arm nahm. Sie wollte es nicht genießen, es war nur Mitleid, redete sie sich ein. Aber sie war froh über seine Nähe, so sehr, dass sie sich langsam beruhigte und geräuschvoll die Nase hochzog. Jo stand auf und hielt Emma auffordernd seine Hand hin.

„Du schläfst heute unten, und keine Widerrede!", bestimmte er.

Widerrede? Dafür hatte Emma gar keine Kraft mehr. Sie ging mit Jo ins Wohnzimmer und machte es sich auf der großen Couch gemütlich. Jo setzte sich an das eine Ende und Emma legte sich der Länge nach auf die Couch und kuschelte sich unter seine Bettdecke.

„Versuch zu schlafen", sagte er ruhig und Emma fragte sich, wann er mal schlafen wollte.

„Hast du ihn erkannt?", wollte sie wissen.

Ein dunkler Schatten legte sich auf sein Gesicht.

„Ja", sagte er und schaute sie an, „aber darüber reden wir später. Du brauchst Schlaf."

„Was ist mit dir?"

„Mach dir um mich keine Sorgen."

Und damit schloss Emma ihre Augen und fiel in einen erholsamen, traumfreien Schlaf.

Die pralle Mittagssonne schien ihr direkt ins Gesicht und Emma musste blinzeln, um überhaupt etwas zu sehen. Sie lag noch auf der Couch im Wohnzimmer, allerdings war von Jo weit und breit nichts zu sehen. Die Uhr im Flur zeigte halb eins. Zumindest ein paar Stunden hatte sie geschlafen. Und sie hatte heute frei! Emma war erleichtert und krabbelte umständlich von der Couch. Nachdem sie sich im Bad etwas frisch gemacht hatte, schlenderte sie in die Küche. Die Verandatür stand auf und sie sah Jo draußen sitzen. Ein Blick in die Kaffeekanne zeigte ihr, dass es hier Leute gab, die es nicht nötig hatten, neuen Kaffee zu kochen, wenn sie den letzten nahmen. Emma grummelte vor sich hin und stellte die Kaffeemaschine an. Dann machte sie sich auf den Anschiss gefasst, den sie gleich von Jo kriegen würde und ging zu ihm auf die Veranda.

„Hey", sagte sie verlegen.

„Hi." Jo sah kurz von seinem Buch hoch. „Gut geschlafen?"

„Ja, schon." Emma setzte sich zu ihm und wartete, aber er sagte kein Wort.

„Ist Nat bei der Arbeit?"

„Ja, ich hatte ihr vorhin von dem erneuten nächtlichen Besuch erzählt, da wollte sie erst nicht in die Klinik gehen", sagte er ohne aufzusehen. „Aber ich habe ihr versichert, dass ich dieses Mal besser auf dich aufpassen werde und wir eh nach Tehal gehen müssen."

Emma nickte, aber Jo sprach nicht weiter.

„Nun sag schon, was dir auf der Zunge brennt", forderte sie ihn auf. Sie wollte diese Diskussion lieber schnell hinter sich bringen.

Jo legte sein Buch weg und atmete tief durch.

„Das war unverantwortlich gestern!", sagte er in ruhigem Ton, was Emma schlimmer fand, als wenn er sie einfach angeschrien hätte.

„Ich weiß, dass du ein Sturkopf bist, aber dass du dich so in Gefahr bringst, freiwillig! So etwas Dummes hätte ich dir nicht zugetraut!"

„Es tut mir wirklich leid, dass ich nicht auf dich gehört habe", sagte Emma schuldbewusst, „aber ich hatte recht."

Jo funkelte sie wütend an.

„Wie bitte?"

„Ich hatte recht!", wiederholte sie. „Das Medaillon wollte mich auf etwas aufmerksam machen."

„Ach ja und was, wenn ich fragen darf?"

Sein skeptischer Blick und der Spott in seiner Stimme brachten Emma sofort wieder auf die Palme.

„Eine Kiste, na ja, eher ein kleines Kästchen. Es lässt sich nicht öffnen, da es kein Schlüsselloch gibt, aber …"

„Aber dafür hat es sich gelohnt, dein Leben auf's Spiel zu setzen?"

„Was, nein, natürlich nicht!", versuchte sich Emma zu verteidigen. „Aber ich habe es nur mit der Magie meines Medaillons finden können, das zeigt doch, dass es auch etwas Magisches sein muss!"

Jo war nicht überzeugt.

„Okay, lassen wir das einfach mal so stehen", sagte er und wechselte das Thema. „Ich habe nur auf dich gewartet, dass du wach wirst. Wir müssen nach Tehal, ich muss der Königin berichten, dass Talon dich in deinen Träumen besucht!"

Emma wurde hellhörig.

„Moment, wer?"

„Talon", grummelte Jo, „er ist der Anführer der dunklen Magier." Seufzend ließ er seinen Kopf in den Nacken fallen. „Ich hatte gehofft, dass er es nicht ist, aber nach gestern Nacht bestehen keine Zweifel. Er ist sehr, sehr gefährlich, Emma." Jo schaute sie durchdringend an. „Egal, was er sagt, egal, was er macht, du darfst ihm nicht vertrauen, verstanden?"

„Wieso sollte ich das tun?", fragte sie verwirrt.

„Er kann sehr überzeugend sein", sagte Jo nur und schaute auf ihren Pyjama. „Kannst du dich fertig machen? Ich würde gerne so schnell wie möglich nach Tehal zurückkehren."

„Klar", sagte Emma und wollte gerade aufstehen, als sie Tom durch die Dünen kommen sah. Panik breitete sich in ihr aus. Nein, nein, nein, was machte er hier. Es war zu spät, Jo nach drinnen zu verfrachten, erkannte sie und schaute panisch von Jo zu Tom. Mist, was sollte sie ihm sagen? Jo folgte Emmas Blick und grinste sie dann süffisant an. Sie schaute böse zurück und stellte sich vor ihn. Vielleicht sah Tom ihn ja nicht. Ach quatsch, er hatte ihn schon längst gesehen und stapfte mit wütendem Blick auf die Veranda. Interessant, dass Jo diesen Effekt auf mehrere Leute hatte, bemerkte sie und musste sich ein Grinsen verkneifen.

„Hey, Tom, was machst du denn hier?" Emma setzte ihre Unschuldsmiene auf.

Tom sah an ihr vorbei zu Jo.

„Was macht der hier?", stellte Tom die Gegenfrage.

„Oh, ich wohne zurzeit hier", sagte Jo amüsiert, bevor Emma etwas sagen konnte.

Hatte er sie noch alle? Sie sah, wie Toms Kiefer mahlten.

„Was?", fragte er fassungslos und schaute Emma entsetzt an.

„Er trifft sich mit Nat", sagte Emma schnell, „ja, seit einigen Tagen und seine Wohnung hat einen Wasserschaden, deswegen wollte sie, dass er hier so lange wohnt, so haben die beiden mehr voneinander."

Emma war überrascht, wie einfach ihr diese Ausrede von den Lippen ging und Tom schien sich etwas zu entspannen, auch wenn er Jo weiter finster anschaute.

„Süße, was erzählst du denn da?", brachte sich Jo plötzlich wieder ein und sie konnte einfach nicht glauben, dass er ihr das antat.

„Ich dachte, das was wir hätten, wäre etwas Besonderes und jetzt verheimlichst du mich vor deinem Freund?"

Jo tat so, als wäre er beleidigt, während Emma ihn sprachlos anblickte.

„Was denn jetzt?"

Tom schien völlig verwirrt und auch Emma wusste nicht, was sie sagen sollte. Also lachte sie leicht hysterisch und hoffte, dass es auch echt klang.

„Jo macht Scherze", versuchte sie ihre Lüge zu retten, „das ist seine Art von Humor!"

„Also, wenn ich gewusst hätte, dass du so gut im Lügen bist, wäre ich vielleicht doch nicht mit dir ausgegangen", legte er noch einen drauf und trank zufrieden aus seinem Wasserglas.

Das reicht, fand Emma. Sie ballte die Hände zu Fäusten und merkte, wie es in ihr brodelte. Sie drehte sich zu Jo um, als plötzlich mit einem lauten Knall das Glas in seiner Hand zerbarst. Alle drei zuckten erschrocken zusammen. Jo warf Emma einen irritierten Blick zu und auch sie konnte ihn nur verständnislos anschauen. Hatte sie das gerade getan? War das ihre Magie? Emma wurde ganz nervös. Wie hatte sie das gemacht? Erst jetzt fiel ihr Tom wieder ein, der immer noch neben ihr stand und den intensiven Blickkontakt von Emma und Jo so gar nicht gut fand.

„Was auch immer hier los ist", fing er an, „ich hätte gedacht, dass du ehrlich zu mir bist, Emma!"

„Tom, warte!" Sie hielt ihn am Arm fest, bevor er gehen konnte und schob ihn in die Küche.

„Ich erkläre dir alles, versprochen."

Sie sah Jo ein letztes Mal böse an und versuchte, mit ihren Augen ein *„Wehe du folgst mir"* zu formulieren, bevor sie Tom weiter von der Küche ins Wohnzimmer schob.

„Also?", fragte Tom und verschränkte die Arme vor der Brust.

Emma seufzte.

„Nat ist nicht mit ihm zusammen und ich auch nicht. Aber, dass er eine Bleibe braucht, stimmt. Deswegen schläft er im Moment bei uns auf der Couch."

„Ihr könnt doch keinen wildfremden Typen bei euch wohnen lassen! Habt ihr sie noch alle?"

„Wir kennen ihn, also wir haben ihn kennengelernt, er ist in Ordnung." Wenn man die nervigen Eigenschaften beiseiteschob, dachte Emma.

Tom schien nicht überzeugt.

„Ich weiß nicht, Em, du verhältst dich seit Wochen komisch, arbeitest nur noch deine Schichten in der Tauchschule ab und jetzt wohnt auch noch dieser komische Typ bei dir."

„Ja, ich weiß, das ist alles ziemlich viel im Moment. Ich wünschte, ich könnte dir etwas anderes sagen, aber so ist es."

Emma schaute betrübt zu Boden. Es tat ihr wirklich leid, dass sie ihm nicht die Wahrheit sagen konnte. Tom löste seine abwehrende Haltung und kam auf sie zu. Er zog sie in eine feste Umarmung. Erst fand sie es komisch, es war schon so lange her, dass er sie umarmt hatte. Aber dann genoss sie seine Nähe und vergrub ihr Gesicht an seiner Brust, wo sie seinen frischen, salzigen Duft einatmete. Es fehlte ihr, mit Tom tauchen zu gehen und in der Tauchschule Blödsinn zu machen oder einfach nur am Steg zu sitzen und zu quatschen.

„Ich wüsste einfach gerne, was mit dir los ist", nuschelte er in ihre Haare. Emma hatte keine Ahnung, wie lange sie so standen. Keiner sagte etwas, aber das war auch nicht nötig. Irgendwann lockerte Tom die Umarmung und Emma schaute zu ihm hoch.

„Bist du sicher, dass alles okay ist?", fragte er noch mal.

Emma nickte. „Es ist nur viel los, aber das wird schon wieder. Und dann kann ich dich wieder mehr nerven!" Sie zwickte ihm in die Seite, worauf er leicht zusammenzuckte und sie angrinste. Und da war er wieder, der Moment. Tom legte eine Hand auf Emmas Wange und beugte sich zu ihr.

„Das wollte ich schon lange machen", flüsterte er an ihrem Mund und senkte seine Lippen auf ihre. Emma wurde warm. Ihr Gesicht glühte und ihre Hände fanden von alleine ihren Weg zu Toms Oberkörper. Es war ein zurückhaltender Kuss, fast schon schüchtern. Nicht so, wie die wilde Knutscherei mit Jo heute Nacht. Der Gedanke versetzte ihr einen Stich und sie löste sich abrupt von Tom.

„Hab ich was falsch gemacht?", fragte er unsicher, aber sie schüttelte nur den Kopf und lächelte ihn an.

„Nein, überhaupt nicht, ich … ich hab nur nicht damit gerechnet und …" Ja, was und? Und sie dachte beim Küssen an einen anderen Mann?

„Mach dir keine Gedanken, wir können es langsam angehen lassen", meinte Tom verständnisvoll. „Aber du sollst wissen, dass du mir wichtig bist, Emma." Er schaute sie verlegen an und sie merkte, wie sie rot wurde. Was sollte sie darauf antworten?

„Du musst nichts sagen, ich wollte nur, dass du es weißt. Ich mache mich mal wieder auf den Weg." Er küsste Emma auf die Wange und ging zur Eingangstür.

„Pass auf dich auf und melde dich mal zwischendurch."

Sie nickte und lächelte ihn an und damit war er durch die Tür verschwunden.

Was war denn heute nur los? Dieser Tag schien kein Ende zu nehmen, dachte Emma und musste erst einmal ihre Gefühle ordnen. Tom hatte sie geküsst. Wie lange hatte sie sich das schon erhofft? Aber jetzt fühlte sie irgendwie … nichts. Der Kuss war schön gewesen, aber mehr auch nicht. Sie dachte an Jo und seinen wilden, leidenschaftlichen Kuss und ihr Bauch begann zu kribbeln. Sie musste unbedingt mit Nat sprechen, wenn sie heute Abend nach Hause kam.

Immer noch völlig durcheinander ging Emma nach oben, zog sich an und bereitete sich auf einen neuen Besuch in Tehal vor. Als sie nach unten kam, stand Jo schon im Wohnzimmer. Das goldene, warme Licht des Portals erhellte den Raum und Emma freute sich irgendwie darauf, wieder in die magische Stadt zu reisen, obwohl sie sie gestern im Gift-Wahn noch verflucht hatte. Jo streckte ihr auffordernd seine Hand entgegen. Als sie sie ergriff, durchströmte sie wieder dieses elektrisierende Gefühl. Sie sah zu Jo. Falls er es auch fühlte, ließ er sich jedenfalls nichts anmerken.

Auf der anderen Seite angekommen, mussten sie erst einmal wieder den Weg hinunter zur Stadt laufen. Emma fand es ganz schön nervig, immer auf diesem Hügel anzukommen. Es wäre doch viel einfacher, sich nach Tehal in eine Wohnung schicken zu lassen, aber sie sagte nichts. Jo hätte bestimmt kein Verständnis für ihre Nörgelei.

Es war mitten am Tag und in Tehal herrschte reges Treiben. Die Straßen waren gefüllt mit Menschen, Farben und Gerüchen. Es fand wohl ein Markt statt, denn kleine und große Holzstände säumten die Wege und Emma erhaschte einen Blick auf bunte Umhänge, leuchtende Schals und süße Leckereien, die zum Anbeißen aussahen. Aber natürlich hatte sie mal wieder keine Zeit, sich alles in Ruhe anzusehen, denn Jo ging, ohne auf sie zu achten, einfacher weiter. Emma seufzte. Sie würde sich gerne ins Getümmel stürzen und einfach ein paar Sachen an- und ausprobieren, aber da sie keine Wahl hatte, trottete sie mürrisch hinter ihm her.

„Jo! Emma!" Eine laute Stimme ließ beide stehenbleiben. Jos Schwester Mayla kam durch die Menschenmenge auf sie zu gelaufen. Sie trug ihre Haare offen und ihre wirren Locken wehten ihr um die Nase. Natürlich war sie genauso bunt gekleidet wie alle anderen Bewohner von Tehal, obwohl Emma neidlos gestehen musste, dass ihr das Kleid sensationell gut stand. Es wurde im Nacken gebunden, war nach hinten lang und raffte sich vorne bis über die Knie. Es war bunt gepunktet und nur am Saum dominierten blaue und türkisfarbene Grafiken, die perfekt zu ihren strahlenden Augen passten. Mayla war wie beim letzten Mal gut gelaunt und erneut fragte sich Emma, wie zwei Geschwister so verschieden sein konnten.

„Ihr seid wieder hier!", rief sie freudestrahlend, als sie Emma und Jo erreicht hatte.

„Wir haben keine Zeit, Mayla, tut mir leid." Jo wandte sich schon zum Gehen, aber da hatte er seine Rechnung ohne seine Schwester gemacht.

„Was? Aber du bist schon seit Tagen weg! Musst du zur Königin?"

„Ja", sagte Jo gereizt, „deswegen habe ich auch keine Zeit!"

„Aber Emma kann doch bei mir bleiben", schlug Mayla vor und Emma blickte sie freudestrahlend an.

„Oh ja, das wäre super", sagte Emma und schaute Jo hoffnungsvoll an, während dieser wohl gerade seine Optionen durchging.

„Nun komm schon, du alter Griesgram, heute ist Mitternachtsmarkt!"

Jo schaute nachdenklich von Emma zu Mayla. Diese setzte einen Schmollmund auf, der wohl seine Wirkung zeigte.

Er seufzte. „Na gut, ich bin in einer, maximal zwei Stunden wieder da. Wir treffen uns im Haus und wehe ihr macht irgendeinen Blödsinn oder ihr passiert was, Mayla!"

„Jahaa", sagte seine Schwester und zerrte Emma am Arm bereits weg von ihm.

Sie hakte sich bei Emma unter und plapperte drauflos.

„Endlich sind wir den los", sagte sie belustigt, „versteh mich nicht falsch, ich liebe meinen Bruder, aber es ist so ein Miesepeter."

„Was du nicht sagst", bemerkte Emma und beide mussten lachen.

„Warum Mitternachtsmarkt?", fragte Emma neugierig und schaute zum strahlend blauen Himmel.

„Weil er bis Mitternacht geht, natürlich", sagte Mayla, als wäre das selbstverständlich, und blickte sich um. „Also gut, wir haben eine Stunde, ich würde sagen, wir holen dir erst einmal anständige Kleidung."

Beleidigt blickte Emma an sich herunter. Sie trug eine lockere Jeans und ein enges, schwarzes Shirt mit Rückenausschnitt. Was war daran falsch?

„Nichts gegen euren Modegeschmack in der Menschenwelt", versuchte Mayla sich zu verteidigen, „aber hier setzen wir auf Farbe!"

Und mit diesen Worten zog sie Emma an weiteren Marktständen vorbei, bis sie einen Stand erreichten, hinter dem eine ältere Frau gerade neue Kleider an einen Holzbalken hängte.

„Hallo Ms. Kane, wir brauchen dringend ein Kleid für meine Freundin Emma!"

Die Frau musterte Emma, aber – zu ihrer Überraschung – nicht so abschätzend wie die anderen Leute, die sie für einen Eindringling hielten, sondern eher wie eine Modeexpertin, die ihren Modegeschmack ganz und gar nicht gutheißen konnte.

„Oh ja", sagte Ms. Kane freundlich und kam um den Stand herum auf Emma zu, „so etwas trägt man bei euch?" Sie schüttelte lächelnd den Kopf, als Emma nur verstohlen nickte. „Also du brauchst ganz dringend Farbe, Schätzchen, komm, ich habe tolle Kleider dabei, die perfekt zu dir passen werden."

Die Frau schob Emma zu einer kleinen Umkleide, die sich neben dem Stand befand.

„Was ist deine Lieblingsfarbe", fragte Mayla, die schon eine Auswahl an Kleidern auf dem Arm balancierte.

„Blau", sagte Emma ohne zu überlegen und die junge Tehalerin nickte.

„Hier hast du schon mal drei Kleider. Anprobieren, los!" Sie zwinkerte und zog den – natürlich ebenfalls bunten – Vorhang der Umkleide zu. Emma probierte ein Kleid nach dem anderen

an, aber entweder waren sie zu eng, zu weit oder sahen scheuß-
lich aus. Beim gefühlt zwanzigsten Kleid kam Emma aus der
Umkleide und sowohl Ms. Kane als auch Mayla strahlten sie an.

„Wow, Emma, du siehst umwerfend aus!" Jos Schwester war
total begeistert und auch Emma musste gestehen, als sie sich im
Spiegel anschaute, dass das Kleid wirklich toll aussah. Es war
etwas kürzer als knielang, an der Taille eng geschnürt und hatte
einen gewagten V-Ausschnitt mit leichten Puffärmeln, die ihr bis
zu den Ellbogen reichten. Das Material war so weich wie Seide
und in einem wundervoll dunkelblauen Farbton gehalten. Kleine
Ornamente und Verschnörkelungen in schwarz und lila machten
das Kleid einfach perfekt. Emma grinste Mayla an und da fiel ihr
ein, dass sie gar kein Geld hatte. Bezahlte man hier überhaupt
mit Geld?

„Mayla!", flüsterte Emma und signalisierte ihr, dass sie näher
kommen sollte. „Ich habe gar kein Geld dabei!"

Jos Schwester kicherte. „Keine Sorge, das schenke ich dir."

Im neuen Kleid merkte Emma sofort, dass sie nicht mehr so
angestarrt wurde wie noch vorhin und konnte sich endlich entspannen. Sie genoss es, mit Mayla durch die Gassen zu schlen-
dern und sich endlich mal alle Sachen und Stände genau anschauen zu können. Ihre neue Freundin hatte eine Engelsgeduld
und fragte Emma über alles Mögliche aus der Menschenwelt aus.

Emma blieb an Ständen mit Kristallen und Steinen stehen. Jeder hatte eine andere Bedeutung, je nachdem welche Farbe er
hatte und wo er gefunden worden war. Mayla erklärte ihr, dass
diese Kristalle Menschen und Objekte schützten oder sogar als
Waffe eingesetzt werden konnten. Es gab sogar Steine, die, wenn
man sie richtig platzierte, Magier paralysierten. Aber meistens
benutzte man sie zu Hause als Schutz oder einfach als Dekora-
tion.

An einem bunten Süßigkeitenstand probierte Emma kleine Törtchen, die aussahen wie pinkfarbene und grüne Klöße. Sie waren etwa handgroß und ganz flauschig, als wären sie aus Samt.

„Das sind Puchies", sagte Mayla und stopfte sich einen in den Mund. Emma biss vorsichtig ein Stück ab. Es schmeckte nach Erdbeere und darin war eine geleeartige Masse, die auf Emmas Zunge so stark prickelte, dass sie das Stück Puchie fast wieder ausgespuckt hätte. Es fühlte sich an, als würde etwas in ihrem Mund explodieren. Sie musste wohl ziemlich witzig dabei ausgehen haben, denn Mayla kam aus dem Lachen nicht mehr heraus.

„Der erste Puchie ist immer der Beste", sagte sie immer noch lachend und auch Emma stimmte mit ein, als das Prickeln endlich aufhörte.

Sie gingen weiter, probierten hier und da, bis Emma keinen Geschmack mehr auf der Zunge hatte. Sie schauten Straßenkünstlern zu, die Gemälde anfertigten, bei denen sich der Pinsel von alleine über das Papier bewegte. Nachdem beide eine Art Minipizza verschlungen hatten, die anstatt Salami oder Schinken seltsam aussehende orangefarbene Trauben als Belag hatte, war Emma pappsatt.

„Wie geht das?", fragte sie und legte sich eine Hand auf ihren vollen Bauch. „Die Pizza war doch nur handgroß."

Mayla lachte. „Das war keine Pizza, das war eine Pazzia, gut, der Name ist ähnlich, aber letztendlich wirst du einfach genauso satt, nur von einer kleineren Menge. Ich habe keine Ahnung, welche Zauber oder Zutaten dafür sorgen!"

Diese Welt war echt abgefahren, fand Emma.

„So, ich glaube es wird Zeit, wir sollten so langsam nach Hause gehen, ich habe keine Lust, dass Jo wieder nur rumnörgelt", sagte seine Schwester.

Emma nickte zustimmend und folgte ihr durch die Gassen. Sie kamen an einem der Plätze vorbei, die Emma schon bei ihrem ersten Besuch in Tehal gesehen hatte. Dort standen riesige Bäume mit wuchtigen Stämmen. Emma beobachtete gerade einen Kobold, der einen Baumstamm durch die im Stamm eingelassene Tür betrat.

„Mayla, wohnen die Kobolde in den Bäumen?"

„Ja", sagte diese und folgte Emmas Blick. „Sie leben vorzugsweise in Bäumen oder Höhlen und sie arbeiten für uns. Kobolde sind Diener. Nicht, dass wir sie zwingen würden, es ist ihre Natur. Sie helfen gerne und haben lieber alles ordentlich, daher sind sie meistens Hausangestellte, Gärtner und so."

Emma hörte Mayla gespannt zu. Endlich erfuhr sie mal etwas über diese Welt.

„Sie sind eigentlich ganz umgängliche Wesen, haben immer einen Witz oder sarkastischen Kommentar auf den Lippen, allerdings können sie auch sehr unangenehm werden, wenn man sie schlecht behandelt."

„Und diese Hüte?", fragte Emma, weil wieder ein kleiner Kobold an ihnen vorbeilief, der tatsächlich einen Hut mit verschiedenen Obstsorten darauf auf dem Kopf trug. Obwohl Emma davon ausging, dass es kein echtes Obst war.

„Ja, das hat sich irgendwie so entwickelt", lachte Mayla, „sie lieben Hüte in allen möglichen Variationen! Je verrückter, desto besser!"

„Können sie auch zaubern?"

„Nicht direkt, aber sie können sich in ein Objekt oder Tier verwandeln, was auch ziemlich cool ist, finde ich."

Sie gingen immer weiter durch die Gassen und Emma entdeckte dauernd neue Sachen, über die sie Mayla ausquetschte.

„Und in den kleinen Häuschen wohnen die Elfen?", fragte Emma gerade, als sie an einem Haus vorbeikamen, das irgendwie aus mehreren kleinen Häusern zusammengesetzt war, als ob man viele Puppenhäuser über- und nebeneinander gestapelt hätte, dachte Emma amüsiert.

„Ganz genau. Sie unterstützen meistens die Heiler. Sie sind sehr gutmütig und haben wunderschöne Stimmen. Allerdings kann es auch vorkommen, dass du ihnen zuhörst und dabei komplett die Zeit vergisst."

Mayla bog um eine Ecke und steuerte auf ein zweistöckiges türkisfarbenes Haus zu.

„Als ich noch klein war, bin ich mal einem kleinen Elfenschwarm begegnet und habe nicht schnell genug weggehört", erzählte Mayla weiter und schüttelte lachend den Kopf. „Es hat fünf Stunden gedauert, bis ich merkte, dass ich immer noch in der Straße stand und ihrem Gesang lauschte. Wenn du einem Schwarm begegnest, höre am besten weg."

Sie erreichten das türkisfarbene Haus und Mayla öffnete die Tür.

„Willkommen in unserem Reich", sagte sie und machte eine einladende Geste, woraufhin Emma eintrat.

Das Haus sah genauso aus, wie Emma sich die Häuser von innen vorgestellt hatte. Es gab keinen Flur, man stand praktisch direkt im Wohnzimmer, das sich nach rechts erstreckte. Eine gemütliche Couch in Weinrot stand in der Mitte, ein Tisch, der aus einem aufgeschnittenen Baumstamm gefertigt war, befand sich davor und rechts und links gab es ebenfalls weinrote Sessel mit weißen Kissen. Emma sah einen Kamin gegenüber der Sitzecke und darüber einen kleinen Fernseher. Sie fragte sich, was es hier wohl für Programme gab.

Links von ihr trennte eine Theke mit Holzhockern davor den Wohnbereich von der Küche. Die Küche war urig eingerichtet. In offenen Regalen standen die unterschiedlichsten Zutaten und

Emma erkannte hier und da Sachen, die es auch bei ihr gab, zum Beispiel Kaffee, Tee, Nudeln und Brot.

Der ganze Raum war mit dunklem Holz verkleidet, vom Fußboden bis zur Decke, was das kleine Haus ungemein gemütlich machte.

„Setz dich doch", sagte Mayla und deutete auf den Esstisch mit passenden Stühlen, der gegenüber der Tür in einer Nische stand. „Möchtest du etwas trinken?"

„Gerne", sagte Emma gedankenverloren, als sie durch den Raum ging. Der Esstisch stand vor einem bodentiefen Fenster, das den Blick auf einen kleinen Garten erlaubte. Der Tisch war ebenfalls aus einer einzigen Baumscheibe gefertigt. Emma erkannte deutlich die Jahresringe, als sie sich setzte, und zeichnete sie mit dem Finger nach. Hinter Emma an der Wand hingen Fotos, beziehungsweise Bilder. Emma sah, dass die Bilder alle gezeichnet waren, nicht gedruckt wie in ihrer Welt. Es gab Bilder mit Mayla und Jo, als sie Kinder waren, wie sie mit Schwertern kämpften oder im Garten tobten. Emma musste schmunzeln. Wie niedlich die beiden doch aussahen. Aber sie sah auch Fotos mit einem älteren Pärchen, das sich verliebt in den Armen lag und eins, wo alle vier zusammen vor dem Haus posierten. Das mussten ihre Eltern sein, dachte Emma. Was mit den beiden wohl passiert war?

Mayla kam zum Tisch und stellte Emma eine dampfende Tasse vor die Nase. Es roch nach Aprikose und Kirsche.

„Was ist das?", fragte Emma misstrauisch.

„Nur ein Früchtetee", kicherte Mayla. „Keine guten Erfahrungen mit Tee aus unserer Welt gemacht, was?"

„Es geht so." Sie lachte, entspannte sich aber augenblicklich und probierte den Tee. Er war wirklich köstlich.

„Wohnt ihr hier nur zu zweit?", fragte Emma in die Stille hinein.

Ihre neue Freundin nickte. „Eigentlich wohnt nur Jo hier regelmäßig. Ich gehe noch auf die Akademie und bin nur in den Ferien da oder wenn wir Praxisstunden haben."

„Wie viele Jahre seid ihr auseinander?"

„Nur ein Jahr. Jo ist sechsundzwanzig und ich fünfundzwanzig."

„Altert ihr denn genau wie Menschen?" Emma kam sich blöd vor, diese Frage zu stellen, aber Mayla lachte nur.

„Ja, das tun wir. Es gibt keinen Zauber, der das Altern aufhält, leider!"

„Darf ich fragen, was mit euren Eltern ist?"

Ein trauriger Ausdruck legte sich auf Maylas Gesicht.

„Die sind vor zwei Jahren gestorben", sagte sie traurig und Emma merkte, dass sie nicht weiter darüber reden wollte. Also wechselte Emma schnell das Thema.

„Auf was für eine Akademie gehst du? Ist das wie ein Internat?"

„Ich weiß zwar nicht, was das ist", kicherte Mayla und bekam ihre fröhliche Ausstrahlung zurück, „aber die Akademie ist eine Schule, an der wir lernen, unsere Magie richtig einzusetzen und an der wir für unseren späteren Beruf ausbildet werden."

„Und als was wirst du ausgebildet?" Emma wurde neugierig. Sie wollte einfach alles über diese Welt erfahren.

„Ich werde ein Heiler", sagte Mayla stolz, „beziehungsweise eine Heilerin! Zwei Jahre habe ich aber noch, bevor ich auf Kranke losgelassen werde."

Emma überlegte. „Und Jo ist von Beruf Wächter?"

„Ja, allerdings konnte er sich das nicht aussuchen", eröffnete ihr Mayla und Emma schaute sie fragend an.

„Er ist ein Mitternachtswächter", sagte ihre neue Freundin und betonte das Wort, als hätte es eine tiefere Bedeutung. Als Emma sie nur weiter anstarrte, seufzte sie.

„Jo hat dir wirklich überhaupt nichts über uns und unsere Welt erzählt, oder?"

Emma schüttelte niedergeschlagen den Kopf.

„Das ist so typisch für ihn", schimpfte Mayla. „Tut mir leid. Mitternachtswächter sind Krieger, die um Mitternacht geboren wurden. Jeder dieser Krieger ist dazu auserwählt, ein Wächter zu werden. Sie sind die stärksten Magier in Tehal. Sie sorgen für Recht und Ordnung, sie beschützen Tehal, die Königin und stellen sicher, dass unsere Welt vor den Menschen verborgen bleibt. Und sie sind auch die einzigen Magier, die Portale erschaffen können."

Emmas Augen wurden groß.

„Sonst kann niemand ein Portal erschaffen?"

Mayle schüttelte den Kopf. „Nein, das können nur die Wächter. So wird auch sichergestellt, dass niemand einfach aus Tehal reisen kann."

Wahnsinn, dachte Emma. Dann waren die Mitternachtswächter ja so etwas wie die Polizei. Und Jo war anscheinend echt ein hohes Tier. Und er wurde abgestellt, sich um sie zu kümmern. Kein Wunder, dass er immer so mies gelaunt war. Ihr würde es wahrscheinlich nicht anders gehen.

„Sind alle Wachen im Palast Mitternachtswächter?"

Mayla nickte. „Ja, sie verrichten die unterschiedlichsten Dienste dort."

„Was hat es mit den Rosen auf ihren Uniformen auf sich?", fragte Emma und dachte auch an den Thron der Königin.

„Die Rosen sind sozusagen das Zeichen unserer Königin", erklärte Mayla geduldig, während Emma an ihrem Tee nippte. „Weiße Rosen stehen für Unschuld und Reinheit und charakterisieren meistens einen Neuanfang, eine Geburt, können aber auch ein Zeichen für den Tod sein."

Emma hing gebannt an Maylas Lippen und sog jede Information wie ein Schwamm auf.

„Es gab vor Jahren einen furchtbaren Krieg zwischen den Völkern, also den magischen Wesen. Nach dem Ende und der Wiedervereinigung wurden die weißen Rosen zu einem Symbol für den Frieden und den Neuanfang."

„Gibt es denn noch andere Wesen außer Elfen und Kobolde?", fragte Emma Mayla weiter aus.

„Na klar, es gibt noch die Satyre. Sie leben im Wald und sind halb Mensch, halb Ziegenbock." Emma hob eine Augenbraue und die junge Tehalerin lachte.

„Ja, wirklich", sagte sie. „Sie haben sogar Hörner und sind eher unfreundliche Zeitgenossen. Sie sind meistens betrunken und wollen nur rumliegen und nichts tun." Emma musste lachen. Sie konnte es sich nicht vorstellen – ein Menschenkörper mit Ziegenbeinen oder umgekehrt?

„Okay, und wen gibt es noch?", fragte Emma immer noch lachend.

„Dann gibt es noch die Nixen. Sie leben im Wasser und sind halb Mensch, halb Fisch."

„Wie Meerjungfrauen?"

Mayla verzog den Mund. „Theoretisch ja, aber sag das nie in ihrer Gegenwart, die sind da sehr empfindlich", erklärte sie. „Auf jeden Fall haben sie besondere Fähigkeiten, von denen niemand so ganz genau weiß, welche das sind. Sie sind ein sehr geheimnisvolles Volk."

Emma musste diese ganzen Informationen erst einmal verarbeiten. Wahnsinn, wie viele unterschiedliche Wesen es hier gab.

„Hast du noch mehr Fragen?", unterbrach Mayla Emmas Gedanken und sah sie abwartend an.

„Was hat es mit den unterschiedlichen Augenfarben auf sich?"

Ihre neue Freundin blickte auf ihre Tasse. Anscheinend war ihr die Frage unangenehm.

„Sorry, wenn ich etwas Falsches gesagt habe", warf Emma schnell ein, aber die Mayla schüttelte den Kopf.

„Nein, hast du nicht", versicherte sie ihr, „es ist nur so, Jo hätte mit dir über das alles viel früher sprechen sollen, und ich weiß nicht, ob ich die Richtige dafür bin."

Sie blickte Emma ernst an und atmete dann tief aus.

„Ach, was soll's, irgendwann wirst du es eh erfahren", sagte sie und machte eine dramatische Pause. „Die Augenfarben spiegeln unsere Fähigkeiten wider."

Emma blickte sie schockiert an.

„Was?", platzte es aus ihr heraus. Sie konnte nicht glauben, dass ihr Jo das nicht erzählt hatte. „Das heißt, ihr wisst, was meine Fähigkeit ist?"

„Na ja, so halb", gab Mayla zu und schaute beschämt weg. Emma musste ihre Gedanken sortieren. Jede Augenfarbe hatte eine andere Bedeutung? Sie wusste, dass es türkisfarbene, gelbe und weiße Augen gab. An die weißen Augen erinnerte sie sich, als sie letzte Nacht bei dem Heiler waren. Er hatte sogar fast schon silberne Augen gehabt. Und hatte Mister Lee nicht grüne Augen?

„Und welche Augenfarbe gehört zu welcher Fähigkeit?"

„Magier mit grünen Augen leben im Einklang mit der Natur", erklärte Mayla und Emma schaute sie gebannt an. „Sie können mit Pflanzen sprechen, Dinge schneller wachsen lassen und sind echte Meister, wenn es um Zaubertränke geht."

„Magier mit weißen Augen beherrschen die Kunst des Verschwindens. Sie können sich unsichtbar machen. Viele können es aber nur, wenn sie etwas berühren, zum Beispiel einen Baum, dann werden sie eins mit dem Baum, es ist also mehr eine Illusion. Allerdings gibt es auch Magier, die sehr gut darin sind und nichts berühren müssen, um unsichtbar zu werden."

Emmas Gedanken schweiften wieder zu dem Heiler, während Mayla tief Luft holte und weitersprach.

„Magier mit gelben Augen blicken in die Zukunft."

Wie die Königin, dachte Emma.

„Allerdings sind die Ereignisse, die sie sehen, nicht bindend, die Zukunft kann sich immer ändern, je nachdem, wie sich die Menschen entscheiden. Dann gibt es noch die roten Augen. Diese Magier können Dinge bewegen oder, wenn sie richtig gut sind, Sachen explodieren lassen und zerstören."

Emma dachte an Jos Wasserglas von heute Mittag. Aber sie hatte keine roten Augen. Vielleicht hatte er einfach das Glas zu fest gehalten.

„Diese Magier sind nicht so beliebt, besonders nicht auf der Akademie. Viele haben Angst vor ihren Fähigkeiten." Sie zuckte entschuldigend mit den Schultern.

„Und dann gibt es noch blaue Augen", fuhr Mayla fort und schaute Emma bedeutungsvoll an. Ihre Augen, dachte Emma. „Magier mit blauen Augen beherrschen das Wasser. Sie sind sehr gute Schwimmer und können teilweise sogar unter Wasser atmen."

Oh! Mein! Gott! Das passte, das passte alles. Sie liebte das Meer, sie fühlte sich dort immer wie zu Hause und sie hatte es sich nicht eingebildet, dass sie unter Wasser geatmet hatte. Wie krass war das denn? Konnte sie dann demnächst ohne Sauerstoff tauchen gehen? Einfach so ins Meer hüpfen? Und was bedeutete es, dass sie das Wasser beherrschen konnte. Emma wurde immer nervöser. Am liebsten hätte sie es sofort ausprobiert.

Sie schaute zu Mayla, die still abwartete, bis Emma diese Informationen verdaut hatte.

„Also das ist es, oder?", fragte sie aufgeregt, „das ist meine Magie?"

Jos Schwester nickte nur.

„Warum habt ihr es mir nicht schon längst gesagt?" Ihre Stimme klang vorwurfsvoll.

„Na ja, deine Augen sind nicht komplett blau", versuchte Mayla zu erklären, „wir waren uns einfach nicht sicher und wollten lieber warten, bis du deine Magie selbst entdeckst."

Das machte Sinn, fand Emma, aber dann fiel ihr etwas ein.

„Was ist mit deiner und Jos Augenfarbe?"

Mayla presste ihre Lippen zu einem dünnen Strich zusammen.

„Nun komm schon, ist es etwa wirklich so peinlich?", fragte Emma und erinnerte sich daran, wie sie Jo nach seiner Gabe gefragt hatte und wie wütend er abgeblockt hatte.

„Nein, es ist nicht peinlich." Mayla wirkte verlegen. „Wir können Gefühle sehen", offenbarte sie.

Emma war verwirrt. „Und was heißt das?"

„Das heißt, ich sehe, dass du gerade durcheinander bist", sagte sie trocken und ließ Emma nicht aus den Augen. Erst langsam traf Emma die Erkenntnis wie ein Schlag. Malya konnte sehen, wie es ihr ging, was sie fühlte und noch schlimmer: Jo konnte es auch. Die Gefühle der Menschen sehen! Ihre Gefühle! Alle Gefühle, die Emma in den letzten Tagen in seiner Nähe empfunden hatte. Wenn sie sauer auf ihn war, wenn er sie durcheinanderbrachte und vor allem, wie sie sich von ihm angezogen fühlte. Er hatte ihr direkt ins Herz geblickt. Sie kam sich plötzlich ausgenutzt und nackt vor. Er las sie wie ein offenes Buch und hatte nicht mal den Mumm, ihr das zu sagen. Er nutzte es lieber für sich aus.

„Und jetzt bist du eine Mischung aus sauer und verletzt." Mayla schaute sie betrübt an. „Es tut mir leid, dass er dir das nicht früher gesagt hat. Ich weiß, wie du dich in seiner Nähe fühlst."

Emma konnte es nicht glauben. Sprachlos schaute sie die junge Tehalerin an. Auch sie wusste, dass sich Emma zu Jo hingezogen fühlte und dass er ihr gleichzeitig den letzten Nerv raubte.

„Emma, bitte sag doch etwas", versuchte es Mayla, aber Emma wusste nicht, wie sie mit dieser Information umgehen sollte. Immer noch geschockt von dieser Offenbarung, stand sie langsam auf. Wut machte sich in ihren Eingeweiden breit. Wut auf Jo! Dass er ihr so etwas Wichtiges nicht gesagt hatte! Sie wollte gerade nach draußen gehen, als sich die Tür öffnete und Jo eintrat. Er schaute von seiner Schwester, die noch immer am Tisch saß, zu Emma. Sein Blick streifte über ihren Körper und ihr neues Outfit und ein Funkeln trat in seine Augen. Als er jedoch ihr wütendes Gesicht sah, wurden seine Augen ganz schmal. Er blickte Mayla zornig an.

„Was hast du ihr erzählt?", fragte er aufbrausend.

„Mayla kann nichts dafür", warf Emma schnell ein und stellte sich vor Jo. „Sie hat mir endlich mal meine Fragen beantwortet, etwas, wofür du ja wohl nie den Mut hattest", sagte sie und verschränkte ihre Arme vor der Brust. „Und? Was siehst du, Jo? Siehst du, wie wütend ich bin?"

Ein resignierter Ausdruck schlich sich auf sein Gesicht.

„Ich …", versuchte es Jo, aber Emma ließ ihm keine Chance.

„Nein, spar's dir! Ich will es nicht hören!" Sie drehte sich zu Mayla um.

„Danke, dass du mir alles erzählt hast. Ich bin froh, dass du nicht wie dein Bruder bist!" Und mit diesen Worten rauschte sie an Jo vorbei aus der Tür und lief durch die Gassen zurück zum Tor.

Vierzehn

Auf den Straßen waren immer noch viele Leute unterwegs. Emma schlängelte sich durch die Menschenmassen und spürte, dass Jo hinter ihr herlief, aber sie drehte sich nicht um. Sie konnte nicht. Sie war so sauer auf ihn. Wie konnte man jemandem so etwas verschweigen? Diese Fähigkeit betraf nicht nur ihn, sondern auch die Menschen um ihn herum. War ihm das etwa total egal? Emma erreichte die lange Gasse, die zur Stadtmauer führte und konnte das Tor schon erkennen. In ihr brodelte es und sie ballte vor lauter Wut die Hände zu Fäusten. Ein lauter Knall ließ sie zusammenfahren, als über ihr die Glühlampe einer Laterne zersprang. Verdutzt blieb Emma stehen und sah, wie die Scherben auf die Straße regneten. Sie drehte sich um und sah Jo, der sie aus einiger Entfernung anstarrte. Hatte sie die Lampe kaputtgemacht? Nein, das konnte nicht sein. Mayla hatte ihr doch gerade gesagt, dass ihre Magie das Wasser war. Emma schüttelte verwirrt den Kopf, ignorierte Jos Blick und auch die Menschen, die sie merkwürdig anschauten und beschleunigte ihre Schritte raus aus der Stadt.

Spürbar außer Atem kam sie oben auf dem Hügel an. Ja, und wohin jetzt? Sie konnte kein Portal erschaffen. Sie blickte sich um und sah Jo, der gerade ebenfalls an der kleinen Lichtung ankam. Klasse, sie brauchte ihn, um nach Hause zu kommen, und das passte ihr ganz und gar nicht. Sie schaute ihn an und wartete darauf, dass er sein dämliches Portal zeichnete, aber er stand einfach nur vor ihr und blickte sie abwartend an.

„Was ist?" Emma hatte keine Lust, hier herumzustehen, sie wollte nach Hause. „Öffne das Portal!", herrschte sie ihn an, aber Jo setzte sich immer noch nicht in Bewegung.

„Pass auf", sagte er und kam auf einmal mit schnellen Schritten auf sie zu. Unwillkürlich wich Emma vor ihm zurück und er blieb stehen.

„Ich weiß, du bist sauer. Das kannst du auch sein, ist mir egal, aber wir müssen miteinander auskommen, ob es uns gefällt oder nicht."

Gar nichts musste sie, dachte Emma und verschränkte abweisend die Arme.

„Wann schickt die Königin einen anderen Wächter?", wollte sie wissen, aber Jo zuckte nur mit den Schultern.

„Das weiß sie noch nicht."

Emma unterdrückte einen Wutanfall. Sie wollte Jo so schnell wie möglich loswerden.

„Könntest du dann jetzt bitte das Portal öffnen?", zischte sie mit zusammengebissenen Zähnen.

Ohne eine Antwort zu geben, fing Jo an, das Portal zu erschaffen. Als es sich zu dem bekannten goldenen Kreis materialisiert hatte, streckte er Emma seine Hand entgegen. Emma grummelte einen Fluch vor sich hin und griff zu. Das bekannte Kribbeln setzte wieder ein und sie versuchte, sich nur auf ihre Wut zu konzentrieren und alle anderen Gefühle zu unterdrücken. Dieser Idiot wusste schon mehr als ihr lieb war, da musste er nicht auch noch mitbekommen, dass sie schon beim Händchenhalten weiche Knie bekam.

Als Emma in ihrem Wohnzimmer ankam, ließ sie sofort Jos Hand los.

„Nat?", schrie sie durch das Haus, „bist du da?"

Aufgeregt kam Natalie aus der Küche.

„Hey! Ihr seid wieder da!" Sie lächelte, aber als sie Emmas verkniffenes Gesicht sah, änderte sich ihr Gesichtsausdruck von glücklich zu alarmiert.

„Okay", sagte sie, „was ist passiert?"

„Nicht hier", sagte Emma, schaute Jo böse an und drängte ihre Freundin durch die Tür zurück in die Küche.

„Em, du machst mir Angst! Du hast diesen verrückten Blick drauf!"

Emma schob Nat bis zur Theke.

„Caipi!", verlangte sie und Nat sah auf die Uhr.

„Es ist fünf Uhr", bemerkte sie, zuckte aber dann mit den Schultern und begann zu mixen. „Ach was soll's, wir haben schon mal früher angefangen zu trinken."

Emma setzte sich an die Theke und schaute ihrer Freundin zu.

„Sagst du mir jetzt, was passiert ist?", fragte diese während sie die Limetten schnitt.

„Gleich", sagte Emma nur. Sie wollte nicht hier mit ihr reden. Die Wände hatten Ohren, dachte sie finster.

Als Nat zwei große Gläser gefüllt hatte, bat Emma sie, ihr zu folgen. Sie gingen durch das Wohnzimmer, wo Jo gelassen auf der Couch lag und einen Film schaute – Emma schickte ihm eine extra böse Stimmung, die er hoffentlich wahrnahm –, die Treppe nach oben in Nats Zimmer.

Beide setzten sich auf das Bett und ihre Freundin schaute Emma erwartungsvoll an.

„Also, erzähl!", forderte sie Emma auf.

Emma wusste gar nicht, wo sie anfangen sollte.

„Jo hat mich geküsst!", platzte es aus ihr heraus und Nat verschluckte sich an ihrem Caipi.

„Was?", schrie sie ihr hustend entgegen. „Wann? Wieso? Wie war's? Ich glaub es ja nicht. Endlich!"

Emma rollte mit den Augen.

„Es hatte nichts zu bedeuten", holte sie ihre Freundin wieder auf den Boden der Tatsachen zurück. „Er hat es nur gemacht, weil mich das Gungo-Gift aggressiv gemacht hat und er mich ablenken musste!"

Nat schaute Emma skeptisch an.

„Nein, das glaube ich nicht! Ich sehe doch, wie er dich heimlich anschaut. Er hätte auch eine andere Methode wählen können, um dich abzulenken!"

Jetzt war es Emma, die skeptisch schaute.

„Und welche?"

Nat zuckte mit den Schultern.

„Was weiß ich? Die viel wichtigere Frage ist doch: Wie war es?"

Emma dachte an das heftige Gefühl, als Jo sie küsste, wie seine Lippen geschmeckt hatten und wie er sie gehalten hatte.

„Es war unglaublich", gab Emma betrübt zu, „aber das ändert nichts daran, dass es nie wieder passieren wird."

„Sag das lieber nicht zu früh!" Ihre Freundin grinste sie an.

„Du hast ja noch nicht den Rest der Geschichte gehört", stöhnte sie und erzählte ihr, dass Tom vorbei gekommen war und er sie ebenfalls geküsst hatte. Nat war gar nicht mehr zu bremsen. Sie strahlte Emma an und verschüttete beinahe etwas von ihrem Caipi auf dem Bett.

„Ich fasse es einfach nicht! Du knutschst an nur einem Tag mit zwei Typen! Ich weiß gerade gar nicht, wer du bist!"

„Sag das nicht so", murmelte Emma traurig.

„Entschuldige, aber das bist so gar nicht du. Ich meine, nicht, dass ich was dagegen hätte." Sie zwinkerte ihr kurz zu. „Und wie war der Kuss?"

„Anders", gab Emma zu.

„Wie anders?"

„Ja, halt nicht so … wild?!"

„Als würdest du deinen Bruder küssen, oder was?"

Nat lachte und auch Emma stimmte mit ein.

„Ih, nein, natürlich nicht! Aber der Kuss war irgendwie zurückhaltender. Keine Ahnung!"

„Okay", sagte Nat und trank einen Schluck von ihrem Caipi. „Und was ist mit Tom, will er mehr?"

Emma nickte. „Das hat er zumindest gesagt, aber das passt gerade überhaupt nicht. Ich meine, wie lange wollte ich, dass Tom mich küsst? Wie lange habe ich darauf gewartet?"

„Gefühlt hundert Jahre", bemerkte Nat.

Emma schaute sie böse an. „Nein! Aber genau jetzt, wo hier alles drunter und drüber geht, fällt ihm auf, dass er mehr für mich empfindet?"

„Oder er hat gemerkt, dass du Aufmerksamkeit von einem anderen Mann bekommst und wurde eifersüchtig!"

„Du meinst Jo?"

Emma schüttelte den Kopf, dachte aber darüber nach. Es stimmte schon, erst als Jo sie aus dem Wasser gezogen hatte und seitdem eigentlich jeden Tag bei ihr war, meldete sich Tom öfter und kam sogar unangemeldet vorbei. Früher hatte sich ihr Kontakt mit ihm auf die Tauchschule begrenzt.

„Na ja, vielleicht auch nicht!", riss Nat sie aus ihren Gedanken. „Also willst du nicht mit Tom zusammen sein?"

Emma seufzte. „Ich weiß es nicht. Jetzt auf jeden Fall nicht. Ich habe gerade echt genug mit meinem Leben zu tun."

Nat nickte verständnisvoll.

„Und wie war es in Tehal? Hast du dir dort das Kleid gekauft?", brachte ihre Freundin das Gespräch wieder zu ihrem ursprünglichen Thema zurück. Emma sah an sich herunter.

„Ja", bestätigte sie und dachte an Mayla und den Markt. „Es war eigentlich echt schön. Jo war alleine bei der Königin und ich habe den Nachmittag mit Mayla, seiner Schwester, verbracht. Sie ist so ganz anders als er – freundlich und lebensfroh. Sie meinte, ich bräuchte ein anderes Outfit, wenn ich in der magischen Welt unterwegs bin!"

„Also ich finde, sie hat recht. Das Kleid sieht toll aus!"

Emma lächelte verlegen und dachte dann an die Sachen, die Mayla ihr erzählt hatte.

„Jo kann Gefühle sehen", eröffnete Emma ihrer Freundin.

„Wie, er kann Gefühle sehen?"

„Ich meine, er kann sehen, wie du dich gerade fühlst. Ob du sauer bist oder verliebt oder glücklich oder traurig, er kann verdammt noch mal alles sehen!"

Nat starrte sie ungläubig an und Emma merkte, wie die Wut wieder in ihr hochkam.

„Das ist krass", hauchte ihre Freundin nur.

„Ja, das kannst du laut sagen. Und er hielt es nicht für nötig, mir das mitzuteilen. Er war sogar richtig sauer, als ich ihn nach seiner Magie gefragt hatte, dass ich schon dachte, es ist etwas Peinliches, aber dann ist es so was."

Nat sah Emma mitfühlend an.

„Er weiß, wie ich mich in seiner Nähe fühle, Nat", gab Emma betroffen zu und vergrub ihr Gesicht in ihren Händen. „Ich fühle mich so ausgenutzt und entblößt."

Nat nahm sie in die Arme.

„Ich weiß, Süße, das versteh ich! Er hätte es dir sagen müssen, das ist wirklich nicht in Ordnung."

Langsam ließ Nat Emma wieder los und schaute sie besorgt an.

„Und was hast du jetzt vor?"

„Ich weiß es nicht. Ich hoffe einfach, dass die Königin bald jemand anderen schicken wird und wir Jo loswerden."

„Was hat die Königin denn zu deinem nächtlichen Besucher gesagt?"

Das hatte Emma völlig vergessen.

„Das habe ich ihn noch gar nicht gefragt", gestand sie. „Das war aber auch noch nicht alles, was ich heute von Mayla erfahren habe."

„Oje, da kommt noch mehr?", fragte Nat und schaute in ihre Gläser. „Na gut, erzähl weiter, ich trinke langsam."

„Die Augenfarben der Magier zeigen, welche Fähigkeiten sie besitzen."

Nat wurde hellhörig.

„Also weißt du jetzt, was deine Magie ist?"

Emma nickte und berichtete ihrer Freundin von den verschiedenen Augenfarben und den dazugehörigen Fähigkeiten.

„Und blaue Augen gehören zum Wasser", führte Emma ihre Erklärungen weiter. „Wir können das Wasser beherrschen, unter Wasser atmen und sind gute Schwimmer." Emma konnte nicht anders, als ein bisschen stolz zu klingen.

„Abgefahren! Das passt ja alles haargenau!"

Nat wurde nachdenklich.

„Warum haben sie dir das nicht einfach gesagt?", fragte sie dann.

„Keine Ahnung. Mayla meinte, weil meine Augen ja nicht komplett blau sind und sie sich nicht sicher waren."

„Schwachsinn!", grollte Nat und rollte mit den Augen. Dann dachte Emma aber an das Glas und die Glühlampe, die in ihrer Nähe zersprungen waren und somit an die Fähigkeit, Dinge explodieren zu lassen. Sie erzählte Nat davon.

„Das ist auch so eine Sache, über die du mit Jo reden solltest", schlug ihre Freundin vor.

Emma schnaubte. „Nein, danke! Mit dem Idioten rede ich garantiert nicht mehr!"

„Em, ich weiß, du bist sauer, und das zurecht, aber willst du weiterhin im Dunkeln gelassen werden?"

Nein, das wollte sie nicht. Mist, ihre Freundin hatte recht.

„Gut, ich frage ihn … später, … vielleicht."

„Nicht später, nicht vielleicht, jetzt!" Nat zeigte mit ausgestrecktem Finger zur Tür. „Ab mit dir."

„Aber …", wollte Emma protestieren.

„Nichts aber, oder hast du noch mehr zu berichten?"

Emma dachte kurz nach und schüttelte dann den Kopf.

„Gut, dann ab mit dir. Ich geh und mach uns noch einen Caipi."

Grummelnd schlurfte Emma mit Natalie ins Wohnzimmer, wo Jo immer noch auf der Couch herumlungerte. Nat nickte ihr aufmunternd zu und verschwand in die Küche.

Okay, tief ein- und ausatmen, nicht aufregen, beschwor Emma sich und setzte sich zu Jo, allerdings auf die andere Ecke des Sofas. Lieber etwas Sicherheitsabstand halten.

„Können wir reden?", fragte sie vorsichtig.

Jo drehte sich zu ihr und machte den Fernseher aus.

„Worüber?"

„Ich würde gerne wissen, was die Königin zu Talons Auftauchen gesagt hat", fing Emma so ruhig, wie sie konnte, an und versuchte einfach nichts zu empfinden.

„Leider nicht viel", sagte Jo, „wir dachten, dass er abgetaucht wäre, manche dachten sogar er sei tot, aber das ist eindeutig nicht der Fall."

„Wer ist Er?"

„Ein dunkler Magier." Jo seufzte. „DER dunkle Magier. Ihr Anführer! Er hatte nach dem Krieg weiter versucht, die Macht über Tehal zu erlangen."

„Warum ist er hier? Was will er von mir?"

„Ich weiß es nicht. Vielleicht möchte er dich auf seine Seite holen?"

„Wieso sollte er das wollen?"

Emma wusste nicht, was an ihr anders war, als an allen anderen Magiern. Sie besaß ja noch nicht einmal ihre vollständige Magie. Angespannt fuhr sich Jo durch die Haare.

„Wir glauben, dass du zwei Fähigkeiten besitzt", sagte er dann und blickte Emma dabei fest an. „Das glauben wir nicht nur, wir sind uns sicher."

Zwei Fähigkeiten? Wieso? Ging das überhaupt? Aber das mit dem Wasser passte doch einfach zu gut.

„Erinnerst du dich an das Glas, das explodiert ist? An die Laterne heute in Tehal?"

Emma nickte. Ja, aber sie glaubte nicht, dass sie das wirklich getan hatte.

„Du warst wütend, beide Male, du wirst die Wärme in dir bestimmt gespürt haben", sagte Jo. „Du dachtest wahrscheinlich einfach, es sei Zufall, aber es war deine andere Magie." Er machte eine Pause und wartete anscheinend auf eine Reaktion von Emma, aber sie konnte nur sprachlos auf den Boden starren.

„Du hast violette Augen, nur Magier, die zwei Fähigkeiten besitzen, haben violette Augen!"

„Aber ich habe blaue Augen", versuchte Emma eine Erklärung zu finden.

„Deine blauen Augen sind im Moment dominant, weil deine rote Magie sich noch versteckt, je mehr du sie entwickelst, desto violetter werden deine Augen werden."

„Aber ich will keine rote Magie!"

Emma dachte daran, wie die Glühlampe der Laterne heute zersprungen war und die Tehaler sie daraufhin angestarrt hatten. Mayla sagte, rote Magier seien nicht beliebt und Emma verstand, warum. Diese Magie war zerstörerisch.

„Du hast keine Wahl", sagte Jo kalt, „du musst lernen, diese Magie zu kontrollieren, bevor du noch irgendetwas in die Luft sprengst."

Emma blickte ihn erschrocken an.

„Ja, diese Magie ist kraftvoll und kaum verbreitet. Unterschätze sie nicht."

Jo stand auf und lief an ihr vorbei in die Küche. In der Tür hielt er kurz inne und schaute zu ihr zurück.

„Wir fangen morgen mit dem Training an", sagte er nachdrücklich und ließ Emma alleine im Wohnzimmer sitzen. Sie hatte zwei Fähigkeiten? Wieso? Woher? Und wer hatte alles zwei Fähigkeiten? Wie kamen sie zustande? Emma schwirrten so viele Fragen durch den Kopf, dass sie am liebsten nach Tehal gereist wäre, um Mayla um Hilfe zu bitten, aber das ging ja leider nicht ohne Jo. Und wieso war er eigentlich so kühl zu ihr? Wenn überhaupt, hätte sie doch allen Grund, sauer auf ihn zu sein. Was sie ja auch war. Aber warum benahm er sich so komisch?

Mit hängenden Schultern ging Emma nach oben und ließ sich auf ihr Bett fallen. Zwei Fähigkeiten … Was hatte Mayla nochmal über die roten Magier gesagt? Sie konnten Dinge bewegen und sie sogar zerstören. Emma wollte so eine Magie nicht besitzen. Je länger sie darüber nachdachte, desto mehr spürte sie die Wärme in ihrem Innern und versuchte, sie zu unterdrückten.

Es klopfte an der Tür und Nats Kopf erschien ihm Türspalt.

„Hey, noch eine Runde Girls Talk oder möchtest du lieber deine Ruhe?"

Emma lächelte.

„Girls Talk klingt gut", sagte sie und setzte sich auf, woraufhin Nat hereinkam, die Tür mit ihrem Hintern zuschlug und sich mit zwei vollen Gläsern Caipi zu Emma auf das Bett setzte.

„Zwei Fähigkeiten, was?", fragte Nat unverblümt und Emma blinzelte irritiert.

„Sorry, hab an der Tür gelauscht", sagte sie mit einem verschmitzten Grinsen im Gesicht und Emma musste schmunzeln.

„Jap, zwei …!" Emma trank einen Schluck Caipi. „Lass uns nicht weiter darüber reden", sagte sie und ihr Blick glitt zu ihrem Kleiderschrank. Sie drückte Nat ihr Glas mit einem *„Halt mal"* in die Hand und holte die kleine Kiste heraus, in der das Kästchen lag.

„Ist das das Ding, das du im Wrack gefunden hast?", fragte Nat und starrte das verschnörkelte Kästchen ehrfürchtig an.

„Ja, aber ich verstehe es nicht. Es ist wie ein Knobelbild. Die Platten kannst du verschieben." Sie zeigte Nat die verschiedenen Richtungen. „Aber was sollte sich hier öffnen? Und wo? Und wie?"

„Hm, gute Frage."

„Ich hatte versucht, es mit dem Medaillon zu öffnen, aber das hat nicht funktioniert. Es leuchtet auch nicht mehr."

„Vielleicht hatte es die Energie nur in sich, um die Kommode zu öffnen und ist jetzt sozusagen leer", versuchte Nat eine Erklärung zu finden und zuckte mit den Schultern.

„Möglich", überlegte Emma und sah ihrer Freundin zu, wie sie es mit den verschiedensten Positionen und Richtungen probierte, aber es passierte nichts.

„Ich könnte mir vorstellen, dass es eine bestimmte Reihenfolge oder Stellung gibt, in der man die Platten anordnen muss", überlegte Nat laut.

„Ja, nur welche. Das könnten hundert verschiedene Möglichkeiten sein", stimmte Emma zu und sah auf das Kästchen mit den sieben Schubladen.

„Ich würde sagen, das wird eine lange Nacht", merkte Nat an, trank noch einen Schluck Caipi und probierte es gleich mit der nächsten Reihenfolge, aber ohne Erfolg. Irgendwann gaben die beiden auf, kuschelten sich zusammen bei Emma ins Bett und schliefen tief und fest ein.

Fünfzehn

Die Tage vergingen schleppend. Emma hatte sich in der Tauchschule krank gemeldet und nur ein paar Mal mit Tom geschrieben. Er fragte ständig, wie es ihr ging und wann sie wieder in die Tauchschule käme, aber sie hatte einfach keine Zeit und vor allem keinen Kopf dafür. Auch die Stelle als Tauchlehrerin, die Tom ihr angeboten hatte, hatte sie schweren Herzens erst einmal abgelehnt, was er natürlich überhaupt nicht verstand. Doch für Emma war es besser so. Sie hatte mittlerweile so viele Versuche unternommen, das Kästchen zu öffnen, dass sie es vor zwei Tagen wütend in den Schrank verfrachtet und seitdem auch nicht mehr herausgeholt hatte. Auch ihr Training, um ihre Magie zu kontrollieren, beziehungsweise, diese erst einmal wieder richtig herzustellen, lief alles andere als vielversprechend. Jo hatte beschlossen, dass sie zuerst ihre rote Magie trainieren würden, da ihre blaue Wassermagie einfacher zu kontrollieren sei. Aber mit der roten Magie kam Emma leider gar nicht zurecht. Jo hatte ihr gesagt, dass sie ihre Gefühle unter Kontrolle haben sollte, was nur dazu geführt hatte, dass sie mittlerweile zwei Glühlampen aus der Wohnzimmerleuchte auf dem Gewissen hatte. Er regte sie einfach auf mit seiner Oberlehrer-Attitüde, sodass sie sich in seiner Nähe nicht entspannen konnte.

„Du versuchst es ja noch nicht mal", schimpfte er und schaute Emma böse an, als sie sich eines Abends zusammen am Strand befanden. Emma saß im Sand und hatte eine leere Plastikflasche in zwei Meter Entfernung vor sich liegen. Laut Jo sollte sie sich auf ihre Magie konzentrieren und die Flasche bewegen. Das klappte schon mal ganz gut, zumindest wenn sie wütend war. Sie konnte diese Hitze einfach noch nicht erzeugen, wenn sie nichts fühlte oder eben gerade glücklich war. Aber wenn sie sauer wurde, spürte sie diese Energie in ihr, die aus ihr heraus wollte. Doch selbst dann schaffte sie es nicht, ihre Gabe richtig zu lenken. Eine Handbewegung, mehr sollte laut Jo nicht nötig sein, um die Energie durch den Arm und aus den Fingerspitzen auf etwas – oder jemanden, dachte Emma böse, als Jo ihr wieder einen Vortrag hielt – zu schießen, um etwas zu bewegen.

Emma versuchte es, aber die Hitze wollte einfach nicht aufkommen.

„Konzentrieren, Emma! Das kann doch nicht so schwer sein!" Jo schritt ungeduldig hinter ihr auf und ab. Seitdem sie vor ein paar Tagen aus Tehal zurückgekehrt waren, ging sie ihm aus dem Weg. Nur zum Üben setzte sie sich mit ihm zusammen und war froh, wenn sie sich danach wieder verkriechen konnte. Er hatte sich nie bei ihr entschuldigt, dafür, dass er ihr seine Magie verheimlicht hatte. Er verhielt sich wie der Idiot, der er eben die ganze Zeit schon war. Aber zu Emmas Ärger kam hinzu, dass sie Jo trotzdem noch anziehend fand und sich oft dabei ertappte, wie sie an ihn und den Kuss dachte.

Emma spürte die Wärme, die sich in ihrem Bauch bildete, spürte das Kribbeln in ihren Adern. Zuverlässig wie immer, wenn sie daran dachte und wütend wurde, kletterte die Hitze hoch zu ihren Schultern, senkte sich in ihre Arme und pochte in den Fingerspitzen. Emma streckte ruckartig ihren rechten Arm aus. Ein lauter Knall ertönte und sie sah, wie der Sand ein paar Meter neben der Plastikflasche aufgewirbelt wurde, als wäre dort ein unsichtbarer Ball eingeschlagen. Emma seufzte. Sie traf einfach nicht.

„Du warst wütend!", stellte Jo fest und stellte sich vor Emma hin. „Das war nicht der Zweck der Übung! Du musst deine Energie in jeder Lebenslage erzeugen können. Es bringt nichts, wenn dich immer erst jemand sauer machen muss!"

„Wenn du dabei bist, geht das ganz einfach", entgegnete Emma finster und stand auf. Ihr Hintern tat weh, sie saß schon seit Stunden im Sand. Jo schaute sie gereizt an.

„Können wir für heute Schluss machen?", fragte Emma genervt, „Cole kommt gleich und ich würde vor dem Essen gerne noch duschen."

Jo nickte nur, hob die Flasche auf und ging an Emma vorbei zum Haus zurück.

„Ich frage mich, warum du eigentlich sauer auf mich bist!", rief Emma ihm hinterher, als sie ihm nachlief.

Ruckartig drehte sich Jo um, sodass sie fast in ihn reingerannt wäre.

„Ich bin sauer, weil du dich nicht anstrengst, weil deine Magie schon viel weiter sein könnte und weil ich endlich wieder diese Menschenwelt verlassen will!"

Autsch, das hatte gesessen. Jo wollte weg, weg aus dieser Welt und auch weg von ihr. Es stimmte, er war schon fast zwei Wochen hier und sie hatte keine großen Fortschritte gemacht.

„Hättet ihr mir früher erzählt, was überhaupt meine Magie ist, beziehungsweise meine zwei, hätte ich auch schon früher richtig üben können", konterte sie und versuchte sich vor Jo aufzubauen, was nicht so gut gelang, da er nicht nur größer als sie war, sondern auch über ihr auf der Düne stand.

„Du solltest mal lernen, die Schuld nicht bei anderen zu suchen. Deine Fortschritte sind erbärmlich und das weißt du!"

„Ja, genauso erbärmlich wie dein Verhalten!"

Damit ließ sie ihn stehen und ging an ihm vorbei zum Haus. Sie sah sich nicht noch einmal um. Was meinte er eigentlich, wer er war? Sie versuchte es, aber ihre Magie war immer noch blockiert, das fühlte sie. Und außerdem hatte das Training schon was gebracht. Zumindest, wenn sie sauer wurde, spürte sie die

Magie in sich deutlich und auch ihre Augen hatten sich verändert. Sie nahmen immer mehr einen lilafarbenen Ton an, bemerkte Emma, als sie am Haus ankam und im Hausflur am Spiegel vorbeiging.

„Nat?", rief Emma und hörte im gleichen Augenblick, jemanden in der Küche fluchen.

Schmunzelnd ging Emma in Richtung des Schimpfkonzertes und sah, dass der Raum eher einem Schlachtfeld als einer Küche glich.

„Ich dachte, du wolltest kochen und nicht neu dekorieren", witzelte sie, als sie das Chaos sah, das ihre Freundin angerichtet hatte. Die fand Emmas Humor allerdings gerade gar nicht lustig, denn sie bestrafte sie mit einem finsteren Blick. Ihre Haare hatte sie hochgesteckt, aber wirre Strähnen standen kreuz und quer ab. Ihre Schürze war voller Flecken, die verdächtig nach Tomatensoße aussahen.

„Was hab ich mir nur dabei gedacht?", fragte Nat verzweifelt und stützte sich an der Arbeitsplatte ab. „Ich kann nicht kochen, warum habe ich Cole erzählt, dass ich für ihn koche?"

Emma lachte. „Das weiß ich auch nicht!"

Sie schaute sich an, was Nat bisher gezaubert hatte. Die Tomatensoße mit Hackbällchen sah eher aus wie Blut mit Kohlestücken und die Nudeln waren so zerkocht, dass sie mehr ein klebriger Haufen waren, als einzelne Spaghetti.

Emma sah Nat verdutzt an. „Also, wenn du ihm das auftischst, wird er nicht nochmal zu uns kommen, glaube ich!"

„Was soll ich nur machen?"

Emma hatte Nat noch nie so verzweifelt gesehen. Sie wollte Cole beeindrucken, das merkte man und das war völlig neu für sie. Normalerweise liefen die Männer in Scharen hinter ihr, ohne dass sie etwas dafür tun musste. Anscheinend war dieser Cole wirklich etwas Besonderes.

„Wie wäre es, wenn ich schnell zu Will hinübersprinte, was zum Essen hole und wir die Sachen einfach auf Tellern anrichten, als hättest du es gekocht?", schlug Emma vor.

Nat schien zu überlegen.

„Das könnte funktionieren", sagte sie jetzt ein bisschen munterer.

„Gut, wie viel Zeit haben wir noch?"

„Eine Stunde!"

„Das schaffen wir. Okay, du räumst hier auf, ich geh schnell duschen, dann geh ich rüber zu Will und in der Zwischenzeit gehst du duschen. Deal?"

„Deal!" Nat begann sofort alles in den Müll zu werfen, während Emma nach oben ging und eine schnelle Dusche nahm. Sie zog sich ein ärmelloses, enges, khakifarbenes Kleid an, das am Bauch geschnürt war und seitliche Beinschlitze hatte, die bis zu den Knien gingen. Dazu trug sie flache Sandalen und ließ ihre Haare einfach trocknen, sodass sie in kleinen Wellen auf ihren Schultern lagen. Sie machte sich extra etwas schicker als sonst, denn wenn ihre Freundin einen Typen seit mehr als einer Woche traf, dann war das schon ein besonderer Anlass. Sie lief schnell nach unten, wo Nat ihr bereits entgegenkam.

„Küche ist aufgeräumt, Geld liegt auf der Theke und ich gehe jetzt duschen!", sagte sie im Vorbeigehen und verschwand im Badezimmer.

Emma grinste und schüttelte den Kopf. Sie ging in die Küche, schnappte sich das Geld und hielt Ausschau nach Jo, den sie aber, zu ihrer Überraschung, nirgends entdecken konnte. Sie schnappte sich ihre Umhängetasche und ging die Straße entlang, vom Strand weg zum Zentrum der kleinen Stadt. Sie brauchte für den Weg zu dem indischen Imbiss lediglich fünf Minuten.

Zum Glück war er nicht so voll. Emma begrüßte Will, einen alten Studienfreund, der den Laden von seinem Vater vor zwei Jahren übernommen hatte, mit einer festen Umarmung.

„Emma, dich hab ich ja schon ewig nicht mehr gesehen", sagte Will freudestrahlend, „ihr bestellt wohl lieber bei Wang Tan, oder wie?" Er tat so, als wäre er beleidigt.

„Wir haben gelernt zu kochen", scherzte Emma, versuchte aber eine ernste Miene aufzusetzen. Will schien schockiert.

„Oh mein Gott, steht euer Haus noch?", fragte er und fing dann herzhaft an zu lachen. Emma tat es ihm gleich. Es war schön, mit Will zu scherzen, das war so unbeschwert. Sie hatte schon seit Tagen nicht mehr richtig gelacht. Zu Hause gab es dafür im Moment nur sehr wenige Anlässe.

Sie bestellte fast alles von der Karte. Chicken Makhani natürlich für sie, das war ein geniales Gericht mit Hühnchen und Curry, für das Emma sterben würde. Dann natürlich Tandoori Chicken, Biryani, ein stark gewürztes Reisgericht, und Aloo Gobi Masala, ein Mix aus Kartoffeln und Blumenkohl mit natürlich jeder Menge Gewürzen. Schon beim Geruch lief Emma das Wasser im Mund zusammen. Sie ging nach draußen, während in der Küche gearbeitet wurde, und setzte sich auf die Stufen vor der Eingangstür. In Bajo Rianja war nicht viel los. Gegenüber war ein Bäcker, der aber schon geschlossen hatte. Etwas weiter die Straße hinunter gab es einen kleinen Platz auf dem ein Klettergerüst, mit Rutsche und Bänken drum herum, stand. Emma sah zwei ältere Männer auf einer Bank sitzen, die sich angeregt unterhielten. Eine Mutter half ihrem Kind, auf das Klettergerüst zu steigen, und links an der Ecke, die in die nächste Straße führte, stand eine schwarze Gestalt.

Emma stand erschrocken auf und starrte zu der Straßenecke. Zwar war es noch hell, aber der Mann stand vollkommen im Schatten des Hauses. Oder bildete sie sich das nur ein?

„Emma, deine Bestellung ist fertig!", rief Will nach draußen. Sie drehte sich um, warf aber, bevor sie reinging, noch einen Blick zurück. Doch die Gestalt war weg.

Okay, es wurde Zeit nach Hause zu gehen, fand Emma. Den kurzen Weg zurück sprintete sie mehr, als dass sie gemächlich lief. Erleichtert bog sie in die Straße zu ihrem Haus ein und hätte sofort wieder duschen gehen können, als sie über die Veranda in die Küche ging. Völlig außer Puste stand sie an der Theke. War das Talon gewesen? Beobachtete er sie jetzt schon außerhalb ihrer Träume? Emma bekam eine Gänsehaut, obwohl ihr heiß war.

„Wo warst du?"

Jos gereizte Stimme drang an ihr Ohr und sie zuckte erschrocken zusammen. Er stand in der Küchentür und war – natürlich wie immer – schlecht gelaunt.

„Meine Güte, musst du mich so erschrecken?"

Er verschränkte die Arme und blickte sie weiter durchdringend an.

„Ich war Essen holen", sagte Emma und zeigte auf die Tüten vor ihr auf der Theke.

„Alleine?"

„Nee, ich hatte meinen unsichtbaren Freund dabei." Emma rollte mit den Augen und begann, in der Küche nach Schüsseln zu suchen, in die sie die Gerichte verteilen konnte.

„Du sollst nicht alleine rausgehen, wie oft habe ich dir das schon gesagt?"

„Boah, keine Ahnung, gefühlte hunderttausend Mal?"

„Und wieso, verflucht, kannst du nicht auf das hören, was ich sage?"

Jetzt wurde Jo richtig wütend und auch Emma spürte die Wärme, die sich in ihr aufbaute. Sie hasste es, von ihm bevormundet und auf Schritt und Tritt begleitet zu werden. Zugegeben, das mit der Gestalt vorhin war gruselig, aber sie war schließlich keine sechs mehr. Sie brauchte keinen Beschützer und erst recht nicht Jo!

„Du machst es einem sehr schwer, dir zu gehorchen!", motzte Emma und knallte die Schüsseln härter als gewollt auf die Arbeitsfläche.

„Verdammt nochmal, ich bin dein Wächter! Ich habe die Verantwortung für dich!"

„Nein, verdammt nochmal", schrie Emma, denn jetzt war sie richtig sauer, „ich habe die Schnauze voll, dass du ständig meinst, mir sagen zu müssen, was ich machen darf und was nicht, dass du mich auf Schritt und Tritt begleitest, dass ich seit Tagen in diesem Haus festsitze und deine beschissenen Launen über mich ergehen lassen muss!"

Es tat gut, Jo endlich mal alles an den Kopf zu werfen. Sie hatte die Nase so voll, von ihm ständig rumkommandiert zu werden. „Es wird Zeit, dass du wieder in deine geliebte magische Welt verschwindest!"

Emma hatte gar nicht mitbekommen, wie sie auf Jo zugegangen war. Jetzt stand sie so dicht vor ihm, dass sie seinen unwiderstehlichen Duft riechen konnte, der sie immer wieder durcheinanderbrachte. Seine türkisfarbenen Augen funkelten sie an. Er sagte kein Wort. In einer schnellen Bewegung – Emma bekam keine Chance, zu reagieren – hatte er sie zu sich herangezogen und sie mit dem Rücken gegen die Wand gedrückt. Seine Lippen fanden ihre. Emma wusste nicht, wie ihr geschah. Seine Hände legten sich fest um ihren Körper und er presste sich dicht an sie. Sein Kuss war fordernd, stürmisch. Es gab keine Luft, keinen Spalt zwischen ihnen. Emma schlang ihre Arme um seinen Hals und erwiderte seinen Kuss. Seine Hände wanderten ihren Rücken nach unten. Er legte eine Hand um ihren Oberschenkel und zog ihr Bein zu sich hoch, sodass sie es um seine

Taille schlingen konnte. Ein Stöhnen entwich ihren Lippen, woraufhin Jo sie noch begieriger zu sich heranzog. Ihr ganzer Körper stand in Flammen, aber nicht wegen ihrer Magie. Sie spürte sein Verlangen und ihre eigene Sehnsucht. Sie wollte ihn mit jeder Faser ihres Körpers. Viel zu früh gab er ihre Lippen wieder frei, entfernte sich aber nicht. Sein Gesicht schwebte nur Zentimeter über ihrem und Emma bemerkte, dass er genauso außer Atem war wie sie.

„Bitte geh nicht mehr alleine irgendwohin", sagte er leise und seine Stimme klang brüchig und rau. Er legte ihr eine Hand an die Wange und sein Daumen streifte ihre Lippen.

„Ich will nicht, dass dir etwas passiert." Sein intensiver Blick traf Emma und sie sah die Aufrichtigkeit darin.

Im gleichen Augenblick schwang die Tür nach innen auf und Nat kam in die Küche. Als sie Emma und Jo so dicht beieinanderstehen sah, wobei Emma noch ein Bein um ihn geschlungen hatte, legte sich ein breites Grinsen auf ihr Gesicht.

„Oh", sagte sie und grinste von einem Ohr zum anderen, „ich wollte nicht stören!"

Jo entfernte sich von Emma und räusperte sich.

„Du störst nicht", brummte er und ging an ihrer Freundin vorbei ins Wohnzimmer. Nat schaute ihm nach und ließ dann die Tür zufallen.

„Oh mein Gott, oh mein Gott, oh mein Gott!", rief sie leise, damit Jo sie nicht hörte. „Habt ihr euch schon wieder geküsst?"

Emma wurde rot und konnte nur verstohlen nicken. Er hatte sie wirklich wieder geküsst. Und wie er sie geküsst hatte! Emma spürte noch seine Lippen auf ihren. Wäre Nat nicht reingekommen, was wäre dann noch passiert? Sie hätte sich sicher nicht bremsen können. Warum hatte er das getan? Was meinte er damit, er wollte nicht, dass ihr etwas passierte? Machte er sich wirklich Sorgen um sie?

Nat fuchtelte ungeduldig mit der Hand vor Emmas Augen herum.

„Was?", fragte Emma perplex. Sie hatte gar nicht mitbekommen, was ihre Freundin gesagt hatte.

„Ich sagte, so gerne ich auch mit dir darüber reden würde, wir müssen uns beeilen, Cole kommt in fünf Minuten!"

Das half Emma, sich aus ihrer Starre zu lösen.

„Ähm, ja klar, sorry", sagte sie kopfschüttelnd und half Nat die Gerichte in die Schüsseln zu verteilen und den Holztisch auf der Veranda einzudecken. Keine Minute zu früh – Nat hatte gerade das letzte Glas mit Wein gefüllt – klingelte es an der Eingangstür. Aufgeregt lief Nat zur Tür, während Emma ihr langsam folgte. Als sie ins Wohnzimmer kam, stand Jo schon abwartend da und Emma gesellte sich zu ihm. Sie sah ihn nicht an, sie achtete lieber auf Cole. Er war genau Nats Typ, war sich Emma sicher und er sah verdammt gut aus, das musste sie gestehen. Er war groß, muskulös, hatte mehrere Tattoos auf den Armen, ein markantes Gesicht und etwas längere, fast schwarze Haare, die knapp bis auf seine Schultern reichten. Nat strahlte, als sie sich bei ihm unterhakte und die zwei auf Emma und Jo zugingen.

„Cole, das ist Emma, meine beste Freundin und Mitbewohnerin." Emma streckte die Hand aus.

„Freut mich, dich endlich kennenzulernen", sagte sie, während Cole ihre Hand schüttelte.

„Mich auch!" Er hatte eine sehr tiefe Stimme und fast schwarze Augen, die so durchdringend waren, dass Emma das Gefühl hatte, er könnte tief in sie hineinsehen. Sie musste sich zwingen, wegzuschauen.

„Und das ist Jo", sagte Nat, „er ist ein Freund, der im Moment bei uns auf der Couch lebt, weil seine Wohnung einen Wasserschaden hat."

Die drei hatten sich auf diese Erklärung geeinigt, um Cole zu erklären, wer Jo war.

Jo schüttelte Cole ebenfalls die Hand, jedoch tauschten die beiden eher frostige Blicke aus. Emma rollte mit den Augen. Er konnte sich nicht mal zusammenreißen, wenn Besuch da war. Falls Nat etwas von der angespannten Stimmung zwischen den beiden bemerkte, ließ sie sich jedenfalls nichts anmerken. Sie gingen auf die Veranda. Nat und Cole teilten sich die Bank, während Emma rechts daneben und Jo links auf einem Sessel Platz nahm.

„Hast du das etwa alles selbst gekocht?", fragte Cole beeindruckt, als er die vielen Schalen sah.

Nat grinste verlegen.

„Na ja, du solltest vielleicht von mir wissen, dass ich keine besonders gute Köchin bin."

Emma schnaubte und alle blickten sie an.

„Sorry, Nat, aber keine besonders gute Köchin? Du kannst nicht mal Nudeln machen." Emma fing an zu lachen. Nat und Cole stimmten ein, nur Jo saß mit verkniffener Miene da. Emma warf ihm einen strengen Blick zu. Was hatte er jetzt wieder für ein Problem?

Sie begannen zu essen und es schmeckte ausgezeichnet, viel besser als die Spaghetti mit Tomatensoße, die geplant gewesen waren. Sie unterhielten sich über das Haus, über Nat und Emma, wie lange sie schon befreundet waren, was sie schon alles zusammen erlebt hatten und tauschten sich über Nats Arbeit aus. Cole war wirklich nett, aber er hatte auch etwas Gefährliches an sich, fand Emma. Es war die Bad-Boy-Attitüde, die Nat immer so anziehend fand. Auch sie musste zugeben, dass Cole sie in seinen Bann zog. Verflixt, Emma, das ist Nats Freund, jetzt reiß dich mal zusammen, ermahnte sie sich deshalb.

Irgendwann waren alle satt und lümmelten auf ihren Plätzen.

„Man, das war wirklich gut", sagte Cole, „ich bin froh, dass du nicht gekocht hast."

Er neckte Nat und sie zwickte ihm in die Seite.

„Hey!" Sie tat, als wäre sie eingeschnappt, woraufhin Cole ihr Kinn zwischen seine Finger nahm und sie zärtlich auf den Mund küsste. Emma schaute verlegen weg und ihr Blick begegnete Jos. Am liebsten wäre sie aufgesprungen und über ihn hergefallen. Sie stellte sich das gerade bildlich vor. Wie dämlich Nat dann schauen würde, dachte Emma und musste schmunzeln, woraufhin sie einen verwirrten Blick von Jo erntete.

„Und Cole", unterbrach Jo das knutschende Pärchen unbarmherzig, „wie habt ihr euch eigentlich kennengelernt?"

Cole räusperte sich.

„Ich war bei Nat im Krankenhaus, als Patient, und sie durfte sich um mich kümmern", erzählte er und schaute Nat dabei verliebt an. Okay, so langsam wurde es auch Emma etwas zu viel mit der Turtelei.

„Warum warst du im Krankenhaus?", fragte Jo dann und Cole verzog keine Miene.

„Ich hatte mich beim Streichen verletzt, bin ungeschickt von der Leiter gefallen und umgeknickt."

„Beim Streichen?" Jo schien wenig überzeugt und Emma fragte sich, worauf er hinaus wollte.

„Ja, ich bin gerade erst hergezogen."

„Und wieso bist du hierhingezogen?"

„Jo", riss Emma seine Aufmerksamkeit auf sich, „was hältst du davon, wenn wir abräumen und den beiden Turteltauben ein bisschen Zeit für sich lassen?"

Ihr Blick verdeutlichte, dass er bloß nicht widersprechen sollte. Zu ihrer Überraschung nickte er nur und räumte mit ihr gemeinsam die Teller und Schüsseln zusammen und brachte alles in die Küche. Emma schloss die Verandatür und stellte sich zu Jo ans Spülbecken.

„Was ist denn nun schon wieder mit dir los?", zischte sie. „Was hast du gegen Cole?"

„Ich traue ihm nicht."

„Ach, das ist ja ganz was Neues", sagte Emma und begann damit, die Teller abzuspülen. Jo enthielt sich einer weiteren Meinung und half Emma, indem er abtrocknete. Irgendwann, als Emma und Jo fertig mit dem Abwasch waren, kamen Nat und Cole Arm in Arm in die Küche.

„Wir wollten noch ins Plaza, kommt ihr mit?", fragte ihre Freundin.

Jo schüttelte sofort den Kopf und auch Emma war wenig begeistert.

„Sorry, da bin ich raus", sagte sie, „aber euch beiden wünsche ich viel Spaß!" Emma zwinkerte Nat verschwörerisch zu.

„Den werden wir haben", sagte sie nur, drückte Cole einen Kuss auf die Wange und sie wandten sich zum Gehen.

„Hat mich gefreut, euch kennengelernt zu haben", fügte Cole noch an.

„Uns auch." Emma antwortete einfach für Jo mit, da dieser anscheinend nicht antworten wollte.

Als beide aus der Tür waren, sah Emma auf die Uhr – halb zehn. Jo räumte noch den letzten Teller weg und stand dann, genau wie Emma, unschlüssig in der Küche. Was sollte sie sagen? Sollte sie den Kuss ansprechen? Oder einfach auf ihr Zimmer gehen? Oder sie könnten sich auf die Couch kuscheln und einen Film schauen? Aber ob Jo das wollte? Er war nach dem Kuss wieder so komisch gewesen. Was hatte ihm der Kuss bedeutet?

„Bist du müde?", fragte Jo unvermittelt und schloss die Verandatür ab.

„Eigentlich nicht", antwortete Emma und ein Hoffnungsschimmer keimte in ihr auf. Wollte er etwa vorschlagen, dass sie noch etwas zusammen machten? Sie merkte, wie sie nervös wurde und versuchte sofort, ihre Emotionen zu unterdrücken. Sie wollte nicht, dass er sah, wie sie sich fühlte.

Jo schien zu überlegen, was er sagen sollte. Schließlich seufzte er.

„Du solltest dich ausruhen, wir müssen morgen weiter üben, damit du deine Magie beherrschen kannst, wenn ich nach Tehal zurückkehre."

Peng! Der Hoffnungsschimmer platzte wie ein kaputter Luftballon und Emma merkte, wie enttäuscht sie war. Anscheinend war sie ihm doch nicht so wichtig, wie sie gehofft hatte. Er würde wieder nach Tehal gehen. Wenn es nach ihm ging, je eher desto besser.

„Ja, vielleicht hast du recht."

Emma straffte die Schultern und versuchte, sich nicht anmerken zu lassen, wie verletzt sie war, als sie an Jo vorbei aus der Küche ging. In ihrem Zimmer warf sie sich mit dem Gesicht zuerst auf ihr Bett und erlaubte sich für einen kurzen Moment, in Selbstmitleid zu zerfließen. Warum war er jetzt wieder so? Erst küsste er sie, dann sagte er, es wäre nur geschehen, um sie abzulenken. Dann küsste er sie noch einmal und verhielt sich danach so, als sei es eine falsche Entscheidung gewesen. Aber warum? Wenn er sie mochte, warum machte er es ihnen beiden so schwer? Er musste doch wissen, wie sie sich von ihm angezogen fühlte. Sie nahm ihr Kissen und schrie kräftig hinein. Sie brüllte den ganzen Frust einfach raus, bis ihr die Puste ausging. Es war zum Verrücktwerden!

Emma blieb auf ihrem Bett liegen, sie hatte keine Lust, sich bettfertig zu machen oder noch etwas an ihrer Magie zu üben. Sie wollte einfach nur daliegen und wenn möglich, an nichts denken. Das funktionierte besser als gedacht, denn nach wenigen Minuten war sie tief und fest eingeschlafen.

„Emma? Emma hörst du mich?"

Emma riss erschrocken die Augen auf. Sie lag in ihrem Bett. Es war dunkel im Zimmer, weswegen sie nicht wusste, wie lange sie geschlafen hatte.

„Emma, ich würde mich gerne mit dir unterhalten."

Woher kam diese Stimme? Sie kannte die Stimme. Sie setzte sich auf und sah ihn auf ihrer Fensterbank sitzen. Talon. Er war wieder komplett in schwarz gekleidet. Er sah genauso aus, wie die Male, die sie ihn in ihren Träumen gesehen hatte, mit einer Ausnahme: Sie sah sein Gesicht – seine markanten Züge, den dunkelbraunen, langen Zopf, den er im Nacken gebunden hatte, und die durchdringendsten roten Augen, die sie jemals gesehen hatte.

Sechzehn

Emma sprang erschrocken vom Bett auf und versuchte so viel Raum zwischen sich und Talon zu schaffen wie möglich, was in dem kleinen Zimmer gar nicht so einfach war, weswegen sie jetzt ihren Rücken gegen den Wandschrank presste. Sie wollte schreien, aber sie konnte nicht. Sie war viel zu schockiert davon, dass Talon in ihrem Zimmer war und dass er wirklich einfach nur dasaß. Ganz ruhig und entspannt hatte er ein Bein über das andere geschlagen und musterte sie mit seinen roten Augen.

„Du brauchst keine Angst vor mir zu haben", sagte er und seine, tiefe Stimme trieb Emma eine Gänsehaut über den Körper. „Ich will nur mit dir reden."

„Warum?", fragte sie und merkte, wie ihre Stimme vor Angst bebte.

„Weil du etwas Besonderes bist", flüsterte er honigsüß und wechselte seine Beinposition. „Ich kannte deine Eltern sehr gut. Deine Mum war auch etwas Besonderes, genau wie du. Diese violetten Augen konnten einen in ihren Bann ziehen."

Emma blinzelte. Er kannte ihre Eltern? Meinte er das ernst?

„Ich schätze mal, du glaubst mir nicht, aber ich kannte die beiden wirklich. Wir waren früher zusammen auf der Akademie. Wir hatten zwar unterschiedliche Freundeskreise, in denen wir uns bewegten, aber ich kannte sie. Und ich bin mir sicher, dass du bestimmt viele Fragen über deine Herkunft hast."

Er formulierte es nicht als Frage. Er wusste, dass Emma Antworten wollte.

„Warum sollte ich dir auch nur ein Wort glauben, von dem, was du sagst?" Emma dachte an Jos Worte, dass sie Talon nicht vertrauen sollte.

„Warum sollte ich dich anlügen?", stellte Talon die Gegenfrage.

Um sie zu manipulieren, kam es Emma in den Sinn, aber sie sprach es nicht aus. Sie war neugierig.

„Was willst du von mir?"

„Ich will, dass du zu mir kommst. Wie du unschwer sehen kannst, besitze ich die gleiche Magie wie du." Er machte eine leichte Handbewegung und ihre Bettdecke schob sich wie von Geisterhand am Kopfende zusammen. Emma starrte entgeistert auf ihr Bett. So einfach sollte das mit ihrer Magie sein?

„Jo mag vielleicht ein guter Wächter sein, aber er ist kein guter Lehrer. Du könntest mit deiner Magie schon viel weiter sein und ich bin bereit, dich alles zu lehren, was ich weiß." Talon sprach einfach weiter und ließ Emma nicht aus den Augen.

„Was sie dir in Tehal über mich und die anderen Magier erzählt haben, Emma, entspricht nicht der Wahrheit. Wir beherrschen mehr Magie als jeder Einzelne in Tehal, das stimmt, jedoch ist diese Magie nicht böse, sie ist mächtig. Aber die Königin und ihre Anhänger grenzen uns aus. Sie haben Angst und sie verbreiten die Angst vor den schwarzen Magiern bei den Völkern, dabei wollen wir nur das Beste für Tehal und das magische Volk. Wir wollen uns nicht mehr verstecken, wir wollen frei sein. Und du, mit deinen zwei Fähigkeiten, du bist jetzt schon mächtiger, als andere." Talon klang fast prophetisch und kam nun langsam auf Emma zu.

„Überlege nur mal, was du mit mir erreichen könntest, wie stark du sein könntest. Niemand würde dir sagen, was du zu tun und zu lassen hast, erst recht kein Mitternachtswächter!"

Emma hörte Talon gebannt zu. Sie klebte förmlich an seinen Lippen. Sie wusste nicht, wie er es machte, aber er zog sie in seinen Bann.

„Du könntest in die Fußstapfen deiner Mutter treten", sprach er weiter und stand nun vor ihr.

„Sie war eine begnadete Magierin und eine unglaublich mutige Frau. Es ist schade, dass sie so früh gestorben ist."

Emma blickte ihn verwundert an.

„Meine Mutter?"

„Ja, deine Mutter gehörte mal zu mir. Wir hatten großartige Pläne für die magische Welt, wir wollten so viel erreichen." Emma hörte, wie euphorisch Talon wurde, als er über die Vergangenheit sprach.

„Doch dann hat sich deine Mutter gegen mich entschieden. Sie lernte deinen Vater kennen. Er war ein hohes Tier bei den Wächtern."

Talon seufzte und strich Emma eine Haarsträhne hinter ihr Ohr. Sie verkrampfte sich automatisch und hielt die Luft an.

„Du siehst aus wie sie, weißt du das eigentlich?" Er holte tief Luft und sein Gesichtsausdruck wurde hart.

„Es ist schade, dass du von den Leuten, denen du vertraust, so im Dunkeln gelassen wirst, Emma."

„Wen meinst du?"

„Die Königin, deinen Mitternachtswächter, der unten tief und fest schläft, und auch seine bezaubernde Schwester Mayla."

Emma war verwirrt. Woher wusste er, mit wem sie Kontakt hatte und was, zum Teufel, meinte er damit, dass sie im Dunkeln gelassen wurde?

„Ich habe meine Augen und Ohren überall, Emma, das solltest du wissen. Mich überrascht man nicht so leicht."

Er machte eine abschätzige Handbewegung.

„Aber darum geht es nicht. Diese Leute erzählen dir nicht alles, Emma! Das müsstest du doch schon längst herausgefunden haben. Jo hat dir überhaupt nichts über die magische Welt erzählt, oder? Sie sagen dir nicht einmal, was es mit deiner Augenfarbe auf sich hat, warum du so in Gefahr bist! Sie erzählen dir nichts über deine Eltern, über deine Herkunft oder warum, beziehungsweise durch wen, sie gestorben sind." Er schüttelte missbilligend den Kopf.

Emma verstand die Welt nicht mehr. Ihre Eltern waren in einem Feuer umgekommen, in ihrem Apartment. Oder etwa nicht? Wussten alle mehr über sie und ihre Eltern und verschwiegen es ihr? Ein Stich fuhr Emma durch den Bauch. Ließen sie sie absichtlich im Dunkeln?

„Ich will ehrlich zu dir sein, Emma." Talon trat einen Schritt zurück und seine Tonlage veränderte sich. „Es wird ein Krieg kommen. Ich werde meine Visionen für die magische Welt umsetzen und ich habe viele, die hinter mir stehen. Ich hoffe, du entscheidest dich für die richtige Seite."

Er ging zurück zur Fensterbank und setzte sich wieder wie zu Beginn ihres Gesprächs dorthin.

„Ich gebe dir eine Woche. Entscheide dich! Ich kann dir nicht nur helfen, deine Magie zu entfalten, ich kann dir auch sagen, warum sie blockiert wurde und von wem. Und ich werde dir jede Frage beantworten, die du hast."

Er wusste, wer ihre Magie blockiert hatte? Emma wurde nervös, woher wusste er das?

„Solltest du entscheiden, mir nicht zu folgen, werde ich dich genauso als meinen Feind betrachten wie alle anderen in der magischen Welt, die sich gegen mich stellen wollen."

Er machte eine Handbewegung und Emma öffnete ihre Augen. Sie lag wieder auf ihrem Bett, genauso wie sie vorhin eingeschlafen war, in ihrem Kleid. Sie blickte zur Fensterbank, aber die war, bis auf ein paar bunte Kissen, die immer dort lagen, leer. Emma sah auf den Wecker an ihrem Bett. Es war halb zwei. War das nur ein Traum gewesen? Hatte Talon sie wieder in ihrem

Traum besucht, weil er wusste, dass Jo unten war? Dass er die beiden stören könnte?

Verwirrt richtete sie sich auf und blickte sich im Zimmer um. Woher wusste Talon all das? Er kannte ihre Eltern. Sie waren Magier gewesen, natürlich, woher sollte Emma sonst ihre Fähigkeiten haben. Aber warum hatte es niemand gewusst?

Emma stand auf und ging nach unten. Jo schlief friedlich auf der Couch. Was verheimlichte er ihr? Ließen er und die Königin sie wirklich im Dunkeln tappen? Wussten sie viel mehr, als sie ihr erzählten? Aber warum sollten sie das machen? Was hätten sie davon? Kopfschüttelnd ging Emma in die Küche und trank ein Glas Wasser.

Talon hatte sie nicht bedroht. Er hatte wirklich nur mit ihr geredet. Und was er gesagt hatte, machte Sinn. Emma fiel aber einfach kein Grund ein, warum man ihr nicht alles erzählte. Schließlich ging es ja um sie.

„Was ist los?"

Erschrocken drehte sie sich um und sah Jo in der Tür lehnen. Seine Haare waren ganz zerzaust und er hatte verschlafene Augen, mit denen er wegen des grellen Küchenlichts blinzelte.

„Schlecht geschlafen", murmelte sie und schaute weg. Sie wollte ihn nicht anlügen, aber sie wollte ihm auch nicht sagen, dass Talon sie wieder in ihren Träumen besucht hatte. Ob Jo auch sehen konnte, wenn sie log, beziehungsweise ihr schlechtes Gewissen? Sie hoffte es nicht, versuchte aber vorsichtshalber, schnell an etwas anderes zu denken.

„Möchtest du heute wieder auf der Couch schlafen?"

Emma drehte sich zu Jo um. Wie verlockend das klang, wieder in seiner Nähe zu sein, stellte Emma fest, aber sie schüttelte den Kopf. Sie musste alleine sein und ihre Gedanken ordnen.

„Danke, aber es geht schon. Ich geh gleich wieder ins Bett."
Sie versuchte zu lächeln, aber es sah wahrscheinlich eher gequält
aus.

„Okay, dann gute Nacht." Jo drehte sich um und verschwand
wieder ins Wohnzimmer. Emma musste unbedingt herausfinden, ob er wirklich mehr wusste. Sie hatte eine Woche. Aber
würde sie sich wirklich Talon anschließen, wenn sie herausfand,
dass Jo sie anlog oder Sachen vor ihr geheim hielt? Sie sollte Talon nicht vertrauen, hatte er gesagt, aber warum? Woher wusste
sie, dass Jos Seite die richtige war? Sie wusste eindeutig zu wenig
über die magische Welt.

Emma trank ihr Glas aus und schlich sich dann auf Zehenspitzen nach oben in ihr Zimmer. Sie versuchte, wieder einzu-
schlafen, aber der Schlaf wollte sich einfach nicht einstellen. Mit
ihrem Handy in der Hand stöberte sie durch ihre Kontakte und
blieb bei Tom hängen. Sie hatte sich schon zwei Tage nicht bei
ihm gemeldet und auch nichts von ihm gehört. Sollte sie ihm
schreiben oder morgen mal bei der Tauchschule vorbeigehen?
Sie musste ihm sagen, dass sie im Moment einfach nicht bereit
für ihn war, für eine Beziehung oder ähnliches. Unglaublich, wie
sich in ein paar Wochen alles so ändern konnte, dachte Emma.
Sie hätte sich Tom sofort an den Hals geworfen, wenn er ihr
früher gesagt hätte, dass er mehr für sie empfand als Freundschaft. Und jetzt würde sie ihm wirklich einen Korb geben? Aber
es war richtig so. Sie wollte ihn nicht in ihre Welt mit hineinziehen und, wenn sie ehrlich war, empfand sie auch nicht mehr so
wie früher für ihn. Sie mochte ihn, sehr sogar, aber wenn sie daran dachte, wie sie sich bei seinem Kuss gefühlt hatte und wie
sie sich jedes Mal fühlte, wenn Jo in der Nähe war, wusste sie
einfach, dass sie nicht mehr als Freundschaft für Tom empfand.
Sie würde ihn morgen in der Tauchschule besuchen gehen. Die
Frage war nur, würde sie Jo um Erlaubnis fragen oder einfach

gehen? Und dann musste sie auch noch herausfinden, was Jo wirklich über sie wusste.

Das wird ein langer Tag, dachte Emma noch, bevor sie endlich einschlief.

Die letzte Nacht steckte Emma noch in den Knochen, als sie sich am Morgen in die Küche schleppte. Jo war bereits wach und saß auf der Terrasse mit einer Tasse Kaffee in der einen und einem Brötchen in der anderen Hand. Emma lugte in die Kanne. Zum Glück für ihn, hatte er ihr Kaffee übriggelassen. Sie goss sich eine Tasse ein und biss von einem Donut ab, als sie zu ihm nach draußen ging.

„Morgen", grummelte sie und erntete gleich einen missbilligenden Blick von Jo.

„Morgen, Grumpy! Was ist denn los, schlecht geschlafen?"

„Du hast ja keine Ahnung", murrte Emma und trank gierig von ihrem Kaffee, sodass sie sich fast die Zunge verbrannte. Sie blickte verstohlen zu Jo hinüber, der in der Zeitung blätterte. Für ihn waren ihre Zeitungen sehr interessant, hatte er mal gesagt. In Tehal gab es so etwas nicht, sondern nur mehrere Pinnwände, die überall in der Stadt hingen und an denen wichtige Informationen geteilt wurden. Emma fand es ganz schön anstrengend, immer erst durch die Gegend laufen zu müssen, um zu erfahren, was in der Stadt passierte. Es ging doch schließlich nichts über einen Kaffee und die Zeitung am Morgen.

„Du, Jo?" Emma setzte ihren Unschuldsblick auf, weswegen Jo alarmiert eine Augenbraue hochzog.

„Was willst du?"

„Würdest du mich nachher in die Tauchschule begleiten?"

Er blickte Emma verwundert an.

„Ich würde gerne mit Tom reden", erklärte Emma schnell, „und ich weiß, wenn ich alleine gehe, machst du wieder ein riesiges Fass auf und hältst mir einen Vortrag nach dem anderen." Sie atmete tief durch. „Also, würdest du?"

Emma konnte seinen Blick nicht deuten. Er lag irgendwo zwischen Verwunderung, Zufriedenheit und einem übertriebenen Maß an Selbstgefälligkeit. Aber zu ihrer Überraschung nickte er nur.

„Wann möchtest du los?"

Emma war total überrascht und sie wusste, dass Jo das sah.

„Ich gehe mich umziehen und dann können wir auch schon los."

„Geht klar."

Während Emma euphorisch aufsprang, schaute Jo wieder in seine Zeitung. Perfekt, dachte sie. So könnte sie mit Tom reden und auf dem Weg zur und von der Tauchschule Jo ein bisschen ausfragen. Sie hoffte, er würde ihr ihre Fragen beantworten. Sie war immer noch total verwirrt von Talons Besuch in ihrem Traum.

Schnell putzte sie sich die Zähne, kämmte sich, ließ ihre Haare aber offen, und zog sich eine lockere kurze Hose und ein Top an. Jo saß noch auf der Veranda, hatte aber schon seine Kaffeetasse und die Zeitung in die Küche gebracht.

„Können wir?", fragte Emma, als sie auf die Veranda trat. Jo nickte und deutete ihr an, vorauszugehen. Sie liefen schweigend den kleinen Weg zum Strand und hielten sich auf dem Pfad, der oberhalb der Dünen entlangführte.

„Jo", tastete sich Emma vorsichtig ran, „woher kommen meine zwei Fähigkeiten? Ich meine, ist es etwas Besonderes oder gibt es viele mit zwei Fähigkeiten und werden sie vererbt?"

Jo antwortete nicht sofort. Er starrte stur geradeaus und Emma merkte, wie es in ihm arbeitete. Überlegte er sich gerade eine Lüge oder doch, wie er es Emma am besten erklären könnte?

„Ja, es ist etwas Besonderes", brummte er dann und Emma war erleichtert, dass er die Frage nicht wieder abschmetterte. „Es gibt nicht viele Magier mit zwei Fähigkeiten und soweit wir wissen, wird es vererbt."

„Aber müsstet ihr dann nicht wissen, wer meine Eltern waren? Also, einer von beiden müsste ja auch zwei Fähigkeiten gehabt haben, oder?"

„Wir wissen es noch nicht genau", antwortete Jo und Emma merkte, dass er ihrer Frage auswich. Das ist aber noch kein Beweis dafür, dass Talon recht hatte, ermahnte sie sich und probierte etwas anderes.

„Dieser schwarze Magier, Talon, warum ist er so gefährlich? Und was will er eigentlich von mir?"

Jo schaute Emma misstrauisch an.

„Warum die ganzen Fragen?"

„Warum die Fragen? Das waren erst ein paar, soll ich dir sagen, wie viele noch in meinem Kopf herumschwirren?"

Emma musste sich zurückhalten, um sich nicht aufzuregen. Sie wollte sich nicht mit Jo streiten, dann würde er nämlich dicht machen und sie konnte ihre Antworten vergessen.

„Diese ganze Welt ist doch völlig neu für mich. Ich will einfach wissen, was mit mir los ist." Sie sagte es versöhnlich und schaute Jo gespannt an. Der ließ die Schultern hängen und fuhr sich mit der Hand durch die Haare.

„Talon ist einer der mächtigsten Magier, die Tehal je hatte. Und seit er auf die dunkle Seite gewechselt ist, ist er noch mächtiger und gefährlicher." Jo atmete tief durch. „Talon hat versucht, viele Magier auf seine Seite zu ziehen. Er meint, dass wir uns nicht vor den Menschen verstecken, sondern mit ihnen leben sollten."

„Das klingt doch eigentlich nicht schlecht", fand Emma und Jo lachte bitter.

„Ja, aber das ist nicht das, was Talon wirklich will. Er ist der Meinung, wir sollten die Menschen beherrschen, kontrollieren. Schließlich sind wir es mit den übermenschlichen Fähigkeiten. Er will Macht und Tehal ist ihm zu klein."

Jo seufzte. „Vor zwei Jahren haben wir gegen ihn gekämpft. Wir dachten damals, wir hätten ihn vernichtet, aber das war wohl nicht der Fall. Keine Ahnung, wie er so lange untertauchen konnte. Es gab keinerlei Anzeichen dafür, dass er noch am Leben war. Lediglich Gerüchte."

Er ballte die Hände zu Fäusten.

„Warum hat es Talon auf mich abgesehen?"

„Er will deine Fähigkeiten", sagte Jo knapp und sein Kiefer mahlte.

„Aber die kann er mir nicht nehmen, oder?"

„Nein", knurrte er finster und blieb stehen, um Emma anzuschauen. „Er will dich! Dich und deine Fähigkeiten!"

Er beugte sich zu ihr herunter und hielt sie an den Schultern fest. Sein Blick war durchdringend und Emma musste sich beherrschen, dass sie ihm in die Augen und nicht nur auf seine Lippen schaute, die sie an den Kuss gestern in der Küche erinnerten.

„Halt dich von ihm fern, Emma! Die dunkle Seite kann sehr verlockend sein! Macht kann sehr verlockend sein!"

Emma nickte. Jo meinte es wirklich ernst, aber sie konnte sich einfach nicht konzentrieren. Dauernd glitt ihr Blick zu seinen Lippen, die nur Zentimeter von ihren entfernt waren. Wahrscheinlich hatte Jo es bemerkt, denn bevor Emma reagieren konnte, drehte sich Jo um und ging weiter. Enttäuscht trottete Emma ihm hinterher. Sie liefen schweigend weiter bis die Tauchschule in Sicht kam und sie sich einen Weg durch die Dünen nach unten bahnten. Tom saß in seinem Büro, als Emma reinkam. Jo hatte sie vorsichtshalber gesagt, dass er draußen warten sollte.

„Hey", sagte Emma und Tom fuhr erschrocken hoch. Aber als er sie sah, trat gleich ein Lächeln auf sein Gesicht.

„Hey, Em!" Er zog sie in eine feste Umarmung. „Du hast gar nicht gesagt, dass du vorbeikommen wolltest! Geht's dir wieder besser?"

„Ja", nuschelte Emma an seiner Brust und Tom ließ sie wieder los. „Dachte mir, ein kleiner Spaziergang tut bestimmt gut. Hast du kurz Zeit?"

„Klar, auf den Bürokram hab ich eh keine Lust", sagte er immer noch grinsend, „wollen wir zum Steg gehen?"

Emma nickte und folgte Tom. Sie setzten sich auf den Steg und ließen ihre Füße locker baumeln. Emma scannte den Strand nach Jo ab und entdeckte ihn, in einigen Metern Entfernung im Sand sitzen. Sie hoffte, dass Tom ihn nicht sah, denn der Blick, den Jo den beiden zuwarf, war alles andere als nett.

„Und wie geht's dir?", wollte Tom wissen.

„Schon etwas besser", log Emma, „und dir?"

„Auch", sagte Tom nur und schaute ins Wasser.

„Ich könnte wirklich Hilfe in der Tauchschule gebrauchen", fing er dann und legte eine Hand auf Emmas Oberschenkel. „Und du fehlst mir!"

Emma bekam ein schlechtes Gewissen. Sie legte ihre Hand auf seine.

„Tom, ich … ich kann das nicht", sagte sie zögerlich.

„Was meinst du?"

„Das hier", murmelte Emma und zeigte dabei auf ihre Hände. „Ich würde dich gern als Freund behalten, aber nicht mehr."

Tom schien zu verstehen, worauf Emma hinauswollte, und entzog ihr seine Hand.

„Und wieso, wenn ich fragen darf?" Er wurde sauer. Warum, verflixt noch mal, wurde er jetzt sauer?

„Es passt gerade einfach nicht und ich bin mir nicht sicher, ob ich so für dich empfinde."

Er schnaubte und stand auf. „Du willst mir also sagen, dass du Jahre hinter mir herrennst und jetzt plötzlich hast du dein Interesse verloren?"

Emma schaute zu ihm hoch. Sie wusste, dass aus Tom nur sein verletzter Stolz sprach, aber was er sagte, tat ihr trotzdem weh.

„Was meinst du mit, jahrelang hinter dir hergerannt?"

„Ach komm schon, Emma, meinst du, ich habe nicht bemerkt, dass du schon immer mehr von mir wolltest?"

Emma schnappte nach Luft und stand ebenfalls auf.

„Ja und selbst wenn", sagte sie trotzig, „jetzt ist es jedenfalls nicht mehr der Fall und ich frage mich gerade, ob ich mit jemandem wie dir, der so was die ganze Zeit wusste und trotzdem vor mir mit jedem Flittchen rumgemacht hat, noch befreundet sein will!"

Sie ging an ihm vorbei den Steg hinunter und lief durch den Sand in Jos Richtung. Der hatte das Wortgefecht wohl mitbekommen und stand ebenfalls auf, um Emma entgegenzugehen.

„Emma!", schrie Tom hinter ihr und sie spürte, wie er sie fest am Handgelenk packte.

„Tom, lass das, du tust mir weh!"

Tom hatte keine Zeit zu reagieren. Plötzlich stand Jo neben Emma und baute sich vor ihm auf.

„Du nimmst sofort deine Hände von ihr, ist das klar?" Jos Blick war eiskalt und auch seine Stimme klang gefährlich. Tom ließ zwar Emmas Hand los, dachte aber nicht daran, vor Jo zurückzuweichen.

„Ach, sieh an. Da haben wir ja den Grund, warum du mich nicht mehr willst, was?"

Emma wusste nicht, was sie sagen sollte. Irgendwie hatte Tom ja recht, aber das konnte sie wohl jetzt schlecht zugeben. Jo jedoch legte wie selbstverständlich einen Arm um sie und zog sie von Tom weg.

„Genauso sieht es aus", sagte er, „also finde dich damit ab."

Er küsste Emma auf die Schläfe und ihr ganzer Körper reagierte. Tom sah die zwei wütend an, drehte sich dann ohne ein weiteres Wort um und verschwand im Tauchclub. Emma sah ihm nach. Es fühlte sich nicht richtig an. Sie waren so lange befreundet gewesen. Warum hatte er so reagiert? Und wenn er doch gewusst hatte, was sie für ihn empfand, warum hatte er nie etwas gesagt? Wahrscheinlich war es wirklich so, wie Nat gesagt hatte, und er fand sie erst interessant, als sie die Aufmerksamkeit eines anderen Mannes bekam.

Jo räusperte sich neben ihr. Emma hatte schon fast vergessen, dass er sie immer noch im Arm hielt.

„Alles okay?", fragte er und nahm langsam seinen Arm runter und legte ihn um ihre Taille.

Emma sah ihn an. Ob Jo wusste, wie recht Tom mit seiner Behauptung gerade hatte? Ohne weiter darüber nachzudenken, drehte sich Emma zu Jo um, legte ihre Hände an sein Gesicht und küsste ihn. Jo versteifte sich, aber sie zog ihn unbeirrt näher zu sich heran. Emma bemerkte sein anfängliches Unbehagen, als würde er einen inneren Kampf mit sich selbst ausfechten und sich dann einfach seinem Schicksal ergeben. Er umfasste sie mit beiden Armen und erwiderte ihren Kuss, genauso fordernd und leidenschaftlich. Emma wusste nicht, warum sie das getan hatte. Sie wollte es einfach. Und sie wollte ihn. Sie schmiegte ihren Körper an seinen und spürte seine starken Muskeln. Ihre Hände wanderten nach vorne über seine Brust und ein Knurren kam aus seiner Kehle. Er löste sich langsam von ihr, nahm ihr Gesicht in seine Hände und schaute sie intensiv an.

„Bisschen viel Publikum hier, findest du nicht!" Er formulierte es nicht als Frage und Emma wurde rot.

„Lass uns nach Hause gehen", raunte er ihr zu und wartete nicht auf eine Antwort. Er nahm ihre Hand und zusammen gingen sie den schmalen Pfad zurück zum Haus. Emma hoffte, dass Jo es sich nicht gleich wieder anders überlegen würde. Sie spürte, wie ihr heiß wurde, als sie daran dachte, wie intensiv der Kuss gewesen war. Was wäre passiert, wenn sie zu Hause gewesen wären? Jo drückte ihre Hand und ein amüsiertes Grinsen trat auf seine Lippen. Natürlich, er sah ihre Gefühle und die waren gerade so was von eindeutig. Sie boxte ihm leicht in die Seite.

„Lass das!", sagte sie vorwurfsvoll, aber er grinste weiter, was wahrscheinlich daran lag, dass Emma eh an nichts anderes denken konnte. Es war schön, ihn mal so unbeschwert lächeln zu sehen und nicht wie sonst, mit verkniffener Miene.

Als das kleine gelbe Haus langsam in Sicht kam, sah Emma jemanden vor der Veranda stehen. Sie blickte zu Jo und dieser schaute ebenfalls finster dorthin. Vorbei war die gelöste Stimmung von eben und er ließ Emmas Hand los.

„Das ist ein Wächter", sagte er und Emma verstand sofort, dass das Händchenhalten jetzt völlig falsch wäre.

Als die zwei näher kamen, erkannte Emma den Wächter. Er sah jung aus, vielleicht gerade zwanzig. Er trug ein weißes Hemd und eine weiße Jeans, sogar seine Schuhe waren weiß. Emma rollte mit den Augen. Konnte er sich hier nicht wenigstens anpassen? Er leuchtete wie ein Glühwürmchen. Seine Haare waren aschblond, etwas länger und im Nacken zu einem Dutt gebunden. Er hatte weiße Augen. Klasse, auch noch jemand, der sich unsichtbar machen konnte.

„Connor", sagte Jo und nickte dem Jungen zu.

„Jonathan", der Neue nickte ebenfalls und sah dann von Emma zu Jo. „Die Königin schickt mich. Du sollst dich noch heute wieder in Tehal einfinden."

Was? Noch heute? Emma blickte enttäuscht zu Jo, aber der nickte nur.

„Ich gehe meine Sachen packen", sagte er und verschwand im Haus. Emma starrte ihm hinterher. Unglaublich, seine Königin schnippte mit den Fingern und weg war er? Er konnte es wohl kaum erwarten, dachte sie bitter und schluckte ihre Enttäuschung herunter, bis sie merkte, dass der junge Wächter sie musterte.

„Ich bin Connor, Emma, ich werde bis auf weiteres dein Wächter sein."

Emma versuchte zu lächeln. Er konnte schließlich nichts dafür und außerdem wirkte er ziemlich nett. Trotzdem war Emmas Enttäuschung groß, dass Jo wieder nach Tehal gehen sollte und dass er es nicht erwarten konnte, von hier zu verschwinden.

„Lass uns doch reingehen", schlug sie vor und lief vor Connor hoch zum Haus. Jo stand bereits mit seinem Rucksack im Wohnzimmer und verabschiedete sich gerade von Nat.

„Ich komme zwischendurch vorbei", versprach er ihr und zu Emmas Überraschung zog er sie in eine kurze Umarmung.

„Pass gut auf sie auf", sagte er dann an Connor gewandt und sah Emma an.

„Mach die Übungen, die ich dir gezeigt habe und mach keine Dummheiten, klar?"

Immer dieser Befehlston, dachte Emma, aber sie nickte bloß. Jo sah sie noch einen kurzen Moment an und Emma wünschte sich, er würde hier bei ihr bleiben. Bevor sie aber noch etwas sagen konnte, drehte sich Jo um, zeichnete ein Portal und schritt hindurch, ohne sich noch einmal umzudrehen. Weg war er, dachte Emma, als sich das Portal auflöste. Sie hatte das Gefühl, als wäre ein Teil von ihr mit ihm mitgegangen.

Siebzehn

Fast eine Woche war vergangen seit Jo wieder nach Tehal gegangen war und er Emma mit Connor zurückgelassen hatte. Sie vermisste ihn mehr, als sie zugeben wollte. Connor war zwar nett, aber er nahm seinen Wächterjob deutlich zu ernst. Er aß nicht mit ihnen, er erzählte nichts von sich und er ließ Emma wirklich keine Minute aus den Augen. Eines Nachts war Emma wach geworden und musste auf die Toilette. Als sie in den Flur ging, stand Connor plötzlich vor ihr. Sie hatte sich so erschrocken, dass sie sich fast in die Hose gemachte hätte. Emma hatte den Verdacht, dass er vor ihrer Tür geschlafen hatte und fand es einfach nur lächerlich.

Talon war nicht mehr in ihren Träumen aufgetaucht. Und Emma wusste immer noch nicht, was sie machen sollte, wenn er wieder erschien. Sie hoffte, er hatte ihre Deadline vergessen. Das Problem, warum sie keine Entscheidung treffen konnte, war, dass aus Connor nichts herauszubekommen war. Er beantwortete keine ihrer Fragen, deshalb hatte sie es nach vier gescheiterten Versuchen aufgegeben.

Jeden Tag setzte sich Emma in ihr Zimmer und übte an ihrer Magie. Mittlerweile schaffte sie es, ihre Fähigkeiten zu spüren, ohne dass sie wütend war. Jo war ja leider gerade nicht da, um sie aufzuregen. Dennoch war sie immer noch nicht in der Lage, ihre Energie richtig zu steuern. Deswegen hatte sie auch ein Top von Nat auf dem Gewissen, das sie mit ihren Funken angesengt hatte, obwohl sie sich sicher war, dass sie auf die Karotte gezielt hatte, die daneben auf dem Boden gelegen hatte.

Auch jetzt saß sie wieder auf dem Teppich vor ihrem Bett und starrte ein Kissen an, das sie von ihrer Fensterbank genommen hatte. Emma wollte ausnahmsweise mal nichts explodieren lassen oder in Brand setzen, sondern das Kissen einfach nur bewegen. Einfach, war hier das Stichwort. Sie hatte gesehen, wie leicht es bei Talon ausgesehen hatte und wie sanft er ihre Decke verschoben hatte. Das wollte sie auch können. Sie konzentrierte sich, spürte die Macht in sich, die Wärme, die sich in ihr aufbaute und ihren Weg über die Arme zu ihren Händen fand. Sie hatte eine Hand erhoben und bewegte nur ganz zaghaft ihre Finger nach rechts, aber nichts passierte. Sie schloss die Augen und versuchte, sich ihre Energie bildlich vorzustellen – wie sie aussah, wie sie sie lenkte. Sie öffnete wieder die Augen und versuchte es erneut. Aber wieder bewegte sich das Kissen nicht. Sie erinnerte sich daran, was Jo ihr gesagt hatte, wenn sie geübt hatten.

„Deine Macht muss eins mit dir sein, Emma, du musst sie akzeptieren."

Dabei hatte er sich hinter sie gestellt und sie hatte seinen heißen Atem an ihrem Nacken gespürt, der ihr eine Gänsehaut verursachte. Warum kam der Idiot nicht vorbei, dachte Emma und merkte, wie sie sauer wurde. Er war seit Tagen in Tehal und hielt es nicht für nötig, mal nach ihr zu sehen? Na klar, Connor war hier, aber trotzdem! Wütend ließ sie ihre Hand sinken und bemerkte, wie sich kleine Funken aus ihren Fingerspitzen lösten und auf das Kissen zu flogen, welches natürlich gleich versengt wurde.

Mist, Mist, Mist! Fluchend sprang sie auf und trampelte das Feuer aus. Sie schnappte sich das verkohlte Kissen und stopfte es in ihren Mülleimer. Sie wusste, dass es daran lag, dass sie diese rote, gefährliche Magie tief in ihrem Inneren einfach nicht akzeptieren wollte. Und natürlich lag es auch daran, dass sie immer noch blockiert war. Emma spürte regelrecht die Blockade. Es fühlte sich an, als würde sie innerlich platzen. Als wäre zu viel

Energie in ihr, die nicht heraus konnte. Aber sie wusste nicht, wie sie es ändern könnte.

Immer noch sauer auf sich, ihre Magie und natürlich auf Jo ging Emma nach unten. Connor war nicht im Wohnzimmer, aber das hieß nichts. Emma wusste, dass er sich unsichtbar machte, um sie zu kontrollieren, aber es war ihr egal. Sie hatte sich schon seit Tagen nicht mehr als hundert Meter vom Haus entfernt. Mittlerweile fühlte es sich an wie ein Gefängnis. Auch ihren Krankenschein hatte sie verlängert. Sie wollte Tom einfach im Moment nicht begegnen.

Nat saß in der Küche und blätterte in der Zeitung. Es war Samstag, also hatte sie frei und anscheinend hatte Cole heute keine Zeit.

„Hey", grummelte Emma, als sie sich zu ihr setzte.

Nat sah auf und erkannte sofort, dass etwas nicht stimmte.

„Was ist los, Süße?"

Emma zuckte nur mit den Schultern und zog einen Schmollmund.

„Ach, keine Ahnung. Ich schaffe es einfach nicht, meine Magie zu kontrollieren. Und es nervt mich, dass ich jeden Tag hier herumsitze und irgendwie nur darauf warte, dass etwas passiert, ich angegriffen werde oder sonst etwas. Vor allem, was ist denn, wenn ich meine Magie endlich befreie? Was passiert dann? Keiner sagt mit etwas!" Sie merkte, wie ihre Stimme immer lauter wurde, aber es war ihr egal. Sie musste endlich mal Luft ablassen.

„Und es kotzt mich an, dass Jo sich seit Tagen nicht einmal hier hat blicken lassen. Mal ehrlich, bin ich ihm wirklich so egal?"

Nat sah sie mitleidig an, wodurch sich Emma nicht besser fühlte, im Gegenteil. Sie ließ ihren Kopf auf die Theke fallen.

„Ich glaube, du musst mal hier raus!" Ihre Freundin legte die Zeitung weg und trank ihren Kaffee aus.

„Connor?", rief sie und seine schlaksige Gestalt, natürlich immer noch ganz in weiß gekleidet, kam in die Küche. Ob er Emmas Gefühlsausbruch gerade mitbekommen hatte?

„Was gibt's?", fragte er und sah Nat an.

„Wir würden gerne den Tag am Strand verbringen. Ist das in Ordnung?"

Emma blickte hoffnungsvoll zu Connor und Nat klimperte mit ihren Wimpern, wie sie es immer tat, wenn sie ihren Willen durchsetzen wollte. Dagegen konnte kein Mann ankommen und anscheinend auch nicht Connor, denn er seufzte nur.

„Na gut, aber ich bleibe dicht bei euch. Und keine Alleingänge, verstanden?" Er zeigte dabei streng mit dem Finger auf Emma. Sie rollte mit den Augen. Blöder Kontrollfreak! In der Hinsicht waren wahrscheinlich alle Wächter gleich, war sie sich sicher. Aber egal, sie konnte raus und sie freute sich darauf. Schneller als Connor schauen konnte, hatten Nat und Emma ihre Taschen gepackt, die Bikinis angezogen und rannten die letzten Meter nach unten zum Strand. Natürlich war der Abschnitt vor ihrem Häuschen wie immer gut besucht, aber Emma war es egal. Sie legte sich mit Nat in die Sonne und genoss die Hitze auf ihrem Körper. Connor lag einige Meter entfernt und sah alles andere als glücklich aus.

„Was macht eigentlich Cole heute?"

„Er hat irgendwas wegen seiner neuen Wohnung zu klären." Nat zuckte mit den Schultern. „Aber er meinte, dass er heute Abend vorbeikommt."

„Ist denn alles okay zwischen euch?"

„Ja, ich denke schon", murmelte Nat und wirkte nachdenklich. „Ich weiß nicht, er ist in letzter Zeit ziemlich kurz angebunden und hat dauernd etwas zu tun. Ich glaube, er hat keine Lust mehr auf mich."

„So ein Quatsch! Wer kann denn von dir genug bekommen?"
Emma versuchte, ihre Freundin aufzuheitern, was nicht so gut
funktionierte. Hoffentlich war Cole wirklich einfach nur beschäftigt. Eine Person mit Liebeskummer im Haus reichte, fand
sie.

Emma beobachtete die Badegäste am Strand und fragte sich,
was die wohl denken würden, wenn sie wüssten, dass noch eine
andere Welt existierte. Dass es Magie wirklich gab und dass gerade zwei Magier mit ihnen am Strand waren. Na gut, eineinhalb
Magier, dachte Emma zerknirscht.

„Ich glaube, ich geh mal ein bisschen ans Wasser", sagte sie
und bekam von Nat einen misstrauischen Blick zugeworfen.

„Nur ans Wasser, nicht ins Wasser!", wurde Emma deutlicher.

„Okay, aber pass auf, dass dich niemand sieht bei dem, was
immer du vorhast."

Nat zwinkerte Emma zu und ließ sich dann wieder mit dem
Rücken in den Sand plumpsen.

Wollen wir doch mal sehen, ob sie ihre andere Gabe besser
beherrschte, dachte Emma, als sie sich ganz vorn in den Sand
setzte, wo das Meer kleine Wellen an Land spülte. Sie grätschte
ihre Beine, sodass diese teilweise im Wasser lagen und einen guten Sichtschutz für die anderen Leute boten, die sich neben und
vor Emma befanden. Sie schloss die Augen und ließ eine Hand
knapp über der Wasseroberfläche schweben. Sie rief ihre Magie
in sich auf und wartete auf das bekannte warme Gefühl, aber es
setzte nicht ein. Sie spürte keine Hitze, die sich in ihr aufbaute,
sondern eher Kälte und vor allem Ruhe. Es war, als würde Wasser durch ihre Adern fließen. Sie hörte das Rauschen des Meeres
und erkannte seine unbändige Kraft, aber gleichzeitig war es
auch kühl und sanft und erfüllte sie mit einer großen Gelassen-
heit. Sie war eins mit dem Meer. Sie öffnete die Augen und be-

wegte ihre Hand leicht im Uhrzeigersinn. Eigentlich hatte sie erwartet, dass nichts passierte, aber das Wasser gehorchte ihr. Emma sah fasziniert zu, wie sich ein kleiner Strudel bildete, der sich im Rhythmus ihrer Hand bewegte. Schnell stoppte sie ihre Bewegung und blickte sich hektisch um, aber niemand schaute ihr zu, außer natürlich Connor. Diese Magie war viel einfacher zu beherrschen, dachte Emma euphorisch und grub eine kleine Kuhle im Sand, in der sich das Wasser sammeln konnte. Sie ließ wieder ihre Hand darüber schweben und wedelte von links nach rechts. Und auch diesmal ging das Wasser mit. Es schob sich nach links und rechts und drückte gegen die Seiten der Kuhle. Unglaublich, Emma war begeistert, sie musste sich nicht mal groß anstrengen. Es fühlte sich wirklich so an, als würde diese Fähigkeit zu ihr gehören. Sie sah zu, wie das Wasser das tat, was sie wollte, als sie die unterschiedlichsten Bewegungen ausprobierte. Sie hob ihre Hand leicht von der Wasseroberfläche nach oben und es bildete sich eine Art Fontäne. Sie schöpfte etwas Wasser mit einer Hand, die andere hielt sie darüber und hob sie langsam an. Genau wie in der Schwerelosigkeit bildete das Wasser eine kleine Kugel, die zwischen Emmas Händen schwebte. Das war so cool, dachte Emma euphorisch und wurde immer experimentierfreudiger. Und sie wollte mehr. Das kleine Loch reichte ihr nicht, wo sich doch vor ihr das endlose Meer erstreckte. Sie stand auf und starrte hinaus auf den Ozean. Wie weit ihre Fähigkeiten wohl reichen würden? Würden ihr ganze Wassermassen gehorchen? Emma spürte das Kribbeln in ihren Fingern. Ihre Magie wollte raus und auch sie wollte es ausprobieren, als sie plötzlich jemand am Arm berührte. Erschrocken fuhr sie zusammen und sah Connor, der neben ihr stand und sie angespannt anstarrte. Was war gerade passiert? Hatte sie wirklich vorgehabt, ihre Magie vor all den Menschen hier loszulassen? Sie blickte auf ihre Hände. Sie war wie in einer Art Trance gewesen, berauscht von der Macht, die in ihr steckte.

„Sorry", murmelte Emma verlegen. Sie hätte fast die Kontrolle verloren, stellte sie bestürzt fest. Jetzt verstand sie, warum sich viele Magier der anderen Seite zuwandten, weil sie besessen waren von der Macht. Diese Macht, die auch in ihr steckte. Emma atmete ein paar Mal tief durch und auch Connor schien sich wieder etwas zu entspannen.

„Ich glaube, du hast für heute genug experimentiert", sagte er immer noch auf der Hut und bedeutete Emma, dass es Zeit wurde, zurückzugehen. Emma nickte und ging mit ihm zu Nat. Sie packten ihre Sachen zusammen und schlenderten zum Haus. Emma war in Gedanken. Was wäre passiert, wenn Connor nicht aufgepasst hätte? Sie hatte überhaupt nicht an die Konsequenzen gedacht. Sie hatte nur diese unglaubliche Macht in sich gespürt.

„Möchtest du gar nichts essen?", fragte ihre Freundin, als sie zu Hause ankamen und Emma an ihr vorbei die Treppe nach oben lief.

„Keinen Hunger", nuschelte sie nur, ging in ihr Zimmer und schloss die Tür. Sie schämte sich dafür, dass sie fast die Kontrolle verloren hatte. Sie verkroch sich in ihrem Bett und zog die Decke über den Kopf. Das machte sie immer, wenn sie sich nicht wohl fühlte. Sie wollte die Gedanken vertreiben, die sich in ihrem Kopf einnisteten. Wenn sie jetzt schon mit dieser kleinen Menge an Magie nicht umgehen konnte, wie sollte es dann mit ihrer roten Magie werden? Sie könnte jemanden verletzten oder im schlimmsten Fall sogar töten. Warum war Jo nicht hier, wenn man ihn brauchte? Dämlicher, blöder Idiot! Er verschwendete wahrscheinlich keinen Gedanken an Emma. Er war sicher froh, wieder in seiner magischen Welt zu sein und hatte wahrscheinlich eine Frau an jedem Finger. Emma fluchte und strampelte auf ihrem Bett herum wie ein kleines Kind, das an der

Kasse im Supermarkt nicht den Lutscher bekam. Verzweifelt griff sie in ihre Nachttischschublade und holte einen kleinen Beutel heraus. Sie öffnete ihn und erkannte sofort die komische Kräutermischung, aus der Jo ihr damals den Tee gemacht hatte. Als er hier gewohnt hatte, hatte Emma das Päckchen mit den Kräutern in seinem Rucksack entdeckt und unauffällig ein paar der Kräuter geklaut, während er tief und fest auf der Couch schlief. Man sollte ja meinen, dass ein Wächter einen leichten Schlaf besaß, aber Jo hätte nicht mal ein Karnevalszug wecken können, der durch das Zimmer fuhr.

Emma ging ins Badezimmer und füllte ihren Zahnputzbecher mit heißem Wasser. Sie wollte nicht in die Küche gehen und sich Nats Fragen stellen. Das Wasser hier musste reichen. Sie ging wieder in ihr Zimmer und ließ die bunten Kräuter in das Wasser rieseln. Sofort lösten sie sich auf und der bekannte Duft von Zimt und Vanille stieg ihr in die Nase. Sie hoffte nur, dass die kleine Menge ausreichen würde, dass sie gut schlafen konnte. Sie leerte den Becher mit vier großen Schlucken und musste husten, weil das Wasser doch heißer gewesen war als gedacht. Aber als sie sich ins Bett legte, war ihr alles egal. Sie schaute auf ihren Wecker. Es war erst halb acht. Trotzdem hoffte sie, als sie die Augen schloss, dass sie bis zum nächsten Morgen durchschlafen könnte.

„Emma? Bist du wach?"

Emma registrierte die ruhige Männerstimme, aber sie hatte keine Lust, zu reagieren.

„Emma? Ich weiß, dass du mich hörst!"

Keine Reaktion.

„Emma, wach endlich auf!"

Verdammt nochmal, dachte sie und setzte sich mit einem Ruck auf. In ihrem Zimmer brannte Licht. Sie hatte wohl vergessen, ihre Schreibtischlampe auszuschalten, bevor sie eingeschlafen war.

„Das wurde aber auch Zeit!"

„Was zur …?" Emma blieb der Satz im Hals stecken, denn auf ihrer Fensterbank saß Talon. Genau wie beim letzten Mal war er ganz in schwarz gekleidet. Als einziger Farbtupfer leuchteten seine roten Augen.

„Wie viel von dem Tee hast du denn bitte getrunken?", fragte er und klang dabei wie ein Vater, der seinem Kind einen Vortrag hielt. Emma konnte Talon nur sprachlos anschauen. Sie war wieder in einem Traum, ein Traum, den Talon geschaffen hatte.

„Okay, ich merke, du bist noch nicht ganz wach", sagte er und malte bei dem Wort „wach" Gänsefüßchen in die Luft und ein diabolisches Grinsen schlich sich auf sein Gesicht.

„Was willst du?" Emma motzte ihn an, sie wollte schlafen und nicht mit einem dunklen Magier in ihrem Traum ein Pläuschchen halten.

„Deine Woche ist um. Wie hast du dich entschieden?"

Er lächelte sie an, aber irgendwie kam es Emma vor, als wäre dieses Lachen falsch.

„Ich habe mich bis jetzt gar nicht entschieden", sagte sie und hoffte, dass ihre Stimme selbstsicher klang.

„Oh, das ist aber nicht gut, Emma."

„Wie soll ich mich denn entscheiden?", protestierte sie. „Noch weiß ich viel zu wenig über das alles!"

„Ich habe dir doch gesagt, dass ich dir alle deine Fragen beantworten werde, wenn du dich für mich entscheidest. Reicht dir das nicht als Argument?"

„Nein", schnaubte Emma und Talon setzte ein überhebliches Grinsen auf.

„Gut, du darfst mir zwei Fragen stellen, die ich dir jetzt beantworte und dann möchte ich eine Entscheidung von dir haben."

Emma schaute Talon an. Irgendwie wusste sie, dass er ihre Fragen tatsächlich beantworten würde. Das Problem war nur, konnte sie ihm trauen? Würde er ihr die Wahrheit erzählen? Emma überlegte fieberhaft, welche Fragen sie stellen sollte. Welche musste sie beantwortet haben?

„Wie sind meine Eltern gestorben?", fragte Emma dann und dachte an ihr erstes Gespräch mit Talon.

Talon verlor für einen kurzen Moment sein Grinsen und blickte sie niedergeschlagen an.

„Sie sind mit dem Flugzeug abgestürzt, das du im Meer gefunden hast", platzte er dann schonungslos heraus und riss Emma damit den Boden unter den Füßen weg, obwohl sie saß. Verwirrt starrte sie ihn an. Sie waren in dem Flugzeug gewesen? Sie hatte sogar überlegt, ins Cockpit zu schwimmen. Ihr wurde übel.

„Ja, ich glaube dir, dass das ein Schock ist. Das war es für mich auch, als ich es erfahren habe. Noch viel schlimmer ist, dass sie von ihren eigenen Leuten umgebracht wurden."

Emma schaute auf. „Moment, umgebracht? Du hast gerade gesagt, es war ein Flugzeugabsturz."

„Das war es auch", verteidigte sich Talon und setzte sich zu Emma auf die Bettkante. Unwillkürlich wich sie ein Stück zurück. „Aber die Wächter waren daran schuld, dass das Flugzeug abgestürzt ist."

„Nein! Das glaube ich dir nicht." Emma war fassungslos. Das konnte sie ihm auf keinen Fall abkaufen. „Warum sollten sie das getan haben?"

„Das werde ich dir beantworten, wenn du jetzt mit mir kommst." Auffordernd hielt er ihr seine Hand hin. Emma blickte ihn an. Sie dachte an Jo. Egal, ob er ihr vielleicht etwas verheimlichte, sie durfte Talon nicht vertrauen.

Emma schüttelte den Kopf. „Nein, ich werde nicht mit dir gehen, auf gar keinen Fall!"

Talon stand seufzend auf.

„Ich hatte gehofft, dass ich das nicht tun muss, Emma, aber du lässt mir keine andere Wahl. Ich will dich auf meiner Seite haben und wenn du mir nicht freiwillig folgst, muss ich dich dazu zwingen."

Emma sah ihn verständnislos an. Was meinte er damit?

„Deine Freundin Natalie ist in meiner Gewalt", sagte er und setzte sich wieder auf die Fensterbank. „Du findest sie dort, wo du das erste Mal durch das Portal gegangen bist. Wenn du bis Sonnenaufgang dort erscheinst und mit mir gehst, verschone ich sie."

„Was? Nein, ich …" Panisch blickte sie zur Tür und schätzte ab, wie schnell sie vor Talon bei Nat sein konnte.

„Schsch, Emma, sie ist bereits dort. Du vergisst, dass das hier ein Traum ist", unterbrach er sie. „Du solltest dich beeilen, es ist bereits vier. Wann geht hier die Sonne auf? Halb fünf? Fünf? Am besten, du verlierst keine Zeit!"

Emma wollte protestieren, aber da schnipste Talon mit den Fingern und Emma schlug die Augen auf.

Verstört schaute sie sich um. Sie war in ihrem Zimmer und es war wirklich vier Uhr. Bitte lass das nur ein Traum gewesen sein, betete Emma, als sie aufsprang und über den Flur in Natalies Zimmer lief. Die Tür stand speerangelweit offen und ihr Bett war zerwühlt, von ihrer Freundin keine Spur.

Nein, nein, nein! Zwei Stufen auf einmal nehmend, rannte sie die Treppe hinunter.

„Connor?", rief sie durch das Haus, aber es kam keine Antwort. Emma lief in die Küche und stolperte, sodass sie der Länge nach über den kalten Küchenboden rutschte.

„Shit", fluchend rieb sie sich ihren Ellenbogen, mit dem sie hart auf dem Boden aufgeschlagen war. Sie richtete sich auf und da sah sie ihn. Connor. Er lag leblos auf dem Bauch an der Küchentür, sein weißes Shirt war voller Blut. Emma kroch vorsichtig auf allen vieren auf ihn zu. Ihre Hände zitterten, als sie zwei Finger an seinen Hals legte. Sie konnte keinen Puls spüren.

„Nein, nein, bitte nicht!"

Emma rüttelte an seinen Schultern, aber Connor regte sich nicht.

„Nein, bitte sei nicht tot!", schluchzte Emma und vergrub ihr Gesicht in ihren Händen. Sie konnte es nicht fassen, Talon hatte den Wächter getötet, um Nat zu entführen, und das alles wegen ihr. Erschüttert sackte sie in sich zusammen.

„Es tut mir leid! Es tut mir so unendlich leid!"

Connor war zu jung zum Sterben. Das hätte nicht passieren dürfen. Was sollte sie jetzt machen? Sie wischte sich ihre Tränen weg und sah auf die Uhr am Herd. Sie musste gehen, sie konnte Nat nicht auch noch sterben lassen, nicht wegen ihr. Sie rannte ins Wohnzimmer und zog eine Decke von der Couch. Behutsam legte sie sie über Connors kalten Körper.

„Es tut mir leid", flüsterte sie noch mal und rannte dann nach oben. Erst im Badezimmer bemerkte sie, dass sie überall blutige Fußabdrücke hinterließ, aber es war ihr egal. Sie schlüpfte in Jeans und T-Shirt, zog sich im Laufen ihre Schuhe an und sprintete aus dem Haus, den Pfad entlang zum Rettungsschwimmerhäuschen, zu Nat und damit Talon direkt in die Arme.

Achtzehn

Die Luft war warm und obwohl hin und wieder eine kalte Brise vom Meer her wehte, lief Emma der Schweiß den Nacken herunter. Sie rannte jetzt seit einigen Minuten den Weg am Strand entlang, weg von ihrem Haus, weg von Connor, weg von der sicheren Umgebung. Ihre Lunge brannte. Eigentlich war sie nie sehr sportlich gewesen, von Ausdauer ganz zu schweigen, aber das Adrenalin in ihren Adern und die Sorge um Nat ließen sie nicht langsamer werden. Seit sie das Haus verlassen hatte, fühlte sie sich beobachtet. Nur die kleinen Laternen erhellten die Dunkelheit und hinter jeder Ecke, hinter jedem Grashalm sah Emma Schatten, die sie verfolgten. Ganz tolle Idee, Emma. Sie kam sich vor wie in einem schlechten Horrorfilm, in dem die Hauptperson nachts unterwegs war und in den dunklen Wald ging, wo selbstverständlich der Tod auf sie wartete. Die Zuschauer schrien dann immer: „Nein, geh da nicht hin!", aber sie tat es trotzdem und starb. Genau diese Hauptperson war Emma gerade, nur dass ihr niemand sagte, sie sollte dort nicht hingehen. Das wusste sie, aber sie musste es trotzdem tun.

Sie beschleunigte ihre Schritte, als am Horizont die ersten Sonnenstrahlen über das Meer kamen. Endlich erkannte sie in einiger Entfernung, das morsche Rettungsschwimmerhäuschen verlassen am Strand stehen. Sie rannte durch die Dünen querfeldein nach unten zum Strand. Der feine Sand wirbelte hinter ihr auf und in ihren Schuhen sammelte sich langsam aber sicher ein kleiner Sandkasten. Erst, als sie nur noch ein paar Meter von der Hütte entfernt war, verlangsamte sie ihre Schritte und blickte zum Haus hoch. Es lag im Dunkeln. Genau wie beim ersten Mal erweckte nichts den Eindruck, als würde sich dort jemand befinden. Vorsichtig ging sie um das Haus herum zur Rampe. Sie hielt sich unten am Geländer fest und versuchte durch das große Fenster etwas zu sehen.

„Ich wusste, dass du kommen würdest."

Emma schrie erschrocken auf und stolperte einige Schritte zurück, als Talon am oberen Ende der Rampe auftauchte. Seine schwarze Gestalt schien mit der Dunkelheit um sie herum zu verschwimmen. Emma brauchte etwas, bis sie ihre Worte wiedergefunden hatte und vor allem wieder Luft bekam.

„Wo ist Nat?"

„Ihr geht es gut, mach dir um sie keine Sorgen." Er wedelte mit der Hand.

„Ich will sie sehen!", verlangte Emma selbstsicher. Sie würde auf keinen Fall zulassen, dass es ihrer Freundin wie Connor erging.

Talon schnalzte ungeduldig mit der Zunge.

„Schön, von mir aus", sagte er und schnippte mit den Fingern, „bring sie raus!"

Emma schaute verwirrt zum Rettungsschwimmerhäuschen hoch. Mit wem redete er da? Hatte er mehr dunkle Magier dabei? Verdammt, daran hatte sie gar nicht gedacht. Sie konnte doch unmöglich gegen eine ganze Armee von Magiern kämpfen!

Die Tür des Häuschens öffnete sich quietschend und Nats lebloser Körper wurde von einem gutaussehenden Mann herausgetragen, den Emma sofort erkannte. Sie hielt sich schockiert eine Hand vor den Mund. Nein, das konnte nicht sein.

„Cole? Was machst du hier? Was ist mit Nat?"

Irritiert sah Emma zu, wie Cole mit Nat auf den Armen die Rampe herunterlief und sie vor Emma in den weichen Sand legte. Er kniete sich neben sie und legte ihren Kopf sanft ab.

„Es geht ihr gut, sie ist nur nicht bei Bewusstsein", sagte Cole, als sich Emma neben ihn kniete und Nats Hand nahm. Sie war eiskalt. Was haben sie mit ihr gemacht? Emma merkte, wie Cole sie von der Seite aus beobachtete.

„Was machst du hier?", fragte sie, obwohl sie die Antwort schon wusste.

„Ich gehöre zu Talon!"

Kein überhebliches Grinsen trat in sein Gesicht, kein sarkastischer Kommentar, wie Emma es von einem dunklen Magier, der sie hinters Licht geführt hatte, erwartet hätte. Stattdessen sah Cole fast reuevoll aus, als täte es ihm leid, dass er Emma angelogen hatte.

„Was?" Emma blinzelte verwirrt. „Warum?"

„Ich mochte Natalie wirklich", sagte er und strich Nat eine Haarsträhne aus dem Gesicht, „aber ich war nur wegen dir mit ihr zusammen."

Er blickte Emma an und sie erkannte seine durchdringenden blauen Augen. Moment, waren seine Augen nicht letztes Mal dunkelbraun gewesen?

„Deine Augen", sagte Emma fasziniert und starrte ihn an. Seine Augen waren so blau und dunkel wie das Meer. Cole sagte nichts. Er wartete, bis Emma es selbst begriff. Er hatte die gleiche Gabe wie sie, schoss es ihr durch den Kopf. Aber er stand auf Talons Seite. Wieso war er wegen ihr mit Nat zusammen?

„Ich brauchte doch schließlich jemanden, der auf dich aufpasst", mischte sich Talon wieder ein. Emma blickte zu ihm hoch, sie hatte schon fast vergessen, dass er immer noch an der Hütte stand und sie beobachtete. Cole schaute resigniert zu Boden.

„Das wäre dann alles, Cole, du kannst gehen", sagte Talon im Befehlston.

Cole sah Emma wieder an und legte ihr sanft eine Hand auf die Wange. Sie wollte zurückweichen, aber sie war wie erstarrt.

„Tu, was er sagt", flüsterte Cole, „er wird nicht zögern, dich und Nat zu töten. Bitte!"

Dann stand er auf, ging an Emma vorbei und löste sich einfach auf, genau wie Talon es getan hatte. Was sollte das? Wieso war er so nett zu ihr? Machte er sich wirklich Sorgen um sie? Konnte es sein, dass Talons Seite doch nicht die falsche Seite war? Emma blickte ihm verunsichert hinterher.

Mittlerweile kratzte die Sonne am Horizont, sodass Emma endlich ihre Umgebung wieder richtig sehen konnte. Sei verfolgte misstrauisch, wie Talon sich vom Haus entfernte und sich ihr gegenüber auf einen großen Felsen setzte.

„Also, was ist nun, Emma? Wie du siehst, ist mit Natalie alles in Ordnung. Nun ist es an der Zeit, dass du mit mir gehst!"

Wieder streckte er auffordernd die Hand aus.

„Wer ist Cole? Warum war er bei uns?"

Emma hatte nicht vor, Talon das zu geben, was er wollte. Sie verstand mittlerweile überhaupt nichts mehr. Wer war gut, wer war böse? Was war richtig, was war falsch? Sie brauchte Antworten.

Talon seufzte theatralisch und zog seine Hand zurück.

„Cole ist einer meiner treusten Anhänger. Ich wollte sichergehen, dass dein Wächter und die Königin dir nichts tun, deswegen war Cole immer in eurer Nähe, auch wenn du ihn nicht gesehen hast."

„Warum sollte mir Jo etwas tun?" Jo hatte ihr doch gesagt, dass er ebenfalls bei ihr war, um sie zu beschützen?

„Wegen deiner Gaben natürlich!"

Talon sagte es, als wäre es offensichtlich. Na ja, für ihn vielleicht, aber Emma verstand die Zusammenhänge immer noch nicht.

„Glaubst du, die Königin möchte jemanden in ihrem Reich haben, der ihr bei weitem überlegen ist?", fragte Talon. Er dachte kurz nach. „Ich bin mir sicher, im Moment bist du in der magischen Welt sogar die Einzige mit zwei Fähigkeiten. Die Einzige, die der Königin gefährlich werden kann."

Es gab also niemanden mehr wie sie? Also waren zwei Fähigkeiten wirklich so eine Seltenheit? Aber die Königin hatte genügend Gelegenheiten gehabt, sie aus dem Weg zu räumen. Stattdessen hatte sie ihre Fragen beantwortet und ihr einen Wächter geschickt, der dafür sorgte, dass ihr eben nichts passierte. Emmas Kopf brummte. Sie wusste einfach nicht, ob Talon ihr wirklich die Wahrheit erzählte. Immer wieder tauchte Jo in ihrem Kopf auf, der sie eindringlich beschwor, Talon nicht zu vertrauen.

„Warum hast du Connor getötet?", platzte es aus Emma heraus, als sie an seinen leblosen Körper dachte, der in ihrer Küche lag.

„Es ging nicht anders", antwortete Talon wie selbstverständlich. „Jeder, der sich mir in den Weg stellt, ist eine Gefahr und muss eliminiert werden."

„Also willst du einfach jeden töten, der nicht mit dir einer Meinung ist?"

Emma war fassungslos, vor allem, als Talon plötzlich anfing zu lachen. Ein gemeines Lachen, bei dem sich ihr die Nackenhaare aufstellten.

„Ach, süße, kleine Emma! Du hast doch keine Ahnung davon, wie es in der magischen Welt zugeht. Du verstehst doch noch nicht mal, dass ich dir wirklich helfen will. Dass ich dir deine Fragen alle beantworte, damit du verstehst, wie die Magier in Tehal wirklich sind. Dass nicht ich hier das Monster bin." Er betonte das Wort „ich" extra und kam mit langsamen Schritten auf sie zu. Emma stand ebenfalls auf und blickte auf Nats leblosen Körper, der vor ihr im Sand lag. Sie sah, dass sich ihr Brustkorb hob und senkte. Natalie durfte nicht sterben. Sie war die einzige Familie, außer Onkel Luis, die sie noch hatte.

„Warum wurden meine Eltern getötet?"

Talon blieb stehen und sah sie überheblich an.

„Wenn du schon sagst, du beantwortest mir alle meine Fragen, dann sag mir, warum sie ermordet wurden!", schrie Emma ihm entgegen.

„Deine Eltern sind auf Befehl der Königin gestorben. Sie hatten etwas, das die Königin wollte und dafür mussten sie sterben."

Perplex schüttelte Emma den Kopf.

„Nein, nein, das stimmt nicht."

„Glaube es ruhig, Emma."

„Was hatten sie denn? Warum haben sie es der Königin nicht gegeben, wenn sie wussten, dass sie sonst sterben würden?"

Sie glaubte ihm kein Wort. Wenn ihre Eltern die Wahl gehabt hätten, hätten sie sich nicht für den Tod entschieden und Emma alleine zurückgelassen. Oder? Was könnte so wertvoll sein, dass es sich lohnte, dafür zu sterben?

„Deine Eltern wollten nichts mehr mit der magischen Welt zu tun haben, als sie wussten, dass sie ein Kind bekommen würden", führte Talon seine Erklärungen weiter aus und ging auf Emma zu.

„Sie wollten dich von dort fernhalten, sie wollten dir ein normales Leben bieten. Sie haben Tehal, der Königin und dem magischen Volk den Rücken gekehrt, aber nicht, ohne der Königin etwas zu entwenden."

Emma ging mit jedem Schritt, den Talon machte, auch einen Schritt zurück, bis sie mit dem Rücken gegen die Rampe des Rettungshäuschens stieß. Talon hatte sie erreicht und blieb vor der bewusstlosen Natalie stehen. Seine roten Augen fixierten Emma, als er weitersprach.

„Die Königin konnte diese Niederlage natürlich nicht auf sich sitzen lassen und sandte ihre besten Männer, um deine Eltern zu finden. Die Wächter haben sie zwar gefunden, aber nie den Gegenstand, den deine Eltern gestohlen hatten. Aber wie ich sehen konnte, hast du ihn gefunden, nicht wahr?"

Hellhörig geworden blickte Emma auf. Sprach er von dem Kästchen, das in dem Schrank gelegen hatte? In dem alten Holzschrank, der überhaupt nicht in das luxuriöse Flugzeug gepasst hatte? Das Flugzeug ihrer Eltern? Emma spürte einen Knoten in ihrer Brust. Sie hatte den Schrank nur mit Hilfe des Medaillons geöffnet. Mit dem Medaillon ihrer Mutter. Aber sie bekam das Kästchen nicht auf.

„Was ist dort drin?"

„Das weiß ich leider auch nicht", gab Talon zu, „aber es muss etwas sein, wofür es sich zu töten lohnt."

Emma erschauderte. Sie hatte dieses Kästchen einfach in ihren Schrank gepackt. Hoffentlich war es noch dort, dachte sie panisch. Wer weiß, was Talon alles sah. Womöglich hatte er es schon geholt. Oder Jo hatte es mitgenommen, dachte Emma plötzlich. Hatte Jo der Königin davon erzählt? Wenn die Königin es unbedingt wiederhaben wollte, wusste Jo vielleicht auch davon. Aber nein, das konnte nicht sein. Als sie ihren Alleingang unternommen und das Kästchen aus dem Wrack heraufgeholt hatte, wollte er nichts davon wissen. Er meckerte nur, weil sie sich mal wieder alleine in Gefahr begeben hatte. So wie er meckern würde, wenn er wüsste, wo sie jetzt gerade war. Nein, sie war sich sicher, er konnte nichts davon gewusst haben.

„Oh, Jonathan wusste davon", sagte Talon unvermittelt und antwortete mal wieder genau auf das, was Emma gerade durch den Kopf gegangen war. Konnte er etwa auch Gedanken lesen oder war er einfach nur extrem gut, Emotionen in Gesichtern zu erkennen?

„Jonathan wusste, dass der Königin etwas entwendet wurde. Allerdings tappten die Magier in Tehal lange im Dunkeln, wer deine Eltern waren, sodass sie diesen Bezug zwischen dir, dem vermissten Gegenstand und dem Kästchen, das du gefunden hast, noch nicht hergestellt hatten. Aber soweit ich gehört habe, haben sie das Geheimnis letzte Woche aufgedeckt."

„Was soll das wieder heißen?" Emma wurde wütend. Musste Talon immer in Rätseln sprechen?

„Ich habe gehört, dass sie endlich wissen, wer deine Eltern waren. Und es setzt alle in erhöhte Alarmbereitschaft. Schließlich waren sie für die anderen Magier Verräter, als sie mit Tehal und der magischen Welt nichts mehr zu tun haben wollten. Und wahrscheinlich gehen auch alle davon aus, dass sie dir das Kästchen hinterlassen haben. Bleibt nur zu hoffen, dass dich dein Mitternachtswächter nicht verraten hat!"

Emma kam gar nicht so schnell hinterher, alles zu verarbeiten, was Talon ihr da erzählte. Sie hatte etwas gefunden, was ihre Eltern der Königin entwendet hatten. Und da die Königin jetzt wusste, wer Emmas Eltern waren, ging sie davon aus, dass Emma diesen Gegenstand in ihrem Besitz hatte? Was ist nur in diesem Kästchen drin? Was kann so wichtig und wertvoll sein? War die Königin wirklich so kaltblütig, dass sie Emmas Eltern einfach umbringen ließ, weil sie nicht bekommen hatte, was sie wollte? Als sie das erste Mal in Tehal war, fand sie die Königin nett, sie kam Emma nicht wie eine rachsüchtige Herrscherin vor. Was sollte sie machen, wenn Jo der Königin wirklich von dem Kästchen erzählt hatte?

„Auch mich interessiert der Inhalt des Kastens", gab Talon zu und riss Emma aus ihren Gedanken, „aber du interessierst mich mehr. Ich habe deine Fähigkeiten gesehen, du bist mächtig und du weißt diese Macht zu schätzen."

Ein Funkeln trat in seine roten Augen und Emma musste an gestern Mittag denken, als sie ihrer Gabe fast die Kontrolle überlassen hatte. Aber das war keine Absicht gewesen. Sie wollte diese Macht nicht.

„Und? Willst du nun auf meine Seite kommen und mächtiger werden als alle anderen Magier?"

Er breitete seine Arme aus und seine prophetische Stimme hallte über den leeren Strand. Sie wollte alles wissen, ja, aber sie wollte nicht auf seine Seite, oder? Was wäre mit Jo?

„Ach, vergiss deinen Mitternachtswächter, er hat dich nur gefügig gemacht, damit du keine Dummheiten begehst und schön nach seiner Pfeife tanzt", warf Talon ihr schonungslos an den Kopf.

Verständnislos blickte Emma ihn an. Nein, sie hatte Jos Zuneigung gespürt, auch wenn er immer wieder distanziert und nervig gewesen war. Da war mehr zwischen ihnen beiden.

„Du bist ihm ja total verfallen", sagte Talon und brach wieder in höhnisches Gelächter aus, „du siehst es noch nicht einmal jetzt. Er hat dich in der vergangenen Woche nicht einmal besucht. So viel scheinst du ihm wirklich nicht zu bedeuten, oder?"

„Nein, das ist nicht wahr!" Ungläubig schüttelte Emma den Kopf. „Vielleicht hatte er einfach viel zu tun."

Selbst ihr kam diese Ausrede lächerlich vor, aber es war immer noch besser, als sich einzugestehen, dass Talon recht hatte, dass sie ihm wirklich nichts bedeutete.

„Ach, Emma, selbst wenn er wirklich etwas für dich übrig hätte, er dürfte nie mit dir zusammen sein. Hat er dir denn nicht erzählt, dass Mitternachtswächter nur untereinander heiraten dürfen? Ihm wird sogar eine Braut zugewiesen, da er einen der höchsten Ränge bei den Wächtern innehat."

Talon sprach weiter, während Emma mit offenem Mund dastand und versuchte, diese Informationen zu verdauen.

„Die Herrscher in Tehal waren der Meinung, so noch mächtigere Magier erschaffen zu können, mit einer optimalen Blutlinie. Deine Eltern hatten damals Glück, sie waren wirklich verliebt und rechtzeitig verschwunden. Ach, jetzt schau doch nicht so." Talon heuchelte Emma sein Mitleid vor, während ihr Herz in tausend Scherben zersprang.

Jo und sie konnten nicht zusammen sein? Weil er jemanden heiraten musste, der für ihn ausgewählt wurde? Warum hatte er sie dann geküsst? Warum hatte er ihr das Gefühl gegeben, dass er sie wollte? Weil er nicht in Tehal war, du Dummie, dachte Emma und konnte nicht glauben, dass sie nie mit Jo zusammen sein würde. Sie merkte, wie sich ihr Herz zusammenzog und die Enttäuschung sich ausbreitete, aber da war noch etwas anderes. Wut! Jo hatte es ihr nicht erzählt! Er hätte es ihr sagen müssen, er hätte sie niemals küssen dürfen. Warum hatte er es getan? Wollte er nur seinen Spaß haben, solange er hier war, weil er wusste, dass in Tehal eh alles vorbei sein würde? Deswegen konnte er es auch kaum abwarten in seine geliebte Welt abzuhauen! Deswegen hatte er sie seit einer Woche nicht besucht! Emma spürte die Hitze, die sie wie ein Drache von Innen verbrannte.

„Du brauchst nicht auf Jo wütend zu sein", unterbrach Talon Emmas Gedanken.

„Selbst wenn Jo kein Wächter wäre, dürftest du ihn nicht heiraten oder mit ihm zusammen sein. Mit deinen zwei Fähigkeiten bist du in Tehal nur ein Freak, vor dem alle Angst haben. Was meinst du, weswegen deine Eltern gegangen sind und deine Mutter deine Fähigkeiten blockiert hat?"

„Du lügst!", schrie Emma ihm entgegen und ging an Nat vorbei auf ihn zu.

„Niemand hat mich dort so behandelt, niemand! Und wieso sollte meine Mutter meine Fähigkeiten blockieren, wenn sie doch die gleichen hatte!"

Talon lachte und starrte Emma vergnügt an.

„Sie wusste, wie gefährlich deine Gaben sein können, wenn dich jemand aus Tehal findet. Dort bist du eine Gefahr für alle. Und noch sind deine Fähigkeiten auch nicht vollständig da. Aber warte ab, wie es wird, wenn alle in deine violetten Augen sehen!"

In Emma brodelte es. Sie war kein Freak! Sie war mächtig, das hatte Talon selbst gesagt. Mächtiger vielleicht als er selbst. Davor hatte er Angst, deswegen wollte er sie auf seiner Seite haben! Er wollte sie manipulieren, ihr das Gefühl geben, als hätte sie in Tehal alle gegen sich, damit sie sich ihm anschloss. Sie blickte zu Nat, sie dachte an Mayla, an Jo, an Tom. Nein! Sie würde sich nie auf seine Seite stellen! Sie gehörte nicht zu ihm. Er mochte zwar ihre Fragen beantwortet haben, aber tief in ihrem Inneren spürte Emma, dass sie nach Tehal gehörte, dass es nicht stimmte, was Talon ihr sagte!

Talon schien Emmas Sinneswandel bemerkt zu haben.

„Schade", sagte er und lockerte seine schwarze Krawatte etwas, „ich hatte dich für klüger gehalten, Emma."

„Das bin ich!", sagte sie bedrohlich. „Und deswegen werde ich dir auch nie folgen!"

„Wie du meinst, ich hatte gehofft, dass ich euch nicht töten muss", sagte Talon gelassen, streckte einen Arm nach vorn aus, sodass Emma den rotglühenden Ball in seiner Hand sah, der direkt auf sie zu schoss.

Sie wurde mit voller Wucht nach hinten geschleudert, trudelte durch die Luft und knallte mit dem Rücken gegen eine Wand des Rettungsschwimmerhäuschens. Als sie auf den Boden aufschlug, schoss ein heftiger Schmerz durch ihren ganzen Körper. Verflucht! Mühsam stemmte sie sich hoch, sodass sie Talon unten am Strand sehen konnte. Ein verächtliches Grinsen lag auf seinen Lippen.

„Komm, Emma, mach es mir nicht so einfach! Dein kostbarer Wächter wird nicht auftauchen und dich retten!"

Emma spürte, wie ihre Magie in ihr erwachte. Umständlich richtete sie sich auf und zog sich am Geländer nach oben. Ihr ganzer Körper schmerzte, doch sie würde vor Talon nicht einknicken. Sie streckte eine Hand aus und versuchte, ihre Energie direkt auf Talon abzufeuern. Aber bis auf einen kleinen Feuerball, der ihn um Längen verfehlte, passierte nichts.

Talon brach in schallendes Gelächter aus.

„Mehr kannst du immer noch nicht? Das kann doch nicht wahr sein! Zwei Fähigkeiten und du bist nicht einmal annähernd so mächtig wie andere Magier! Deine Eltern würden sich für dich schämen."

Emma hob ruckartig den Kopf und sah Talon fest in die Augen.

„Was hast du gesagt?"

Es war mehr ein Flüstern, aber Talon hatte sie genau verstanden. Ein Lächeln umspielte seine Lippen, als er sich auflöste und direkt vor Emma auf der Plattform wieder manifestierte.

„Deine Eltern würden sich schämen, wenn sie dich jetzt sehen könnten!", wisperte er ihr ins Ohr und blickte sie abwartend an.

Wenn Emma früher dachte, sie sei wütend gewesen, war dieses Gefühl nichts im Vergleich zu dem, was sie jetzt empfand. Ihr ganzer Körper stand in Flammen. Sie spürte ihre Magie in sich brodeln, aber sie war wie gefangen, als läge sie in Ketten. Talons Grinsen verstärkte den Druck in ihrer Brust. Hasserfüllt blickte sie ihm in die Augen. Er wartete auf ihren Gegenschlag, aber Emma konnte nichts machen. Sie fühlte sich, als würde sie jeden Moment explodieren. Und dann war es schlagartig vorbei. Das bedrückende Gefühl war weg. Emma spürte zwar immer noch diese Wut in sich, aber viel deutlicher nahm sie ihre Magie wahr, die durch sie hindurchfloss. In alle Richtungen, völlig ungehemmt nahm sie Emmas ganzen Körper ein. All die Energie sammelte sich in ihren Fingern, ohne dass sich Emma groß anstrengend musste. Sie war einfach da. Sie war ein Teil von ihr.

Talon blickte sie fasziniert an und sein Blick glitt zu ihren Händen.

„Merkst du, wie gut sich Macht anfühlt?", säuselte er ihr zu, aber Emma antwortete nicht. Sie war wie berauscht von der überwältigenden Energie in ihr. Sie hob ihre Hände und sah, dass sich kleine rote Blitze zwischen ihren Fingern bildeten, als wären ihre Finger elektrisch geladen.

„Wie fühlt es sich an?", fragte Talon.

„Sag du es mir", entgegnete Emma, holte mit ihrem rechten Arm Schwung und schleuderte die ganze Energie, die in ihr tobte, auf den Magier. Genau wie Emma gerade hatte Talon keine Chance, zu reagieren. Die von ihr erzeugte Druckwelle warf ihn von der Plattform bis ans Ende des Strandes, wo das Meer anfing. Allerdings landete er nicht, wie Emma gehofft hatte, mit dem Gesicht im nassen Sand, sondern elegant auf seinen Füßen, so, als hätte er im Flug die Kontrolle über sich zurückerlangt und sanft den Boden angesteuert.

„Das war interessant." Er klang erfreut. „Bist du bereit, richtig zu spielen?", fragte er herausfordernd und füllte seine Hände mit roten Funken.

Und damit begann ein Kampf, von dem Emma wusste, dass sie ihn nicht gewinnen konnte.

Neunzehn

Es kam Emma vor wie ein Tanz, ein Tanz auf Leben und Tod. Talon und sie umkreisten sich wie Räuber ihre Beute. Emma spürte ihre Magie, sie spürte die Energie und die Macht – ohne Ketten, ohne Blockade. Ihre Fähigkeiten lagen frei und pulsierten durch ihren Körper. Es war so leicht, dachte Emma und erinnerte sich an die endlosen Stunden, in denen sie versucht hatte, ihre Magie zu kontrollieren. Jetzt war die Magie ein Teil von ihr.

Sie schleuderte alles, was sie konnte, auf Talon, der allerdings viel zu flink für sie war, besonders da er sich immer mal wieder einfach in Luft auflöste. Emma fluchte. Sie hatte schon so viele Treffer abbekommen, dass sie aufgehört hatte zu zählen. Ihr rechtes Bein hatte eine fiese Brandwunde direkt am Oberschenkel, wo einer von Talons roten Funkenbällen sie getroffen hatte. Über ihrem linken Auge war ein großer Cut, wodurch ihr Blut ins Auge lief und ihr die Sicht verschleierte. Sie wischte es mit dem Arm weg und blinzelte zu Talon hinüber. Dieser holte gerade mit einer Hand wieder aus und schleuderte Emma durch die Luft, bis sie brutal gegen einen Felsen prallte. Sie spürte eine Rippe brechen und schrie vor Schmerz auf.

„Emma! Komm schon, gib dir mehr Mühe!"

Er schritt mit einem boshaften Grinsen auf sie zu.

Mühsam rappelte sie sich auf und hielt sich die schmerzende Seite.

„Los, hier bin ich", sagte er selbstgefällig und breitete die Arme aus. „Zeig mir, was du kannst!"

Emma wurde sauer. Stinksauer! Sie konnte kaum aufrecht stehen, ihr ganzer Körper brannte und tat weh. Aber jetzt reichte es. Sie schluckte den Schmerz hinunter und holte schwungvoll mit ihrem rechten Arm aus. Sie wollte Talon genauso nach hinten schleudern, wie er es gerade mit ihr getan hatte, aber der blockte ihren Schlag mit seinem Unterarm ab. Emma gab nicht auf. So schnell sie konnte, schleuderte sie noch eine Druckwelle auf Talon und sofort im Anschluss mit dem anderen Arm die nächste. Er blockte mit beiden Armen im Wechsel ihre Angriffe ab, aber sein selbstsicheres Lächeln verschwand, als er merkte, dass Emma ernst machte. Immer schneller bewegte sie ihre Arme. Sie spürte die Kraft ihrer Magie, jetzt wo sie nicht mehr unterdrückt wurde. Und Emma hielt sie nicht zurück. Ihre Magie rauschte durch ihren Körper, durch ihre Adern. Alles, was ihr möglich war, feuerte sie gegen Talon, der ganz perplex ihren Angriffen auswich.

Zeit für eine Lektion, dachte Emma und leitete alle Energie in ihre rechte Hand. Ein roter, leuchtender Ball, in dem tausende kleine Blitze hin und her zuckten, formte sich in ihrer Hand. Sie hatte keine Ahnung, wie sie ihn erzeugt hatte, aber er sah genauso gefährlich aus wie der von Talon. Ohne nachzudenken, schleuderte sie ihn auf den Magier ab. Er hatte keine Chance, zu reagieren. Erstaunt blickte er zu Emma, als der Ball ihn an der linken Schulter traf. Die Funken verkohlten seinen schwarzen Anzug, sodass sie verbrannte Haut darunter erkennen konnte. Jetzt war es Emma, die ein zufriedenes Grinsen im Gesicht hatte. Was er konnte, konnte sie schon lange, triumphierte sie.

Aber das Lachen verging ihr, als sie in Talons rote Augen blickte, die sie zornig anfunkelten.

„Okay", sagte er selbstsicher, aber Emma sah, wie sein Kiefer mahlte, „ich gebe zu, damit hast du mich überrascht."

Er klopfte die verbrannten Stofffetzen von seiner Jacke ab und schritt bedrohlich auf Emma zu. „Und ich mag Überraschungen gar nicht!"

Oh verdammt, war das einzige, was Emma noch denken konnte, bevor sie sich mit einem schnellen Hechtsprung in den Sand rettete, als ein weiterer roter Ball von Talon nur haarscharf an ihrem Kopf vorbeiflog und im Sand hinter ihr einschlug. Jetzt war er es, der einen Schlag nach dem anderen ausführte, während Emma sich wie eine Robbe auf dem Trockenen hin und her drehte und versuchte, seinen Angriffen auszuweichen. Mit einem angekohlten Bein und einer gebrochenen Rippe war das alles andere als leicht. Jede Bewegung ließ sie aufstöhnen, aber sie dachte nicht daran, aufzugeben. Sie wälzte sich durch den Sand und feuerte blind einen Funkenball nach dem anderen in Talons Richtung. Die Luft roch nach Elektrizität und kleine Grasbüschel zwischen den Steinen und in den Dünen hatten Feuer gefangen, als dort ein paar von ihren Blitzen eingeschlagen waren. Es war mittlerweile so hell, dass Emma sich fragte, wie lange sie diesen Kampf hier noch ausführen konnten. Irgendwann müsste doch mal jemand vorbeikommen … und ihr hoffentlich helfen!

Emma hörte Talon irgendwas sagen, aber sie verstand nicht, was er wollte. Ihre Ohren rauschten vom Adrenalin. Erst als er mit seinem Angriff aufhörte, verstand sie ihn.

„Du solltest wirklich nicht versuchen, gegen mich zu kämpfen, du kannst nicht gewinnen, Emma. Aber ich rechne es dir hoch an, dass du noch nicht aufgegeben hast." Er sagte es wie ein stolzer Vater, drehte ihr den Rücken zu und ging in Richtung Meer.

Er spielte mit ihr. Er wusste, dass sie nicht gegen ihn gewinnen konnte, selbst sie wusste das. Aber sie wollte einfach nicht aufgeben. Sie würde bis zum Schluss kämpfen und wenn er sie dann mitnahm oder tötete, hatte sie wenigstens alles versucht. Fieberhaft überlegte sie, wie sie sich einen Vorteil verschaffen konnte und sah Talon hinterher. Das Meer, dachte Emma und fragte sich, warum sie da nicht schon früher dran gedacht hatte. Sie hatte zwei Fähigkeiten, nicht nur eine. Völlig entkräftet stand Emma langsam auf, während Talon seinen Monolog weiterführte und sich wieder zu ihr umdrehte.

„Du solltest aufhören, gegen dein Schicksal anzukämpfen, Emma, und lieber mit mir kommen. Deine Mutter hatte sich mir angeschlossen, es ist deine Bestimmung, mir ebenfalls zu folgen!"

Emma schüttelte matt den Kopf und bevor sie weiter darüber nachdenken konnte, streckte sie beide Hände zum Wasser aus und versuchte, das Meer in ihre Gewalt zu bringen. Das letzte Mal, als sie es ausprobiert hatte, funktionierte es, aber da saß sie auch direkt im Wasser und es war eine deutlich kleinere Menge, die sie bewegt hatte. Ob es aus dieser Entfernung funktionieren würde? Sie musste es versuchen.

Schweißperlen bildeten sich auf ihrer Stirn, als sie endlich die Kühle des Meeres in sich spürte. Die Hitze zog sich zurück und das vertraute Rauschen machte sich in ihr breit. Sie sah, wie das Meer hinter Talon unruhig wurde. Wellen bildeten sich, die das Wasser immer weiter auf den Strand spülten. Nun drehte sich auch Talon um, um zu sehen, was Emma vorhatte. Belustigt schaute er sie an.

„Was willst du machen, mich ertränken?"

„Vielleicht", antwortete Emma mit zusammengebissenen Zähnen und reagierte gar nicht auf seinen Sarkasmus. Eine große Welle baute sich hinter Talon auf und da wusste sie, dass sie es schaffen konnte. Sie spürte das Wasser. Nicht nur die Macht, die in ihr floss, sondern auch das Meer, das vor ihr lag. Sie war eins mit ihm, mit der Welle, sie gehorchte ihr.

So, wie Emma es gewollt hatte, wuchs die Welle immer weiter an, sie wurde größer und überragte mittlerweile Talon um mehr als das Doppelte. Der schien immer noch nicht eingeschüchtert zu sein, sondern beobachtete Emma einfach nur. Es hatte fast den Anschein, als wäre er beeindruckt. Diesen Ausdruck auf seinem Gesicht zu sehen, machte sie nur noch wütender. Sie wollte seine Anerkennung nicht, sie wollte ihn vernichten! Sie lenkte wieder ihre ganze Konzentration auf die Welle, die sich vor ihr bildete. Mit einer schnellen Bewegung zog sie ihre Arme zu sich heran, wodurch die riesige Wasserwand mit einem ohrenbetäubenden Lärm auf Talon zu schoss. Bevor das Wasser ihn jedoch erreichen konnte, war er verschwunden und die Welle sackte einfach in sich zusammen und klatschte hart gegen die Felsen.

Talon tauchte neben dem Rettungsschwimmerhäuschen wieder auf und applaudierte ihr.

„Wirklich nicht schlecht, Emma! Ich dachte schon, du würdest deine blaue Magie vergessen."

Sie blickte ihn hasserfüllt an. Für ihn was das nur ein Spiel. Er provozierte sie. Er machte sie schwach. Er wollte, dass sie ihre Fähigkeiten benutzte.

Emma wollte gerade einen neuen Versuch starten, ihre Wassermagie einzusetzen, als sie Nat nur ein paar Schritte von Talon entfernt im Sand liegen sah. Sie war zu nah dran, war sich Emma sicher. Wenn sie jetzt eine Welle heraufbeschwören würde, würde das Wasser ihre Freundin ebenfalls erreichen und das konnte sie nicht riskieren. Sie blickte unentschlossen von Talon zu Nat und dann zum Meer. Was für Möglichkeiten hatte sie noch?

Sie hielt sich ihre verletzte Seite und ging schnaufend und so schnell es eben möglich war, den kleinen Abschnitt hinunter bis zum Meer. Talon beobachtete jeden ihrer Schritte. Er wollte sie nicht töten, er wollte, dass sie sich wehrte, ansonsten wäre sie bereits tot. Nur noch ein letzter Versuch, motivierte sie sich.

„Willst du dich jetzt ertränken?", fragte Talon amüsiert, als er sie dabei beobachtete, wie sie ins Wasser humpelte.

Emma ignorierte ihn und watete bis zur Hüfte ins kalte Meer hinein. Sie fröstelte. Ob es an der Kälte lag oder daran, was sie vorhatte, wusste sie nicht. Genauso wenig wusste sie, ob ihr Plan funktionieren würde. Sie war sich sicher, dass das Wasser ihr gehorchte, die Frage war nur, bis zu welchem Grad.

Mit schmerzverzerrtem Gesicht nahm Emma ihre Hand von der gebrochenen Rippe und formte eine Schüssel mit ihren Händen. Sie hielt sie knapp oberhalb der Wasseroberfläche, schloss ihre Augen und lenkte ihre Energie in die Hände. Sie spürte, wie sich das Wasser langsam dort sammelte.

In Gedanken formte sie eine Kugel, eine Kugel aus Wasser, so groß und hoch wie die Welle gerade. Immer weiter und weiter sog Emma das Wasser vom Meer an. Sie öffnete ihre Augen und sah, dass die Wasserkugel mittlerweile so groß war, dass sie nicht mehr in Emmas Händen lag, sondern vor ihr über der Wasseroberfläche ruhte. Sie maß bestimmt drei Meter im Durchmesser und durch die aufgehende Sonne schimmerte sie in den verschiedensten Blautönen. Emma hörte das Rauschen des Meeres in ihr, sie sah die tropfende, schäumende Oberfläche der Kugel, die ständig in Bewegung war und Wellen wie das Meer schlug.

Der Wasserball wurde immer größer. Emma wusste nicht, wie lange sie ihn noch halten konnte, es wurde immer schwieriger, ihn zu kontrollieren. Etwas tropfte ihr auf Oberlippe und sie leckte sie mit ihrer Zunge ab. Es schmeckte nach Eisen. Blut, dachte sie. Sie blutete aus der Nase. Ob das ein Zeichen dafür war, dass sie mit ihrer Magie am Limit war?

Komm schon, Emma, du schaffst das, flüsterte sie sich selbst zu. Sie sammelte ihre letzte Energie und drückte den Ball mit einem gewaltigen Stoß von sich weg auf den Strand.

Talon konnte nicht reagieren. Oder er wollte nicht reagieren. Mit offenem Mund hatte er Emma dabei zugesehen, wie sie diesen riesigen Wasserball geformt hatte. Der Ball schwebte nur

Zentimeter über dem Boden völlig ungehindert auf Talon zu. Emma sah, wie er seine Chancen abschätzte. Leider dauerten seine Überlegungen eine Sekunde zu lange, da wurde er einfach vom Wasser verschluckt. Emma sah seine schwarze Gestalt im Inneren der Kugel hin und her wirbeln, während der Ball selbstständig weiterrollte. Emma wusste nicht, ob das Wasser Talons Energie abschirmte oder ob er einfach keine Kraft mehr hatte, sich zu wehren, zumindest kam kein Gegenangriff von ihm.

Emma jedenfalls konnte nicht mehr. Ihre immer noch ausgestreckten Arme wurden schwerer. Sie wollte nicht loslassen. Was sollte sie dann machen? Einfach ins Meer gehen und wegschwimmen? Vielleicht war Wasser ja tatsächlich Talons Schwäche, dachte sie, als ihre Arme endgültig schlapp machten. Sie ließ sie auf die Wasseroberfläche fallen, woraufhin im gleichen Moment der Wasserball wie eine Seifenblase zerplatzte und Talon auf den Sand fiel. Emma schaffte es noch, sich an den Strand zu schleppen, wo sie endgültig völlig entkräftet liegen blieb.

Zumindest habe ich es versucht, dachte sie, als sie hörte, wie Talon auf sie zukam. Jetzt würde er sie entweder töten oder mitnehmen. Emma merkte, wie egal es ihr war. Jetzt gerade wollte sie nur noch schlafen.

Talon beugte sich zu ihr herunter und streifte ihr behutsam das nasse Haar aus dem Gesicht.

„Ich bin beeindruckt, liebe Emma. Mit dir an meiner Seite, werde ich unbesiegbar sein."

Sie wollte etwas erwidern, aber selbst dafür fehlte ihr die Kraft.

„Emma!", schrie jemand von weiter weg und Talon stieß einen Fluch aus.

Emma hätte Jos Stimme unter Tausenden wiedererkannt.

Er war hier. Er war hier, um sie zu retten. Ein Lächeln umspielte ihre Lippen, als sie langsam in eine Ohnmacht driftete.

„Dieser dämliche Mitternachtswächter", grollte Talon und blickte wieder zu Emma. „Wir sehen uns wieder!", versprach er und löste sich in Luft auf.

„Emma", schrie Jo wieder und rannte durch den Sand. Er kniete sich neben sie und nahm ihr Gesicht in seine Hände.

„Emma! Hörst du mich? Bitte antworte, kannst du mich hören?"

Emma versuchte, ihre Augen zu öffnen, aber ihre Lider waren wie Blei.

„Du bist hier", nuschelte sie noch, bevor sie endgültig ohnmächtig wurde.

Als Emma aufwachte, wusste sie sofort, dass sie in Tehal war. Nirgendwo sonst würde man so eine Einrichtung finden. Sie lag in einem großen Bett mit grüner Bettdecke, rechts stand ein kleiner Tisch, über dem drei rote Kerzen schwebten, und links von ihr sah sie jede Menge Knöpfe, Kabel und Gerätschaften, an die sie zum Glück nicht angeschlossen war. Sie versuchte, sich auf ihre Ellenbogen zu stützen und merkte sofort, wie ihr Kopf pulsierte. Auch ihre Rippe rebellierte und Emma musste kurz die Luft anhalten, bis der Schmerz erträglich wurde. Sie deckte ihr verletztes Bein auf und sah, dass ein Verband um ihren Oberschenkel lag, unter dem grüne Blätter hervorblitzten. Wollte man sie etwa mit Blättern heilen? Diese Welt war echt verrückt. Wie wäre es denn mit so einem Tee, der alle Wunden heilte, dachte Emma bitter und wünschte sich, die Schmerzen würden verschwinden. Ihr Blick glitt zu der quietschgelben Couch mit orangefarbenen Kissen, auf der jemand schlief. Jo!

Emma beobachtete ihn und ihr Herz zog sich zusammen. Er hatte sie gerettet – mal wieder. Sie rollte mit den Augen und merkte, dass selbst das wehtat. Er würde richtig sauer sein, wenn er aufwachte und Emma einen weiteren Vortrag halten. Sollte sie ihn einfach schlafen lassen? Vielleicht könnte sie sich rausschleichen und nach Nat suchen. Allerdings fühlte sie sich dafür noch zu schwach. Stöhnend legte sie sich wieder hin und erinnerte sich daran, was Talon ihr erzählt hatte – über Jo, über die Königin, über Tehal und über ihre Eltern. Sie ahnte, dass manche Dinge davon vielleicht nicht erfunden waren, aber sie konnte sich nicht vorstellen, dass die Königin wirklich den Befehl gegeben hatte, ihre Eltern töten zu lassen, nur wegen eines seltsamen, magischen Kästchens. Was sollte darin so Wichtiges sein, dass man dafür tötete? Sie musste unbedingt herausfinden, wie sie diesen kleinen Kasten aufbekam, sobald sie wieder zu Hause war. Aber was wäre dann? Sie dachte an Connor. Würde sie einen neuen Wächter bekommen? Und würde Talon wiederkommen? Würde er noch einmal versuchen, sie auf seine Seite zu ziehen? Er sagte, dass sie sich wiedersehen würden. Und es klang nicht wie eine Drohung, sondern eher wie ein Versprechen. Emma schauderte. Allein der Gedanke an ihn und seine roten Augen trieb ihr eine Gänsehaut über die Arme.

Jo wälzte sich auf der Couch und Emma sah, dass er kurz davor war, herunterzufallen. Sie sollte ihn wecken, aber sie wollte nicht. Sie wollte nicht hören, dass es stimmte, was Talon erzählt hatte. Dass sie nie zusammen sein könnten. Sie wollte es nicht wahrhaben. Jos Oberkörper lag verdächtig nah am Rand der Couch. Verdammt! Emma setzte sich umständlich wieder auf und versuchte das Trommeln in ihrem Kopf zu ignorieren.

„Jo", flüsterte sie leise, aber er schmatzte nur und schlief weiter.

„Jo, wach auf", versuchte Emma es etwas lauter, woraufhin er sofort aufschreckte. Verwirrt sah er sich um, bis seine Augen Emmas fanden. Er seufzte erleichtert und rieb sich mit einer Hand über sein Gesicht.

„Gott sei Dank, du bist wach." Er stand auf und stellte sich zu ihr ans Bett.

„Wie geht's dir?", fragte er schläfrig und seinem Blick nach zu urteilen, hatte er sich richtig Sorgen gemacht, denn Emma sah seine tiefen Augenringe.

„Geht so", gab sie zu und blickte sich im Raum um. „Wir sind also in Tehal."

„Ja, im Krankenflügel. Nat liegt nebenan."

„Sie durfte mit nach Tehal? Geht's ihr gut?", fragte Emma schnell.

„Ja … ja, ihr geht's gut. Ich musste einige Fäden ziehen, aber sie ist jetzt hier und wird gut versorgt." Jo setzte sich auf Emmas Bett.

„Sie war mit einem Schlafzauber belegt, aber die Heiler konnten sie wecken. Sie erinnert sich an nichts, also hast du ihr viel zu erklären."

Emma zog eine Grimasse. Nat würde sie unbarmherzig löchern, wusste sie. Aber sie war erleichtert, dass es ihr gut ging.

Jo räusperte sich neben ihr und sah sie ernst an.

„Emma, was du da gemacht hast", er holte tief Luft und schien zu überlegen, was er als nächstes sagen sollte, „das war das Dümmste und Gefährlichste, was du je getan hast! Was hast du dir dabei nur gedacht?"

Er blickte sie mit einer Mischung aus Wut und Sorge an. Ja, was hatte sie sich nur dabei gedacht, gegen den mächtigsten dunklen Magier anzutreten? Gar nichts!, war die Antwort.

„Er hatte Nat in seiner Gewalt, was hätte ich denn machen sollen?"

„Du hättest nicht alleine gehen dürfen, du hättest Hilfe holen sollen!"

„Wie denn?" Emma wurde wütend. „Du hattest dich seit Tagen nicht blicken lassen, ich hatte keine Chance, jemanden hier in Tehal zu erreichen, und als ich wach wurde, war Connor schon tot!"

Ihre Augen füllten sich mit Tränen, als sie an seinen leblosen Körper dachte und ein Schluchzen drückte sich aus ihrer Kehle nach oben. Jo wollte sie in den Arm nehmen, aber sie drehte sich weg. Sie wollte seine Zuneigung nicht.

Er zog seine Arme zurück und ein trauriger Ausdruck huschte kurz über sein Gesicht, bevor er wieder ernst wurde.

„Es tut mir so leid wegen Connor", sagte Emma und wischte sich eine Träne weg.

„Wie hast du mich eigentlich gefunden?", wollte sie wissen, als Jo nichts weiter sagte.

Jo stand auf und fing an, vor ihrem Bett auf und ab zu laufen.

„Ich wollte dich heute besuchen, beziehungsweise wollte ich dich abholen, du solltest mit mir nach Tehal kommen", erklärte er. „Aber als ich bei euch ankam, sah ich die Blutspuren, die durch das ganze Haus führten."

Emma erinnerte sich, dass sie mit ihren nackten Füßen das Blut aus der Küche durchs Haus getragen hatte.

„Ich bin sofort hoch in dein Zimmer, aber du warst nicht da. Auch Natalies Zimmer war leer und in der Küche habe ich dann Connor gefunden."

Er blickte betrübt zu Boden. Emma fragte sich, ob die beiden sich wohl gut gekannt hatten.

„Ich wusste nicht, wo ihr seid, also habe ich einen Ortungszauber angewandt."

„Ich dachte, du kannst nur Gefühle sehen", fragte Emma verwirrt.

„Ja, das stimmt, aber jeder Magier kann verschiedene Zauber ausführen", erklärte er, „wie zum Beispiel einen Ortungszauber oder Kerzen anzünden oder solche Kleinigkeiten."

Emma erinnerte sich, als Jo sie aus dem Wasser gerettet hatte. Also das zweite Mal, als er nur in Shorts und ohne Schnorchel oder Sauerstoffflasche im Meer war. Das war bestimmt auch so ein Zauber gewesen, überlegte sie, damit er lange die Luft anhalten konnte. Diese Zauber müsste sie doch auch beherrschen können. Allerdings musste sie dafür erst einmal wissen, welche es gab und wie sie funktionierten.

„Als der Zauber gewirkt hat, bin ich sofort zu dir gelaufen", sprach Jo weiter und holte Emma aus ihren Gedanken. „Ich dachte, du wärst tot, als ich dich nach Tehal gebracht habe."

„Tut mir leid", sagte Emma und meinte es auch so. Jo stützte sich vorn auf ihrem Bett ab und blickte sie an. Wie gerne hätte sie gewusst, was er gerade dachte.

„Mir tut es leid", sagte er plötzlich, aber Emma verstand nicht, was er meinte.

„Was tut dir leid?"

„Dass ich nicht da war. Ich hätte bei dir sein müssen. Ich hätte Connor nicht bei euch lassen dürfen. Er war noch zu jung dafür. Er hatte seine Ausbildung gerade erst abgeschlossen." Er trat wütend gegen das Sofa und sprach einfach weiter.

„Ich hätte dich nicht alleine lassen dürfen, nicht nachdem …"

Jo brach ab und seine türkisfarbenen Augen fanden Emmas. Er setzte sich wieder zu ihr aufs Bett und streichelte mit einer Hand sanft über den Cut an ihrem Auge.

„Ich hätte dableiben müssen." Seine Stimme war nur noch ein Flüstern.

„Jo …", fing Emma an und nahm behutsam seine Hand runter, „Talon hat mir Dinge erzählt – von Tehal, von dir."

„Du darfst ihm nicht glauben, Emma", unterbrach er sie, „er wollte dich nur manipulieren!"

Emma nickte und blickte Jo traurig an.

„Also stimmt es nicht, dass du nur mit anderen Mitternachtswächtern zusammen sein darfst? Und dass du dir noch nicht mal deine Frau aussuchen darfst?"

Beim Gedanken daran spürte Emma wieder, wie sich ihr Magen zusammenzog. Jo sagte nichts, aber sein Blick sprach Bände. Schuldbewusst blickte er auf ihre ineinander verschränkten Hände hinab.

„Doch, das stimmt", sagte er dann.

Emma entzog ihm ihre Hand. Talon hatte die Wahrheit gesagt! Sie konnte es nicht glauben. Sie würde nie mit Jo zusammen sein können. Nie! Und wieder dachte sie daran, wie er sie geküsst hatte. Nicht einmal, nicht zweimal, ganze drei Mal! Er wusste, dass es nicht für länger war. Und er wusste, was sie für ihn empfand. Wie konnte er das nur tun?

„Und wieso das dann alles?", fragte sie und konnte nicht verhindern, dass ihre Stimme brüchig klang. „Warum hast du mich geküsst, wenn du genau wusstest, dass es sowieso keine Zukunft für uns geben würde?"

Jo hatte keine Gelegenheit zum Antworten. Die Tür zu Emmas Zimmer öffnete sich schwungvoll und eine in weiß gekleidete Frau trat ein. Jo sprang sofort vom Bett auf und stellte sich daneben hin.

„Hallo, Emma, schön, dass du wach bist", sagte die Frau mit einer unglaublich ruhigen Stimme, bei der Emma sofort wieder hätte einschlafen können.

„Ich bin Taynara. Wie geht es dir? Tut dir noch etwas weh?"

Emma blickte von Jo zu der Heilerin und schüttelte den Kopf, wobei dieser umgehend rebellierte.

„Etwas Kopfschmerzen noch", gab sie zu.

Taynara nickte verständnisvoll.

„Ja, du hattest eine schwere Gehirnerschütterung, eine gebrochene Rippe und starke Verbrennungen, insbesondere am Oberschenkel. Aber keine Sorge, wir haben uns um alles gekümmert und du wirst keine Narben zurückbehalten."

Sie ging um das Bett herum und löschte die Kerzen, die nehmen Emma schwebten.

„Du wirst diese Nacht noch hierbleiben, dann sollte deine Rippe verheilt sein. Aber bis dahin gilt Bettruhe, verstanden?"

„Ich würde gerne Natalie sehen", sagte Emma und hoffte, dass sie so von Jo wegkam, aber Taynara musterte sie nur skeptisch.

„Na ja, eigentlich solltest du im Bett bleiben", sagte sie und überlegte, „aber Natalie kann gern zu dir kommen. Ich werde ihr Bescheid sagen."

Damit verschwand sie nach draußen und ließ Emma und Jo wieder alleine zurück. Keiner von beiden sagte ein Wort. Was sollte Emma auch sagen? Es war an Jo, sich zu erklären. Emma starrte ihn an, als er plötzlich mit schnellen Schritten auf sie zukam.

„Weißt du was, du hast recht!" Er hatte wieder seinen verkniffenen Gesichtsausdruck aufgesetzt, mit dem er Emma in den ersten Tagen, in denen er bei ihr war, den letzten Nerv geraubt hatte.

„Ich hätte dich nicht küssen sollen, das war dir gegenüber nicht fair. Vor allem, da ich nicht so für dich empfinde wie du für mich. Ich wollte mich einfach ablenken, diese Wochen in der Menschenwelt waren nicht einfach. Vergiss einfach was war, okay? Es wird nicht wieder vorkommen!"

Er wartete nicht auf eine Antwort oder Reaktion von Emma. Während sie noch fassungslos dorthin starrte, wo er gerade gestanden hatte, war Jo schon aus der Tür hinaus.

„Emma! Hey! Die haben gesagt, ich kann dich besuchen und du …" Nat blieb mitten im Raum stehen, als sie Emma anschaute.

„Was ist passiert? Du siehst aus, als hättest du ein Gespenst gesehen!"

Sie setzte sich auf die Bettkante und sah sich panisch um. „Es gibt doch keine Gespenster hier, oder?"

Emma reagierte nicht. Sie konnte nicht. Hatte Jo ihr das gerade wirklich gesagt? Dass sie nur eine Ablenkung war? Mehr nicht? Hatte sie sich seine Gefühle nur eingebildet?

Natalie rüttelte Emma an der Schulter.

„Was? Was hast du gesagt?"

„Ich wollte wissen, was mit dir los ist? Was hat Jo diesmal gemacht?"

„Wieso glaubst du, dass Jo etwas gemacht hat?"

„Weil er gerade an mir vorbei aus deinem Zimmer gestürmt ist und dabei nicht allzu glücklich ausgesehen hat. Und jetzt sitzt du hier und siehst noch schlechter aus."

„Ich will darüber jetzt nicht reden, okay?"

„Na gut." Nat schaute bedrückt. „Aber du weißt, dass du mit mir über alles reden kannst, oder?"

„Selbstverständlich weiß ich das."

Emma lächelte Nat an.

„Geht's dir denn gut?", fragte sie ihre Freundin.

„Ja, und wie, ich fühle mich so ausgeschlafen wie seit Monaten nicht mehr!", sagte sie euphorisch und Emma musste schmunzeln. Wofür doch so ein Schlafzauber gut war.

„Und dieses Krankenhaus hier, unglaublich! So was würde es bei uns nie geben! Ich meine, ja die Leute tragen hier auch alle weiß, aber diese Zimmer …!"

Sie machte eine ausladende Geste und sah sich um.

„Hast du schon mal so viele Farben gesehen? Und die Doktoren oder Heiler, oder wie auch immer die sich hier nennen, sind ja mal alle so was von sexy! Und diese Augen ... Mein Heiler hatte grüne Augen. So Grasgrün! Was kann er dann noch mal? Ich habe es schon wieder vergessen!"

Emma hörte Natalie nur mit einem Ohr zu. Nat verstrickte sich wieder in ihre Monologe und redete über ihren „sexy Heiler", während Emma nur an Jo denken konnte und daran, was er eben gesagt hatte und was das bedeutete. Nicht nur, dass es wirklich keine Zukunft für sie und Jo gab, es bedeutete auch, dass Talon die Wahrheit gesagt hatte. Wenn er sie in diesem Punkt nicht angelogen hatte, dann vielleicht auch nicht in den anderen? Wenn er nun recht hatte? Was sollte Emma dann machen? Wie sollte sie das herausfinden?

„Und jetzt erzähl du mir erst mal, was los war, als ich geschlafen habe", verlangte Nat und so erzählte Emma ihrer Freundin alles, was sie durch ihren Schlafzauber verpasst hatte, bis Taynara sie störte und verlangte, dass Nat wieder auf ihr Zimmer geht und beide noch etwas ruhen. Einfacher gesagt, als getan, dachte Emma, aber zum Glück brachte die Heilerin ihr den bekannten Tee mit Vanille-Duft, der sie ohne Probleme einschlafen ließ.

Zwanzig

Emma schlug die Augen auf. Es war dunkel in ihrem Zimmer. Sie hatte keine Ahnung, wie spät es war, aber es musste mitten in der Nacht sein. So ein Mist, fluchte sie und wälzte sich umständlich in ihrem Bett herum. Der Tee sollte sie bis morgen früh schlafen lassen. Und jetzt war sie blöderweise wach.

„Hallo, Emma!"

Emma fuhr in ihrem Bett hoch und versuchte, im dunklen Zimmer etwas zu erkennen, als sich neben ihr die drei Kerzen wie von selbst entzündeten.

Emma sah Talon am Kopfende ihres Bettes stehen. Wut kroch in ihr hoch und sie schnappte sich ihr Kissen, um es nach ihm zu werfen.

„Verschwinde! Hau ab!"

Talon wich ihrem Kissen geschickt aus und lachte mal wieder über ihren armseligen Versuch, dem dunklen Magier etwas anzuhaben.

„Emma, bleib locker, das ist nur ein Traum. Ich werde dir nichts tun, okay?"

Wütend blickte sie ihn an. Was wollte er schon wieder hier? Er sollte sie in Ruhe lassen!

„Es war gar nicht so einfach, dich hier zu besuchen", sagte er gedankenverloren, als er durch das Zimmer schritt. „Tehal ist doch besser abgeschirmt, als ich dachte."

Er drehte sich zu ihr um. „Nichtsdestotrotz habe ich es ja geschafft." Ein triumphierendes Lächeln trat auf sein Gesicht.

„Und was jetzt? Willst du beenden, was du angefangen hast?"

„Was? Nein!" Er blickte sie ernst an. „Ich würde dich nicht töten. Nicht, nachdem ich gesehen habe, wozu du fähig bist!"

Er ging um das Bett herum und stand nun direkt neben Emma. Wie immer trug er einen schwarzen Anzug und seine Augen funkelten sie begierig an.

„Ich musste dich provozieren", offenbarte er ihr, „ich wollte deine Magie freisetzen und Wut war dafür leider die einzige Möglichkeit! Und nun sieh dich an!"

Er setzte sich zu ihr aufs Bett, worauf Emma weiter von ihm wegrückte, was Talon nicht im Geringsten störte.

„Du hast deine Magie wieder und bist nun stärker als jeder hier in Tehal!"

Emma hörte den Stolz in seiner Stimme und fragte sich mal wieder, warum er so mit ihr sprach. Ohne etwas zu erwidern, schaute sie ihn an. Sie hatte gewusst, dass er sie nicht getötet hätte, schoss es ihr durch den Kopf. Aber hatte er sie angelogen, weil er sie nur provozieren wollte oder hatte er ihr trotzdem die Wahrheit gesagt?

Schwungvoll stand Talon plötzlich auf.

„Wir werden uns wiedersehen, Emma! Und wenn du zu mir kommst, und du wirst zu mir kommen, werde ich dich in unserer Mitte willkommen heißen!"

Er hatte definitiv einen Hang zum Dramatischen, dachte Emma noch, bevor sie keuchend in ihrem Bett hochfuhr. Ihr Krankenhauszimmer war leer, keine Spur von Talon. Es war ein Traum gewesen, natürlich! Trotzdem musste sie jetzt wieder irgendwie einschlafen. So ein verdammter Mist!, dachte sie grummelig und kuschelte sich wieder ein, doch an Schlafen war nicht zu denken. Warum glaubte Talon immer noch, dass sie sich ihm anschloss? Und vor allem freiwillig? Nach allem, was passiert war, würde sie das nicht tun! Oder?

Emma und Nat beschlossen am nächsten Tag zusammen in Emmas Zimmer zu frühstücken. Emma ging es viel besser, sie verdrängte gekonnt die Unterhaltungen mit Jo und Talon von gestern. Außerdem waren ihre Kopfschmerzen endlich weg und auch ihre Rippe schien wieder annähernd hergestellt, sodass die zwei sich zusammen auf das gelbe Sofa setzten und Brötchen und seltsam geformte Früchte aßen, die aussahen wie blaue Regentropfen, aber schmeckten wie Weintrauben. Natalie kam immer noch nicht aus dem Staunen heraus, was die Dinge hier in Tehal betraf. Sie bestaunte alles, angefangen von den schwebenden Geräten, über das ungewöhnliche Essen, bis hin zu den verschiedenen Augenfarben. Emma ließ ihrer Freundin die Begeisterung und hörte ihr schweigend zu. Die Ereignisse der letzten Tage hatten sie doch mehr mitgenommen, als sie zugeben wollte. Sie hatte immer noch nicht ganz verdaut, dass sie ihre Magie vollständig wieder hatte.

Natalie redete gerade über die Vorzüge von bunten Kleidern, als es zaghaft an der Tür klopfte. Ein junger Mann in weißer Rüstung erschien in der Tür. An seinem Gürtel hing ein glänzendes Schwert und auf seiner Brust prangte eine weiße Rose. Er gehörte also zur Wache der Königin, schoss es Emma durch den Kopf und sie bekam sofort weiche Knie. Sie wollte nicht zur Königin, nicht nachdem, was Talon ihr gesagt hatte!

„Miss Emma, Miss Natalie, es tut mir leid, sie zu unterbrechen, aber ich wurde angehalten, Miss Emma unverzüglich zur Königin zu bringen."

Während Emma sich im Badezimmer anzog, hörte sie, dass Nat den Wächter vor der Tür alles Mögliche über Tehal ausfragte. Der Arme hatte keine Chance gegen sie, dachte Emma schmunzelnd. Taynara hatte ihr ein blaues knielanges Kleid mit viereckigem Ausschnitt besorgt, in das sie jetzt reinschlüpfte. Sie hatte sich die letzten Tage kaum um ihr Aussehen gekümmert. Umso geschockter war sie, als sie jetzt einen Blick in den Badezimmerspiegel warf. Ihre Augen waren violett. Nicht mehr Blau mit einem Hauch ins Violette. Nein, komplett Violett! Sie dachte an Talons Worte: „Warte ab, wie es wird, wenn alle in deine violetten Augen sehen!"

Ein Schauer lief ihr über den Rücken. Würden die Menschen in Tehal sie wirklich als Gefahr ansehen? Am liebsten hätte sie sich einfach hier im Bad eingeschlossen, aber sie wusste, dass das nicht ging. Sie straffte ihre Schultern, verließ das Badezimmer und folgte dann der Wache den langen, sterilen Korridor entlang, während Nat wieder in ihr Zimmer ging.

Emma schaute sich um. Die Flure waren menschenleer. Gab es hier überhaupt andere Patienten? Oder andere Heiler? Oder überhaupt irgendwen? Der Wächter führte Emma die Treppe nach oben. Emma fiel ein, dass der Krankenflügel im Keller des Palastes der Königin war, sodass sie es nicht weit bis zu ihr hatten. Ihr Herz klopfte wie verrückt. Warum war sie so nervös? Die Königin hatte ihr beim letzten Mal auch nichts getan! Ja, aber da hatte sie auch noch nicht ihre Fähigkeiten wieder, flüsterte das Teufelchen auf Emmas Schulter. Sie biss sich auf die Lippe und versuchte, mit dem Wächter Schritt zu halten, denn sie wusste, bei dem ganzen Weiß um sie herum, mal wieder überhaupt nicht, wo sie sich eigentlich gerade befand. War das der dritte oder der vierte Stock? Emma hatte keine Ahnung, bis sie vor einer großen Flügeltür stehen blieben. Die kam Emma dann zum Glück bekannt vor. Der Wächter stellte sich vor die Tür, klopfte zwei Mal an und öffnete Emma die Tür, sodass sie eintreten konnte.

Die Königin saß auf ihrem weißen Thron, der unmittelbar im Blickfeld der Tür stand. Wie beim letzten Mal trug sie ein weißes, luftiges Kleid, dieses Mal mit einer langen Schleppe, die neben dem Thron lag, und natürlich die weiße Rosenkrone auf dem Kopf. Ihr langes Haar hatte sie zu einem Zopf gebunden, der ihr locker über die Schulter fiel und in dem kleine weiße Rosen eingeflochten waren.

Die Königin blickte sie, trotz ihrer gelben Augen, freundlich an, aber Emma ertappte sich dabei, wie sie den freundlichen Augen misstraute. Das war Talons Schuld, dachte sie und hasste sich im gleichen Moment dafür, dass er sich auch jetzt noch in ihre Gedanken schleichen konnte.

Als sie auf Rania zuging, machte ihr Herz einen kurzen Satz, sobald sie erkannte, wer neben ihrem Thron stand. Es war Jo. Ebenfalls komplett in weiß gekleidet, aber nicht in einer Rüstung. Er trug eine enge Hose, an deren Gürtel zwei Schwerter hingen. Wahrscheinlich zwei Schwerter, weil er der höchste Wächter war? Sein Hemd passte ihm perfekt und betonte an den Armen seinen durchtrainierten Bizeps und auf seiner linken Brust waren drei Rosen gestickt, nicht nur eine wie bei den anderen Wachen. Ja, definitiv ein Zeichen, dass er der höchste Wächter der Königin war. Jo sah unglaublich respektvoll und stark aus, dachte Emma. Mit ihm wollte man sich nicht anlegen und diesen Eindruck vermittelte er auch. Aber allein ihn dort stehen zu sehen, versetzte ihr einen Stich ins Herz.

Emma blickte schnell von ihm weg und versuchte, an etwas anderes zu denken. Aber so wie er sie beobachtete, hatte er ihre Gefühle längst gelesen.

„Emma, wie schön dich zu sehen", sagte die Königin und stand auf, um Emma entgegenzugehen.

Emma nickte ihr kurz zu. Sie wusste immer noch nicht, wie sie sich in Anwesenheit einer Königin zu verhalten hatte.

„Du hast zwei ziemlich aufreibende Tage hinter dir, wie ich gehört habe", sagte diese und lächelte Emma aufmunternd zu.

„Wollen wir uns nicht setzen?", fragte Rania und deutete auf die kleine Sitzgruppe an der Seite.

Wieder nickte Emma nur und folgte ihr. Zu Emmas Ärger gesellte sich Jo ebenfalls zu den beiden, sodass sie und die Königin auf der Couch nebeneinandersaßen, während Jo gegenüber von ihnen Platz genommen hatte. Er sagte kein Wort, sondern blickte nur finster drein. Ja, so kannte sie ihn, dachte Emma bitter und spürte den Kloß in ihrem Hals.

„Wie geht es dir?", wollte die Königin wissen.

Emma versuchte, sich auf Rania zu konzentrieren und Jo auszublenden, was nicht so gut funktionierte.

„Es geht", sagte sie dann und konnte einen Seitenblick zu ihm nicht verhindern.

„Ich glaube, meine Wunden sind ganz gut verheilt", beeilte sie sich, weiterzusprechen.

„Das freut mich, zu hören."

Die Königin hielt inne und blickte Emma ernst an.

„Emma, ich will ehrlich mit dir sein. Ich mache mir Sorgen um dich. Dass Talon so hinter dir her ist, ist gar nicht gut. Er ist sehr gefährlich, aber das hast du ja selbst gemerkt, oder?"

Emma wusste nicht, was sie darauf antworten sollte. Ja, Talon war gefährlich, aber woher sollte sie wissen, dass die Königin es nicht auch war. Nur, weil sie Emma noch nichts getan hatte?

„Ich spüre dein Unwohlsein, Emma. Was ist los?"

„Wisst ihr, wer meine Eltern waren?", platzte Emma heraus und beobachtete Rania und Jo ganz genau. Während er keine Miene verzog, blickte die Königin Emma traurig an.

„Ja, das wissen wir mittlerweile."

„Und niemand von euch hat es für nötig gehalten, mich darüber zu informieren? Warum?"

„Wir wollten es dir sagen, darum sollte Jo dich nach Tehal holen."

Na ja, zumindest das klang plausibel.

„Und, wer waren meine Eltern?"

„Deine Eltern hießen John und Miranda O'Brien, nicht Lia und Brandon Jones, wie sie sich vielleicht woanders genannt haben. Sie lebten in Tehal, bis sie sich dazu entschieden hatten, ein Leben außerhalb der magischen Welt zu führen, und in die Menschenwelt gingen. Dort wurdest du geboren, deswegen wussten wir auch nicht, dass es dich überhaupt gibt."

Klang ebenfalls logisch, dachte Emma. Obwohl sie sich fragte, warum ihre Eltern ihre Namen geändert hatten.

„Sind meine Eltern durch einen Brand gestorben?"

Rania schaute Emma traurig an.

„Das wissen wir nicht, Emma. Tut mir leid!"

„Wie könnt ihr das nicht wissen?"

Emma spürte die Hitze in ihr und versuchte, sie zu unterdrücken. Die Königin log ihr ins Gesicht. Wenn Talon recht hatte, wusste Rania genau, wie und warum ihre Eltern sterben mussten.

Rania blickte zu Jo, aber Emma konnte den Blick nicht deuten. Für wie blöd hielten sie sie eigentlich?

„Emma, ich weiß, dass du viel durchgemacht hast, aber wir wissen es wirklich nicht. Deine Eltern sind untergetaucht, sie wollten nichts mehr mit der magischen Welt zu tun haben."

Das hatte Talon ihr auch gesagt. Aber er wusste, wie ihre Eltern umgekommen waren. Wenn er das wusste, warum die Königin dann nicht? Talon konnte es nur wissen, wenn er es selbst getan hatte, oder? Emma stützte ihren Kopf in ihre Hände. Warum wusste sie nicht, wem sie glauben sollte? Warum schlich sich Talons Stimme immer wieder in ihren Kopf? Die Königin und Jo hatten ihr nie wehgetan, na ja, zumindest nicht so wie Talon. Sie sollte ihnen vertrauen.

„Tut mir leid", sagte Emma, „es ... es ist einfach alles ein bisschen viel gerade."

„Du brauchst dich nicht zu entschuldigen", sagte Rania versöhnlich und legte Emma liebevoll eine Hand auf die Schulter.

„Emma, ich habe eine wichtige Frage", fing die Königin an und setzte sich aufrecht hin. „Haben deine Eltern dir außer deinem Medaillon noch etwas hinterlassen? Hast du etwas erhalten, von dem Magie ausgeht?"

Emma blickte skeptisch von der Königin zu Jo. Meinte sie das Kästchen? Hatte er ihr doch nicht davon erzählt?

„Ich weiß nicht, was du meinst." Emma tat so, als wüsste sie nicht, worauf die Königin hinaus wollte. „Wieso ist das wichtig?"

„Magische Gegenstände sollten in der Menschenwelt nicht vorkommen. Es ist immer gefährlich. Das haben wir mit deinem Medaillon gemerkt. Wir versuchen, die magische Welt zu beschützen. Das willst du doch auch, oder?"

Natürlich wollte Emma das, aber sie spürte auch, dass das nicht der eigentliche Grund war, warum Rania danach gefragt hatte. Emma nickte bloß und konnte sich einen Seitenblick auf Jo nicht verkneifen, der sich jedoch nichts anmerken ließ. Warum hatte er der Königin nichts davon erzählt? Auf wessen Seite stand er eigentlich?

Rania sagte nichts weiter und Emma fragte sich, ob sie ihr glaubte oder nicht.

„Du hast deine Magie befreit, oder?", fragte sie in die Stille und Emma sah sie misstrauisch an. Woher wusste sie das? Emma hatte es noch keinem – außer Nat natürlich – erzählt.

„Man spürt es", beantwortete die Königin ihre unausgesprochene Frage, „und ich sehe es an deinen Augen!"

Na klar, diese doofen Augen! Ab jetzt würde es jeder wissen, wenn er sie nur anschaute.

„Emma, ich würde dir gern etwas vorschlagen", begann die Königin und stand auf. „Da du nun vollen Zugriff auf deine Fähigkeiten hast, wäre es falsch, wenn du weiterhin in der Menschenwelt lebst. Ich möchte gerne, dass du auf die Akademie hier in Tehal gehst. Dort wirst du nicht nur lernen, deine Magie richtig anzuwenden, wir können dich da außerdem besser vor Talon beschützen. Was hältst du davon?"

Emma schaute die Königin sprachlos an und auch Jo sah man die Überraschung an. Anscheinend hatte er von diesem Vorschlag bis eben auch nichts gewusst. Sie sollte auf die Akademie gehen? Wie die anderen Magier? Sie müsste ihr Zuhause und Nat und Tom verlassen? Aber Emma konnte dieses Angebot nicht ablehnen, oder? Sie musste lernen, ihre Magie zu kontrollieren. Sie musste lernen, Zauber anzuwenden, und so konnte sie mit Sicherheit etwas über ihre Eltern herausfinden. Natalie würde es auf jeden Fall verstehen.

„Sehr gut", sagte Rania und merkte, wie Emma sie ungläubig musterte.

„Oh, ich habe gesehen, wie du dich entschieden hast", sagte die Königin entschuldigend und zuckte mit den Schultern.

Dämliche Fähigkeiten, dachte Emma. Warum konnte sie Menschen nicht so lesen, wie die beiden?

„Gut, ich schicke dich und Natalie heute noch nach Hause. Du kannst in Ruhe deine Sachen packen und in zwei Tagen holt dich ein Wächter ab und bringt dich zur Akademie."

Emma nickte und stand ebenfalls auf.

„Und Emma?", sagte die Königin streng und blickte Emma fest an. „Wir sind eine Gemeinschaft. Du gehörst jetzt zu uns und sobald du auf die Akademie gehst, wirst du ein vollwertiger Teil dieser Welt. Halte dich an die Regeln und gleich, wenn Talon dich kontaktiert oder dir irgendetwas merkwürdig vorkommt, verlange ich, dass du mich davon in Kenntnis setzt."

Eingeschüchtert nickte Emma. Gegen so einen Ton konnte sie nichts erwidern. Allerdings würde sie erst einmal selber herausfinden, nach welchen Regeln sie spielen wollte.

„Jonathan, bringst du Emma bitte wieder in den Krankenflügel? Ich schicke dann Damien, damit er die beiden nach Hause bringt."

Mit einem knappen Nicken ging Jo an Emma vorbei zur Tür. Emma verabschiedete sich von der Königin und folgte ihm. Warum musste ausgerechnet er sie nach unten bringen?

Jo sagte kein Wort und er wartete auch nicht, dass Emma zu ihm aufholen konnte. Er raste durch die Gänge und Emma musste keine Gedanken lesen können, um zu wissen, dass er mal wieder schlecht drauf war.

Sie steuerten gerade die Treppe nach unten zum Krankenflügel an, als eine zierliche Frau in einem bunten Zweiteiler, die Emma gut kannte, den beiden den Weg versperrte.

„Emma, oh mein Gott!", rief Mayla und zog sie in eine feste Umarmung, „jeder in Tehal redet über dich und deinen Kampf mit Talon! Geht es dir gut? Was ist passiert?"

„Dafür ist keine Zeit, Mayla! Emma muss nach Hause!"

Jo wollte weitergehen, aber seine Schwester ließ sich nicht unterbrechen.

„Warst du bei der Königin, was hat sie gesagt?", fragte sie an Emma gewandt und Jo schnaubte genervt.

„Oh, jetzt bleib locker, ich habe Emma seit Ewigkeiten nicht gesehen. Du konntest es doch auch kaum erwarten, wieder in die Menschenwelt zu gehen, also hör auf so rumzunerven!"

Emma blickte Jo verständnislos an. Er hatte unbedingt zurück gewollt? Zu ihr? Aber er hatte sich so gefreut, als er wieder nach Tehal durfte?

Wenn Jo eine Comicfigur wäre, würde jetzt Dampf aus seinen Ohren schießen, so wütend blickte er seine Schwester an, dachte Emma und verkniff sich ein Lachen.

„Du weißt ja, wo es zum Krankenflügel geht", meckerte er und stapfte an den beiden vorbei, „bring du sie dorthin, ich habe die Schnauze voll!"

Emma blickte ihm irritiert hinterher, während Mayla ein wissendes Lächeln aufsetzte.

„Was ist eigentlich sein Problem?", fragte Emma nicht weniger aufgebracht.

Aber Jos Schwester hob nur die Schultern.

„Männer", sagte sie nur und hakte sich bei Emma ein, um sie nach unten in den Krankenflügel zu begleiten.

„Also, was hat die Königin gesagt?"

„Sie will, dass ich auf die Akademie gehe!"

„Ehrlich?" Mayla stieß einen Jubelschrei aus.

„Wie genial ist das denn? Dann werden wir uns ja jeden Tag sehen! Ich werde dir alle coolen Leute vorstellen und dir zeigen, was wir mit Magie so alles machen können. Das wird richtig toll!"

Emma teilte Maylas Euphorie nicht ganz. Sie freute sich zwar darauf, endlich alles zu lernen, aber sie musste Nat alleine lassen. Und sie hatte ihr noch gar nichts von Cole erzählt. Das würde sie machen, sobald sie ungestört waren, dachte Emma und hörte der jungen Tehalerin gar nicht mehr weiter zu, während die sich über das Leben an der Akademie ausließ.

Sie konnte es noch nicht glauben. Sie war wirklich eine Magierin. Sie spürte ihre Gaben tief in sich schlummern. Sie würde wirklich auf die Akademie gehen. Allein der Gedanke daran ließ sie nervös werden.

Emma und Mayla gingen an einem großen Spiegel vorbei und Emma konnte nicht anders, als sich selbst in die Augen zu schauen. Sie war wie ihre Mutter, schoss es ihr durch den Kopf, wie ihre Eltern. Noch nie hatte sie sich ihnen so nah gefühlt wie jetzt. Sie würde herausfinden, was mit ihnen passiert war und sie würde denjenigen zur Rechenschaft ziehen, der an ihrem Tod schuld war!

Als sie später am Tag vor dem Portal auf der Anhöhe stand und auf Tehal hinunterblickte, wusste sie, dass dieser Ort ihre Heimat war, dass sie jetzt ein Teil dieser magischen Welt war und dass die magische Welt zu ihr gehörte!

Epilog

„Glaubst du, dass sie zu uns kommen wird?"

Talon stand am Fenster und blickte hinunter auf die kleinen dunklen Holzhäuser, die sich in einem Halbkreis auf der Insel aneinanderreihten.

„Ja, das wird sie", sagte er.

„Was macht dich da so sicher?"

Er drehte sich zu Cole um, der lässig am Türrahmen des kleinen Zimmers lehnte.

„Sagen wir einfach, sie ist ihrer Mutter ähnlicher, als sie denkt!"

Talon setzte sich an seinen alten Mahagoni-Schreibtisch und blickte Cole ernst an.

„Bis es soweit ist, müssen wir aber noch ein bisschen Überzeugungsarbeit leisten."

Cole schaute misstrauisch zu Talon und setzte sich in einen der beiden klobigen Ledersessel, die vor dessen Schreibtisch standen.

„Du magst sie, das habe ich gesehen", eröffnete Talon Cole und räusperte sich. „Ich habe erfahren, dass sich Emma demnächst auf der Akademie befinden wird. Natürlich ist die Akademie genauso gut geschützt wie Tehal selbst, allerdings glaube ich, dass sich Emma nicht immer an die Regeln dort halten wird."

Cole ahnte, worauf er hinauswollte.

„Du willst, dass ich sie beschatte und auf den geeigneten Moment warte, um mich ihr zu zeigen?"

Talon nickte zufrieden.

„Du wirst sie davon überzeugen, dass sie bei uns richtig aufgehoben ist. Zeig ihr, dass die Königin und die Magier in Tehal nur Heuchler sind, die sie ausnutzen wollen."

„Und wie nennst du das, was wir von ihr wollen?", fragte Cole und blickte Talon finster an.

Ein selbstgefälliges Lächeln schlich sich auf dessen Gesicht. „Wir wollen sie beschützen, natürlich."

Er stand wieder auf und stellte sich an das Fenster. Unter ihm befanden sich seine Anhänger, die vor einem großen Feuer saßen, das sich in der Mitte der Häuserreihen emporschlängelte. Sie waren bereit! Bereit das zu bekommen, was ihnen zustand!

„Dass Emma uns bei unserem Vorhaben hilft, ist nur ein kleiner Bonus!"

Ende Teil 1

Danke!

An alle, die mich in dieser aufregenden Zeit unterstützt haben und geholfen haben, dass der Traum von meinem ersten eigenen Roman Wirklichkeit wird! Und natürlich auch ein riesengroßes Dankeschön an euch! Meine Leser und Leserinnen! Dass ihr mit mir in die magische Welt der Mitternachtswächter eingetaucht seid!

Und natürlich soll es mit der Geschichte rund um Emma weitergehen! Wie wird sie sich auf der Akademie schlagen? Wird sie ihre Magie weiter entwickeln können? Wird sie herausfinden, was mit ihren Eltern passiert ist? Und was ist mit Jo? Waren seine Gefühle nur vorgespielt? Pünktlich zu Weihnachten soll der zweite Teil unter dem Weihnachtsbaum liegen. Und wer nicht so lange warten möchte, der kann mir bei Facebook (facebook.com/autorin.verenapreuss) oder Instagram (instagram.com/verena.preuss) folgen oder sich auf meiner Website www.verenapreuss.de über alle Neuigkeiten informieren. Natürlich könnt ihr euch auch gerne für meinen Newsletter anmelden und verpasst so keine Neuerscheinungen und exklusive Insights!

Nun aber noch einmal zurück zu den vielen Menschen, die geholfen haben, dass dieser Roman seinen Weg in eure Bücherregale findet.

Da wäre zuerst einmal meine Familie, die mir den Mut gegeben hat, diesen Schritt zu wagen und immer an mich geglaubt hat. Danke an meine Schwester und meine Mama für das viele Probelesen, an meinen Papa für das Aufbauen, Ermutigen und die Unterstützung, an meinen Mann für die Geduld und das Aushalten meiner verrückten Ideen!

Danke an Britta für die absolut geniale Umsetzung meines ersten Covers, danke für die vielen Stunden, die du für mich vor dem Computer gesessen und nach Bildern gesucht hast!

Danke an Marita für die liebevolle Überarbeitung meiner Texte und die Inspirationen und Ideen, die diesen Roman erst lesenswert gemacht haben!

Ohne euch hätte ich es nicht geschafft!

Und für alle, die unbedingt wissen wollen, wie es weitergeht: Lest jetzt das erste Kapitel von Teil 2!

Mitternachtswächter – in luftiger Höhe!

Eins

„Weißt du, wo meine helle Jeans ist?"

Emma lief wie ein aufgescheuchtes Huhn durch ihr Zimmer und umrundete dabei geschickt die vielen Sachen, die kreuz und quer auf dem Fußboden verteilt lagen. Auf ihrem Bett standen zwei große Reisetaschen, die jetzt schon bis obenhin mit Kleidung, Büchern, Fotos, Kosmetik und allen möglichen anderen Dingen gefüllt waren, die Emma in Tehal brauchen würde. Glaubte sie zumindest. Sie hatte keine Ahnung, wie das Leben auf der Akademie war, sie wusste nicht wie ihr Zimmer eingerichtet war, wie dort gegessen wurde oder mit wem sie zusammen ein Zimmer teilen würde. Im Nachhinein hätte sie das mal fragen sollen, aber sie war so aufgeregt gewesen, dass sie auf die Akademie gehen konnte, dass sie schlicht ergreifend gar nicht daran gedacht hatte. Das Problem war: diese ganzen Ungewissheiten machten sie nur noch nervöser. Seit die Königin ihr vor zwei Tagen angeboten hatte, auf die Akademie der Künste zu gehen, um ihre magischen Fähigkeiten richtig zu erlernen, herrschte in Emma eine dauerhafte Unruhe und in ihrem Zimmer das heillose Chaos.

„Meinst du die?"

Natalie, Emmas beste Freundin, stand im Türrahmen und hielt Emmas Lieblingsjeans in der Hand.

„Genau die", sagte Emma und griff nach der Hose, um sie zu den anderen in die Tasche zu legen. Nat schaute Emma betrübt beim Packen zu. Die Ereignisse der letzten Tage hatten bei beiden Spuren hinterlassen, weswegen sie im Moment auch immer zusammen bei Nat im Bett schliefen. Nachdem sie aus Tehal zurückgekehrt waren, hatte Nat erstmal eine ganze Kanne Caipirinha aufgesetzt und sie hatten sich auf die Veranda gesetzt und fast vier Stunden nur geredet. Emma fiel es unheimlich schwer Nat von Cole zu erzählen. Dass er zum Anführer der dunklen Magier, zu Talon, gehörte und wahrscheinlich dafür verantwortlich war, dass man Nat überhaupt entführen konnte. Cole hatte Nat viel bedeutet, das wusste Emma. Aber sie wusste auch wie stark ihre Freundin war und, dass sie sich davon nicht unterkriegen lassen würde. Viel schwieriger war für Natalie eher der Umstand, dass sie sich an nichts erinnern konnte. Talon hatte sie mit einem Schlafzauber belegt, wodurch sie nichts von Emmas wiedererlangten Fähigkeiten und dem Kampf mitbekommen hatte.

„Ich kann immer noch nicht glauben, dass ich das alles verpasst habe", sagte Nat an dem Abend und schlürfte geräuschvoll an ihrem Glas. „Du hättest nicht gegen ihn kämpfen sollen, das war viel zu gefährlich!"

„Was hätte ich denn deiner Meinung nach machen sollen? Dich einfach bei Talon lassen? Dich sterben lassen?"

Emma schüttelte energisch den Kopf.

„Allein, dass Connor gestorben ist, werde ich mir nie verzeihen!"

Connor war Emmas Wächter gewesen. Er sollte auf sie aufpassen und wurde zum Opfer von Talon. Oder von Cole. Emma wusste bis heute nicht, wer Natalie entführt und Connor getötet hatte.

„Du darfst dir daran nicht die Schuld geben. Er war ein Wächter, er wusste, was er tat."

Nat versuchte Emma die Schuldgefühle zu nehmen, aber sie brannten sich in ihre Haut, wie ein ungewolltes Tattoo. Emma wurde sie einfach nicht los.

„Kommst du alleine klar?", fragte Emma, um das Thema zu wechseln.

Nat seufzte.

„Ich denke schon. Obwohl es ziemlich langweilig hier sein wird, so alleine."

„Tut mir leid."

Emma sah betrübt auf den Strand. Das kleine Strandhaus, in dem die beiden seit ihrem Studium wohnten, war zu einer richtigen Wohlfühloase für Emma geworden. Sie konnte sich nicht vorstellen woanders zu leben, und sie wollte auch Nat nicht alleine lassen, aber sie musste die Chance nutzen und auf die Akademie gehen. Sie hatte sich fest vorgenommen endlich Antworten auf ihre vielen Fragen zu finden. Ob Talon ihr die Wahrheit gesagt hatte, was ihre Eltern anging? Dass sie Tehal den Rücken gekehrt und der Königin etwas entwendet hatten? Etwas, das womöglich ganz unten in Emmas Kleiderschrank lag?

„Blödsinn! Hör auf dich dauernd zu entschuldigen", sagte Natalie ernst, „du musst auf die Akademie gehen! Ich hoffe nur, dass du mich auch ab und zu mal besuchst!"

Sie zwinkerte ihr zu und Emma musste schmunzeln.

„Ich werde sehen, was sich da machen lässt."

Und heute war es endlich soweit. Ein Wächter würde Emma in ein paar Minuten abholen und sie zur Akademie bringen. Nervös rieb sie sich ihre schweißnassen Hände an der Jeans ab.

„Hast du alles?", fragte Nat und half Emma dabei die überfüllten Taschen zu schließen.

„Ich hoffe doch!"

Nat hatte Emma gestern extra noch mit shoppen genommen. Da das Motto in Tehal, was den Kleidungsstil betraf, schlicht und ergreifend „bunt" war, hatten sie jede Menge farbige Shirts, Hosen und Kleider gekauft. Es war mittlerweile November, aber in Bajo Rianja gab es so etwas wie Winter nicht und laut Mayla kannte man in Tehal auch nur ein Wetter: warm! Daher hatten sie bewusst auf luftige Kleidung gesetzt und nur ein paar Pullis und lange Hosen eingepackt, falls es doch mal kälter würde. Emma hoffte einfach, dass sie mit den neuen Klamotten nicht mehr so auffiel. Das würde sie allein schon, wegen ihrer Augen. Sie war die einzige Magierin, zumindest laut Talon, die nicht nur eine magische Fähigkeit besaß, sondern zwei. Daher hatte sie auch violette Augen. Ihre blaue Magie erlaubte es ihr das Wasser zu kontrollieren und zu beherrschen. Emma liebte diese Macht. Sie war schon immer eine Wasserratte gewesen und jetzt verstand sie auch, warum sie sich im Meer immer so wohl gefühlt hatte. Ihre rote Magie hingegen konnte sie immer noch nicht richtig akzeptieren. Emma hatte einfach zu viel Ehrfurcht vor dieser Macht, die in ihr schlummerte. Mit dieser Magie hatte sie gegen Talon gekämpft. Sie hatte ihn mit nur einer Handbewegung durch die Luft geschleudert und gefährliche, rote Blitze, die sie in ihrer Hand erzeugt hatte, auf ihn abgefeuert.

Emma schauderte bei dem Gedanken daran. Sie hoffte, dass man ihr auf der Akademie beibringen würde, diese Magie richtig zu beherrschen und vielleicht auch für etwas anderes einzusetzen, als nur im Kampf.

„Du müsstest mir einen Gefallen tun", sagte Emma zu Nat, als sie die Reisetaschen endlich zubekommen hatten, und gab ihr die kleine Box, die sie im letzten Monat im Meer gefunden hatte und seitdem vergeblich versucht hatte zu öffnen.

„Am besten versteckst du sie! Wenn ich auf der Akademie ein geeignetes Versteck gefunden habe, nehme ich sie wieder mit."

„Ich werde gut darauf aufpassen", versicherte Nat ihr und verschwand auch schon mit der Kiste in ihrem Zimmer. Als sie wenige Minuten später zurückkam, schnappte sie sich eine der zwei Reisetaschen von Emmas Bett und hievte sie nach unten ins Wohnzimmer. Emma blickte sich im Zimmer um und ihr Blick blieb an ihrem Frisiertisch hängen. Sie setzte sich davor und legte sich ihr Medaillon, das Medaillon ihrer Mutter, mit den drei kleinen Löwenzahnfrüchten, um den Hals. Damit hatte alles angefangen, dachte Emma nostalgisch und schaute sich selbst im Spiegel an. Seid sie ihre Magie befreit hatte, hatten ihre Augen ein sattes Violett angenommen. Emma erinnerte sich daran, wie Talon sie provoziert hatte, um den Zauberspruch, mit dem angeblich ihre Mutter ihre Kräfte blockiert hatte, zu brechen. Sie wusste bis heute nicht, mit welchen Aussagen Talon tatsächlich Recht hatte, aber sie wusste, dass er bei einer Sache zu hundert Prozent die Wahrheit gesagt hatte: für sie und Jo gab es keine Zukunft.

Bei dem Gedanken an den gutaussehenden Wächter, zog sich Emmas Brust schmerzhaft zusammen. Jo war ein Mitternachtswächter, die höchste Wache, die es in Tehal gab und daher durfte er auch nur mit einem anderen Mitternachtswächter zusammen sein. Und das war Emma nicht. Sie war wie kein anderer in Tehal. Sie war komplett anders.

Kopfschüttelnd riss sie sich von ihrem Spiegelbild los, schnappte sich die andere Reisetasche, wobei die deutlich schwerer war, als Emma gedacht hatte und wuchtete sie nach unten.

Als sie auf dem letzten Treppenabsatz ankam, wäre sie fast gestolpert, als sie unvermittelt Jos Stimme hörte. Er stand mit Natalie im Wohnzimmer und blickte sie an, als sie die letzten Stufen nach unten stieg.

Was machte er hier? Müsste er nicht in Tehal sein und sich um Wichtigeres kümmern?

„Hi", sagte Emma leise und konnte ihren Blick nicht abwenden. Sie hatte ihn nur zwei Tage nicht gesehen, aber ihr verschlug sein Anblick mal wieder die Sprache. Er trug eine dunkle Lederjacke mit einer engen Jeans und seine türkisen Augen ließen Emmas Verstand mal wieder aussetzen. Warum hatte er nur so eine

Wirkung auf sie? Am liebsten wäre sie einfach in seine Arme gesprungen und hätte ihn in einen leidenschaftlichen Kuss gezogen. Oh man, Emma hätte gestern Abend nicht „Pretty Woman" schauen sollen. Das hier war kein kitschiger Liebesfilm, erinnerte sie sich und versuchte an etwas anderes zu denken. Schließlich konnte Jo ihre Gefühle sehen. Seine Fähigkeit, die er ihr natürlich am Anfang verschwiegen hatte.

Während Emma noch völlig überfordert mit der Situation war, blickte Jo sie nur kalt an.

„Hi", sagte er und deutete auf ihre Taschen, „ist das alles?"

Emma nickte. Er war abweisend. Kein Wunder. In Tehal hatte er ihr gesagt, dass er sie nie hätte küssen dürfen, weil er nicht so für Emma empfand, wie sie für ihn. Die Frage war nur, welchen der drei Küsse hatte er gemeint?

Jo zog eine Augenbraue in die Höhe.

Verdammt, Emma, denk an etwas anderes, rief sie sich ins Gedächtnis.

„Gut, dann können wir ja los."

Jo begann bereits den Kreis für ein Portal zu zeichnen, als Emmas Handy in ihrer Hosentasche vibrierte. Sie blickte auf das Display. Es war Tom. Na super, gerade jetzt, dachte sie und schaute Nat hilfesuchend an, die nur mit den Schultern zuckte. Jo hielt inne und die Funken, die gerade noch aus seiner Hand stoben, verblassten.

„Ich muss da eben rangehen", sagte Emma und verschwand, ohne auf eine Antwort zu warten, durch die Küchentür.

„Hi", sagte sie, als sie den Anruf entgegen nahm.

„Hey Em!"

Toms Stimme zu hören, tat richtig gut. Sie hatten sich seit Tagen nicht gesprochen und dummerweise im Streit getrennt, als Emma ihm gesagt hatte, dass sie nur mit ihm befreundet sein wollte. Tom hatte übertrieben reagiert und Jo die Schuld in die

Schuhe geschoben. Womit er ja leider nicht ganz Unrecht hatte. Und dann hatte Emma gestern ihre Kündigung in der Tauchschule abgegeben, als klar war, dass sie auf die Akademie gehen würde.

„Wie geht's dir?", fragte Tom und Emma merkte die Anspannung in seiner Stimme.

„Ganz gut eigentlich. Und dir?"

„Auch." Er machte eine Pause und Emma hörte, wie er tief durchatmete.

„Em, hör zu. Es tut mir leid! Ich habe mich unmöglich benommen, ich weiß nicht, was mit mir los war. Wenn du mit diesem Jo glücklich bist, dann freut mich das für dich! Ich will dich nicht als Freundin verlieren! Du musst nicht kündigen."

Toms Worte gingen runter wie Öl, weswegen Emma auch bis über beide Ohren strahlte. Sie mochte Tom, sie waren schon so lange befreundet und sie hatte ihn tatsächlich die letzten Tage vermisst.

„Bist du noch da?"

„Ja, tschuldige. Ich freu mich, dass du so denkst. Ich will dich auch als Freund nicht verlieren!", gab Emma zu und Tom lachte leise am anderen Ende der Leitung.

„Puh, ich bin so froh. Und dein Kündigung vergesse ich dann, okay?"

„Das geht leider nicht, tut mir leid, Tom! Ich…, ich verreise für einige Zeit."

„Wie? Wohin?"

„Ehm, mein Onkel hat mich zu sich eingeladen. Er hat gerade ein paar Probleme und gefragt, ob ich ein paar Tage bei ihm bleiben kann. Und ich glaube, mir tut es gut, hier mal rauszukommen."

„Okay", Tom schien darüber nicht sonderlich begeistert. Von der anfänglichen Freudenstimmung war nicht mehr viel übrig. „Wie lange bist du denn weg?"

„Das weiß ich noch nicht genau. Aber ich melde mich zwischendurch bei dir, ok?"

„Ich hab ja wohl keine andere Wahl. Wann fährst du?"

„Jetzt gleich."

Tom fluchte leise.

„Ich muss jetzt auch Schluss machen, Tom. Ich melde mich, versprochen!"

„Ist gut, Em!"

„Bis dann!"

Als Emma auflegte, fühlte sie sich mies. Schon wieder musste sie Tom anlügen, aber sie konnte ihm ja schlecht sagen, dass sie in einer magischen Stadt auf eine Akademie gehen wird, auf der sie ihre Fähigkeiten lernt zu kontrollieren. Immer noch in Gedanken versunken, steckte Emma ihr Handy in die Hosentasche. Sie hatte sowieso vorgehabt es mit nach Tehal zu nehmen, um den Kontakt nach Bajo Rianja nicht zu verlieren. Die magische Stadt lag auf einer kleinen Insel im Golf von Mexico und Handyempfang gab es lustigerweise dort auch, obwohl die Insel gut vor den Menschen versteckt wurde.

Als sie zurück ins Wohnzimmer ging, saß Nat auf der Couch, während Jo an der Wand lehnte und finster drein blickte.

„Fertig?", fragte er genervt und Emma spürte mal wieder diese prickelnde Wärme, die sich immer in ihr aufbaute, wenn sie wütend wurde.

„Ja", sagte sie selbstbewusst und beachtete Jo gar nicht weiter. Sie zog Nat in eine feste Umarmung und musste sich tatsächlich eine Träne verkneifen.

„Pass gut auf dich auf, Süße!" sagte Nat mit belegter Stimme und auch Emma konnte nur ein *„Du auch"* nuscheln.

„Keine Sorge", warf Jo ein, „ein Wächter wird weiterhin auf Natalie aufpassen."

Emma und Nat blickten Jo überrascht an.

„Noch ist Talon da draußen und er hat Nat das letzte Mal schon als Druckmittel gegen dich verwendet. Wir müssen es ja nicht auf ein zweites Mal ankommen lassen", erklärte Jo emotionslos und Emma merkte, wie sie sich innerlich etwas entspannte.

„Ich hoffe, der Wächter sieht gut aus", flüsterte Nat Emma ins Ohr und sie schmunzelte. Typisch Natalie.

„So, los jetzt, wir sind schon spät dran", sagte Jo und begann große Kreise in der Luft zu zeichnen. Es dauerte nicht lange bis sich goldene Funken aus seinen Fingerspitzen lösten und zu einem Portal verbanden, das aussah, wie aus flüssigem Gold. Emma hatte Jo schon des Öfteren ein Portal erschaffen sehen, aber dieser Anblick verschlug ihr jedes Mal wieder die Sprache.

Ohne Anstrengung schulterte er beide Taschen von Emma als wären dort nur Federn drin und hielt ihr auffordernd seine Hand hin. Wenn Emma nicht im Portal verloren gehen wollte, hatte sie keine andere Wahl als seine Hand zu ergreifen. Nur Jo wusste, wo es hinging. Widerwillig griff sie danach und sofort durchzuckte sie dieses elektrisierende Gefühl. Jo versteifte sich kurz unter Emmas Berührung, ließ sich aber nichts weiter anmerken.

Emma lächelte Nat noch ein letztes Mal zu und schritt dann mit Jo durch das Portal.